作者简介

朱乾坤 上海市语文特级教师,原上海中学语文教研组组长。曾任上海市教师学研究会副秘书长,兼任《教师报》上海记者站副站长、《中学阅读活页文选》主编,及多家出版社、报刊特约编审、编委、编辑、撰稿人;公开发表文字500多万。

湖畔云庭诗文谜集丛

朱乾坤 著

中国书籍出版社
China Book Press

图书在版编目（CIP）数据

湖畔云庭诗文谜集丛 / 朱乾坤著. —北京：中国书籍出版社，2020.1

ISBN 978-7-5068-7598-1

Ⅰ.①湖… Ⅱ.①朱… Ⅲ.①中国文学—当代文学—作品综合集 Ⅳ.①I217.2

中国版本图书馆 CIP 数据核字（2019）第 279329 号

湖畔云庭诗文谜集丛

朱乾坤　著

责任编辑	毕　磊
责任印制	孙马飞　马　芝
封面设计	中联华文
出版发行	中国书籍出版社
地　　址	北京市丰台区三路居路 97 号（邮编：100073）
电　　话	（010）52257143（总编室）　（010）52257140（发行部）
电子邮箱	eo@chinabp.com.cn
经　　销	全国新华书店
印　　刷	三河市华东印刷有限公司
开　　本	710 毫米×1000 毫米　1/16
字　　数	405 千字
印　　张	24
版　　次	2020 年 1 月第 1 版　2020 年 1 月第 1 次印刷
书　　号	ISBN 978-7-5068-7598-1
定　　价	95.00 元

版权所有　翻印必究

目 录
CONTENTS

序 ··· 1

自序 ·· 1

云庭诗草 ··· 1

弘扬中华好传统(代序) ······································ 3

1. 湖畔云庭组歌 ··· 5
2. 马年暮春于云庭草坪所见有感 ······························ 6
3. 顺口溜·精兵简政 ··· 7
4. 马年端午节吊屈子(三首) ··································· 7
5. 乔迁新居一周月咏怀流年二十四韵 ························ 8
6. 夏瑞 ·· 8
7. 祝杨绛先生 102 岁寿 ·· 8
8. 湖畔云亭·量天尺 ··· 9
9. 马年盛夏于云庭之醉目池所见 ······························ 9
10. 自家乐 ·· 9
11. 抢救紫葡萄 ··· 9
12. 感恩是关键 ··· 10
13. 轮回

——读《一瓶血水》有感 ………………………… 10
14. 仿忆江南·午睡 ……………………………………… 10
15. 读谭嗣同《有感一章》有感 ………………………… 10
16. 麦德姆台风侵袭前后于云庭有感 …………………… 11
17. 三箭齐发
　　——与小木兄唱和 ………………………………… 11
18. 立秋 …………………………………………………… 12
19. 读《大数据面前你已一丝不挂》后感 ……………… 12
20. 杨绛先生速写 ………………………………………… 12
21. 云庭醉目池拾景两首 ………………………………… 13
22. 马年中秋奇瑞 ………………………………………… 13
23. 第三十届教师节有感 ………………………………… 13
24. 龙须枣与扁豆 ………………………………………… 14
25. 湖畔云庭庆国庆 ……………………………………… 14
26. 马年重阳思亲 ………………………………………… 14
27. 大渠荡畔踏歌行 ……………………………………… 15
28. 湖畔云庭乐天伦 ……………………………………… 15
29. 马年寒露夜观月全食所见补咏 ……………………… 15
30. 马年暮秋湖畔见落日余晖兴怀 ……………………… 15
31. 宠物与墨宝 …………………………………………… 16
32. 马年霜降即兴 ………………………………………… 16
33. 马年小雪日所遇感怀 ………………………………… 16
34. 喜与老伴唱和 ………………………………………… 16
35. 仿《忆江南·感恩节抒怀》六首并序 ……………… 17
36. 为"热孔冷李"建言并序 …………………………… 18
37. 为孙女寻找画家老师 ………………………………… 18
38. 为孙女寻找画家老师外一首 ………………………… 18
39. 迎冬至小吟四首 ……………………………………… 19
40. 马年冬至述怀 ………………………………………… 19
41. 自度乐·甲午年冬至夜祭 …………………………… 19
42. 甲午丙子癸酉日族祭 ………………………………… 20
43. 2015年元旦云庭拾景三首 …………………………… 21
44. 上海外滩践踏事件祭 ………………………………… 21

45. 唁诗《天堂的路上》读后吟二首	21
46. 骑车闲游,发现泗洲禅寺喜吟	22
47. 腊梅寄语	
——复丰和老弟	22
48. 马年三九"寒三友"	23
49. 何时退休好	23
50. 奇艺共甄别	24
51. 马年数九以来感悟	24
52. 迎新春传统习俗杂咏三首	25
53. 迎新春传统习俗杂咏(续)三首	26
54. 迎新春传统习俗杂咏(续完)二首	26
55. 为青年歌手姚贝娜送行挽歌二首	27
56. 马年大寒日四乐簃即景并感	27
57. 落日余晖吟	28
58. 马年腊八日云庭拾零	28
59. 迎新却唱麻烦歌	28
60. 春节传统过年岁时忆	28
61. 甲午年除夕,恭请先亲回家过年	29
62. 乙未年新正贺岁	29
63. 乙未年正月初三巧聚	30
64. 恭喜大发财	30
65. 乙未新正初六为孙女庆生	31
66. 乙未新正人日感言	31
67. 留念·感谢·寄语	31
68. 元宵惊魂致感谢	32
69. 羊年元宵至三八节杂吟三首	32
70. 兔子灯四首并序	33
71. 风雨人生多烦难歌	34
72. 告病情再致谢意	35
73. 羊年新正一周月感言	35
74. 羊年春分时节云庭拾景	36
75. 桃梨争春	36
76. 寒食节前祭扫行	36

77.	咏梨花	37
78.	羊年寒食节前夕气候突变兴感	38
79.	霁后柰葩呈玉貌	38
80.	羊年清明时节,大渠荡踏青所见	39
81.	人伦关系歌八首	40
82.	羊年谷雨日,云庭劫后余存所见	40
83.	羊年谷雨次日,再登云庭有感	41
84.	"五一"宝岛山寨游	41
85.	七十五岁生日小吟	41
86.	羊年立夏,巡云庭拾景三首	42
87.	老来戏唱蚕豆歌	42
88.	云庭果树花序吟	43
89.	柳絮飘飘三首	43
90.	与生欢度母亲节	43
91.	羊年小满日,收拾云庭有感	44
92.	羊年芒种日,云庭学农杂咏	45
93.	云庭入梅拾景	45
94.	今日入梅即景	46
95.	父亲节逢妻生日	46
96.	三届师生聚云庭	47
97.	桃李情深	47
98.	打浦生去上中来	47
99.	不忘国耻自勉	48
100.	闻超强台风预警纪事	48
101.	台风警报解除后云庭所见	49
102.	好歹喜忧寻常事	49
103.	我唯尽心无憾恨	49
104.	云庭盛夏脆瓜吟	49
105.	云庭观云	50
106.	不辞乐作乡下佬	50
107.	云庭脆瓜吟(外三首)	50
108.	羊年处暑两宜轩掠影	51
109.	羊年中元节祭祀	51

110. 喜获双宝吟	52
111. 观抗战胜利70周年阅兵式咏怀五百零四字	52
112. 羊年白露凌晨云庭拾景	54
113. 2015年教师节感言	54
114. 云庭盆柿又遭鸟害有感（二首）	54
115. 赏花观果两相宜	55
116. 喜见云庭添新口	55
117. 羊年秋分，云庭·洋观园一隅	55
118. "雏犬乐"三首并记	56
119. 《养生乐·羊年中秋》并序	56
120. 云庭野瓜	57
121. 养生乐·上中150岁华诞	57
122. 为上中150岁华诞而作	59
123. 藏颈诗·重逢——寄俞健	60
124. 羊年重阳感言	61
125. 养生乐·羊年霜降，云庭即景述怀	61
126. 复顾城名句二言	62
127. 羊年立冬狗友闲情拾趣	62
128. 夕阳恋——非虚构	63
129. 闻青浦朱家角大千生态园一念	64
130. 想吃照吃别过分	64
131. 养生乐·鸡	64
132. 拉基生日快乐	65
133. 云庭圣诞腊梅	66
134. 云庭腊梅（外一首）	66
135. 羊年冬至和猴年元旦，与继椿兄唱和二番（八首）	67
136. 羊岁二九第四日云庭拾景	69
137. 羊岁二九第五日云庭即景	69
138. 养生乐·赞勉孙女理杏并笺	69
139. 大寒喜见开窝蛋	71
140. 羊岁小年前晨云庭拾景（二首）	72
141. 与老伴唱和·瑞雪	73
142. 家禽今生双胞胎	73

143. 羊岁除夕跨猴年岁旦述怀	74
144. 丙申上元日奉先亲共度元宵	74
145. 哀纳兰	75
146. 猴年首闻春雷后云庭掇景	76
147. 戏答迪迪鸡何如	76
148. 猴年植树节有感	76
149. 婚宴办在家门口——本地民风之一	77
150. 猴年春分,大渠荡、云庭即景	77
151. 读《落马高官列队赋诗》	78
152. 东风桃李沐春雨	78
153. 猴年寒食节云庭即景	79
154. 猴年清明节纪实并感	80
155. 与继椿兄清明唱和四首	81
156. 喜见孙女入学式照片感言	82
157. 读昨帖点评有感并致谢	82
158. 七六生辰有感	83
159. 云庭柚	84
160. 师生诗画巧同版	85
161. 送别家禽闺姐组诗	85
162. 为雷游等勇士壮行	87
163. 丙申孟夏廿日云庭拾景	87
164. 端午云庭色拼	88
165. 老伴七秩生辰留念	88
166. 昨老伴生辰后续并答谢	89
167. 祝母校金陵中学六十华诞	90
168. 入梅半月上云庭盘点(五首)	91
169. 为防台上云庭巡视先忧后喜	93
170. 丙申大暑休憩即景	93
171. 云庭立秋甜宝	95
172. 伏中梨花	95
173. 丙申中元夜祀歌	96
174. 喜见孙女游法寄语	97
175. 处暑苹花二度开	97

176. 甜宝秋意闹	97
177. 喜见三鸡生四蛋	98
178. 2016年教师节见祥兆	99
179. 天生丝瓜吟	99
180. 天宫二号行	100
181. 牵牛花赞	101
182. 国庆与重阳	101
183. 读伟明自创功法赠言	102
184. 赞谢黄丽珠	102
185. 远翔龙凤喜来访	103
186. 云庭桂花吟	103
187. 观孙女演习茶道有感	104
188. 鲲鹏万里行	105
189. 教子篇	108
190. 采桑子·猴年秋冬	108
191. 颂辞——纪念朱德公冥寿120周年	108
192. 闻上海发重污染预警感言	109
193. 仿醉东风·猴年冬至	109
194. 冬至劝孝歌	110
195. 悟太乙自在	110
196. 小寒恰逢腊八节	111
197. 丙申腊梅奇观	111
198. 猴年腊月望日自况	112
199. 丙申四九首日即景抒怀	112
200. 与"明社"张大进君唱和	113
201. 与"明社"醉白倚轼唱和	114
202. 丁酉年咏春	116
203. 四十七年后重相聚	117
204. 读陆兄《老赞》感言	119
205. 细读醉白倚轼近作再感	120
206. 与打浦69届师生唱和（一）并序	122
207. 桃李争春	124
208. 与打浦69届师生唱和（二）	124

209. 天涯飞来不速客	127
210. 丁酉上巳日云庭即景	128
211. 丁酉寒食节祭	129
212. 苹果寄语并序	129
213. 农家乐·蚕豆	129
214. 七七自寿打油歌	130
215. 与打浦69届师生唱和(三)	133
216. 丁酉谷雨日云庭应景述怀	134
217.《丁酉谷雨述怀》后续唱和	135
218. 闻捷有感	137
219. 丁酉立夏日云庭即景	138
220. 口吐莲花不如行——献给母亲节	139
221. 谢德雄篆赠印章	140
222. 读"杜牧墓被垃圾充斥",痛和其诗《江南春》泣之	140
223. 丁酉端午再吊屈子	141
224. 何时芳菲承祖望——鸡年儿童节遥念孙女占得一律	143
225. 与海涛等唱和"拆字离合"诗	143
226. 党与民——中共十九大闭幕有感	146
227. 五绝·美脐	146
228. 五律·枸杞橘与拉基	146
229. 丹凤与腊梅	147
230. 沈公走好	147
231. 七绝·谢小耿	147
232. 丁酉腊八喜雪	148
233. 云庭踏雪——调依《清平乐》	148
234. 云庭雪霁再访——调寄《清平乐》	149
235. 三上云庭访雪——戏改李煜《虞美人》打油词	149
236. 丁酉四九遇大雪先喜后忧	150
237. 清平乐·戊戌新正抒怀	151
238. 清平乐·戊戌大年初二	151
239. 清平乐·戊戌大年初四	152
240. 清平乐·戊戌大年初五	152
241. 清平乐·戊戌大年初六	153

242. 清平乐·戊戌大年初七 ·············· 154
243. 清平乐·戊戌大年初八 ·············· 154
244. 清平乐·戊戌大年初九 ·············· 155
245. 清平乐·戊戌大年初十 ·············· 156
246. 清平乐·戊戌正月十一 ·············· 156
247. 清平乐·戊戌上灯日 ················ 157
248. 清平乐·戊戌年元宵 ················ 158
249. 清平乐·戊戌年落灯日 ·············· 158
250. 清平乐·戊戌过大年有感 ············ 159
251. 吊大师李敖
　　——藏头挽歌 ···················· 159
252. 戊戌冷节前思亲
　　——调寄卜算子 ·················· 160
253. 寒食节感墓
　　——调寄卜算子 ·················· 161
254. 戊戌清明日记
　　——调寄卜算子 ·················· 161
255. 蝶恋花·谢于漪师 ·················· 162
256. 相见欢·致贤良 ···················· 163
257. 沁园春·戊戌自寿 ·················· 164
258. 水调歌头·蓝宝石婚 ················ 165
259. 好事近·闻恩师《于漪全集》首发有感 ·· 167
260. 新诗二首 ·························· 168
261. 十边劳动小吟
　　——处女作拾遗 ·················· 169
262. 蝶恋花·母亲节思母 ················ 170
263. 文房四宝
　　——五绝四首并笺 ················ 171
264. 戊戌年中秋三首 ···················· 172
265. 七绝·桂菊竞秋 ···················· 173
266. 戊戌重阳节
　　——词三首并笺 ·················· 174
267. 与继椿兄唱和一番 ·················· 176

268. 自幼至今,盘点人生四十八韵 …………………………………………… 176

云庭文汇 …………………………………………………………………… 181

1. 未半庐记 …………………………………………………………………… 183
2. 《未半庐余存墨宝选刊》序言 …………………………………………… 184
3. 上海著名诗人、工楷书法家张联芳
   ——《未半庐余存墨宝选刊》之一 …………………………………… 184
4. 有"百岁诗人、史前未载"美誉的书法家苏局仙
   ——《未半庐余存墨宝选刊》之二 …………………………………… 185
5. 著名的金石书画、考古、鉴赏、收藏家朱孔阳
   ——《未半庐余存墨宝选刊》之三 …………………………………… 186
6. 集教师、诗人于一身的老书画家叶秀山
   ——《未半庐余存墨宝选刊》之四 …………………………………… 188
7. 擅长橡笔巨书的书法篆刻家蒋凤仪
   ——《未半庐余存墨宝选刊》之五 …………………………………… 189
8. "世界长卷画家第一人"李丁陇
   ——《未半庐余存墨宝选刊》之六 …………………………………… 190
9. "爱国诗人杰出乡贤"、现代书画名家王退斋
   ——《未半庐余存墨宝选刊》之七 …………………………………… 191
10. 久享盛名的民国书画金石大家谢耕石
    ——《未半庐余存墨宝选刊》之八 …………………………………… 193
11. 民国著名书画篆刻家、诗人王华
    ——《未半庐余存墨宝选刊》之九 …………………………………… 194
12. 曾获"上海百佳特色老人奖"等荣誉的老书画家张南溟
    ——《未半庐余存墨宝选刊》之十 …………………………………… 195
13. 书香浓郁的老书法家季重远
    ——《未半庐余存墨宝选刊》之十一 ………………………………… 196
14. "艺德双馨"的著名书法家任政
    ——《未半庐余存墨宝选刊》之十二 ………………………………… 197
15. 一生以书为业的老书法家姚青云
    ——《未半庐余存墨宝选刊》之十三 ………………………………… 198
16. 著名旅英中国画家富华
    ——《未半庐余存墨宝选刊》之十四 ………………………………… 199

17. 优秀革命者、著名书法家张成之
   ——《未半庐余存墨宝选刊》之十五 ·················· 201
18. 艺迹卓著的业余书画家章子京
   ——《未半庐余存墨宝选刊》之十六 ·················· 203
19. 有"篆隶书法百科"之誉的著名书法家林仲兴
   ——《未半庐余存墨宝选刊》之十七 ·················· 204
20. 上海市书法家协会主席周慧珺
   ——《未半庐余存墨宝选刊》之十八 ·················· 205
21. 被海上书坛誉为"千手观音"的著名书画家王宽鹏
   ——《未半庐余存墨宝选刊》之十九 ·················· 206
22. 上海市书法家协会副主席张森
   ——《未半庐余存墨宝选刊》之廿 ·················· 207
23. "当代的梵高"、著名戏曲人物画家王粲
   ——《未半庐余存墨宝选刊》之廿一 ·················· 208
24. 当代著名书法家钟正修
   ——《未半庐余存墨宝选刊》之廿二 ·················· 209
25. 当代著名书画家吴或弓
   ——《未半庐余存墨宝选刊》之廿三 ·················· 210
26. 一位在"文革"后期邂逅的神秘女画家康康
   ——《未半庐余存墨宝选刊》之廿四 ·················· 211
27. 迎新春、过大年,传统习俗新编(一)并序 ·················· 212
   一、祭灶 ·················· 212
   二、掸尘 ·················· 213
   三、接玉皇 ·················· 213
28. 迎新春、过大年传统习俗新编(二) ·················· 214
   四、备大肉 ·················· 214
   五、购年货 ·················· 214
   六、备吉粮 ·················· 215
29. 迎新春、过大年,传统习俗新编(三) ·················· 215
   七、小年夜 ·················· 215
   八、除夕 ·················· 215
30. 迎新春、过大年,传统习俗新编(四) ·················· 217
   九、拜贺年 ·················· 217

	十、回门拜	218
31.	迎新春、过大年,传统习俗新编(五)	219
	十一、忌拜年	219
	十二、迎财神	219
	十三、送穷鬼	220
32.	迎新春、过大年,传统习俗新编(六)	221
	十四、开业日	221
	十五、人胜节	221
	十六、谷日节	222
33.	迎新春、过大年,传统习俗新编(七)	223
	十七、拜天公	223
	十八、祭石头	224
	十九、子婿日	224
34.	迎新春、过大年,传统习俗新编(八)	225
	二十、搭灯棚	225
	二十一、上灯日	225
	二十二、试花灯	226
35.	迎新春、过大年,传统习俗新编(九)	226
	二十三、闹元宵	226
	二十四、新愿景	227
36.	迎新春、过大年,传统习俗新编(十)	229
	二十五、驱祸害	229
	二十六、落灯日	230
37.	《迎新春、过大年,传统习俗新编》跋	230
38.	诗词曲中三言格的艺术魄力	232
39.	云庭"集"序	235
40.	"四乐簃"命名小记	238
41.	龙门书院究竟创立于何年	
	——为纪念上海中学传统的150华诞而作	239
42.	四秩生日纪事	245
43.	七六生日感言:关于汇编拙作美意致诸微友	247
44.	为儿凯南取名小识	248
45.	喜获《心经》谢甘兄	249

46. 遥寄陈公 ·· 250

47. 往事如烟,前景迷茫
　　——记打浦中学娄味芳女士 ·························· 250

48. 为显考显妣立衣冠冢
　　——祭双亲文(一) ······································ 252

49. 为显考显妣安新居周年
　　——祭双亲文(二) ······································ 253

50. 追思志伸君挽歌四首并叙 ································ 254

51. 悼念与敬告
　　——吊上中胡、薛二老师 ······························ 256

52. 丁酉重阳忆名师
　　——兼为六绝句 ·· 257

53. 四君子述谈及断想 ······································· 260

54. 口耕笔耘　虚实结合　放眼全国　立足本职
　　我从事语文教育的指导思想与教学的主要特色 ········· 262

55. 读罗素《强烈爱好使我们免于衰老》感言
　　——代本集跋 ·· 273

云庭谜钟 ··· 275

怎样猜射本谜钟(代序) ·································· 277

【云庭谜钟(1)元旦】 ·· 279
【云庭谜钟(1)揭晓】 ·· 279
【云庭谜钟(2)小寒】 ·· 280
【云庭谜钟(2)揭晓】 ·· 280
【云庭谜钟(3)三九】 ·· 282
【云庭谜钟(3)揭晓】 ·· 282
【云庭谜钟(4)腊八节】 ····································· 284
【云庭谜钟(4)揭晓】 ·· 284
【云庭谜钟(5)大寒】 ·· 285
【云庭谜钟(5)揭晓】 ·· 286
【云庭谜钟(6)寒潮】 ·· 287

【云庭谜钟(6)揭晓】………………………………………… 287
【云庭谜钟(7)立春】………………………………………… 289
【云庭谜钟(7)揭晓】………………………………………… 289
【云庭谜钟(8)春节】………………………………………… 290
【云庭谜钟(8)揭晓】………………………………………… 291
【云庭谜钟(9)财神节】……………………………………… 292
【云庭谜钟(9)揭晓】………………………………………… 292
【云庭谜钟(10)情人节】…………………………………… 294
【云庭谜钟(10)揭晓】……………………………………… 294
【云庭谜钟(11)雨水】……………………………………… 295
【云庭谜钟(11)揭晓】……………………………………… 296
【云庭谜钟(12)元宵节】…………………………………… 297
【云庭谜钟(12)揭晓】……………………………………… 298
【云庭谜钟(13)落灯】……………………………………… 299
【云庭谜钟(13)揭晓】……………………………………… 300
【云庭谜钟(14)惊蛰】……………………………………… 301
【云庭谜钟(14)揭晓】……………………………………… 302
【云庭谜钟(15)妇女节】…………………………………… 303
【云庭谜钟(15)揭晓】……………………………………… 304
【云庭谜钟(16)植树节】…………………………………… 305
【云庭谜钟(16)揭晓】……………………………………… 306
【云庭谜钟(17)春分】……………………………………… 307
【云庭谜钟(17)揭晓】……………………………………… 308
【云庭谜钟(18)清明】……………………………………… 309
【云庭谜钟(18)揭晓】……………………………………… 310
【云庭谜钟(19)谷雨】……………………………………… 311
【云庭谜钟(19)揭晓】……………………………………… 311
【云庭谜钟(20)劳动节】…………………………………… 312
【云庭谜钟(20)揭晓】……………………………………… 313
【云庭谜钟(21)立夏】……………………………………… 314
【云庭谜钟(21)揭晓】……………………………………… 314
【云庭谜钟(22)母亲节】…………………………………… 315
【云庭谜钟(22)揭晓】……………………………………… 315

【云庭谜钟(23)小满】 …… 317
【云庭谜钟(23)揭晓】 …… 317
【云庭谜钟(24)儿童节】 …… 318
【云庭谜钟(24)揭晓】 …… 318
【云庭谜钟(25)芒种】 …… 319
【云庭谜钟(25)揭晓】 …… 320
【云庭谜钟(26)端午节】 …… 321
【云庭谜钟(26)揭幕】 …… 322
【云庭谜钟(27)入梅】 …… 323
【云庭谜钟(27)揭晓】 …… 323
【云庭谜钟(28)父亲节】 …… 325
【云庭谜钟(28)揭晓】 …… 325
【云庭谜钟(29)夏至】 …… 327
【云庭谜钟(29)揭晓】 …… 327
【云庭谜钟(30)建党节】 …… 328
【云庭谜钟(30)揭晓】 …… 329
【云庭谜钟(31)小暑】 …… 330
【云庭谜钟(31)揭晓】 …… 331
【云庭谜钟(32)入伏】 …… 332
【云庭谜钟(32)揭晓】 …… 332
【云庭谜钟(33)大暑】 …… 334
【云庭谜钟(33)揭晓】 …… 334
【云庭谜钟(34)立秋】 …… 336
【云庭谜钟(34)揭晓】 …… 336
【云庭谜钟(35)七夕】 …… 338
【云庭谜钟(35)揭晓】 …… 338
【云庭谜钟(36)处暑】 …… 339
【云庭谜钟(36)揭晓】 …… 340
【云庭谜钟(37)白露】 …… 342
【云庭谜钟(37)揭晓】 …… 342
【云庭谜钟(38)中秋节】 …… 344
【云庭谜钟(38)揭晓】 …… 345
【云庭谜钟(39)秋分】 …… 346

【云庭谜钟(39)揭晓】…… 346
【云庭谜钟(40)国庆节】…… 348
【云庭谜钟(40)揭晓】…… 348
【云庭继钟(41)寒露】…… 349
【云庭继钟(41)揭晓】…… 349
【云庭谜钟(42)重阳节】…… 351
【云庭谜钟(42)揭晓】…… 351
【云庭谜钟(43)霜降】…… 353
【云庭谜钟(43)揭晓】…… 353
【云庭谜钟(44)立冬】…… 355
【谜钟(44)揭晓】…… 355
【云庭谜钟(45)小雪】…… 356
【云庭谜钟(45)揭晓】…… 357
【云庭谜钟(46)大雪】…… 358
【云庭谜钟(46)揭晓】…… 358
【云庭谜钟(47)冬至】…… 359
【云庭谜钟(47)揭晓】…… 359

序

朱乾坤老师递来他即将出版的《湖畔云庭诗文谜集丛》书稿，嘱我写序。我与朱老师是中学语文教学同行，长期从事课堂教学实践，相识数十年，情谊深厚，故而不揣浅陋，欣然命笔。

长期以来，朱老师给我的印象是温文尔雅、兢兢业业、钟爱诗文、笔耕不辍。尤工写作教学，对学生习作的指导与评改，细致入微，鞭辟入里，深得学生欢心。他与我谈及师生心心相印、欢愉气氛洋溢时，也会眉飞色舞，一改平日谦谦君子形象，令我忍俊不禁。

众所周知，每个民族都有两个基因：一个是血缘上的基因，一个是精神上的基因。前者表现为生命体的延续与传承，后者表现为文化的传承与发展。朱老师一辈子执教语文，着力传承中华优秀传统文化与人类进步文化，滋养学生心灵，助力学生精神成长。学生都是好样的，成长、成人、成才，服务社会，报效国家。正如他在《人伦关系歌八首》（七）中所说："我如园丁生似花，师生自古是一家。一生心血化肥水，喜看桃李满中华。"中华优秀文化是中华民族的血脉，博大精深，以文化人，是教师肩挑的刚性责任，让学生在成长的过程中找到自己的精神家园。从教生涯中，朱老师为此执着追求，从未有丝毫懈怠。

而今，退休赋闲，对中华文化的万般情意丝毫未减，仍日日劳作，悦目愉心，以诗、文、谜等形式传播中华文化。真情实感永远是诗、文的命脉所在。《湖畔云庭诗文谜集丛》取材十分广泛：纵向，远自上古传说，近涉眼前瞬见；横向，以自己为圆心，辐射社会的方方面面。无论怎样的题材，无论遇事诉说、即景抒情、忆旧唱和，也总是吐真言、抒真情，无半点空幻虚妄。该书三"集"——云庭诗草、云庭文汇、云庭谜钟，所写内容均紧贴日常生活，但给人以美好、丰富、憧憬理想境界的感觉。中国的诗文，尤其是古诗词就是那么富有魅力，孩子在成长的过程中，记诵经典佳作，不仅受悲悯之心、家国情怀的熏陶，而且与诗文为伴，日常生活就会富有诗意，给小生活带来大格局。如"海上生明月，天涯共此时"，想象人在室内感受波光粼粼、皓月千里的豪迈。朱老师深知其中奥秘，每日与诗文为伴，与物交流，与友交心。大到精神的高标、人格的丰碑、历史的沧桑、人性的丰富，小到一草一木的荣枯、生活趣味的真纯，尽收笔底，为小生活营造大格局。不追求深奥惊人之高，只追求通俗浅显，推陈出新，创造诗意氛围，享受诗意人生。

赋诗作文还得讲究一点趣味。大家之作有情趣、理趣、智趣、雅趣、俗趣、谐趣等多种形态，生动活泼、新鲜别致、诙谐幽默、话语机锋等；犹如盐糖溶于水，增添品位，堪为我们榜样。朱老师这本集子，或咏物，或绘景，或叙事，或写人，也常趣味横生，出人意料，给人惊喜。就拿"云庭谜钟"而言，谜语全部应时而制，内容与日常生活紧密相连，以我国农历24个节气，与国家及国际性主要节假日为题材。谜面由混搭的打油诗组成，别开生面，俗趣、谐趣交相辉映。谜底乃精心设计，针对交流对象，皆为有关节假日的祝语或养生提示。朱老师还与时俱进，与谜友交流全用信息工具。谜底揭晓的互动，你来我往，网络语言频出，谁能想到背后操刀的竟是进入耄耋之年的老人——人生充满多种趣味的朱老师。

教师最大的成功就是学生成人成才以后还会想到你，还会留下他成长中的一些美好的记忆。为祝朱乾坤老师八秩大庆之喜，学生筹划出版诗文谜集作为贺礼，这种挚爱深情在今日物欲膨胀、功利至上的环境下显得尤为珍贵与难得。朱老师获得如此无价的心灵抚慰，是从教人生的极大成功，我作为同行为集子作序，也充分感受到了莘莘学子的深情厚谊。为此，搁笔前，先道一声：十分感谢！

于漪

2018年4月初

自 序

湖畔云庭是我所卜新居之院名。其坐落在苏州吴江——汾湖支泊之滨，故曰"湖畔"；又跨踞于小高层屋顶之上、蓝天白云之下，故颜其名为"云庭"。

所谓"诗文谜"，即诗歌、散文、谜语的约称。本书分如下三集。

一为云庭诗草：基本为旧体诗歌，以口语化新"古风"为主，间有少量律、绝、词及自度俚曲，共268题，400余首。题材选择及切入角度，大多和云庭里的盆栽、地栽花果瓜蔬相关，与广大阳台、露台园艺爱好者有较密切交集。其他内容：大到国计民生，小及街巷琐事，凡所有感，皆有所吟。至于诗体与语言的运用，则力求推陈出新、通俗浅显，对欲学写旧诗又望而却步的读者，有较大的壮胆鼓励以及诱发启示作用。

二为云庭文汇：主要有《未半庐余存墨宝选刊》系列，共26篇。其中记述了笔者后青年时期，与当时老中年书画家广结墨缘的往事。对广大书画爱好者了解鉴赏这些名家的生平成就、风格特色有一定助益。《迎新春、过大年、传统习俗新编》系列，共11篇，26则。其中搜罗筛选，并逐日梳理了我国各地欢度春节的有关习俗，对现在及下一代读者，了解传承、弘扬祖国传统文化，也不无帮助。此外，还有其他杂著及拾遗旧文若干，共55篇。

三为云庭谜钟：是应时制谜，以我国农历24个节气，与国定及国际性主要节假日为题材。全部谜面，均由混搭的打油诗组成；谜底，则为与前述各节假日相关的祝语或养生提示。每题，均由"谜钟"与"解读"各二篇构成，共94篇。这部分内容，除与一般谜语，有休闲娱乐、健脑益智作用外，其题材的配套选择，尤其是体例、系列的构建，在以往各种谜语书中，似尚无先例，对今后制谜爱好者的创作、与传统灯谜的继承发展，或许能开启一条新思路。

所谓"文章合为时而著，歌诗合为事而作"，由于上述诸篇，都是平时像写日记一般，遇事便述、即景抒情、有感而发，且在微信中兴之所致，随手挥洒，从未想到过要结集出版。因此，当这次在学生们积极策动筹办、亲友们热情鼓励支持下，虽对旧作进行梳理、编排、审订、补遗，但仍有许多不尽如人意之处。如体例中，"诗草"内，有不少助读的序、笺、解说，本身就是散文，而"文汇"内，有些篇章里又夹杂了些许韵语、小诗。篇幅上，各则文字之长短参差不齐者更比比皆是。然这也有好处，即真实自然，保持了原创时的原汁原味，且在审订时重读发现，其中竟有一条弘扬国学文化的红线贯穿——这是最值得我们欣慰的。

十月怀胎，一朝分娩；忧喜之情，不克尽言。又以风烛残年，且兼轻微脑梗后遗，半目失明、思维不济，举凡内容不妥、观点偏颇、知识失实、文字欠周处，万望海涵，更期提出宝贵意见。

农历戊戌年三月十六日
公元 2018 年 5 月 1 日
朱乾坤于湖畔云庭

01

云庭诗草

弘扬中华好传统（代序）

"明社"，是微信中的一个诗群。社员，大多是毕业于上海中学的诗歌爱好者，现均为事业有成的中年才俊，且皆热爱优秀的中华传统文化。

今年二月，该社群主张大进先生，邀我为其社"监群"。因彼等多通声韵、谙音律，而吾则偏爱古风，怕受拘束，诚惶诚恐，曾占五古十四韵以复。

自幼喜儿谣，乐在随口诵；
华年读诗词，自然推唐宋。
老来时效颦，畏律爱古风；
平仄非不识，嚼字太费功。
最崇陶靖节，悠然采菊公；
亦慕乐天歌，媪妪听得懂。
挥洒任心意，天马若行空……

毕生事杏坛，桃李芳菲浓；
明社多雅士，邀我任监群。
闻之心跳速，脸上顿飞红；
受之固羞赧，却之更不恭。
当作壁上观，甘为旁听翁；
倘有灵感冒，愿与分享共。
新叶催旧叶，雏凤胜老凤！

打浦中学69届，则是个完全不同的群体。他们经风雨、历沧桑，阅历广、意志坚。纵然在当学之年，被剥夺了膺文化权利，但时值越花甲奔古稀之际，求知欲却更加旺盛。尤其是当我将诗歌引入该群后，响应唱和者日益增多，质量亦渐入佳境……为此，我又新增七韵。

打浦六九届，毕业一片红；
名为高中生，实则大家懂。

　　　　文化虽憾缺，阅历广深宏；
　　　　尤其意志坚，情感更富丰；
　　　　常在微信上，与我多互动。
　　　　唱和速度捷，往复乐无穷；
　　　　意境日益佳，吟者日渐众……

　　可见，对于诗歌，是可以不分年龄层次、不讲文化背景的。只要用心去播种、用手去栽培、用汗去灌浇，总会爆出鲜嫩的芽、孕育清新的蕾、绽放美丽的花、结成丰硕的果。是吗？

　　其实，诗的本质功能是"言志"，灵感触发来自"情"。所谓"情动于衷，而形于言；言不足，则嗟叹之；嗟叹之不足，则咏歌之；咏歌之不足，则手之舞之足之蹈之也。"即除了生活是提炼诗歌题材的资源、语言是营造组织诗歌的材料外，诗歌是人的思想志趣与强烈情感结合的产物。也就是说只要乐生活、会言语、有思想、富情感的人，都具备写诗的主要基础，至于词汇、句式、修辞、音韵、格律，只是把诗歌这位美人，打扮得更得体、更漂亮的化妆品罢了。因此，本集中的诗，以素颜淡抹者居多，浓施粉黛者极稀，求其归真也已矣！

　　同时，我也希望有更多的读者，一起来读诗、品诗、写诗。因为：

　　　　读写并不难，只要脑手动；
　　　　诗歌本言志，发自内心衷；
　　　　情动形于言，不足便吟咏。

　　　　初学凡四句，每句字数同；
　　　　一句五七言，双句尾押韵，
　　　　韵母力求谐，相近亦可通。

　　　　下水先宜浅，比如习游泳；
　　　　然后学格律，拾级上山峰；
　　　　凡事开头难，日久能见功。

　　　　郁闷抒胸臆，欢乐放歌颂。
　　　　节日用诗贺，唱和乐融融。
　　　　大家来弘扬，中华好传统！

　　　　　　　　　　于农历丁酉年秋分识

1. 湖畔云庭组歌

一、湖畔云庭
江浙申沪三点交，汾湖支泊大渠荡；
新家卜居此湖畔，云庭更在屋顶上。

二、迎客松
入庭首见迎客松，名叫大阪姓扶桑；
展臂挥手迓送客，热情不失性阳刚。

三、养心岭
庭院左侧养心岭，仁者乐山气韵爽；
此景宜在深夜观，问峰听瀑细品赏。

四、醉目池
岭南东角醉目池，智者乐水悟性高；
夏晨旭初凉风习，戏鱼弄莲暑全消。

五、寒三友
山墙隔壁寒三友，傲霜斗雪冬景妙；
松风梅骨竹虚心，毕生躬行晚节保。

六、感恩亭
云庭主建感恩亭，养育之泽暖心房；
怀严念慈常驻斯，光前裕后传芬芳。

七、百果苑
桔柚石榴无花果，生梨苹果龙须枣，
犹有金柑及山楂，春华秋实挺热闹。

八、两宜轩
蛰居江南一辈子，兹借大漠三分景；
御风挹胜两相宜，咫尺天涯如临境。

九、夕照崖
夕照崖在最西方，枯山水俱石缀装。
此景最宜傍晚参，日落余晖禅意藏。

十、康健路
名义称路实小径，全长廿米卵石铺；
朝夕往返各百回，强身健体筋骨舒。

十一、农家乐
路南平行农家乐，长畦一条种瓜蔬；
只管耕耘毋问收，苦中作乐甘愿茹。

十二、洋观园
绿茵摇椅爵士乐，葡萄架傍双桃烘；
庭院素爱本土味，园林不排异域风；

十三、宠物角
曲径通幽宠物角，内筑红瓦微别墅；
无奈宠犬不肯耽，别有情趣金鸡补。

十四、六散户
犹有六缸大盆栽，成双结对分散住；
橘橙居东柿李西，金桂银桂寓中部。

十五、四乐篸
云庭短板风太大，羊岁补建四乐篸；
鱼乐人乐果蔬乐，冬孵暖阳夏雨怡。

2. 马年暮春于云庭草坪所见有感

云庭有块绿草坪，如何养护简且灵：
黑麦草氏怕夏季，马尼拉族惧冬令；[①]
轮番播植效果好，一年四季可常青。
夏冬马黑颇默契，暮春一至不安分：[②]
马尼拼命扩地盘，黑麦疯长无退心；
寸土必争似仇敌，鬓腮厮磨如更亲。
看看又气又好笑，想想合理亦合情：
好比人间交朋友，一味投合未必真；
有事倘若能争议，情到甬礼谊最深！

【注】①草坪中草的品种非常多，大致可分为冷季型和暖季型两大类。前者最常见的是黑麦草，后者更多见的是马尼拉草。

②这两句的意思是：每当盛夏，马尼拉草长势最好，黑麦草已经枯萎，而到了隆冬，正好相反，二者配合默契，互不干扰。但是，每年"暮春"，马尼拉草已经复苏，日益旺盛；而黑麦草虽已过了盛期，但尚未枯萎，有些甚至亢奋一搏，发疯似的长得很高。

3. 顺口溜·精兵简政

不看不知道,一看吓一跳!
小小一个县,机构一大套:
套套有批官,皂胥如牛毛。
你是含泪转,我已无泪嚎:
精兵先精官,简政力简庙!

4. 马年端午节吊屈子(三首)

(一)

奉上一串端午粽,
万千思念在其中;
再敬一杯雄黄酒,
驱魔除佞舒心胸;
三致两句吊唁词:
孰道弥天乌云能蔽日?
从来风雨过后艳阳分外红!

(二)

奉上一篮端午粽,
魂兮归来诗祖宗;
再敬一坛安魂酒,
与公痛饮三千盅;
三致两句祭奠词:
谁云汨罗汹涌难建塔?
自古丰碑永远树立人心中!

(三)

奉上一筵端午粽,
顶礼膜拜灵均公;
再敬一船桂花酒,
香溢万里满龙宫;
三致两句祈祷词:
但求屈子涅槃显英魂,
福荫华夏国泰民安欣向荣!

5. 乔迁新居一周月咏怀流年二十四韵

祖籍浙江镇海县，抗战避难上海生。垂髫无虑家殷实，束发懂事渐寒伧。
弱冠之后多坎坷：丧亲折雁门楣崩；诸姊于归各立户，我唯飘零如鸥萍。
幸喜折桂入大学，不道勤奋反被整。就业变相先劳改，旋遇"文革"世道疯；
所谓炮打张春桥，三十而破进牛棚。饱经风霜志不衰，挑灯攻读每三更！
年届不惑星斗转，运别华盖逢时亨，人心思治水清源，千山万壑重启程。
白昼杏坛执教鞭，黑夜斗室勤砚耕；广交文友结墨缘，游学半国底气升。
上苍不负苦行者，终于业绩小有成：文字喜梓五百万，桃李乐育二千零。
无悔浮沉半世纪，有愧忝列名师盟。古稀绸缪养生计，汾湖之畔筑云庭：
戏鱼弄莲醉目池，问峰听瀑养心岭；有朋清谈寒三友，两宜轩睇沙漠风；
田事亲躬农家乐，自种蔬果自家品；闲荡摇椅洋观园，喜闻爵士域外声；
沐善浸德夕照崖，思椿念萱感恩亭。时有微友传消息，每当会心小诗哼；
宠犬顽皮不觉烦，老伴絮叨反温馨。乐乎天命顺自然，斜阳辉映桑榆情。
慨夫，造化变幻谁做主？人生可堪自经营！

【注】诗中划横线的，均是拙院"湖畔云庭"中的景点或设施名。

6. 夏瑞

蜜橘青青已成形，寿桃碧绿枝上挂，
龙枣欣露婴儿脸，无花果儿渐渐大，
葡萄串串长势兴，丝瓜雨中笑哈哈，
生菜这批好肥硕，今年果蔬有吃啦。
更喜大漠异卉多，量天尺上开奇葩！

【注】以上为马年仲夏梅雨中于云庭所见。

7. 祝杨绛先生102岁寿

爱自然，生命之树常青，寿越期颐，德才一枝独秀；
爱艺术，生活之火不萎，功盖须眉，言行举世无双。

——谨以上联，预祝杨绛先生102岁生日快乐、童心永驻！

【注】此为联语，姑且归此。

8. 湖畔云亭·量天尺

庭植三柱量天尺，每当夏令便开花。
往昔总是随意看，半开半合似娇娃。
为何花开不展容？为啥总是羞答答？
今晨拂晓起个早，特意上庭去观察，
奇葩终于盛开了，朵朵都比碗口大！
原来此物喜凌晨，随日渐上渐累啦：
美景仿佛如机遇，有心才能抓住她！

9. 马年盛夏于云庭之醉目池所见

小暑已送黄梅去，云庭凌晨风习习。
昨晓才探两宜轩，今朝专访醉目池。
睡莲花开白纯纯，荷钱浮翠亭亭立；
锦鳞戏水喜养眼，菡萏初绽心尤怡。

【注】两宜轩，即云庭内专栽量天尺等多肉类植物的小轩。

10. 自家乐

在朋友圈中，见到一篇题为"镜头旅行生活"的网文，内有22个世界边缘终极旅行目的地的众多照片。这些世界边缘奇景，果然壮观美妙！惜此生无力亲临，唯望影兴叹耳！然在转发分享之际，倒触发了另一种感悟，得打油诗《自家乐》一首。

世界边缘虽奇妙，不如祖国风光好；
祖国风光虽美好，故乡山水最妖娆；
故乡山水虽妖娆，不及自家更逍遥；
何以自家更逍遥？我爱我家乐陶陶！

11. 抢救紫葡萄

庭栽四棵紫葡萄，其中一株特别好。
去岁当年便结实，可惜自己尝得少；
欲问大多何处去？原来全被鸟吃了！
今春长势更喜人，绿果串串挂枝梢；

风刮雨打夭一半,余存依然惹人笑。
大暑渐近络绎熟,稍红野雀已来叨。
为防飞贼窃成果,挥汗用袋逐一包;
日晒闷蒸浑不怕,抢救我的小宝宝!

12. 感恩是关键

读有关社会现象的网文,感慨系之。特借用杜甫《兵车行》名句"信知生女好,反是生男恶"开头,并仿其卒章模式,联系当前社会上对生儿育女的现实、观念及世风等变化,戏成古风一章。

信知生女好,反是生男恶。
生女嫁婿多半子,生男娶媳忘爹娘。
君不见,世风变,阴盛阳衰真可怜。
其实男女都一样,能否感恩是关键!

13. 轮回

——读《一瓶血水》有感

可泣天下父母心,可谴世上儿女行;
可叹儿女也将老,可怕孙辈又秉承!

14. 仿忆江南·午睡

读网上养生文字,获益匪浅,遂仿《忆江南》调,作打油词。

大暑到,午睡很重要。
能补昨晚眠不足,确保今午精神好,立竿见影效。
午睡好,控时也重要。
饭后半时眠半时,按时不多亦不少,效果更加好。
效果好,好处真不少。
降压减肥调性理,尤其强心又健脑,乖乖不得了!

15. 读谭嗣同《有感一章》有感

甲午战争120周年纪念日,读谭嗣同《有感一章》,感慨万千,遂步其原韵,奉和一首。

毋用悲哀莫须愁，不雪国耻誓不休。
中华民族擦干泪，复兴崛起新神州！

附谭嗣同原诗：

世间万物抵春愁，合向苍冥一哭休。
四万万人齐下泪，天涯何处是神州？

16. 麦德姆台风侵袭前后于云庭有感

7月23日，农令大暑。当天下午，今年第十号台风麦德姆，在福建省登陆后旋即北上。受其影响，一连数日，我新居所在遇狂风怒号，经久不息，风力始终在七至八级，阵风九级，屋顶尤甚。为此，我白昼守望防护云庭，夜晚心焦如焚。今日风势渐小，即上庭院清理。据所见所摄所感，凑成一首。

麦德姆伴大暑到，狂飙数日紧呼啸。白昼抗防夜难眠，深忧云庭遭横扫。
今风稍微上庭院，细数损失总算小：亭轩棚架均无恙，仅一爵士被掀倒；
可怜乳瓜及幼果，多半孱弱全吹掉。幸喜生命顽强者，劫后余存分外娇：
留种丝瓜稳如磐，黄瓜长势依然好；米苋初露红心叶，扁豆开花逐枝高；
葡萄纷纷穿紫衣，出水芙蓉眯眯笑。遥想灾区不忍睹，遍野哀鸿多苦恼。
休说人定能胜天，其实不过一口号。唯有风调雨顺时，备战备荒最重要！

17. 三箭齐发
——与小木兄唱和

一周前，曾获小木兄新词《踏莎行·岁月悠长》，抒发了其对甲午国殇的悲愤及中华儿女备战卫国的激奋心情。当日，即以七古一首，奉和。

电闪雷鸣风雨暴，东有鹰犬南豺狼；
幕后皆由美作祟，太平洋上掀恶浪。
面对凶险何所惧？中华儿女意气昂！
经攻武卫力声索，三箭齐发慨而慷。
自古弱国无外交，甲午雪耻岂能忘？
韬光养晦总有时，人间正道在青霜！

今又收到其转相关链接，并《桃源歌头》一首，复承上七古，奉和。

今闻老美忽有变，三箭齐发收功效！
有理有利亦有节，切莫因此而懈骄。
外交态势虽微缓，国内反腐路正遥。
草民做好分内事，待头等看斩新妖！

【注】"小木"乃陆继椿兄的微信昵称。陆兄是全国著名特级语文教师，是世纪之交国内颇有影响的语文教学流派"得得派"的创始人、曾任上海市教育工会副主席、华东师范大学一附中校长、获得过全国五一劳动奖章。"三箭"，指经济、军事、外交三个方面。

18. 立 秋

今日立秋。一早，上云庭为手植浇水并观赏，景有新变焉。遂占七古《立秋》一首。

盛夏将逝立秋来，菡萏香销莲蓬翠。
满棚葡萄剩两串，其余分享侄甥辈。
灾后杞橘长势好，金柑边结边吐蕊。
更喜山楂初开花，量天尺又绽蓓蕾。
扁豆苋菜相映红，今晚乐可尝新味！

【注】第四句，指上周六，国平、国娣、刘都、晓星侄甥四家共十口，来我家小聚，在感恩亭，分享当场摘下来的葡萄一事。第五句中"灾后"，指前周，麦德姆台风及暴雨，刮去我庭院中大部分幼果一事。

19. 读《大数据面前你已一丝不挂》后感

在朋友微信圈里读到某商场"大数据"一文，感此而作。

所谓大数据，原来全不懂。
读了此文后，果然显神通。
有利必有弊，坏人也可用。
有无如来佛？能制孙悟空！

20. 杨绛先生速写

家教自幼出名门，沐德浴艺基根深。
下嫁钟公目光殊，伉俪著作齐等身。
半生茹尽辱和苦，为求自由心神忍。
自古期颐本稀少，而君逾百更天真！

21. 云庭醉目池拾景两首

其一

芙蓉芳尽籽蓬秀，睡莲悄悄萍间开，
喷泉翻作珠帘雨，锦鳞姗姗戏往来。

其二

今年凉夏。处暑以来，常日阴夜雨，偶见骄阳，亦似昙花一现，省却了我每天上云庭浇水的工夫。前两天，昼晴宵也未雨，便起早登庭院灌溉花木果蔬；发现了许多不知名的飞蓬野草奇葩，便随手拍摄并占七古一首。

处暑以来阴雨多，白露渐近艳阳好。
今朝登庭理院杂，飞蓬蒿莱呈异貌。
墙角盆沿比比是，莫名野葩争窈窕。
从不播种亦不管，全凭天命任意造。
小小云庭犹如是，天涯何处无芳草？

22. 马年中秋奇瑞

马年多奇遇，双春闰月九；
中秋伴白露，苍松侣玉球。
祥瑞联珠结，好运逐亲友。
今夕霄汉月，湖畔云庭瞅！

【注】第二句，今年既是两头春、又是闰九月，历法中较为罕见。第三句，今年中秋节，又是白露日，也颇巧合。第四句，苍松，即我庭院中的迎客松——大阪松；玉球，指不知何时从何处飞来的车轴草，已在松树旁盛开了十多天，玉白滚圆，非常可爱。结句，数十年来，以往中秋赏月，多在上海，今夕只能在新居云庭了。

23. 第三十届教师节有感

午前，先后收到甥女刘明、学生秋水、玉芳等的贺词；尤其是同仁——数学特级教师宝兴兄，还寄来了精心制作的贺卡；亦师亦友的陆继椿学长，则邮来即兴创作的新诗《第三十届教师节有感》……激奋之余，特概括陆兄诗意与此刻自己的感受及回忆，占七古一首。

韶华易逝心年轻，下荫桃李上蒙恩，
三尺杏坛连广宇，神圣校园净灵魂！

24. 龙须枣与扁豆

今年秋分前后，受16号"凤凰"台风侵袭影响，云庭上种的蔬果有些损失，但也有可喜景象，如龙须枣反比叶茂时美观。而台风过境后，连日晴好天气，致扁豆疯长，更为可爱，遂先后吟诗两首。

一、龙须枣
凤凰飞过巡云庭，
龙枣叶儿多半罄，
主干蜷曲犹屹立，
虬枝蟠旋更苍劲！

二、扁豆
凤凰袭后连日晴，
扁豆活跃如飞蓬，
东西南北到处突，
左邻右舍受侵凌：
桂树冠上结数荚，
番茄腋间亦有生。
外柔枝条洵可惜，
内刚赢得千秋名！

25. 湖畔云庭庆国庆

湖畔云庭齐欢庆，人逢佳节天遇晴：
金柑个个朝天瞧，杞橘累累往地倾；
番茄扁豆比邻结，生梨苹果已成形；
岁临深秋夕阳好，丝瓜依然长不停！

26. 马年重阳思亲

重阳岁岁过，今往相径庭。
登高上平台，思亲感恩亭。
暂少菊花酒，椰奶敬满瓶。
茱萸无处觅，明年早经营。

27. 大渠荡畔踏歌行

国庆长假第三天，遛狗来到渠荡边。
夕阳西下灯未上，各行小贩渐占点：
这边待卖糖葫芦，那厢水果蛮新鲜，
琳琅满目小玩具，东西地上随便贩，
街歌艺人颇潇洒，隔壁有男售唱盘；
老外携孩下排档，骑车旅友上酒店，
最是抢眼搪塑主，现绘现销会赚钱。
边走边看边咔嚓，摄下道道风景线。

【注】"大渠荡"，是汾湖支泊，占500多亩（1亩≈666.67平方米）水面，深3~15米；三年前已环荡全部绿化、置景，建成了一个开放式生态湿地公园。位置就在我所居小区正门对面，步行半分钟便达，但四周兜一圈，约要一个小时。

28. 湖畔云庭乐天伦

国庆七日连放晴，人逢好天心欢欣。
老伴云庭采扁豆，宠犬侍旁守候蹲。
我在暗中偷拍摄，忍俊不禁乐天伦。

29. 马年寒露夜观月全食所见补咏

昨日傍晚发紧告，期与亲友共观赏。
为睹玉兔银变赤，早登云亭举首望；
孰知天象多变幻，暮霭重重将月藏！
无可奈何下楼去，权且砚耕驱彷徨……
临近午夜再上顶，抬头婵娟正辉煌；
下沿有颗小圆球，围缠蟾宫泛红光。
谁恋嫦娥若痴迷？我疑多半是吴刚！

30. 马年暮秋湖畔见落日余晖兴怀

马年寒露以来，虽天气晴好，但农历九月十二日起，接连三天西北风呼啸，气温骤降六度。云庭内枯叶处处，藤衰树凋，渐失往昔繁荣景象。然遛狗来到小区对面湖畔，见落日余晖，美妙绝伦，便兴奋异常。即占七律一首。

朔风秋暮声呼啸，锦簇云庭渐式微。
朝旭总觉童稚好，斜阳更感耄耋雷。
寒来暑往自轮转，代谢新陈不必悲。
只要此生非妄度，顺乎天命享芳菲。

31. 宠物与墨宝
一批书画刚裱好，为编选刊拟拍照；
爱犬察情随过来，盯住翰墨凝神瞟；
横哄竖骗撵不走，原来宠物也爱宝！

32. 马年霜降即兴
今日霜降霜未降，一天到晚暖洋洋。
沾霜沾福仅传言，身心康泰才吉祥！

33. 马年小雪日所遇感怀
小雪降雾不降雪，节应趋冷反增温。
风云变幻寻常事，人生如一稳脚跟。
身段曾效杨柳枝，腰杆如松不屈伸。
浮生荣辱尽尝遍，返璞云庭自归真！

34. 喜与老伴唱和
老伴怕冷，自立冬起，时时惧寒潮来袭。孰知近月天气暖和，入小雪后尤甚，竟诗兴勃发，出乎意外地在我书桌的纸上留下一首小诗。

野外小河边，杂花处处开。
连日暖洋洋，疑是春天来？

我读后窃喜，于是步其原韵，奉和小诗一首。

小区外墙边，勤妇笑颜开。
菜地一畦畦，时蔬源源来！

【注】因我家小区后门的墙外，有一大批绿化地带，本地有不少勤劳主妇，在树丛下空隙间开垦了一畦畦菜地，一年四季轮种各类蔬菜瓜豆，源源不断。我平日遛宠犬，路遇她们，总是笑眯眯的……农历马年小雪后一日。

35. 仿《忆江南·感恩节抒怀》六首并序

明天是美国感恩节,加拿大也有此俗,但非同日。据说欧洲人不过此节,而且若有人在该日为此祝贺,颇会反感,在我国港澳地区,有些人亦沾此习。其实,"节"虽有国属,然"感恩"并无国界,也不分种族,故借此节前夕,作打油词六首抒怀。

感恩节,最感是双亲:
一生付出毋回报,
唯有天下父母心。
能不首感恩?

感恩节,二感是师恩:
传道授业又解惑,
蜡炬泪干蚕丝尽,
将我育成人。

感恩节,三感学生们:
教学相长互鞭策,
桃李芬芳满墙门;
也应谢谢恩。

感恩节,四感亲友邻:
同胞同窗同事里,
同心同德同志仁;
岂可忘旧恩?

感恩节,莫忘感祖恩:
列祖列宗人人有,
一代一代至我们,
下元应继承。

感恩节,感恩感不尽:
天地万物皆惠我,

感恩还须知报恩；
否则欠人伦！

36. 为"热孔冷李"建言并序

  针对目前不少国人的信仰缺失、道德底线逐渐失守的现状，前阶段掀起了一股国内重兴国学、海外大办孔子学院的热潮。尤其是习近平总书记多次强调要传承和弘扬中华优秀传统文化，这对国人树立正能量的信仰与稳固道德底线，具有法律无法起到的作用。然而，中华传统文化的范围及精髓，仅仅是尊孔与读经吗？窃以为偏也，遂作七古一首。

    孔丘是位大圣人，其实李聃亦贤能；
    孔创儒学倡仁爱，李尚无为道家承。
    仁政契合庶民意，无为可治黎元魂；
    执政本以民为先，为民自然互不争：
    二教貌异神合一，相补相辅又相成。
    而今崇孔冷淡李，委实有些不公平。
    儒道倘能相融和，正能信仰更平衡；
    兼以法治来理国，如虎添翼新长征。

37. 为孙女寻找画家老师

    昨晒孙女成绩榜，感谢诸位赞扬赠。
    其实绘画她更棒，潜力深藏有天分：
    七龄渐始上县展，今春获奖全日本。
    惜无名师专指教，能否成才尚悬问？
    若有认识画家者，恳请介绍引入门；
    报酬自当按惯例，大成不忘推荐恩！

  【注】孙女从7岁起，在日本就读的小学，便多次把她的作品（不是仿作），推荐到县参加展览；其中有的逐级获奖上报，于今年二月，在日本第73届全国教育美术展上，又获得了日本国文部省直属教育部门颁发的奖赏及证书。

38. 为孙女寻找画家老师外一首

    旬前为孙找画师，国内海外多响应；
    为此首先表感谢，犹喜理杏蒙肯定：
    有的赞她有天赋，有的称其有悟性。

孰料画家意见殊，请或不请难准绳？
现将近况告微友，助我老汉做权衡！

39. 迎冬至小吟四首
冬至大如年，自古已有之。
南方吃馄饨，北方食饺子。

冬至明日至，数九便开始；
大气更寒冷，保健是要旨。

冬至拜先祖，祖安降福祉。
能便上墓扫，无力家奉祀。

冬至乃传统，祭祖非形式。
为人若忘根，何异于虫豸？

40. 马年冬至述怀
冬至年年过，岁岁各自立。
去冬这一日，感恩亲碑树。
迁葬后数天，为避忌日故；
晚辈四方来，齐聚拜先祖。
倏尔又一载，风渐艳阳露；
祥瑞降福祉，万民共祈祝。
今唯在家祭，下周族扫墓；
椿萱灵欣慰，儿孙喜欢度。

41. 自度乐·甲午年冬至夜祭
昨日冬至夜，老汉偕老伴，
携上小 LaKi，感恩亭里祭椿萱。
敬奉三炷香，红烛金光闪，
顶礼复合十，恭请双亲来宵宴：
葱烤河鲫鱼，豆腐米虾白，
羊羔并烤鸭，臭干香菇毛豆配；
德芙巧克力，悠哈奶糖甜，

四会砂糖橘，糖炒栗子龙眼鲜；
陈酒女儿红，熊猫牌香烟，
白茶来安吉，还有奥利奥饼干。
祭祀亥尾始，礼毕再膜拜，
子首送严慈，除夕再迎双亲来！

【注】LaKi 是宠物的名字，已 8 岁，成为家庭一员。

42. 甲午丙子癸酉日族祭

甲午年丙子月癸酉日①，偕长携幼，团拜双亲墓有感，得七古六首。

（一）

人生自古谁无死？留取基因传后世，
后世又传下一代，世世代代终复始……

（二）

人生自古谁无死？古今中外都祭祀，
名仪虽异实相同，感恩祖先佑后世。②

（三）

人生自古谁无死？躯体虽亡魂未逝，
灵在天国犹思后，儿孙岂能不祭祀？③

（四）

人生自古谁无死？入土为安寻常事。
孰知"文革"灭人伦，捣坟毁冢禁祭祀！④

（五）

人生自古谁无死？双亲魂游近半世，
去冬昨日重安葬，今岁同朝再奉祀。⑤

（六）

人生自古谁无死？养儿育女一辈子，
不思图报唯父母；理应尽孝或勤祀！

【注】①题记开头的干支纪时日，即公历 2014 年 12 月 28 日。
②"名仪"，即名称和仪式。
③"思后"的"后"，指子孙后代。
④后两句的背景是：20 世纪 60 年代初，父母相继去世，先后土葬在上海卫家角公墓。不久"文化大革命"爆发，一群愚氓在极"左"路线指引下，不通知家属就捣毁了所有公墓；并以"破四旧"为名，灭绝人伦地不准后人再扫墓

祭祀。

⑤奉劝天下儿女：对活着的父母，应克尽孝道；对去世的长者，应勤于祭祀纪念。

43. 2015 年元旦云庭拾景三首

一、翠竹

昨夜朔风怒呼啸，今喜朝暾金烂漫。
寒三友里翠竹秀，枝叶婆娑竿劲站。

二、腊梅

阳历除夕寒潮袭，湖畔云庭渐惨淡。
幸见腊梅竞吐芳，暗香疏影庆元旦。

三、锦鲤

四乐篌里阳光灿，二九已入第二天；
锦鳞悠悠沐温泉，LaKi 旁观更悠闲。

44. 上海外滩践踏事件祭

公元二零一四年，正值阳历大除夕；
践踏噩耗故乡来，伤亡竟达八十几！
头上红日当空照，心中寒潮惨凄凄；
肚里暗念阿弥陀，双手合十默哀祭：
一吊不幸罹难者，亡灵在天祈安息；
二慰住院伤重人，少安毋躁静疗理；
三请相关家属们，调悲节哀保尊体。
另劝年轻好奇辈，莫把性命当儿戏：
人多地方不要去，去了也别往里挤；
纵使已在人群中，文明互爱当知礼。
呜呼哀哉俱往矣，血的教训须牢记！
祭毕膜拜三鞠躬，归来魂兮复魂兮！

45. 唁诗《天堂的路上》读后吟二首

上述事件发生后，上海 404 医院网站发布唁诗《天堂的路上》一首。读后甚为悲切，续占二首志唁。

(一)
可怜天下儿女们，上天路上倍思亲。
奉劝世上健在者，活着更应有孝心！

(二)
可怜天下父母心，白发人送黑发人。
生死由命天做主，调悲节哀毋伤身！

46. 骑车闲游，发现泗洲禅寺喜吟

迁芦已有半年零，生活起居渐简恬：
半昼遛狗大渠荡，半昼云庭小盘桓；
除非购物四处走，足迹不越镇周栏！
昨日风和艳阳好，骑车外出兜一圈；
孰知不到一刻钟，浮图隐隐入眼帘，
赶紧循踪往塔驶，千年古刹在眼前。
此刹名谓泗洲寺，建于唐代景龙年；
山门古朴净圣土，三面临水居中间。
停车进门闻梵音，钟磬不绝绕耳边；
入庙随缘先奉香，顿觉羽化亦成仙。
稍悟取出拙手机，逐一摄下诸景观；
略挑九张传微友，一起分享于今天……

47. 腊梅寄语
——复丰和老弟

  云庭中的腊梅，其实挂蕾已经多时，却迟迟不见绽放，谁知元旦前夕的一股寒潮，竟把她们唤醒吐艳。此后一周，连日阳光融融，她们也慵懒地不思进取，而昨晚的一阵风雨袭来，居然复使其竞相开颜……此刻，恰看到朋友圈中，伦丰和学弟发来的腊梅照三帧。兴之所至，亦特摄三帧回赠，并口占小诗四句，祝他和微友们平安！

顷见丰和家梅开，我庭瘤仙绽二番；①
特此回馈亦三帧，凭君传语报平安！②

【注】①瘤仙：腊梅的别称。因宋代陆游，曾有"人间哪有此瘤仙"之句而传世。

②结句有二义：一因丰和老弟，曾有专信来询我："为何一段时间未在微信

中露脸?"似忧我身体有恙,因当时一心忙于家祭事而未复,现答之。二是句中的"君",也泛指各位关心我的微友。

48. 马年三九"寒三友"

今日"三九",虽阳光和煦,天气较暖,但昼夜温差甚大,且隔三岔五有寒流侵袭,毕竟已值隆冬季节!对此,湖畔云庭内颇为敏感。除耐寒的蚕豆、青菜,长势旺盛外,大多果木,即便不落叶的,也似进入了休眠状态。而唯有"寒三友",依然生机勃勃,于是即兴吟五古十六韵一首述怀。

> 云庭有三君,比邻相亲善:
> 高风苍髯叟,傲然居中间;①
> 春梅与癯仙,坚贞两侧伴;②
> 竹郎成队列,谦谦后面站,
> 内心心相印,外表如水淡。
> 三君习相同,风雪视等闲,
> 史称寒三友,美名自古传!
> 同中亦有异,个性殊显眼:
> 松竹四季青,惜无花枝展;
> 松针硬尖直,竹叶柔眉弯;
> 竿身空含节,松肚实似磐。
> 双梅冬斑秃,却有奇葩艳;
> 腊梅隆冬开,疏影冰雪仙,③
> 红梅春初荣,斜枝暗香潜。④
> 植物犹如此,何况执教鞭?
> 育人须因材,慎莫违自然!

【注】①苍髯叟:松树的美称。
②春梅,即红梅;癯仙,腊梅的别名。
③冰雪仙,腊梅的美称。疏影:腊梅、红梅,均有此态,此指腊梅。
④斜枝、暗香,都是红梅的别称。因为腊梅只有直枝,香味也要比红梅浓郁得多。由于历来对这几个别称,多不分红梅、腊梅,经常混用,故特注一笔。

49. 何时退休好

近日,网上盛传《你要活多久才能把养老金赚回来》一文,引起热议,我虽已赋闲逾十年,似与己无关,但事涉千家万户的即将退休"弟妹"家庭,故有一议。

　　　　　　人人都会年纪老，何时退休比较好？
　　　　　　由于社会在发展，不变不顺时代潮。
　　　　　　关键在于出发点，以人为本最重要！
　　　　　　此案内容较具体，并且拟了时间表；
　　　　　　有人支持有人反，其实不出人所料。
　　　　　　于是提出新与老，可把矛盾解决掉。①
　　　　　　窃意此议并不妥，因为症结未抓到。②
　　　　　　若能让人自己选，各取所需更加妙。③

【注】①即在上方案基础上，再加一个执行时间段的临界点，在此节点之前的为"老"，之后的为"新"。然后用"老人老办法，新人新办法"的原则处置。

②由于退休年龄的选择，牵涉到退休者的切身利益，而这种利益关系，并非由"新和老"来决定的。

③到底用"老"（现行规定），还是用"新"（上述方案），来选择退休时间，应当让退休者，结合自己的身体状况和切身利益来决定，是最人性化、也是最佳的办法。

50. 奇艺共甄别

　　　　　　四川画家李壮平，艺术路上大胆行。
　　　　　　女儿模特他写真，引发一片争议声：
　　　　　　伦理学家先发难，艺术家们多肯定；
　　　　　　网友看法更纷纭，大家不妨来评品！

51. 马年数九以来感悟

马年数九开始，汾湖晴多云少，暖冬气息浓郁。然入四九以来，连日阴云笼罩，间或夹杂雨雪，纵偶见阳光，亦淡然一笑而已……今漫步云庭，虽尚有松、竹、桂、蔬等略绿，及腊梅、金橘之花果点缀，但与夏、秋时蜂飞蝶舞荷开，及葡萄、柑橘、瓜豆等丰收之盛况较比，诚不可同日而语矣！遂于踯躅踟蹰思之际，触景生情，得七古《感悟》二首抒怀。

(一)
云散云又聚，日落日又出；
雨来晴又止，冬尽春又复。
人生恰如此：甜酸咸辣苦，
五味皆尝遍，阅历渐丰富！

(二)
春夏花木荣，秋冬枝叶枯；
温热蜂蝶恋，寒冷影全无。
人生亦若斯，岂能永不殂？
行善当及时，馨享桑榆福！

52. 迎新春传统习俗杂咏三首

今天，农历腊月二十三日，是中华传统的祭灶节，俗称"小年"。从此起，即拉开了迎新春、过大年活动的序幕。为兹，拟结合习俗，陆续诌几首打油诗助兴，供一哂。

一、祭灶
腊月二十三，灶王爷上天。
祭灶糖与果，色香味齐全；
供后自家吃，孩子最喜欢。

二、掸尘
腊月二十四，传统环保日。
家家都动手，掸尘扫房子；
干净迎大年，疾疫全消失！

三、接玉皇
腊月二十五，推磨做豆腐；
争食豆腐渣，为诓玉皇帝。
玉皇能赐福？致富靠自己！

53. 迎新春传统习俗杂咏（续）三首

经过上述三天之后，筹备过年的气氛日浓。紧接着的三天，主要是采购和准备过年的主粮及副食品。此外，贴迎新春联、年画、窗花等喜庆物品，也在这期间，同时进行。

四、备大肉
腊月二十六，上街买大肉：
大多储存好；少数当天吃，
最崭红烧烧，生活红火火。

五、购年货
腊月二十七，户户忙宰鸡。
城镇兜超市，乡村赶庙集：
踊跃购年货，沐浴洗晦气！

六、备主粮
腊月二十八，首先把面发：
北方蒸馍馍，南方把糕打。
贴联裱年画，还要粘窗花。

54. 迎新春传统习俗杂咏（续完）二首

这两天，是古人迎新春传统活动的高潮。此后，便要进入过大年活动的新高潮了。

七、小除夕
腊月二十九，旧岁临近终；
焚香于户外，请祖上大供。
感恩知图报，中华好传统。

八、大年夜
腊月三十日，都吃年夜饭；
饭后围炉坐，守岁至来年。
爆竹震空响，日月换新天！

55. 为青年歌手姚贝娜送行挽歌二首
三九后段风雨阴，上苍似为伊哀鸣；
青娥时值弥留期，备受煎熬亲更疼。①
临别慷慨捐角膜，赠人光明撼人心；
此举岂是红颜劫？遗响远胜好声音！②

一声忧伤一生花，一路放歌一路行。③
玉殒香销寻常事，生离死别自然成。
今日深圳送行会，云退霾尽天大晴；
凤凰涅槃浴火时，极乐世界已往生……

【注】①第三句中的"青娥"，是古代对年轻女子的美称，此指姚贝娜。
②③歌中的《红颜劫》《一声忧伤》及《一生花》都是姚生前主唱的代表歌曲名。引此，自以为妥。

56. 马年大寒日四乐簃即景并感①
今日四九第三天，正值大寒节气临；
往昔云庭无遮拦，冰风雪雨不堪忍。
自从建了四乐簃，隆冬白昼暖如春：
温高可达廿五度，子夜从不与零近。
佛树居中顶醒目，主躯挺拔侧手伸；②
盘根错节叶苍翠，老当益壮肃森森。
左角有侣子孙球，朝气蓬勃后代甚；
右边邻里二雀梅，叶藿碧绿亦精神。
更为可喜醉目池，青苔滋底水粼粼；
锦鲤雅游似淑女，闻声迅似流星奔。
最不显眼万年青，常年默默池脚蹲；
甘当配角无怨言，伴我养性又修身！

【注】①四乐簃，是初冬时我为新落成的阳光房所取名。
②佛树：榕树的别名。

57. 落日余晖吟

幼诵"白日依山尽",不识具象为何形?
老吟"夕阳无限好",曾叹"只是近黄昏"。
自从迁居汾湖后,遛犬常遇落日景;
返老还童心境好:"满目青山夕照明!"

【注】诗中标引号的句子,分别出自:唐·王之涣《登鹳雀楼》,唐·李商隐《登陆游原》,叶剑英《八十抒怀》。

58. 马年腊八日云庭拾零

今日马年腊月八,朔风凛冽彤云罩;
间有冰雨扑面来,冒寒独上云庭绕:
喜见金橘满丫挂,腊梅依然花枝俏;
青菜盆沿呈碧绿,蚕豆长势分外好;
犹有双桃叶虽秃,柯杈纵横凌空傲,
枝上花芽上千枚,蓄势待发显祥兆!

59. 迎新却唱麻烦歌

人生懂事麻烦始,从此麻烦无休止;
旧烦过去新烦来,接踵伴你离尘世……
送马迎羊喜事多,有人却叹麻烦事;
其实麻烦好处大,增智长才锤意志。
不经麻烦难成才,麻烦真是好老师!

60. 春节传统过年岁时忆

年初一,全民大拜年:先拜父母及长辈,长辈送我压岁钱。上下新衣穿!①

这一天,彼此也贺年:路遇熟人齐抱拳,互道恭喜祝吉安。喜气弥漫天!②

年初二,贺岁更频繁:走亲访友赴宴请,从早吃起吃到晚,肚皮滚滚圆③。

这一天,泰山泰水欢④。女儿女婿携外孙,礼品成双不能单:回门邻里赞!⑤

年初三,一般不拜年。赤狗羊日禁忌多⑥;趁此调养好休眠,睡到日三竿⑦。

这一夜,老鼠娶亲晚。灶间墙角撒盐米,权作米妆贺礼钱。往后少来犯!

【注】①这天男女老幼、上下里外，都穿新衣服。

②抱拳，当时贺年恭喜时的一种举止仪式。

③末句，形容吃得太多了。

④泰山泰水，即岳父岳母。

⑤回门：女儿带着一家回娘家拜年，当时俗称"回门"，而带的人多礼全，会受到邻居的称赞。

⑥这天俗称"赤狗日"，易闹纠纷、带来赤贫，不吉利；也有传说，这天是女娲造羊的日子，忌宰羊，俗称"羊日"。

⑦因上传说，古人忌这天出门拜年，而规定居家休息，睡得晚些起来。其实，从健康角度来看：古人从去年腊月二十三日祭灶开始，到昨天为止，确实是太忙碌劳累了，接下去春节还有很多事要做，故在这天调整休息一下，是很有必要的。

61. 甲午年除夕，恭请先亲回家过年

甲午星夜小除夕，湖畔云庭喜盈盈：
张灯结彩四乐籍，焚香燃烛感恩亭。①
供品不多儿敬办，厨艺欠高媳诚烹。
清茶薄酒难回报，山崇海深养育恩。
遥想五十余载前，严慈栽培廿岁零；②
业成欲养亲不待，双双比翼驾鹤腾。
阴阳相隔越半纪，音容笑貌铭心恒。
马冬将逝羊春来，恭请考妣回家门；③
奉侍重温骨肉情，围炉过年至新正。

【注】①这儿用的都是电子香烛。以后涉及此者，不再另注。

②严慈：指父亲、母亲。

③考妣：即显考、显妣，指已去世的父母。

62. 乙未年新正贺岁

过隙白驹去，羊羔美酒来。
祥云九州伴，正气一代开；
打虎廉家政，修篱御外灾。
园丁逢盛世，乐育栋梁材。

【注】第七句中的"篱"，即藩篱，喻边疆，指边防。典出贾谊《过秦论》。

63. 乙未年正月初三巧聚

昨日乙未年初三，湖畔云庭呈祥观。
路遥不便邀亲友，犹有后辈来拜年：
从子携囡父女俩，外甥姐弟巧结伴；①
不约而同冒风雨，不期而遇相见欢。
叔婶舅妗心中喜，欣递福橘示吉安。②
先请拜祖感恩亭，礼毕下楼设薄宴：
菲酌虽微家味浓，温馨更胜乡情般。
欢聚一天瞬间过，此境历历犹在眼……

【注】①这行中的"从子"，即侄儿的别称。巧结伴，是因为恰巧外甥女从加拿大回国探亲，才能与其弟一起来拜年。

②这行中的"妗"，是舅妈的别称。

64. 恭喜大发财

今天财神节，谁不想发财？
只要取有道，君子也爱财。①
年幼小孩子，最爱压岁钱；
吃玩任自由，不受家长限。
青年小伙子，最爱发人才；②
多才又多艺，更能显人眼。
成家大男人，最想发大财；
上可荣祖宗，下可高门槛。
退休老朋友，最盼身体健，
有得养老金，财源稳稳来。
今天财神节，谁不想发财？
只要来路正，恭喜大发财！

【注】①典出孔子《论语·子张》。原文是"君子爱财，取之有道，用之有度。……"

②"才"与"财"，古可通假。现虽不能了；但其实"才"比"财"重要。因为有"才"，可以利用它去挣"财"；而"财"却不能自然转化为"才"，甚至会因"财"而丧志，有损"才"的形成和发展。

65. 乙未新正初六为孙女庆生

昨天刚度财神节，今又为孙庆生日。
二月不见她拔高，眉清目秀更伶俐。
上回统考全日本，四千多生列廿儿；
这次庠序终试中，总分又冠校第一。
绘事不荒日渐进，课余坚持常练习。
老大闻讯心暗悦，老伴难掩笑眯眯。
羊岁新春嘉兆多，湖畔云庭添鸿禧。

66. 乙未新正人日感言

正月初七是人日，各地习俗不一样；
异中有同唯一点，人是万物之灵长。
万物皆为身外物，身心康泰慈善相！

67. 留念·感谢·寄语

羊岁新春喜事多，最喜莫过孙女火；
为其庆生本小事，吟诗亦仅留念故。
互晒生活又寻常，孰料点评破纪录：①
人数竟达二十三，地区涉及五六国。②
在此由衷致谢忱，犹有寄语说一说：
孩子都是家庭肉，漠视溺爱均不妥；
现在尚为小嫩苗，长大才能见劣优。
人生处世更一样，后辈前辈轮流做；
对上而言儿女孙，对下则是父母祖。
长应慈严幼当孝，家泰民安国荣富！

【注】①自开微信以来，我原创的小作，最多一次的点评者达21人。
②涉及五六国：是美国、加拿大、德国、澳大利亚、日本，加上我国。

68. 元宵惊魂致感谢

今日元宵逢惊蛰，节尾将尽春萌发。

人生七五遭灾劫，右眼几乎一下瞎！①

更惊祸源竟脑梗？幸喜命硬运气大。②

恳谢亲友桃李每，助医祝祈难报答。③

如今虽已暂脱险，惊定思惊犹后怕……

【注】① 2月27日中午，上云庭喂锦鲤突发眼疾，致右目半天失明。连夜用左眼视手机发微信于朋友圈求助。

②翌晨，由上中学生陈志忠驾车前来，接送到由打浦学生戴玉芳、李伟民联系好的上海五官科医院就诊。经诊断为"眼神经支脉血管栓塞"，原因是我于1月24日早晚曾突发过的两次轻微脑梗，并建议立即转脑神经内科续诊。

③至昨日止，已有56位微友，先后100多人来信来电慰问、祝福，并联系到了新华、长海、新视界、瑞金、华山等医院。尤其是当我第二次求助信发出后，全国胆道及胰腺外科首席权威、上海外科界泰斗级专家、瑞金医院终身教授、张圣道大夫的公子张伟，约我当晚就去其已九旬高龄的张医师府上求助。受到热情接待，并当即致电及荐函，请瑞金医院神经内科主任陈生男教授为我诊治。特向他们致以衷心感谢！

69. 羊年元宵至三八节杂吟三首

一、报应

往昔仅因同病怜，不为名利不图赠。①

孰料如今得回馈，更感善恶有报应！②

【注】①张圣道大夫，在"文革"中被打成"牛鬼蛇神"，竟致妻离子散，长子受牵连轻生。只得与幼子张伟相依为命，身世十分凄惨。其时，我也因所谓"炮打张春桥"等问题，被打成"现行反革命"，挨批斗约两年之久，身心备受摧残。故曰"同病相怜"。当时，虽然我俩都已"解放"，但"政治尾巴"尚未"割"尽。尽管如此，我凭着职业道德和做人良心，对他在我班读书的唯一儿子张伟，破格培养，使他成为"后进变先进"的标兵，并加入共青团。毕业时，由于校个别领导认为他父亲仍有"问题"、哥哥的"轻生"是"畏罪自杀"，定要把他分配到外地农村，我则据理以争，坚持要安排上海工矿。最后，折中被安排到上海崇明农场。

②40多年后，最近我突患脑梗，在求医缺门的情况下，张氏父子热忱出手

相助。岂非"因果报应"之一例乎?

二、思儿

惊蛰紧随元宵临，恰是吾儿降生辰。①

此刻其正在异域，遥寄蛋糕表象征！②

【注】①农历正月十六，是我独子凯南的生日。

②他在19岁时赴日留学，此后，每逢其生日，我必定制一蛋糕，与老伴在家为他庆生，直至他成家后才止。今年元宵这天，他因急事飞日，而其妻及女儿，要一旬后才去，怕他一人在日孤寂，故我在微信中发一"生日蛋糕"过去，以示象征性的庆祝。此亦天伦之一乐耳！

三、谢妻

返沪就医五日整，曾忧云庭无人问。①

今观池鱼豆蔬乐，感谢老伴只身顶！②

【注】①平日，打理云庭上的杂事，都是我在操作。这次一连五天都在上海就诊，很担心庭院荒芜。

②回家后一看：醉目池中锦鲤活跃欢乐，蚕豆长势旺盛且已开花，青菜长得碧绿肥硕，今午收割了菜苋一脸盆，晚上就炒好尝鲜了——原来是老伴一人天天在代理。值此三八节前夕，谢谢老伴，并祝她与所有女同胞节日快乐！

70. 兔子灯四首并序

羊年正月十八，仿"忆江南"调，诌打油词《兔子灯》四首。传统的新春灯会，一般从正月十三上灯日起，经十五元宵节高潮，到十八日落灯收尾。旧时的春节过年，至此也基本结束。灯会期间，到处挂灯结彩，非常热闹，但对孩童来说，能参与互动嬉戏的，莫过于玩兔子灯了。记得稚儿时代，先长兄是业余制作兔子灯的高手。拉着他自制的巨型兔灯，在一群同玩灯的小朋友中，显得特别拉风，至今记忆犹新，遂作此词纪念。

一

忆灯会，最忆非元宵；元宵灯彩比比是，孺童至多凑热闹。最爱兔灯宝！

二

兔灯宝，并非城隍庙；城隍庙里灯具多，品种齐全质量好。不如自制妙！

三

自制妙：竹篾骨骼牢，棉绢做皮细心糊，白纸剪毛饰外表。端的呱呱叫！

四

呱呱叫：耳竖红眼姣，肚内点烛脚有轮，拖着拉风满弄跑。窃喜邻里笑！

71. 风雨人生多烦难歌

序曲

人生似风雨，烦难何其多？
诸君如不信，听我歌一歌。

主歌

婴儿一出世，便始有烦难：
吮奶要用力，尿布歇歇换；
倘若饥寒病，也会哇哇喊！
长大读书了，日渐增烦难：
数理化语英，作业一大摊；
考试怕砸锅，升学更艰难！
毕业工作后，烦难成倍翻：
待遇有高低，职业有苦甘；
干好怕人妒，干坏忧老板！
一旦成了家，真是特烦难：
夫妻有口角，友邻会比攀；
开门七件事，哪件不烦难？
如果大家庭，烦难更不断：
上老下有小，代沟加误判；
欲想都摆平，难于上青天！

副歌

烦难不烦难？主要看心态：
心态倘勿好，凡事皆烦难；
只要心态好，乱麻一刀斩！
若想化烦难，还要动脑袋：
烦难再复杂，总有方法排；
心脑一起用，茅塞顿时开！

尾声

烦难是全书，帮你增知识；
烦难是良师，教你启慧智；
烦难是教练，助你长才干；
烦难是银行，阅历是存款；
烦难是宝盆，为你聚经验；
烦难是砺石，磨你意志坚；
烦难是沃土，树木育人才；
烦难是财富，不歇滚滚来！

72. 告病情再致谢意

前天去做磁共振，昨日据查又复诊。
诊断确系脑梗塞，但属轻度诚大幸！
医谓可用药控治，防止复发最要紧！
除却右目有故障，暂无其他后遗症。
此番无险却有惊，惊动圈中好心人；
微友关怀越六十，再次感谢并致敬！

73. 羊年新正一周月感言

风风雨雨阴云晴，天气好似人心境。
喜庆忧病伤死别，七情六欲五味陈。①
入羊至今方一月，人生百态全看尽。②
好歹不在心里憋，晒于圈中觅知音；③
诚谢微友多关切，助我云庭度余生。④

【注】①该行的前一句：在这个月里，先后为欢度春节、庆祝孙女的生日及过元宵节，而感到喜悦；次为自己患眼疾和脑梗，两次回上海医院检查就诊，感到担忧；昨天，又为自己年仅68岁的内弟早逝，去金山殡仪馆奔丧告别，而感到伤心。

②从公历2月19日，即农历正月初一进入羊年，到昨天3月18日为止，正好一整月。

③客居他乡，无论好事坏事，我都不会憋在心里自喜自忧，而常吟些小诗在朋友圈中晒晒生活，与亲友学生分享忧乐，心情似乎会更好一些。

④每次拙作发出后，总会收到微友们的关心、点赞、短评、祈祝、安慰或

帮助；少则三五名，多则数十位，大多在10人左右，使我的晚年生活充实而欢乐。谢谢大家，晚安！

74. 羊年春分时节云庭拾景

昼晴夜雨晨迷蒙，春分时节暖融融。
桃粉李白竞争艳，蚕豆花开紫黑红；
菜苋绿装戴金帽，苹叶新翠梨芽绒。
东风又染云庭色，七彩缤纷怡心胸。

75. 桃梨争春

乙未春分后数天，连日东风强劲，昨宵又霪雨不断，体感乍暖又寒，然毕竟冬令已去，地温湿度较高。上云庭见桃梨争春，别是一番景象，遂摄影并吟小诗一首记之。

湖畔云庭里，春分清明间；
东风连日吹，天气乍又寒。
毕竟冬已去，地温湿润含。
昨宵霪雨后，桃红分外鲜；
玉乳不甘寂，簇簇蓓蕾圆。

【注】倒二句中的"玉乳"，梨花的别称。

76. 寒食节前祭扫行

羊年寒食节前，追思述事咏怀百四十字。

春分渐远寒食近，①
清明将至忆先灵：
未届而立失枯恃，②
知命过后手足殒。③
杖乡之前忙事业，④
一俟赋闲倍思亲：
先建新冢安严慈，⑤
又筑报谢感恩亭；⑥
古稀常念先同胞，
长次两兄姊嫂等……

前日风和春光好,
偕侄二家三代人。⑦
祭拜椿萱朱家角,
奉祀哥姆闵行行;⑧
显考显妣最欣慰,⑨
长兄长嫂喜相迎。
阴阳相隔数十载,
音容笑貌宛如今。
犹有先逝二哥姐,⑩
相约下周再上坟。

【注】①寒食节:相传为民间第一大祭日。由于它在清明节前一或二天,中华人民共和国成立后,就把二节合在一起,当作清明节过了。

②而立:30岁的代称。失怙和失恃,分别为丧父、丧母的别称。我20余岁时,父母就先后驾鹤仙逝了。

③知命:50岁的代称。手足,历来喻同胞兄弟姐妹。我的长兄、大嫂、二姐及二哥,先后在这阶段去世。

④杖乡:60岁的代称。

⑤严慈:家严、家慈的简说,分别是父亲、母亲的代称。

⑥为报答父母的养育之恩,我又在自己新居的湖畔云庭里,率先盖筑了一栋感恩亭。每日晨昏二次,向二老请早安和晚安。

⑦这天,我和老伴带着LaKi,与长兄的幼子国平携着他女儿,故称"二家三代人"。

⑧姆,嫂嫂的别称,此指我的大嫂。她与我长兄的安息地在上海闵行。此句最后一个"行",应读xíng,行走的"行"。

⑨显考显妣,对直系亲属中,已无长辈的已故父母亲的尊称。

⑩二哥姐:是指我也已去世的二哥与二姐。这已在"一家门"的聊群里与他们的子女相约,拟在下周去扫墓。

77. 咏梨花

三日不理蕾如画,仲春曙雀始见芽;①
又经半周朱曦浴,一夜甘霖催绽葩。②
美不让桃更皎洁,色媲银李朵儿大。③
伊俩争胜奴旁观,朕盛开时尔等罢!④

【注】①曙雀：晨光的别称，此指在一个曙光初照，鸟雀欢鸣的清晨。芽，梨花的新芽。理，打理、照看。蕾，梨芽已自发孕育成蓓蕾。

②朱曦，春天阳光的别称。浴，沐浴。甘霖，春雨的别称。绽葩，即开花。

③前句：梨花的美，虽不如桃花艳冶，但她比桃花素雅皎洁，故说"不让"。后句：梨花和李花都是白色，故以"银"形容。二者在色彩上无高下之分，但梨的花朵比李大许多。

④这两句用拟人手法，以梨花自语的口吻，道出"我虽比桃李花开得晚，名气也似乎没她们响，但当我盛开之时，你们已开始凋谢了！"其中的"伊俩"，指桃花和李花。"奴"，古代女子的自称，即"我"，指梨花自己。"朕"，古代也是第一人称"我"，后被秦始皇垄断了，从他起只有帝皇可用"朕"，平民就不能用了。"尔等"，即你们，指桃花和李花。

78. 羊年寒食节前夕气候突变兴感

连日艳阳红烂漫，昨夜突兀撕翻脸；
雷电交加兼风雨，一夕温降逾一半。①
信知春天似孩儿，剧变至此未料见。②
莫非圣婴来作祟？浮想联翩兴百感；③
首忧云庭花果豆，正将结实竟罹难；④
亦喜贪腐大小虎，多年经营顷刻坍；
又冀亲朋暨微友，冷暖珍摄皆平安；
更勉余生勤修养，一善力克应万般！⑤

【注】①昨天最高气温30℃，今日降到14℃，故曰超过了"一半"。

②"然"，此是文言代词，相当于现在的"这"。

③圣婴：即厄尔尼诺现象。据气象组织报告称，今年极可能已进入厄尔尼诺年。对我国的主要影响是：a. 史上最热的一个夏天；b. 南涝北旱；c. 可能出现倒春寒气象。d. 湖畔云庭，因建在小高层的屋顶，最怕大风，尤其是开花阶段。去前两年，庭栽的一棵美国脐橙，花期盛开时遭遇台风，结果一只无收，其余瓜果也受到不少损失。这句的"豆"，指蚕豆。

⑤这句中的"余生"，指自己。克，即能够；万般，各种各样的事情、环境或变化。

79. 霁后柰葩呈玉貌

桃李唱罢金梨上，丽月云庭真热闹；①

岂料正在争荣时，疑似圣婴却来扰。②
可怜蚕豆身肢弱，为抗风患互拥抱。③
红雨落英霜雪忧；频婆适时运道好，④
恰避狂飙及雷电，霁后柰葩呈玉貌！⑤

【注】①金梨：我家盆栽的一棵梨树，品种是黄金梨。丽月，农历二月的别称。正常气温下，桃和李的花期几乎同时，盛开时都在二月，故有桃李争春之说。梨花的花期较后，一般在阳春三月怒放。今年前阶段气温偏高，梨花虽仍开于桃李之后，却提前挤入二月，故这个月云庭特别热闹。

②圣婴：厄尔尼诺的西班牙语意译，是一种异常的气候现象，会造成自然灾害。因前已有解说，此略。

③今年庭院里的蚕花，也盛开得特早，且已进入结荚初期。由于蚕豆是草本植物，茎秆脆弱，好在我栽种的密集，在狂飙侵袭下，紧紧挤挨一起，随风摇摆起伏。状似拥抱相依，既可怜，也可爱（文言中的"可怜"，即今之"可爱"），故用此比拟。

④红雨，桃花的别称；落英，花瓣吹落。霜雪，都是洁白色，此指梨花和李花。因梨花又别称"晴雪"，而它与李花又被称为姊妹花，故这样比喻。频婆，即苹果。这是频婆果的简称，因为苹果这个果名，到明代时才正式出现，故称。苹果树的花期，本应盛开在农历四、五月，也由于前阶段高温提前了，但毕竟较梨花开得迟，又恰巧避开了这场狂风暴雨，故说它"运道好"。

⑤柰，苹果的古称，现在仍有地方叫苹果为柰子的。葩，即花。柰葩，就是苹果花。

80. 羊年清明时节，大渠荡踏青所见

自今年清明前一周的周末开始，经清明正日，到清明后的第一个周末为止。随着本家族，对先辈一系列扫墓、祭祀活动结束；首次以十分轻松愉快的心情，带着爱犬 LaKi，到小区对面的大渠荡生态公园踏青。特将沿途所见摄数影，并诌小诗一首留念。

阳光周末大渠荡，东风轻拂春意闹：
垂杨依依秀身姿，云杉紫荆竞风骚；
小吃摊位比比是，鱿鱼大王生意好。
最抓眼球大草坪，红女绿男人气高：
彩蓬顶顶阖家欢，香烟缭绕品烧烤；
树间吊床异域情，孩儿嬉戏蹦爬跳；

更有湖畔潇洒汉，摩托车上睡大觉。

81. 人伦关系歌八首

此歌虽以个人经验、感悟为主，但非尽夫子自道也。

（一）
爸妈是骨我是肉，血脉相连心相共。
养育之恩报不尽，欲养不待最悲恸！

（二）
泰山泰水岳父母，养大女儿嫁吾侬。
姻亲之泽不能忘，助妻养老情理中。

（三）
夫妻本是同窝鸟，一旦结巢应知足。
相亲相爱更相敬，终老应以沫相濡。

（四）
儿女都是心头肉，抚养教育应把舵。
继往开来全凭他，生生不息续香火……

（五）
兄弟姊妹是手足，四肢齐全互照顾。
长应爱幼幼敬长，姑嫂妯娌也和睦。

（六）
侄甥堂表后辈们，基因血缘部分同。
逢年过节常来往，有事相商助一肱。

（七）
我如园丁生似花，师生自古是一家。
一生心血化肥水，喜看桃李满中华。

（八）
领导应敬不宜亲，同事协作忌妒争，
邻里之间多谦让，朋友必须讲信诚。

82. 羊年谷雨日，云庭劫后余存所见

今日谷雨刚歇雨，赶上云庭忙打杂。
却见幼桃叶中鲜，蜜橘依然挂花芽。
更喜文旦初蓓蕾，劫后余存还不差。

83. 羊年谷雨次日，再登云庭有感

  谷雨次日晨暾好，再登云庭巡回瞧：
  美国脐橙花蕾多，龙须枣儿叶苗娇。
  蚕豆殒损近一半，幸存骄子健宝宝。
  最惨李频黄金梨，大都稚果失踪了。
  漫说人定能胜天，天可控制人不老！

【注】李频，即李子、苹果。了，读 liǎo，了结，指被几场暴风雨摧残了。

84. "五一"宝岛山寨游

  今年五一，是我与妻结婚42周年纪念日。因是小年，本无庆祝之意，也未告知任何人此事。孰知半个月前，贤侄国平外出公干返沪，即致电向我和老伴问候，并说劳动节期间，想来芦墟探望。约一周后，又来电告知将于5月1日成行，并相约，届时拟驾车外出一游。于是将这天途中见闻摄数影，并诌小诗一首留念。

  昨日五一天气灵，叔婶侄媳台湾行；
  一路尚有宠犬伴，纵然山寨亦欢欣。
  宝岛渐近人簇拥，车水马龙闹盈盈；
  迎亲车队一列列，盘花结彩喜相迎。
  曾闻台湾多繁华，吾辈独选老街行。
  市风质朴犹儿时，为做纪念留数影。
  归途误经大观园，又遇一排车娶亲；
  刚才返回芦墟镇，居然三逢大联姻。
  触景生情忆此日，正是妻我结秦晋；
  转眼已届四二年，白头偕老到如今。
  翻出旧照一对比，韶华已逝不留情。
  人生苦短莫虚度，今后更须惜秒阴！

85. 七十五岁生日小吟

  今天生日七五周，不大不小不设酒。①
  蛋糕一只面二碗，自庆自祝自家秀。
  回望四秩七旬时，长老门生为我寿；②
  前者庄重后热烈，记忆犹新岁月久。

41

松龄鹤齿吾弗奢,唯期举觥七十九!③

【注】①不大不小:既不是大生日,也不是小生日。

②四秩:40岁生日时,由10位上海文史馆及书画界前辈,在无锡饭店为我庆生。七旬:70岁时,有70多名原打浦中学的学生,在上海新开元酒家为我做寿。

③举觥,指办酒宴做寿。

86. 羊年立夏,巡云庭拾景三首

红桃与黄桃

葡萄架侧两株桃,东黄西红灼夭夭。
红果大已婴儿拳,黄实虽小密度高。
尺有所短寸有长,各具千秋任逍遥!

蜜橘与脐橙

感恩亭旁二盆栽,脐橙坐南橘北站。
干枝叶花俱相似,果子成形才易辨。
世态万象莫短视,全程观察不走眼!

石榴与文旦

百果苑内果树多,文旦石榴俩相邻。
花开红白形态异,榴树落叶柚常青。
难得糊涂非愚蠢,人格品性须鲜明!

87. 老来戏唱蚕豆歌

从小喜食鲜蚕豆,上市吃起吃到收;
收市犹将干豆藏,豆瓣煮汤吊胃口。①
蚕豆零食交关多:童年颇嗜盐炒豆,
豫园奶油五香豆,还有什么焐酥豆……②
老来食谱虽丰盛,仍喜雪菜发牙豆;
偶尔独酌发旧思,来碟油氽蓝花豆。③
为爱蚕豆自己种,上海正宗本地豆。
昨日立夏应时令,满采一盆家乡豆!

【注】①盛夏胃纳不佳,把干蚕豆泡在水中,一两小时后剥成豆瓣,与咸菜或扁尖笋烧汤,味极鲜美可口。

②每当暑假晚饭后,在弄堂里纳凉时,随着一声"括辣松脆山北盐炒豆"

的悠长怪异的吆喝声,我和小邻居就会一起拥上去,用三五分钱买上一包。该豆入口松脆、咸鲜适宜,还略有一些焦香味。而与此不同的上海老城隍庙奶油五香豆,则青皮绿肉,表面略有白色盐霜;吃起来嚼劲十足,越嚼越鲜,尤其是那层豆皮,甜津津、香滋滋,咀嚼时更有回味。至于那焐酥豆,其实与老了的鲜蚕豆焖透后的味道差不多,只是因其时的鲜蚕豆落市已久,加上焐得更烂更酥,且撒上些许五香粉什么的,吃起来也别有风味。

③油氽兰花豆,也是干蚕豆的制品。油氽前除浸泡时间较长,又用剪刀剪口晾干,再入大油镬速氽捞起。其皮色棕褐翘起,形似兰花,肉质金黄空心,松脆含香至极,最适合牙口不好的老年人食用。

88. 云庭果树花序吟

李梨苹橘脐橙柚,冰洁玉英次第开;
桃已坐果榴初红,乳黄柿花姗姗来。

89. 柳絮飘飘三首

谷雨时节的江南,正值"杨花落尽子规啼"之际,携着LaKi,悠闲地在大渠荡畔溜达。忽然,漫天柳絮随风扑面而来,沾染满我的头发,LaKi周身皆是。此刻,竟联想起50多年前,自己在上海师院读大三时,于校园内遇到的类似情境,及写过的一首诗(下一),现回忆出来,并补上两首。

(一)
柳絮飘飘因风乎?春残又将一年度。
从师三载不入门,胸中文墨一点无。

(二)
柳絮飘飘今又舞,求学仅在打基础。
纵然从业仍须学,边干边学不停步。

(三)
柳絮飘飘永恒舞,人生有涯知涯无。
只要心脑尚在动,学无止境不迷途。

90. 与生欢度母亲节

昨日母亲节,有18名我从教初期所带的首届学生,来芦墟看我,并短旅留念。

昨天伟大母亲节，湖畔云庭艳阳开。
首届门生十八名，相约结伴包车来。
久者契阔近半纪，短者暌违亦数载。①
昔日冠笄方及年，而今皆已为祖辈。②
抵舍陋厅先小坐，旋上庭院任盘桓。
中午燕叙聚福楼，欢声笑语话当年……
归途伴旅金泽镇，泛舟桥乡古桥间。③
夜宴喜设金龟岛，渔村荤素皆新鲜。④
丰富一日转眼过，师生情谊永绵绵。
不知何年何月日，此情此境再重现？

【注】①我于1963年始从教，下放一年后重新执业，任打浦中学66届初二(5)班班主任。历经"文革"动乱，直至该班于1968年毕业分配后，即分别至今，最长的达47年。其中有些学生虽曾见面，也相隔好几年了。

②我国古礼：男20岁行"冠"礼，女15岁行"笄"礼，表示成年了。现在男女一样，18岁都算成人了。该班学生，当年毕业分配时，应该就是这个年龄吧。

③金泽镇，是上海青浦区最西南角一镇，与芦墟仅一界之隔。据史载：原有42虹桥，且庙庙有桥，桥桥有庙——故有"桥乡"之称。至今尚存宋元明清古桥7座，其中建于宋代元淳三年的普济桥，是上海地区最古老的石拱桥。

④金龟岛，在金泽镇以东约二公里，是个已建成并正在扩建中的生态渔村。我们当晚就在此夜宴。

91. 羊年小满日，收拾云庭有感

湖畔云庭春分起，桃橘橙柚雏果密；①
原期夏秋获丰收，小满落果竟成批。②
心疼赶紧上百度，探究原因设法医：③
先剪繁枝供透风，旋补肥水助将息。
效果如何勿知晓，聊以尽心慰自己。
幸喜余果渐壮硕，不折不挠富生机。
物竞天择凭造化，优胜劣汰未足奇。④
无知植物犹如此，人生立志永不移！

【注】①从农历春分前后开始，云庭中的桃子、蜜橘、脐橙、柚子等果树，

渐次花谢结出幼果。
②到了小满节气前后，前述雏果，突然成批落果了。
③到"百度"中去搜索果树落果的原因及防治方法。
④造化，指本事。

92. 羊年芒种日，云庭学农杂咏

今天芒种日，农夫忙收种；
虽已工业化，农业犹为宗。
倘若无人农，再化有何用？
民以食为天，道理人人懂！
吾本教书匠，归养小镇中；
屋顶辟田园，耄耋学务农。
园有农家乐，瓜蔬轮番种：
今春播毛豆，蚕豆栽去冬；
往岁植丝瓜，今添脆瓜种；
间插矮脚青，韭菜常年丛。
更有百果苑，枣柚石榴红；
苹梨无花果，金柑山楂烘。
外有橘橙李，葡萄植西东；
最喜两株桃，朱黄各一种；
今岁初结柿，果绿待泛红。
归养近一年，今又遇芒种。
回首作盘点，有失亦有功：
失在落果多，识浅鸟风凶；
功在剩果壮，苦乐在其中；
更可练手脚，防痴舒心胸。
今后再接厉，盲种变智种！

93. 云庭入梅拾景

无花果儿秀翠枝，鸟雀啄否尚无知；①
劫后余剩橘橙柚，约可安抵采收时？②

【注】①鄙庭所栽之无花果，现有五六十枚可数。在印象中，该果的皮比葡萄、桃子等厚，又较橘、橙类薄。由于今年才首次结果，故不知成熟时，鸟雀

会否来啄食？

②今年庭栽的蜜橘与美国脐橙，雏果期都密密麻麻，盛况空前，却屡次遭遇暴风骤雨及生理落果之患。损失各可以成百上千计，现余剩者，寥寥无几，均只有二三十粒矣！至于柚子，刚移来前三年，曾结过四大枚，而移来后却连年无花，今岁才开花六七撮，坐幼果十余粒，现也仅剩一枚耳！

94. 今日入梅即景

今天入梅，上云庭巡视拾景；翻宋·苏轼《惠崇春江晚景》诗意，并步其原韵，得小诗一首。

葡萄柿桃挂满枝，云庭果熟鸟先知，
专挑红艳香溢啄，正是江南入梅时。

95. 父亲节逢妻生日

端午昨下岗，夏至明日返；
今天父亲节，恰逢妻华诞。①

华诞不预宣，儿家来齐欢。②
端午侄伉俪，双双来陪伴。③

小宴嘉年华，连日共两餐；④
宴后上云庭，院中逛一番。

先摘紫蜜桃，旋又各浏览；⑤
忽于藤蔓中，喜见脆瓜悬！⑥

【注】①今年农历五月初六，是我老伴70虚岁生日。

②事前没有预告亲友，是拟在明年70足岁时，为老伴祝寿，故仅通知我儿一家，来欢聚志贺。

③端午节当天，则有我先长兄幼子——国平侄儿夫妇，从上海赶来陪伴我们过节。

④这两天中午，我就在小区对面——芦墟风景最优雅的大渠荡生态公园畔——的嘉年华酒楼，分别设宴招待他们。

⑤这儿说的"紫蜜桃"，即我前面多次提到过的"红桃"；因为前几天，看

了吴江电视台的专题报道，才知此品种的正名，简称"紫桃"。

⑥脆瓜：是我今年首次试种的瓜类。昨天前，还没发现结瓜，而我媳妇眼尖，竟被她发现了两枚，躲在枝蔓叶间悬着。她们走后，我再仔细搜索，竟又发现两枚；至于花生般大的籽瓜，则更多了。

96. 三届师生聚云庭

继上月，老打浦66届18位学生，来芦欢聚之后；昨又有69、75、80届18名学生（含一同事），来此看我与老伴。

端午甫过一星期，犹值黄梅高潮际；
官媒预警有暴雨，不道竟是好天气！
上无烈日顶头炙，略有微雨送凉气；
来车刚入芦墟时，有生听到鹊报喜！
先上云庭分头玩，中午湖荡畔叙餐；
返程西塘转一阵，师生兴会空无前！

97. 桃李情深

昨日来客十八人，云庭宾主齐欢枕。
无知岁月默默去，有情桃李绵绵恩……

98. 打浦生去上中来

2015年6月27日与7月5日：九天中，先后有原打浦和上中两批学生，来湖畔云庭探望我及老伴。记以留念并感如下。

上周周末云庭中，打浦学子来看侬。①
昔日少儿今成熟，转身父母情更浓！②

本周周日云庭中，上中门生又看侬。③
往昔锦鲤潜龙门，而今卧龙变云龙！④

【注】①侬，此用其吴语古义，即第一人称"我"；而非今上海方言中的第二人称"你"。

②这些学生都已成家，为人父母，有的甚至有了孙辈。

③龙门，上海中学的滥觞——龙门书院，可谓上中的别称，也是上中的象征。锦鲤，喻当时正在上中就读，待毕业后跃过龙门的学生。

④30年前，为庆祝上中建校130周年华诞，校领导嘱我为兴建的"卧龙亭"撰副对联，镌刻在入亭两侧的楹柱上。我偷得唐代李商隐的名句"雏凤清于老凤声"为下联，拟了句上联"卧龙高比云龙志"。十年前，我退休惜别上中时，还特地去瞻谒、默吟、沉思了良久……不知现在还在否？

99. 不忘国耻自勉

今天，是七七卢沟桥事变爆发78周年纪念日；国耻难忘，更期崛起！今天，也是夏历小暑日，天气不热反冷，出梅难期；思年来，除紫桃略有收获外，原本鲜花盛开的苹果、生梨，因灾而颗粒无收。幸喜尚有不少劫后存的瓜果，长势犹可。百感交集，遂立此存照，并吟小诗一首。

今乃公元七月七，国耻难忘卢沟变；
弱肉强食人类史，更期崛起天天盼！
恰逢又入小暑里，果瓜成熟是关键；
多上云庭勤打理，天不作美人自勉！

100. 闻超强台风预警纪事

梅雨将尽台风袭，莲花未消灿鸿来。①
每逢狂飙灵台忧，为护庭栽勤弭灾；②
悬空瓜藤忙捆扎，渐熟水果防脱胎；
最是担心四乐簃，唯恐坍坠致伤摧；③
赶紧求助朋友圈，依计关闭聊自规。④
能否见效任天命，尘埃落定期眉开！

【注】①莲花、灿鸿：是这次接踵而至的两大台风名。

②灵台：即心；弭，消除。

③四乐簃：我的阳光房名。盖建时，尽管一再叮嘱厂方选用最好材质，增强抗风能力，但毕竟坐落在四周无阻拦的屋顶东南角，正对台风来袭的方向。生怕窗户或框架坠落，伤害到楼下的过往行人。

④当天，在朋友圈发出求助信后，先后收到八则回复：仅一位主张南北窗要敞开，以便通风减少阻力；其他都认为应当紧闭。我遂服从多数，关闭四周门窗，聊以自慰，至于效果如何，只得听天由命了！

101. 台风警报解除后云庭所见

7月12日，台风灿鸿与江苏擦肩而过，上云庭巡视所见，遂写生如下，以记。

莲花登陆南粤间，灿鸿与苏仅擦肩；
安然无恙四乐簃，云庭有惊却无险！
晨虽尾风尚余威，唯见毛豆伏畦边。
青韭丛丛绿油油，翠镶红叶乃米苋；
脆瓜疯长逾七寸，丝瓜凌空舞翩跹；
更喜飞来紫角叶，肥碧今晚可尝鲜。
大难不折有后福，狂飙驱逐黄梅天！

【注】紫角叶，我并未下种。它是在今年春末，一次雨后，突然从金桂树下冒出来的。出于好奇，我把它移植到一只闲置盆中，现居然长大可食了——故曰"飞来"。

102. 好歹喜忧寻常事

台风北驱黄梅日，正是江南入伏始。
好中有歹歹有好，喜喜忧忧寻常事。
但愿股海淘金客，今起悠悠返牛市！

103. 我唯尽心无憾恨

大暑降临，气候诡异，似有倒黄梅之势，云庭所见，喜忧参半，咏之。

出梅业已一旬整，大暑降临反蒸闷；
三天晴好七日阴，间有阵雨常蹭蹬。
干脆酷热勤浇水，索性透雨省动身；
不阴不阳最难伺，湖畔云庭多折腾。
榴楂葡萄叶萎枯，瓜豆枝蔓花不盛；
幸喜各有强壮者，坚韧不拔长势猛。
黄桃青柿渐肥硕，其余豆瓜坐果稳。
优胜劣汰任造化，我唯尽心无憾恨！

104. 云庭盛夏脆瓜吟

脆瓜性甘寒，清甜汁水多；

富含磷铁钙，多种维生素；①
还有柠檬酸，营养真丰富。

儿时逢盛夏，甜瓜不入户。②
西瓜仅居次，它却坐上座；
我嫌口味淡，爸说最清火！

如今云庭里，脆瓜到处舖：
高者空中悬，低者草上伏。
生食特解渴，凉拌充佳蔬。

【注】①所谓多种，有维生素A、维生素B、维生素C等。
②这儿说的甜瓜，指黄金瓜、生梨瓜、海冬青（有人也叫"青皮绿肉"）等。其实，我儿时最喜吃的，是这些瓜，但爸妈说，吃多会腹泻，不许进门云云。

105. 云庭观云
立秋前日，于湖畔云庭观云所见杂咏。

酷暑累旬似火烧，碧空万里亦单调；
昨宵气旋袭云庭，今朝头上云缥缈。
微者游勇如银絮，巨大成片赛瑶岛；
随风变幻无穷尽，立秋将至心情好！

106. 不辞乐作乡下佬
中伏过半立秋到，连日阵风送凉宝。
上周侄来馈瓜豆，最近每尝黄桃笑。
无花果儿渐红熟，性寒味美营养好。
时有家珍调胃口，不辞乐作乡巴佬！

107. 云庭脆瓜吟（外三首）
小似铃铛大如钟，单胞双胎各不同；
幼尚碧绿熟嫩黄，瓜丁兴旺乐融融。

高悬头上指半空，低趴足下草叶中；
无畏灿鸿苏迪罗，风雨飘摇仍从容！

营养元素种类多；性寒微甘汁液丰；
生啖凉拌或热炒，伴我消暑立大功！

【注】灿鸿、苏迪罗，都是曾威胁过云庭的台风名。

108. 羊年处暑两宜轩掠影

今日处暑雨潇潇，金风习习送凉爽；
云庭瓜果多半尽，橘柿橙熟俟秋霜。
驻足凝眸两宜轩，多肉植物堪观赏：
金琥球茎一尺半，芦荟叶展逾平方；
最是霸气量天尺，二点五米高顶框；
犹有奇葩大如盘，端的沙漠好风光！

【注】两宜轩，是云庭中，专为移植多肉植物而设的暖房。宽4米，深3米，分内外两层，外层高2米，内层高2.5米。

109. 羊年中元节祭祀

羊年阴历七月半，
吾于云庭设斋饭；
恭迎仙亲回家门，
敬请亡兄姐共返。

月明星稀仪式简，
凉风习习供品微；
果素生熟非刻意，
带叶脆瓜当天摘。

清酒淡茶不浪费，
深情隆恩血缘牵；
阴阳相隔数十载，
往事历历在眼前。

清明冬至俱记得，
　　中元祭祀日罕见；
　　莫责后代忘典祖，
　　长辈不教错在先！

110. 喜获双宝吟

　　今获中国现代语文教育理论暨教育史研究专家李杏保教授寄赠，并精心代序，当代书法名家戴自中先生新著及亲笔签款。欣喜之极，遂口占七古一首致谢。

　　文情并茂忻葆序，诗书合璧著自中；
　　双宝俱获喜而吟，诚谢戴君与李兄！

111. 观抗战胜利 70 周年阅兵式咏怀五百零四字

　　华夏大和本同种，且有千载睦邻史；
　　纵有倭寇犯炎黄，稍加调教即宁事。

　　自从甲午海战后，马关条约成国耻；
　　清属琉球变冲绳，台湾亦割日统治。

　　得寸进尺九一八，掠我东北殖满制；
　　变本加厉卢沟桥，七七侵华全面始。

　　同仇敌忾国共合，全民抗战浴血史；
　　历经八年禽兽服，间有牺牲多壮志！

　　遗憾同苦不同甘，内战四载又乱世；
　　蒋帮腐败失民心，中共英明终得势。

　　新中国如太阳升，至今已逾一甲子；
　　成就至伟举世晓，可惜内斗亦不止：

　　尤其十年大反动，群魔乱舞逆历史；
　　党政军经几崩溃，国将不国鬼得志。

魔高一尺道一丈，人心思治渐一致，
一举粉碎"四人帮"，拨乱反正又复治。

改革开放顺潮流，经济腾飞震全世，
港澳回归锦添花，憾惜宝岛犹离支。

月虽皎洁有阴影，日更耀眼存黑痣；
万物有正必有反，兼观则明莫瞎子：

两极分化民怨怼，信仰缺失更难治；
持续发展警隐患，经济失调需整止。

关键时刻挑重担，习李搭班似雄狮；
反腐倡廉得民心，力拔山兮气盖世。

强军首先固长城，捍卫主权不疑迟；
机舰巡逻钓鱼岛，防空识别立标志。

外交灵活刚柔济，提出新型大国史；
一带一路亚投行，经攻武卫展雄姿。

文化教育重传统，力挺学子读经诗；
更期实现中国梦，伟大复兴树旗帜！

今观阅兵血澎湃，百感交集生多思：
亮剑并非秀肌肉，有恃无恐雪国耻。

铭记历史知兴替，缅怀先烈继遗志；
珍爱和平不怕武，开创未来崛起时！

112. 羊年白露凌晨云庭拾景

> 马年白露卯时零，
> 睡眼惺忪登院庭。
> 朝旭徐徐铺彩霞，
> 晓风瑟瑟助闲听；
> 寒三友里秋虫噪，①
> 醉目池中锦鲤宁。
> 窗映晨暾二宜轩，
> 霸王鞭上姬附身。②

【注】①第五、六、七句中的"寒三友""醉目池""二宜轩"，均是鄙在湖畔云庭内自设的景点。

②结句中的"霸王鞭"，是轩中多肉植物"量天尺"的别名。"姬"，原指霸王别姬中的"虞姬"，这里借喻量天尺开的花。

【答疑】上诗发布后，已收到二十多条加赞与点评，谨在此深表谢忱！至于在韵脚中，有些质疑，仅在此作说明：关于押韵，有友指出：该诗"零、庭、听、宁"，都是"庚"韵；而"身"却是"痕"韵，是否符合韵律？对此，据我所知：在唐代，是出格的；但宋朝以后，是可以通押的，如南宋陆游，直至晚清秋瑾以至现代的鲁迅、毛泽东等大家的律绝中，都不乏"庚、痕"通押的诗例；故不再改了。

113. 2015年教师节感言

凌晨伊始，至现已收到五十来位学生、同仁、亲友从海内外发来的教师节祝贺。感慨系之，遂吟七古一首答谢。

> 读书教书及写书，吾生轨迹即如斯。
> 今已七老八十间，养生湖畔数日子。
> 庭栽桃李三二棵，初衷不改犹若兹。
> 休道园丁像父母，没有学生便无师！

114. 云庭盆柿又遭鸟害有感（二首）

（一）

> 人道棒打出头鸟，鸟儿本领真不小，
> 浆果专挑最甜啄，仲秋盆柿盛夏桃。

初遭鸟害心疼忧，司空见惯反不恼。
人生感此颇有益：锋芒毕露诚不好！

(二)

出头鸟儿先挨枪，浆果越甜越早丧；
世间万物皆如此：人怕出名猪怕壮！

115. 赏花观果两相宜

盆栽石榴分二类，一类赏花一观果；
观果品种花期短，赏花类型不结果。
我家一款两相宜，花期特长果且多；①
果形犹如吊金钟，彤花边开边结果。
每当云庭打理歇，LaKi 陪我品花果。②

【注】①果石榴：通常花期在五月，花谢后开始挂果，供人观赏，此后当年就不再开花，而花石榴，一般花期从 5 月到 10 月，分几度开放，但不结果。我在云庭栽的一款，从孟夏始开，至今仲秋，已第三度开花挂果了！

116. 喜见云庭添新口

云庭虽小又简陋，山水花木倒俱有；
天生鸣虫唧唧叫，池中锦鳞静静游；
瓜果豆蔬轮番摘，四季尝新鲜可口。
人文小筑因地建，亭轩簃舍渐绸缪；
曾为宠物辟一角，别有洞天素雅幽；
无奈 LaKi 太黏人，休肯独居空悠悠？
上周南儿送礼来，鸡童一筐声啾啾。
日出晴暖遍院逛，月升风雨栖屋守；
时有老伴来喂饲，动辄爱犬去戏逗。
喜见新居添新丁，生机勃勃乐心头；
养生湖畔不寂寞，淡泊放浪任自由！

117. 羊年秋分，云庭·洋观园一隅

今日秋分晨雨甚，云庭朝夕凉意增。
落叶果木始式微，唯余橘橙尚生生。
容与步入洋观园，绿草茵茵色更深。

爵士乐队居一隅，管弦交响动听闻。
庭院素爱本土味，文化不排夷域风。

118. "雏犬乐"三首并记

羊年中秋前日，余得雏至今，与有周矣。因妻悉心饲喂，众雏亦颇具灵性，故每见老伴来庭，即鼓翅展嗓前迎，载欣载奔，簇拥围之不去，姗姗可爱。妻兴起，即留诗一首于笺。

湖畔云庭里，青青小草上；
雏鸡翩翩舞，叽里叽里唱。

余见之甚喜，即步其原韵，奉和一首如下。
蓝天白云下，云庭草坪上，
群雏雀跃喜，紧围老伴唱。

然其时常伺于一侧之LaKi，见老伴与众雏亲热若此之情境，每顿生妒意；即狂吠一声扑去，吓得雏群鸡飞狗跳而逃，状极滑稽。余忍俊不禁，遂再步原韵，复和一首。

LaKi伺近旁，眼红妒心上，
狂吠一声逐，雏逃绝欢唱……

119.《养生乐·羊年中秋》并序

岁次乙未，时值仲秋望日。晨起入云庭，芳香徐来，金、银桂已然开焉。是夕，月朗当空，促织和鸣，余偕妻及宠犬LaKi，设宫饼、时令肴果数品于感恩亭。礼佛祖，拜月神，恭请先严慈、诸亡兄、姐仙临，共度中秋佳节。翌日，创新俚词三叠，叶吴语韵，不调平仄。

明月逐月有，除却阴雨天；
最是中秋上元夜，自古多蕴意。
食宫饼、吃元宵、盼团圆；
痛我失怙恃，漫越半世纪，
今欲报恩无门入，太息复歔欷！

幸有结发伴，又喜宠犬侣；
躬亲田园农家乐，近犹悦得鸡。
妻叨叨、狗吠吠、雏叽叽。

养生湖畔上，乔居入二年；
所恋即为桑梓园，云庭溢生机！

今夕玉轮圆，寒光泻大地；
金银木樨送芳馨，感恩亭奉祭。
礼佛祖、拜月神、敬先亲，
合十再鞠躬，贡品时俗简。
人生苦短乐活甜，造福靠自己！

120. 云庭野瓜

云庭历种三种瓜：黄瓜丝瓜及脆瓜。
今年突然冒野种，叶大藤粗到处爬；
先后曾结八九果，大多已经夭折啦。
今天唯存下三瓜，模样丑陋又可怕。
不知这是什么瓜？现在是否能吃它？
如果可吃怎样吃？谢谢请教各位吧！

121. 养生乐·上中150岁华诞①

杏坛比比有，
上中最卓优，
历经一百五十年，
彪炳垂千秋。
源晚清、越民国，到今后，
乐育栋梁材，
申沪一枝秀。
喜看卧龙腾飞，②
鸿爪遍寰球。

我本无名卒，
中道登兰舟，③
忝列龙门廿三载，
心血未浪流。
青丝入、霜鬓退、今白头。

曒出力口耕，
秉烛勤砚耰；④
付梓五百万字，
皆与教挂钩。⑤

打自赋闲起，
相思不曾休；
最念莘莘学子，
既爱且含羞，
教书多、育人少、遗憾疚。⑥
畴昔尽雏凤，⑦
而今多云鹫。
芳林虬枝老矣，⑧
新芽日日抽！

【注】①养生乐：是我最近新创的词牌名。每首三阕，每阕9行，以五言为主，杂以六言、七言、九言（分读为三个三言）句构成。一阕，计52字，每首三阕，共156字耳。因该词只讲谱式、句定、字数及押韵（以吴语为主），而基本不调平仄，很草根、粗俗，故自称"新俚词"。

②卧龙：上海中学教学主楼，名"龙门楼"。其北，越过大礼堂的背面，景区内有一小石亭，叫"卧龙亭"。卧龙，以喻尚未跃过龙门、正在上中就读的学生。

③中道：即中途。因我是在原打浦中学任教17年后，调入上中的，故称。"兰舟"，借喻美声溢外的上中。

④耰：yōu，名词锄头或锄柄，动词泛指耕耘。此做动词，"砚耰"即"砚耕"，与上句"口耕"相应。

这两句，概述自己在上中23年教学生涯中每天的活动情境：白昼，朝阳初升，便致力以教学为中心的本职工作（口耕）；夜晚，在台灯下，伏案坚持自己的业余爱好——写作（砚耰）。

⑤付梓：即出版。日积月累，自己在我国各地省、市级以上范围，公开出版的书及发表的文章，总字数达500多万，而这些，都是与语文教学有关的。

⑥进上中初，除主教语文外，头四年还兼任（含三届）班主任，其后，领导根据我的特长，重点致力于教学，先后安排自己担任备课组和教研组长工作。虽然，教书与育人是不应分割的，但相对来说，做班主任的育人任务要更多更

重些。因此，便有了这几句感慨。

⑦雏凤：20年前，上中为迎接130周年校庆，对校园做全面装锦，嘱我为礼堂后背的小石亭（参见上注2）配一副对联。我便借代唐李商隐一名句："雏凤清于老凤声"为下联，撰了句"卧龙高比云龙志"作上联。镌刻在该亭入口处两侧的楹柱上。此联含"青出于蓝胜于蓝"之意，其中"卧龙"与"雏凤"，均喻当时正在上中就读的学子。

⑧虬枝：喻自己，该句为夫子自道也。下句中的"新芽"，喻正在或将于上中校园里栽培的一代代桃李。其中，也包含我对已经跃过龙门，正在全国及世界各地腾飞的雄鹰，以及脚踏实地、正在默默肩负工作与家庭两副重担而拼搏后辈的愿景、勉励与期待！

10月17日——明天，是上海中学建校150周年纪念日。谨以此词：概述自己在该校22载的教育生涯，并志庆贺。记于芦墟湖畔云庭。

122. 为上中150岁华诞而作

昨天上午，参加校庆庆典毕后，又分别应邀出席了上中84级初中、87级高中与83届初中、86届高中毕业生组织的聚会，以及午宴与晚宴。盛会气氛热烈，尊师感情浓郁，激奋之余，夜不成眠，遂作七古·藏头诗一首留念，并答谢这四届及因故未到的所有教过的分布在海内外的同学。

上学最惜少儿时，①
中年则盼双业成。②
一枝独秀固堪赞，
百花齐放弥足珍。
五经四书当常读，③
十年寒窗岂封门？
周而复始非循环，
岁月交替应提升。
校园鹿鸣嗷待哺，④
庆幸今更知感恩。
留恋往昔生师谊，
念念不忘老益纯。
有朝仙去倘涅槃，⑤
感此再做育蓓人！

【注】①句中的"少",即少年,类似梁启超《少年中国说》中的少年,指年轻人,即指从大学,到读硕、博学段的年轻人。儿,即儿童。其年限,以世界联合国大会通过,我国于1992年正式生效的《儿童权利法》中的界定,即"儿童是指18岁以下的任何人"。这就涵盖了从小学到高中毕业学段的所有学生。

②双业:指家业和事业。

③五经四书:此泛指为古今中外所有的经典著作。

④鹿鸣:原为《诗经·小雅》中的第一篇篇目,是古代宴请群臣嘉宾的乐歌,后衍生出"鹿鸣宴""鹿鸣之喜"等古礼及贺语。前者,是指在乡试放榜次日,宴请新科举人,或地方官员祝贺考中贡生或举人的"乡饮酒"宴会。后者,一般用于祝福别人考中理想学校或录取了好职位的贺语。该诗的首句是"呦呦鹿鸣",以借喻当年在上中校园里学生朗朗读书的欢乐情境,也隐衬今日两次宴会时的祥和氛围。

"嗷待哺",即成语"嗷嗷待哺",原指小鸟饥饿时叫着,等待母鸟来喂食,也可形容婴儿饥饿,期待母亲哺育。在此,借以形容当时在校园里,学生对老师授予新鲜知识的渴望。

⑤涅槃:佛教用语,原意译为圆寂;我国有多种"凤凰涅槃,浴火重生"的传说。在此,我用其死后重生之意。

2015年10月18日凌晨,于上海格兰云天大酒店下榻处

123. 藏颈诗·重逢——寄俞健

俞健,是20世纪80年代初,我在上海中学任教初中语文时的学生。2015年10月17日,我因赴沪参加校庆活动,无法及时返家,便借白兰云天大酒店住一宿。他知情后,竟于次日一早,特地从远道赶往我下榻处;并驾车送我回芦墟再返沪,与有感焉,特占此留念并致谢忱。

万感远道专车送,
多谢何能表内衷?
小俞敦厚性内敛,
笔健闻博思缜聪。
时久长达三十年,
杳别近才见影踪;
山重水复疑缘尽,
相逢似在梦境中。

为留鸿爪占一歌,
此念绵绵情无穷……

124. 羊年重阳感言

重阳无须到处走,登高便在楼上头;
最悸曾陷樊笼里,故放群鸡各自由……

125. 养生乐·羊年霜降,云庭即景述怀

霜降今日至,
晨起仅降雾;
雾霾重重上云庭,
腹中直嘀咕:
柿柳李,叶凋零,木似枯;
瓜蔬多萎坠,
唯有豇豆舞。
逡巡院里寻觅,
彳亍从容步……

转眼巳时临,①
日破烟岚无。
碧空微霞泻金光,
美景一幕幕:
劲松挺,榕叶密,竹婆娑;
峰瀑喜涮涮,
锦鳞乐乎乎。
凰憩脐橙互邻,②
金弹橘同树!③

天有阴晴雨,
人无永宁睦。
树欲静而风不止,
调适尽在吾:
顺勿怠,逆毋馁,心淡泊。

善养精气神,
德积康寿福。
任凭飙袭涛打,
我自行我素!

【注】①巳时,上午9-11点。

②凰,此指母鸡。我养的10只,原卖主讹告全是雌的。因幼时无法识别,故称。

③金弹,即金橘。同树,指它与庭栽的黄岩蜜橘,竟长在同一棵树上!

126. 复顾城名句二言

顾城原句:黑夜给了我黑色的眼睛,我却用它寻找光明。
我复顾城:如果内心阴暗,寻找到的则更漆黑。

127. 羊年立冬狗友闲情拾趣

今日立冬。云庭里,除脐橙、蜜橘、金柑的长势依旧,群鸡依然热闹外,瓜蔬已尽,余树,亦渐次进入落叶或休眠状态。天,阴沉沉的,间有绵雨;入夜,则寒气益甚,了无意趣。睡前,遂翻阅旧信,于昨上中退休教师群中,见一组与两位"狗友"互晒的宠物照片,颇有兴味。特将其及所附打油诗四句,转发如次,以供各位一粲助眠……

杨君迪迪会抽烟,①
我家LaKi喜寻衅;
还是施犬家教好,②
憨厚正派最康健!

【注】①杨君:宠物迷兼瘾君子也。早前曾养京巴犬一头,视若心肝。三年前因出国旅游,将该犬托女儿及婿看管,孰知回来后爱犬夭折,悲痛欲绝,竟致大病一场,且伤魂落魄好长一段时间。为抚平其哀思,杨婿遂四方寻觅,终于购得一条与原物的品种、大小、形态、毛色,几乎一模一样的幼犬补偿他,才使其精神逐渐恢复过来。为纪念前犬,杨君为它起的名字仍叫"迪迪",并爱之更深,而此宠亦殊具灵性,在手不离烟的杨君熏陶下,竟也学会了"抽烟"。

②施君,为宠物迷中的后起之秀。他喂养的一条巴科犬,看起来作风正派、憨态可掬,但俏皮时吐舌弄眼、耍泼打滚,样样都会。最值得大书特书的是,施君于十多年前因癌症而提前病退赋闲,正是由于它的忠诚贴身陪伴,才使其彻底战胜病魔。现施君心宽体强、脸色红润、精神特好,看上去,较退养前至

少年轻 10 岁。

128. 夕阳恋——非虚构

老汉同事娄味芳,
出身豪门家富饶。
学养既深事业顺,
举止高雅仪表好。
千里挑一世少有,
孰知婚姻却不妙。

她钟情人人已婚,
别人追伊伊勿要。
一拖拖得红颜过,
年近半百却嫁了。
对方立业在外地,
曾婚儿女有一双。

大家觉得很奇怪,
难听话儿也不少。
其实那男即旧爱,
身世坎坷勿忍道:
妻女皆亡仅遗儿,
遗儿也往国外跑。

孤男寡女本有份,
瓜熟蒂落姻缘到。
自从二人成婚后,
妇唱夫随情感好。
同出同进影不离,
相敬如宾从勿闹。

朝观日出暮赏霞,
公园商场并肩逛。

买菜烧饭共同做,
有兴馆子一起上。
天荒地老夕阳恋,
春花秋月无限好。

【按】欲知娄老师较详情况,可参见本书《云庭文汇》之《往事如烟,前景迷茫》篇。

129. 闻青浦朱家角大千生态园一念

青浦正毗敝镇旁,亲塚更在朱家角。
冬至扫墓日已近,顺道拟去瞧一瞧。

130. 想吃照吃别过分

读此食谱吃一惊,
原来都是害人精?
想吃不吃又不甘,
因为多为喜爱品。
那么到底怎么办?
我看不必太费心。
难道怕跌便不走?
因噎废食更不敏。
除非医嘱必忌口,
想吃照吃别过分!

131. 养生乐·鸡

九月十九日,
群雏来我家,
乳臭未干半把斤,
个个差不大。
叽喳唱,展翅舞,喜洋洋。
云庭正仲秋,
欢迎有果瓜。
老汉悦上眉梢,
老伴乐哈哈。

如今双满月,
　　脱胎换骨啦。
　　公冠高戴似将军,
　　母态亦优雅;
　　迎旭出,随昼游,归落霞。
　　肚饥各觅食,
　　雨躲累齐趴。
　　一旦见美味,
　　争抢犹厮打!

　　见此生联想,
　　人与禽似吗?
　　少小无猜多纯洁,
　　长大变复杂。
　　早出门,日上班,晚回家;
　　就业为生机,
　　寒暄打哈哈。
　　倘若遇到肥缺,
　　会不翻脸吧?

132. 拉基生日快乐

　　拉基,即我家宠物 LaKi。其英文名,原是 lucky,意为幸运儿。由于口语音,似汉语拼音中的 LaKi,而 Ki 又没相对应的汉字,故在书写时,便一直用拼音代记。现因庆贺 LaKi 八周岁生日,写藏头诗需要,用拼音又无法显示,就用汉字"拉基"了。

　　拉风抢眼一贵宾,
　　基因正宗血统纯。
　　八年陪我不离膝,
　　岁月渐增感情深。
　　生性活泼惹人爱,
　　日久更见忠义诚。
　　快活常与劳累伴,

乐此不疲助养生。

133. 云庭圣诞腊梅

云庭晨霾笼圣诞，
午后烟消朱羲灿。①
始闻暗香动鼻翼，
细睇冰魂串串绽。②
老桩拙朴似虬客，
凤凰时时来盘桓。③
往昔先花后长叶，④
如今飘碧犹未残。⑤
疑是上苍呈吉兆，
灵台大释迎新年。

【注】①朱羲：太阳、阳光的别称。

②冰魂：腊梅花的别称，上句中的"暗香"，既是梅的别称，也是当时的实景描述。

③凤凰：此指公鸡与母鸡。

④腊梅，是落叶灌木。通常是：腊月或冬月，先开花，花凋零后，开春再长叶子。夏季，叶最茂盛，暮秋叶渐凋落，初冬，几乎落尽。然后，又先开花再长叶，周而复始。

⑤飘碧：此指尚未凋落的梅叶。因古代树叶的别称极少，最有名的"飘丹"，专指枫叶，故这里以"飘碧"代指梅叶。

134. 云庭腊梅（外一首）

云庭寒三友，松竹梅齐全。
侬侬山墙隅，孤僻最可怜；
暴雨挨独多，朔风迎在前。
圣诞早开花，尚有飘碧伴；
今日残绿尽，无叶更好看！

135. 羊年冬至和猴年元旦，与继椿兄唱和二番（八首）

一、羊年冬至夜

继椿

温馨冬至夜，怀中儿女情。
尽孝父母福，开春家更兴。

步学长原韵，奉和如下

乾坤问

羊年冬至夜，感恩舐犊情。
如今跪乳少，何时孝道兴？

继椿复

鲁班有真传，倾厦可扶正。
宇清思无邪，笙歌闻道经。

乾坤再问

真尺自古有，倾厦轮回正；
"文革"不彻肃，何道道法经？

继椿再复

历史好评说，须待几代人。
倡导读经典，水到渠自成。

乾坤感结

当代不清算，留待后世人。
投鼠若忌器，蚁穴溃渠成?!

二、猴年元旦晨

新年望春（新散曲）

继春寄赠

乾坤新序，
物换星移，
数好事几许？
是张扬天地正气，
令妖魔难遁行迹；
更遑论跳梁小丑，

强做戏?!
而今治国奇招迭起,
四两拨千斤,
带互赢者一路,
建命运共同体,
奔去,奔去,
让霸主狂徒,
急煞也么哥,
乱折腾南北东西……
新年又将至矣,
金猴喜见新天地,
抡起金箍棒,
俺也要献力!

读继椿兄《新年望春》有感
乾坤

物易星转乾坤移,
盘点好事多来西:
内反腐败外御霸,
强军发展高科技,
放权日益利民生,
深化改革调经济,
高瞻远瞩携友邦,
三严三实求诸己……

月有阴影日有痣,
玉宇璀璨含瑕疵:
如今形势犹复杂,
居安思危清神志:
外魔围堵何所惧?
对应化解拜睿智。
内鬼蛊惑迷人心,
掉以轻心会乱世!

今已二零一六年，
"文革"发动正半纪：
庆父虽除鲁难已，
阴魂不散留后遗；
端起碗盏吃酒肉，
骂娘凶狠摔筷子。
我等都是过来人，
正本清源尚当时……

136. 羊岁二九第四日云庭拾景
羊岁二九暖融融，连日放晴明将雨，
云庭果木多休眠，犹喜伴我鸡犬鱼。

137. 羊岁二九第五日云庭即景
预报雨水如期临，二九过半鸡忌淋；
为伊撑起大阳伞，喂食护毛免寒侵。
自鸣得意两俱美，竟有健将不领情，
居然飞跃围墙上，笑我白费一番心？

138. 养生乐·赞勉孙女理杏并笺
飞马传佳音，
理杏富才情。①
年方垂髫能芭蕾，
画艺始脱颖：
校翘楚，县常秀，国奖领。②
丹青风雅事，
更可塑人品。
小荷新尖刚露，
宜栽莫过甚！③

金羊又捷报，
善学小孙孙。

四千多人大统考,④
位列近廿名:
英语好,日文精,读写并;
同庚皆扶桑,⑤
笑傲东洋人。
切勿数典忘祖,
母语才是根!⑥

神猴即将临,
喜鹊枝头鸣。
冬月择校飞东瀛,⑦
一举跃龙门:
学霸多,良师众,背景深;⑧
校址近皇宫,
校龄百卅整。
前有千山万水,
起步须勤慎!

【注】①"飞马",指马年,即去年,下两阕开首的"金羊""神猴",类此,不另。"理杏",我孙女的名字。由于她一出生就随母入日籍,小学一到三年级都在彼国居住、就读。四年级时回国返沪,也与其父母同住,且仍在全日方主办的学校就读,与我们来往较少。因此,对她在艺术方面的天赋及成绩,这年才知道。

②翘楚,原指高出于一般树木的荆树,喻超群出众、出类拔萃。日本的"县"在行政上相当于我国的"省"。秀,指孙女的画作,经常被学校推举到所在县展览。"国奖",指她的作品,还被"县"报送日本国文部省,受到奖励,领到奖状。

③栽,栽培,又谐音"赞",赞扬。这是双关句,即一方面应珍惜其天赋,重视培养,但不要过分,以免揠苗助长;另一方面应赞扬其成绩,但亦不宜过分,以免骄傲自满。

④这次统考,是由日本文部省有关教育机构组织的全国性统一命题考试。该年级参考的有4000多人,理杏的总成绩,列第23名。

⑤同庚:同年龄,此指同年级。扶桑,日本的别称。此句意为:与理杏一起参加这次考试的,全是日本本土至少是已获日籍的学生。

⑥由于理杏从小长期受的是日本教育，接触的小朋友也大都为日本孩子，因此，她中文虽听得懂，但说起来较吃力，我很担忧，故以此警勉。

⑦冬月，即十一月。择校，按日本现行教育制度，小学生毕业，是全部可升入初中的，但学校好坏，可依据各人成绩及各家庭实际情况，选择学校报考。这次理杏选的，是日本最著名、也是最难考的中学之一——东京都私立女子中学。

⑧由于该校入学考试的题目很难、录取的门槛极高，一般甚至成绩很好的孩子，都不敢报考，因此素有"学霸多、名师众"的美誉。背景深，则指该校，是由日本著名政治世家鸠山家族创办。创始人鸠山春子，是明治时代的众议院长鸠山和夫的夫人，也是曾连任日本三届首相——鸠山一郎的母亲，及后来与中国很友好的——公开承认日侵华罪行、反对参拜靖国神社、主张向慰安妇问题道歉与赔偿的首相——鸠山由纪夫的曾祖母。在经济上，他们还与世界上最大的轮胎与橡胶制品生产商石原家族联姻，政经背景十分深厚。

139. 大寒喜见开窝蛋

羊年四九第八日，特大寒潮中，清理鸡舍时，首见开窝蛋，喜吟十三韵。

　　　　羊年腊月既望晨，①
　　　　零下八度寒流滚，
　　　　狂飚呼啸达九级，
　　　　紧裹严装云庭登。

　　　　入院直奔宠物角，
　　　　连推带撞木栅门，
　　　　逐重搬开挡风物，
　　　　咯咯喔喔翅扑腾。②

　　　　冻手冰凉清鸡舍，
　　　　僵指麻木除屎粪；
　　　　浑身瑟缩齿打战，
　　　　涕泗直挂鼻下唇。

　　　　正欲弃之返屋去，
　　　　眼前一亮呆瞪瞪，

凝视竟是开窝蛋，③
此刻暖意顿时生。

卵形凡凡绝寻常，
壳色淡淡略红润；
抚摸掌心微感热，
轻嗅鲜香有余韵。

老汉降世七六载，
如斯情境才见闻。
俗谓初蛋青阳后，④
吾家窗禽先报春！⑤

【注】①腊月，农历十二月；既望，农历每月十六。
②这句描述：鸡舍门前的挡风物一搬开，诸鸡就边叫、边展翅扑腾着争出来。咯咯，母鸡叫声；喔喔，公鸡叫声。
③开窝蛋，小母鸡首次生的蛋。
④青阳，春天的别称。初蛋，即初生蛋，也叫开窝蛋。有俗说：初生蛋，一般在开春之后出生。其实，鸡与人一样，只要孕期满了，一年四季都可生产，只是春天阳气萌动，气温渐暖后较适宜。不过，在今年这样特大寒潮中，又无任何保暖条件下，自然产生，也较少见。
⑤窗禽，鸡的别称。

140. 羊岁小年前晨云庭拾景（二首）

龙凤呈祥（七古）
蟠龙枣叶入冬尽，①
虬枝古朴益苍劲；
时有凤鸡来盘桓，②
龙凤呈祥报吉庆。

鸡吉迎春（七绝）
金橘四季叶常青，
二度花开赛雪银；③
挂果从秋达岁暮，

迎春树下憩窗禽。④

【注】①蟠龙枣：亦名龙须枣或龙爪枣，因其枝干自然舒展成龙须、龙爪状而得名，是著名的观赏枣之一种。它春季抽新枝发叶，夏花秋果，入冬即落叶至尽。

②凤鸡：此是我家散养鸡的昵称。凤，即传说中凤凰的简称，原雌雄同体，后因有"凤求凰"等语，而把"凤"当作雄性。

③二度：金橘的花期，通常为一年两次。5、6月开的一次，花繁密、坐果率高，惜正在花后刚坐果时，被台风刮灭了。7月后开的一次，花虽少但坐果成熟且保持期长，可越过岁末，至翌年春节时观赏、品尝。这次吟咏的，就是第二花期时的金橘。赛雪银：因金橘花是白色的，故以此喻。

④迎春树下：因受绝句平仄律限制，是树下迎春的倒装。

另：因"鸡"与"橘"，都与"吉"谐音，含吉祥之意故有"鸡橘迎春"之说，诗题亦由此也。是为诠。

141. 与老伴唱和·瑞雪

羊岁小年前夕，晚饭后忽降瑞雪，赶紧上云庭观赏，已微积可观。翌日晨，又朝旭开眼，云庭顿换了番景象。老伴惊喜异常，作小诗一首（下一），余步其原韵，奉和四句（下二）。

（一）

白雪皑皑披银装，太阳出来映红光，
梅花傲雪迎春俏，山溪潺潺鱼躲藏。

（二）

昨夜云庭换素装，今晨旭日铺金光，
白首劲松送迎岁，春来残冬何处藏？

142. 家禽今生双胞胎

羊岁正月无立春，
透支猴年今补到。①
牝鸡又生双宝胎，
湖畔云庭呈吉兆。
过程有趣从未见，
咯打咯打载舞蹈。②
摄下视频以为证，

分享各位共福报！

【注】①立春，通常多在每年农历正月，但今岁（羊年）正月却无"立春"，便把明（猴）年的立春，提前"透支"到今天来了。这样，明年全年，就没有"立春"了。

②这句是描述牝鸡下完蛋后的情状。"咯打咯打"，是当时鸡叫的声音，记得原来是"咯咯——打——，咯咯——打——"的声音。囿于诗句有字数限制，只得写成如此了。

143. 羊岁除夕跨猴年岁旦述怀

卜居湖畔筑云庭，
每逢佳节倍思亲。
旧灯新挂四乐篓，
薄馔清供感恩亭。
羊去猴来新一岁，
眼花齿危老十分。
幸有微信友四海，
自感心态尚年轻。

144. 丙申上元日奉先亲共度元宵

猴年元宵雨纷纷，
何迎考妣共享分？
若上云庭怕淋湿，
倘移厅内恐陌生。①
往昔祀典天晴好，
如今霖侵扰了神；
举棋不定正犹豫，
老伴一诺定乾坤：
无论风雨循惯例，
赶紧筹办分秒争。

午前屋里净礼器，
饭后云庭把院整：
我拂牌匾感恩亭，

妻清地板除禽粪；②
四乐簏内理杂物，
重罗案椅列彩灯，
供品淡简荤素全，
烟酒茶水汤圆等。
万事俱备俟吉时，
养心岭下鱼欢腾。

时值良辰近午夜，③
焚香燃烛请萱椿。
顶礼合十默祈祷，
伏惟尚飨祐子孙。④
憾无皓月共欣赏，
幸有嘉澍见情真。⑤
中华传统数千载，
生当优赡故感恩。
人生百善孝为先，
世间万恶源忘本！

【注】①自迁入湖畔云庭以来，以往节庆忌日祭祀，均在是院感恩亭内举行。这次倘因雨突然移到室内，恐先亲陌生不安，故云。

②去秋，自庭院放养鸡后，家禽到处逛遛，随地屎尿，感恩亭也不例外。起初，尚能及时清除，后因年迈力不从心，又以平日又无人来，便懒于打扫，故有此举。

③元宵庆典，通常在晚上举行。查该日亥时（21：00—22：59），是宜祭祀、祈福、斋醮的良辰。

④"伏惟尚飨"的原意是：祭祀者伏在地上，恭敬地请被奉祀者来享用供品，此刻，"伏地"从免，余同本义。

⑤嘉澍：美好的雨，及时雨。按理，元宵节下雨似煞风景，但此刻大雨虽歇，细水珠仍时拂脸颊，心中别有幸感。

丙申上元次日草，正月十九日改定。

145. 哀纳兰

晨读原上中学生会主席、余爱徒张海云博士，转发的纳兰词多首，并有感于她对我国语文教材不收编清词的质疑，颇有同感。唯纳兰才高百斗，词彪千秋，可命仅三十，遂信口占七古一首，以寄哀思。

纳兰性德性情真，大清词坛第一人；
可惜造化不容才，才届而立便往生！

146. 猴年首闻春雷后云庭掇景

三八始闻春雷动，
云庭眠木争惺忪：
苹梨山楂无花果，
苗叶新芽日苓茏；
更喜桃李绽葩蕾，
倚竹残梅犹粉红。

147. 戏答迪迪鸡何如

昨日，在《春雷后云庭掇景》下的点评中，老友迪迪问"鸡怎么没了？"今戏答如下。

有友昨问鸡何如？尚饲一公与四母，
牡啼司晨体雄健，牝伏下卵更惠姝。
日捡土蛋三两枚，或炖或用糖水铺；
自喂自养自家产，生态有机放心补！

148. 猴年植树节有感

昨日九九刚数尽，
今又植树念孙文。①
韶华漏指匆匆过，
烙印深深师生情。②
栽树取材唯十载，
树人则须百年勤。
我当园丁半世纪，③
桃李并开新一春！

【注】①孙文：孙中山名。今天是他逝世91周年忌日。植树节，就是为纪念他逝世而建立的。

②师生情：包含我与我的老师及我与自己学生之间的感情。

③师院毕业后，我先在打浦中学从教 17 年；后调入上中，续教 23 年；普教结束后，又从事社会教育 10 年，才正式赋闲养生。前后正好半个世纪。

149. 婚宴办在家门口——本地民风之一

前天下午，带宠犬在小区内溜达，有一户人家在筹办婚宴。场景为我生所首见，现配小诗一首以存。

小区有户结鸾俦，①
囍字贴在墙上头。
婚宴设在家门前，
宴厅现搭木结构。
占地大约百平米，
里面可摆十桌酒。
主厨烹调骑楼下，②
刮风下雨不用愁；
宰禽剖鱼汏素菜，
露天张罗多帮手。③
此番情景沪不见，
发与微友瞅一瞅。

【注】①结鸾俦：古代的一种订婚仪式，后扩展为代指订婚或结婚。

②骑楼：原指建筑物底层，沿街面后退留出且可供公共人行空间的建筑物，此指小区内两幢楼房之间的底层，特意留出的置放健身器材的公共活动场所。

③据说，这类婚宴，除主厨是外请专职的外，其他下手，大多为左邻右舍或亲朋好友。

150. 猴年春分，大渠荡、云庭即景

大渠荡畔红绿间，①
云庭桃李渐鲜艳；
瀛洲玉女始不让，②
后来居上欲夺冠。
今春今日对半分，③
生生不息又一年！

【注】①大渠荡，是苏州市、吴江境内三百多湖泊中，第一个完成整体规划建设的自然生态公园。其在我居住小区的正门对面，从自家门口出发，步行仅

五分钟时间便可到达。"红绿",桃红柳绿的缩简。

②瀛洲玉女:其中的"女",原为"雨",是梨花的别称。用"雨",似有量多且落花时的情境,而我庭中仅一棵梨树,且刚始开花,故改之更切合此刻的景象。始不让,观我庭花序:李花,三周前已开;红桃,半月前也开;黄桃与李花,这两天才开。因此,这儿用了"始"字,并为下句中的"后来居上",作铺垫。

③春分节气,是整个春季前后各一半的分界线,故这样说。

151. 读《落马高官列队赋诗》

落日惨淡谁神伤?
马失前蹄跌山冈。
高枕无忧须自洁,
官不为民太荒唐。
列宁在天应哭泣,
队伍凌乱整应当。
赋得一曲警世歌,
诗勒群丑耻柱上!

152. 东风桃李沐春雨

鸿翔刚从澳洲来,
雅萍将返加国去;①
旧窗结伴欢迎送,
暨访友生会鄙寓;②
掐指暌违三十载,
相逢一朝亲如许。
最感座主于漪师,③
耄耋百里屈尊与;④
蓬荜因斯顿生辉,
受宠若惊谢教谕;
猴年杏月感恩亭,⑤
东风桃李沐春雨。⑥

【注】①鸿翔、雅萍:都是我在上中任教时的学生,现已分别在澳大利亚和加拿大定居多年。

②友生：古代，是师长对自己门生自称的谦词，含既是学生、又是朋友之义。

③座主：唐宋时的进士、明清时的举人，在参加科举考试及第后，对主考官的尊称。由于我在申报特级教师过程中，最后一场论文答辩会的主考官是于漪老师，故借用此称。

④耄耋：耄，80岁；耋，90岁。今年，于老师已87岁高龄了。

百里：从上海于老师府到我家，约90公里，用华里算，再往返，远超此数了，故在此应解释为"以百里计"。

屈尊：长者或地位高的人，委屈自己，到晚辈或地位低的人家去活动。

与：参与、参加。

⑤杏月：农历二月的别称。

⑥桃李：这次来访的，除于师外都是我学生，而我又是于老师的门生。

沐：沐浴，此指接受泽润。

春雨：今天晴好，非实指。这里借喻为"恩泽"，语出明无名氏《鸣凤记》中的词句：幸天恩同沾春雨。

2016年3月27日晚草，次晨改

153. 猴年寒食节云庭即景

久旱喜逢二日霖，
寒食蕙风润云庭。①
梅李桃梨续苹花，
次第落红间白尽。②
枯木日渐爆新芽，
新叶催旧更年轻。③
果树代谢犹如斯，
人生应惜向晚晴！④

【注】①一、二两句：久旱，此地已连续半个多月未雨，致使云庭里露土干裂，植物也似无动静。寒食，指寒食节，日期在清明前一、二日，即昨、今两天，恰好连降两日甘霖，滋润了庭院。

②三、四两句：自去年冬末，至开春以来，云庭里的梅花、李花、桃花、梨花以及苹果花，依次先后凋谢。"红""白"，分别指飘落在地上的桃与苹果花瓣。

③五、六两句：枯木，指院中冬季落叶的果树。如柿子、石榴、葡萄、无

花果等，这几天，先后爆出了新芽或长出了苗叶。新叶催旧，指冬季不落叶的果树，如脐橙、文旦、蜜橘、枸杞橘、金柑等。这些果树，前几年都四季常青，去冬，不知因两次特大寒潮侵害，还是树龄老了，也纷纷叶黄枯萎。原担心它们前景不妙，这两天居然也长出了新叶！

④向晚：傍晚、黄昏。其实，就年龄而言，我早已过了这一时段，但自感心态尚轻，故借此喻。何况我微友大多在此年龄，亦用以作为寄语。晴：与"情"谐音，双关。

【附治华和诗】
　　春风甘霖润云庭，寒食心暖喜盈盈。
　　桃李芬芳百花香，万紫千红气象新。
　　辛勤耕耘五十载，只为忠教爱人民。
　　老夫乐作黄昏颂，文坛路上杠杠行！

昨晚，读先生《猴年寒食节云庭即景述怀》有感，和首不成熟小诗，以扬先生青山不老、志在千里精神。见笑！（打浦69届张治华）

154. 猴年清明节纪实并感

　　昨天寒食喜甘霖，
　　云庭枯木又逢春。
　　落英纷纷不是泪，
　　捐躯肥土育后生。

　　今晨雨霁云消息，
　　清明良辰更清明。
　　平时噩噩等闲过，①
　　此刻醒醒倍思亲。

　　淡茶薄酒简馔肴，
　　拜谢严慈感恩亭。②
　　怙恃双失唯奉祀，③
　　更多仅是慰自身。

　　联想当今世风浇，④
　　只顾儿女小家庭。

奉劝父母健在者，

及时尽孝莫遗恨！

【注】①噩噩：音è，糊里糊涂。

②严慈：父亲、母亲。

③怙恃双失：语出《诗经·小雅》："无父何怙？无母何恃？"失怙（音hù），即失去父亲；失恃（音shì），即失去母亲；双失，即父母都已去世。

④浇：浇薄，不淳朴。

155. 与继椿兄清明唱和四首

每年重要节日，继椿兄总有新歌曲寄赠，鄙能和则和，不能则以有感复之，间亦有疏漏者为疚。尤其是上次因换新手机误删后，丢失了不少珍贵佳作，更遗憾不已。下录一今年清明继椿兄发来的新歌，及鄙感，并将去岁清明，吾和其《丙申清明有感》两首如下，以志留念。

踏青歌·丁酉年清明

陆继椿

清明，清明，又祭天堂人，捧束鲜花，敬杯醇酒……先辈流尽血汗享太平，未竟事，儿孙承。人间折腾，一阵又一阵，如今春来也，柳暗花明；霸主乱弹琴，棋局更新。难为习大大，内外突围奔小康，出奇制胜！望墓地，一片肃穆安静，春风习习多抚慰，忠孝传家的炎黄子孙……

读丁酉踏青歌有感

朱乾坤

寒食扫墓祭清明，愚弟眼光唯先亲。

而今拜读仁兄歌，视野开阔高一层。

读陆兄《丙申清明有感》

——步原韵奉和如次

一

寒食宅雨晴清明，踏青扫墓各自行；

拜山奉祀感德泽，远足寻梦为憧憬？

二

人生自古逐浪行，盖棺尚且难论定。

高山仰止鼬睥睨，与时俱进人常情。

【按】因陆兄原作已如序所云丢失，唯能如此，歉！

156. 喜见孙女入学式照片感言

顷见南儿从海外发来孙女入学式照片，喜而占诗一首如下。

清明气象乱纷纷，时晴时雨时迷蒙。
云庭巡杂刚完毕，开机读信眼一瞠：
不是闻添养老金，不是友人有喜婚；
正是樱花烂漫时，紫气东来倍兴奋。
去冬别时尚幼稚，此刻一见渐脱嫩；
亭亭玉立眸含笑，校服一袭更气正。
万里锦途今启步，我家孙女初长成！

157. 读昨帖点评有感并致谢

昨帖发布后，反响热烈。喜出望外，遂再占一诗，抒感并致谢诸微友。

老汉养生居云庭，赋闲学会玩微信；
从中时事晒生活，俾与微友通音讯。①
昨见孙女入学照，小荷已露尖尖颖；
即兴配诗传网上，喜竟招来超点评：

地域遍及四大洲，人次高达五十零；②
执业各异布各界，有亲有友有门生：

最高学历双博士，最富身价上亿金，
国企老总名主编，人才济济多菁英。

最感却是六九届，学历虽浅阅历深；
斟章酌句赠赞诗，溢誉难掩感情真。③

犹有一生非亲炙，正当落难才登门；
失联长逾四十载，此番见评欲涕零。④

岁月荏苒亦如歌，地球广袤犹似村；

白驹过隙当珍重，谨此致谢点评人！

【注】①这两句中：时，时常；事，逢事；俾（音 bǐ），使之（这；指代上述，反映生活内容的微信）。

②这两句中：四大洲，指发点评的微友，来自亚（含我国）、澳、美、欧四大洲。五十零，指发来点评的数量，有50多条。

③这节专写我在打浦任教时的学生来帖。该届学生，正当最渴望学习的时候，却被所谓"一片红"的上山下乡剥夺了受学校教育权利，故"学历"最浅，但是，他们的社会"阅历"可谓最深。尤其是我应邀参与的这个聊群，绝大多数都是好样的。他们现在也都已退休，不少已做了爷爷奶奶、外公外婆，但从日常群聊的内容中可以看到，他们生活丰富、精神乐观、兴趣广泛高雅、求知欲旺盛，尤其对教师特别尊重。这在我上份帖子的《评语》栏内，复粘的两首小诗中，就可见一班。真的非常感动！

④一生，指原打浦中学一位68届学生。亲炙，本义是直接接受教诲和传授。这句意思是：该微友并不是我直接教过的学生。落难，指我在"文革"中受到冲击。"才登门"，指正当我处境危难时，他却主动通过熟悉的同学与我认识，叫我"老师"，帮他改文，登门拜访，交流思想……直至成为忘年之交。"失联"，后来，他去江西插队落户，我，则被打成"现行反革命"。从此失去了联系，长达四十余年。"此番见评"，经多方设法，今年初，他终于通过一位早已返沪的"江西插兄"，与我建立了微信联系。这次，见到他也发来了热情洋溢的评语。回想往事，感慨万千，真"欲涕零"……

2016年4月8日草，9日发

158. 七六生辰有感

猴年桃月正既望，①七六生辰有别往：
家里老伴宠物庆，②网上微信互动忙。
贺词收到上百条，澳美加德来四方。③
第一时间朱立民，午夜将逝洪永刚。
智颖详荐微信书，④新民印刷可相帮。⑤
更有莉珠频策动，各方联络热情旺。⑥
由衷诚谢众微友，老汉感此泪盈眶……

【注】①桃月，农历三月的别称；既望，农历每月十六日。
②宠物：这里除宠犬 LaKi 外，还指云庭里的锦鲤、鸡及各种植物。
③最多的自然在国内，上述四国约占总贺信的10%。

④智颖，原上中学生。在聊天中，她向我介绍了各种出版方式，着重推荐了当今流行的"微信书"，并传来了有关照片资料。

⑤新民，原打浦门生。在69群里，他意：如果传统印刷的话，有朋友可提供帮助。

⑥莉珠：原打浦学生，是我70岁庆生时的总召集人。这次她分别在"桃李天下"与"打浦69"群里多方联络。最近，还准备与伟民等同学面议此事。

159. 云庭柚

（五古）

此树祖南国，出生在云间；①
曾结四个果，大名叫文旦。
果皮金黄香，果肉色朱丹；
果味略苦涩，食后留余甘。
迁我云庭初，②首年叶孤单；
次岁始开花，仅有朵二三；
挂果唯一枚，大小如鸭蛋；
正在窃窃喜，却被台风殚。

今年谷雨后，蓓蕾翻几番；
临近立夏节，骨朵络绎绽。
形胜桃李梅，瓣卷有质感；
色如玉镶金，③芳不亚幽兰。④

昨日阵雨后，娇美更勿谈；
翠叶沾珠露，玉葩含泪眼；
风姿犹袅娜，窈窕谁不赞？
但愿风水顺，硕果盼圆满。

【注】①祖南国：指柚子的原产地，在我国南方地区；主要在福建、两广、赣南、台湾一带。云间：旧松江府别称。因该树我在上海松江区新桥花木市场觅得，据告，其为本土基地自己栽培，故称"出生"在此。

②起初，我把该树搁置在上海秀策教育中心暂栖，当开辟"湖畔云庭"后，才将其移植于此。

③该花中心的花蕊金黄，其正中突起部分，及四周的花瓣呈玉白色，故喻

④芳：香味。

160. 师生诗画巧同版

4月20日的《新民晚报》上，刊有拙作《东风桃李沐春雨》一首。因清样早由微信传来，字小没有整版全看，孰知日前样报寄来细读，发现同版面上，有上海摄影家协会会员——陈德民的摄影作品《春风杨柳》一幅。真的十分惊奇，因陈德民是我从教伊始所带教的第一届学生，屈指算来，近半世纪矣！这次由该报编辑伦丰和先生牵缘，既喜且感，遂占小诗四行，致谢，并志纪念。

春风杨柳垂湖滨，

云庭桃李遥相映；

师生诗画同版面，

巧结艺缘谢新民。

161. 送别家禽闺姐组诗

与老伴吟和，为送别宠禽闺姐作。

一、救治（老伴原创）

夜幕笼罩阳光房，雨水拍打挂满窗，

为治母鸡闺秀姐，精喂禽药葡萄糖。

二、送行（原韵和）

连日呵护阳光房，喂药补饲葡萄糖，

一夜骤雨似哭泣，送行闺姐泪满窗。

三、安葬（原韵和）

相依九月互守望，闺姐终于归天堂，

老伴痛哭吾含泪，入土为安妥善葬。

四、痛别闺姐行（仿乐府）

风凄凄，雨狂狂。昔日闺姐多健壮，①

争食群凤不甘后，下蛋更是一级棒。

旬前突然发怪声，②时常孤卧在一旁。

最初以为骨哽喉，③遂用灌醋帮她忙；

此后两天曾缓解，孰知旋又厌食糠。④

神态行动渐不振，束手无策唯上网：

提问解答无对症，搜到一家兽医坊；
配回一袋禽畜药，按嘱治疗不敢忘。
又因勿食怕不支，喂饲口服葡萄糖。
更由近日连阴雨，让她静养阳光房；
朝夕精心勤伺候，盼其早日恢复康。
昨天白昼似好转，举止神色略奋亢。
不料当晚风雨骤，怕她着凉紧闭窗。
今晨上庭去观察，居然不在老地方。
东南西北到处寻，躲在一角朝我望；
眼神诡异若有示，我的心头亦一恍。
孰吉孰凶时莫晓，犹如当天云迷茫……
老伴赶紧把她抱，寒三友下放一放。
她竟自己低头啄，此等境况久已荒；
老伴遽去取糖液，我见此情喜若狂。
谁知这是回光照，别前奋力抗一抗；
为与我们诀一别，强忍肠断熬痛伤！
今日终于遂愿后，两脚一伸竟夭亡。
老妻取液回来时，见状大哭行惊忙；
不信她已匆匆走，用手轻抚她胸膛；
直至确认气绝后，仍要灌她葡萄糖；
说她不能饿着走，终享一餐上天堂。
此刻 LaKi 似也懂，不再淘气不再汪；
垂头丧气似默哀，静静乖乖坐一旁……
呜呼！
君不见：奔奔跳，翩翩起舞多倜傥；
君不闻：咯咯打，颗颗鲜蛋多芬芳。
云庭相守近九月，而今阴阳各一方！
嗟夫！
怪我送诊太迟缓，责我育禽缺智商。
光凭心善有何用？无知必然瞎乱忙！

【注】①闺姐：对该鸡的昵称。在家养母鸡中，有一只特别俊秀、高雅，我们称其"闺秀"，这一只似她的孪生姐姐，个略大、泼辣，故称。

②怪声："咯"，单声，突然爆发出来的，像人打冷呃似的，但特别尖锐。

③骨哽喉：因老伴每天要喂剪碎的鸭肉，平时都很正常；而发出"怪声"的前一天，老伴记得有块鸭骨混进去后，没挑出来，故疑。

④糠：泛指喂饲的所有食物，如米饭、稻谷、麦糠、碎玉米、肉类、蔬菜、螺蛳等。因诗句字数局限及押韵需要，故仅以"糠"代之。

162. 为雷游等勇士壮行

雷游先生：是我在打浦任职时的69届门生，虽未亲自执教，但当时已相识。今年成为微友后，经常能在群中互见信息。月前，闻他等一行，以奔七高龄自驾赴藏，昨日，已顺抵唐古拉山。特此，谨以下藏头小诗，继续为其壮行：祝他们安全凯旋，满载而归。

向西自驾取经路，
雷厉风行震人心；
游山玩水岂堪比？
等闲岁月壮丽营。
致意勇士须智达，
敬候捷报在吴门。

163. 丙申孟夏廿日云庭拾景

小满已过一周整，今日阴雨特蒸闷。
扶桑甜宝正萌叶，唯因始种疑功成？①
柚子黄桃落果密，青柿幼橘尚有剩。
玉露累累长势旺，葡萄串串亦喜人。②
幸获一枚殊鸡蛋，又长又大更兴奋！③

【注】①扶桑，日本国的别称；甜宝，是该国甜瓜中的名品。由于这是我首次试种该瓜，现大多虽已长出二三片真叶，但是否能栽培成功，还心存疑虑。

②玉露，指玉露水蜜桃。

③指当天家禽生了一枚特大鸡蛋。其两端长度与腰部圆径，约为普通鸡蛋的1.5倍。

【附学生点评诗二首】

其一

小满麦黄年景丰，连绵阴雨农人忙。
种豆得豆瓜得瓜，有心插柳柳成行。

耄耋悠闲从农摘，不计收获修身心。
终生育人桃李芳，人间正道是沧桑。

（打浦69届曾永民）

其二

云庭拾景真喜人，柚子黄桃已形成，
青柿幼橘也不错，玉露葡萄更旺盛，
扶桑甜宝定成功，双黄鸡蛋补体身，
再过半月端午节，农事丰收势必成。
人到年老农家乐，祝您开心每一辰。

（66届左德雄）

164. 端午云庭色拼

蜜桃身裹黄披风，子孙球变白头公，
葡萄串串碧碧绿，榴花朵朵火火红。

165. 老伴七秩生辰留念

老来常忆少壮时，
伴侣四十零三齿。
七秩焉称古来稀？
十分寄期耄耋世。
生当无愧为家国，
日应有心做实事。
留得余生相以沫，
念望桑榆赋新诗！

【附点评、唱和诗各一】

丙申端午节次日，晚闲开机游群，得知先生夫人七十大寿，高兴！无奈写不好祝寿诗，唠叨几句以表心意。

古到七十已是稀，今过七十小兄妹。
里里外外一把手，广舞太极玩得魅。
但愿夕阳无限好，耄耋期颐依旧媚！

（打浦69届张治华）

昨，累疲早卧；今，晚起上楼。见杨宝生、张治华两位祝辞与贺诗，兹复六句。

宝生治华小老弟，吾奔八十汝奔七。
昨日老伴小寿辰，贺诗祝词情恳切。
谨此代伊表谢忱，寥寥几句不胜意！

166. 昨老伴生辰后续并答谢

昨日，我发布了"老伴七十生日留念"的藏头诗后，在本圈及各群中，先后收到了来自海内外诸多贺信、贺诗、祝词、点赞及红包。其中，有的已分别复了谢函及小诗，但有的，尤其是点赞，不便一一回复，谨在此并代表老伴，一并致以由衷的感谢！

【附】点评、答谢诗各一首。

其一
年过七十花正香

年栽桃李又植桑，
过往烟云心不慌，
七星高照祥云傍，
十全十美不奢望，
花开满园谢何方？
正气一身花自芳，
香飘万里笑吴刚。
（上中老3班：李军）

其二
答谢殷、陈、杨三老师

昨宵晚眠今迟起，
游群又有新发现，
正在海外三老师，
殷陈迪迪补贺电。
篇篇句句皆情恳，
字字词词暖心田。
特此代为老伴谢，
诚祈各位福寿健！

167. 祝母校金陵中学六十华诞

上善若水非天生,①
海纳百川学乃成。②
金针度人一甲子,③
陵谷沧桑犹兴盛。④
中华崛起寄厚望,⑤
学府改开宜拓深。
六艺经书皆传习,⑥
十八兵器并教行。⑦
周而复始非循环,
岁月交替须提升。
校园鹿鸣嗷待哺,⑧
庆幸今尚能感恩。⑨
有朝西归倘涅槃,⑩
感此再作育范人!

【注】

①上善若水：语出《老子》："上善若水，水善利万物而不争。"意思是：人生最完美的境界，就像水一样，它善于把利益布施万物，却不与它们发生争夺、冲突、矛盾。

②海纳百川：出自晋·袁宏《三国名臣序赞》："形器不存，方寸海纳。"李周瀚注"方寸之心，如海纳百川之广也，言其包含广大"。意谓：一个人的心中，应像大海能容纳成千上万条江河的水一样，比喻种类广泛、数量巨大。以上两句，说明学校教育与学生学习的重要性和必要性。

③金针度人：语出金·元好问《论诗》："莫把金针度与人。"金针，喻秘法、诀窍；度，此解为传授。一甲子：一个甲子，即60年。整句大意是：金陵中学，自创办60年来，一直把优良的学习方法传授给学生，形成了传统。

④陵谷沧桑：语出清·赵翼《瓯北诗话》："以陵谷沧桑之感，以掩其一身两姓之惭。"该以丘陵变山谷，山谷变丘陵，比喻世事变化巨大。这句指母校自创办以来，虽曾受到各种错误社会思潮影响，尤其是十年"文革"的破坏，但经拨乱反正、改革开放，依然取得丰硕成果，把学校办得兴旺发达。

⑤这句起，到下"岁月"句止六句，都是本人对母校的期望及建言。下句中的"改开"，即改革开放。

⑥该句翻用了唐·韩愈《师说》结尾中的一句："六艺经传皆通习之。"因为那是韩对门生李蟠个人的评价，而此是我对母校文化教育的建议。六艺经书：指《诗》《书》《礼》《乐》《易》《春秋》六部经书，此为借代，泛指现代中学生必须具备的各种基础文化知识。

⑦十八兵器：古代常用的十八种武器。至于哪十八种，各代有不尽相同的说法，后一般泛指为各种各样的武艺。这里也是借代，泛指现代中学生必须具备的各种基本技能。

⑧鹿鸣：原为《诗经·小雅》中的第一篇篇目，其首句是"呦呦鹿鸣"。此借喻当年的我们，也可指现在校园里学生琅琅读书的欢乐情境。嗷待哺：即成语"嗷嗷待哺"。原指小鸟饥饿时叫着，等待母鸟来喂食，也可形容婴儿饥饿，期待母亲哺育。此借以形容当时我们，也可指现在校园里，学生对老师授予新鲜知识的渴望。

⑨这句是"庆幸"自己，正当母校60华诞之际，尚能健在地来"感恩"母校。因为我们这届毕业生，都是76岁左右，不少旧窗已陆续撒手人寰、驾鹤仙逝了。

⑩西归：去世的委婉说法。涅槃：佛教用语，原意译为圆寂，我国有多种"凤凰涅槃，浴火重生"的传说。在此，我用其死后重生之意。

原金陵中学59届高中2班毕业生朱乾坤
2016年6月23日于湖畔云庭。

168. 入梅半月上云庭盘点（五首）

一、锦鳞添丁
醉目池里养锦鳞，
至兹约莫四年零。
往昔岁天均二尾，
今日喜见添新丁。

二、嫁接金柑
暮春蜜桔坐果兴，
风刮一半雨涮尽。
希望唯寄嫁接枝，
果然金柑花缤纷。

三、甜宝开花
农家乐曾瓜豆盛，
自打养禽遂废耕。
围网孟夏种甜宝，
今始开花续发藤。

四、硕果余存
双桃屡遭雨鸟病，
柿子约有一半剩，
最期葡萄无花果，
安知能否享其成？

五、菡萏蓓蕾
养心岭下荷钱翠，
风姿绰约殊可爱。
躲在崖角人不识，
今晨羞现一蓓蕾。

【补笺】

其一，四年前仲夏，始在醉目池放养半岁龄锦鲤15尾。由于我一无经验，亦可能它们水性不适，或跃出水池没及时发现干死，或喂饲、水过滤不当而亡，起初暴毙者不少。旋曾补放五尾，虽仍有意外发生，但总体稳定，已一年多了。谁知今晨仔细观察，竟发现有二尾寸把长幼鳞往来翕忽：或夹杂于众大鲤间，怡然不动；或俶尔远逝，紧贴于池壁独自休憩。喜不自禁，遂吟之，并置于首篇。

其二，云庭中，有龙缸所栽蜜橘一棵，亦有四五年历史。按往昔：一岁小成，一载丰收，颇有规律。今暮春，银花繁荣，且坐果繁密，该丰收了！岂料所谓"风刮一半，雨落全无"，竟一语成谶，我这棵王牌橘，今年将颗粒无收矣！然好在该树上有一金柑嫁接枝，当时虽默默无言，但嫩叶新鲜，已崭露头角，我唯将希望寄托于斯。遂悉心培养，控水略肥；今果然星花缤纷，但愿有个好收成哦！

其三，云庭里的农家乐，是一条狭长的田畦。自开辟以来，历种丝瓜、黄瓜、脆瓜、蚕豆、扁豆、毛豆，还有樱桃番茄、蔬菜等，且皆有较好收成。从去秋养鸡开始，怕其叨啄，便弃而不耕，但又觉荒芜可惜，遂围网于兹孟夏，引进日本甜宝试种,并终于今开出第一朵花,且继续发藤了。然而,据说该瓜与去年栽植的脆瓜同属葫芦科作物,不宜连续栽种,故今后能否修成正果,便要看它造化啦!

其四,"桃之夭夭,灼灼其华。"以此来形容今春云庭里的红桃与黄桃,可谓一点也不过分,而且其坐果繁密,一度曾使我浮想联翩,盛夏可大举蟠桃宴了!然当春阴雨湿冷,一棵黄桃因病早就落果殆尽;另一红桃,亦缘鸟害及梅雨而或残或烂,窃甚惋惜!现院内柿子尚存一半,略堪安慰。唯葡萄与无花果长势旺盛,虽喜,亦不知能否挨过梅雨的浸淫,及鸟雀的觊觎耳!

其五,云庭里的荷花,三年前尝连盆沉埋于醉目池中。当时曾翠叶如伞,摇曳多姿;银花皎洁,亭亭玉立。美则美矣,然每当菡萏香消,残叶与淤泥常堵塞水池过滤循环,殃及锦鲤。于是只得将其和盆迁出,置之养心岭下的壁角,不再打理。然而此物性亦坚强,纵经秋越冬,似已枯亡,但翌年春风一吹,雨露一滋,依然会起死回生,萌芽吐叶,唯不复开花,去岁即然。今日在盘点庭院时,发现她竟有一蓓蕾突起矣,这或许与今春霖连绵,梅雨日盛有关。嘻!乐不可支,遂复咏一首,且以之压轴。6月27日吟,次日补笺。

169. 为防台上云庭巡视先忧后喜

一号强台昨形成,风向偏北指台闽;
初闻忐忑甚担忧,唯恐殃及鄙云庭。
为加防范登楼顶,东南西北徐逡巡;
午后不久便造作,直至楼下放华灯。
步履蹒跚瞩西方,顿感天上有异景:
似山非山疑海市,黑影幢幢阴森森;
低头却有霞光露,橘色一片黄澄澄;
举首上望竟碧穹,银钩一弯极明净。
见此天象心头喜,透过桃枝按快门;
防台之忧居然忘,造化无意人有情……

170. 丙申大暑休憩即景

丙申年大暑清晨,上云庭巡览休憩。摄得照一组,并占小诗五题及笺以配。至午后下楼前,转四乐簃内一看,虽四周窗户全开,气温已达43℃矣!

一、柿子落果[①]

赤日炎炎入大暑,

柿叶萎卷果儿落。
皮虽碧绿肉已黄,
食之微甘清内火。

二、扶桑甜宝②
扶桑甜宝不怕暑,
烧烤天气长得火。
日窜藤蔓三二寸,
玲珑稚瓜叶间躲。

三、云庭暑侠③
云庭暑侠无花果,
骄阳日炙无奈我。
昔凉叶多果子少,
今热叶少果子多!

四、月下皇后④
暑中霸主量天尺,
天气越热苞越多;
月下皇后夜盛开,
翌日观赏便错过!

五、枸橘救场⑤
枸橼橘儿貌不扬,
感恩亭角默声响。
蜜橘黄岩今无收,
他却挺身来救场!

【注】

①晨巡览云庭,最令人心疼的是:满地即将成熟的柿子。遂一一捡起,垒于感恩亭石桌上。其时,发现不少手感不硬,便扒开外皮,见肉已发黄,食之,竟清甜、涩亦甚微。知该物性寒,能清内火,旋转悲为喜,因今入大暑,盖暑中送寒,岂非天之美意乎?

②扶桑,日本国的别称;甜宝,该国甜瓜中的名品。

③云庭暑侠：是我给庭院里一盆无花果的昵称。因为他位处百果苑西端，暑中连日受西晒太阳暴炙，却若无其事，且越热，果越多越甜。

④月下皇后：是"量天尺"的美称。因为她开的花，在多肉植物中最大，故称"皇后"，又因她总在晚上开花，故称"月下"。

⑤枸橘，全称枸杞橘，一说是野生的枸杞与橘子杂交后产物；另一说，全称为该诗首句中的"枸橼橘"，是橘子和野生香橼树的杂交品种。到底是哪种？至今我也搞不明白。不过，它样子虽丑，果也较酸，但生命力特强，平时我只在灌溉其他果树时，带浇它一些水外，基本不管。庭院中，另一棵我较精心培植的黄岩蜜橘，由于前阶段风雨太多落果而颗粒无收，这次，该橘树坐果有十三四枚。真是物不可貌相！

171. 云庭立秋甜宝

丙申立秋天气佳，
蓝空白云美如画，
湖畔云庭农家乐，
扶桑甜宝渐长大。
幼者密似小风铃，
壮者疏落东西挂；
低者比比躲藤腰，
高者往往四尺八；
体形一律呈椭圆，
皮色生时若丝瓜，
待到成熟微泛黄，
肉质碧绿香气雅。
日前尝一早产果，
味道甘美汁略差。
不知瓜熟蒂落时，
会否色香味俱哆？

172. 伏中梨花

云庭中有一棵壮年梨树，移植至今已第六年了。每年开春，继桃、李次第吐芳，从不脱期，且花势甚旺，惜庭院风大，近几年又雨多暑酷，刚坐果即被摧残，仅收获过小梨二枚。

按常规：梨花在江南一般于3月开放，江北则多在4、5月，一年一度，很有规律，我的一棵也不例外。但今年却非常特别，除春季开过一次花外，这几天竟又开了！特拍照数帧，并配小诗一首留念。

梨树吐芳有常规，
江南三月四五北；
云庭一棵守纪律，
每逢春来冠雪白。
今岁按例曾盛放，
旋因霾雨遭水害；
入伏酷暑更火逼，
叶凋枝萎不胜哀。
孰料进入立秋后，
又见奇葩姗姗开！

173. 丙申中元夜祀歌

丙申中元夜，皎皎明月朗；
湖畔云庭里，祭品团团放：
先严嗜螃蟹，精选六月黄；
仙慈喜毛豆，清煮不带汤；
大虾二老爱，满满一碗装；
甜宝自家种，蟠桃四处访；
糕点甘鲜并，雪饼与薯浪；
还有烟酒茶，双亲随意尝。

遥忆幼年时，家境尚小康；
往后渐式微，供学卖家当；
犹在负笈中，爸已上天堂；
待到出道初，妈也追爹往；
欲报叹无门，两眼泪汪汪。
胎恩千钧重，育泽更洪荒；
祭奠表寸心，三生不能忘；
但愿下辈子，再做亲儿郎！

丙申肇秋既望，吟于湖畔云庭

174. 喜见孙女游法寄语
　　孙女自幼爱绘画，
　　艺术殿堂最向往；
　　今暑终于成了行，
　　法国游学遂梦想。
　　老汉年迈无缘随，
　　遥祝丰收更健康！

175. 处暑苹花二度开
　　按花信惯例：江南地区，梨树3月开花，苹果则4月吐芳。奇怪的是，云庭中这两种树，除如期开过之后；今年入伏以来，继梨树花开二度（见前《伏中梨花》篇）外，苹花也不甘寂寞，又悄悄地开了！
　　梨三苹四如期开，
　　五月花尽雏果在；
　　六月黄梅一扫光，
　　七月日炙枝叶萎。
　　相继入伏梨重放，
　　处暑苹花二度来！

176. 甜宝秋意闹
此瓜来东瀛，大名叫甜宝；
同类中极品，色香味俱妙。

芒种雨后播，种子比米小；
约旬始发芽，旋即生叶苗。

不久便长藤，藤蔓逐日高；
花似六角星，色黄分外娇。

不怕梅雨侵，酷热催果爆；
病虫莫奈何，抗旱又耐涝。

入伏曾尝新，味甘汁水少；
唯因才成熟，猴急太馋痨。

中元节夜祀，精择上品挑；
先奉双亲享，祭毕自己嚼：

肉翠色诱眼，清香沁鼻窍；
鲜甜汁液多，端的好味道！

如今硕果累，丰姿各竞巧：
有的上下挂，有的并蒂抱；

或则地上爬，或则栏间冒；
更有老少拥，暑退秋意闹。

漫漫八十天，松土除杂草；
绑藤管水肥，心血没白劳！

于丙申年出伏后二日

177. 喜见三鸡生四蛋

  去年9月中旬，云庭始放养约半斤重幼鸡一群。其中母的，今春起陆续生蛋，起初，一天一两个，至仲夏，进入高潮，每日均有三四枚进账。小暑起，则逐天减少；入伏后，居然全都停产了。立秋始，又日益恢复，每天总有一两个蛋可捡，孰料今日，一下子竟发现了四个！看来第二波下蛋高峰又将来临了，喜甚，遂为之吟小诗三节。

丙辰白露前一天，
金风送爽云庭里，
寒三友中竹林下，
牝鸡下卵二波起。

是禽落户近一年，
今春开始生鸡子；
仲夏时节入高潮，

酷暑一来全停止。

即日拾蛋计四枚，
院内仅仅三母鸡，
其中必有一双胎，
眉花含笑窃窃喜！

178. 2016年教师节见祥兆

今天教师节，
云庭祥兆再：
梨花开三度，①
鸡生双胞胎；②
最绝量天尺，
丽葩四轮来。③
更喜众桃李，
贺信似雪飞！④

【注】①继3、8两个月，云庭曾梨开二度以来，今天是第三次开了。

②本月6日：曾在竹林里发现鸡蛋四个，而庭内母鸡仅三只，便料定其中必有一生了双胎，但不知是哪位生的。今晨在感恩亭静坐玩微信，并伺机观察。目睹"白背（她的绰号）"钻进竹林下蛋，即捡回一枚，旋约半时，她又入林，出来后，竟又下一个。终于确认她便是"母亲英雄"！

③该品：自迁入云庭六载以来，除第一年外，岁岁开花，但每年少则二轮、多则三轮，唯今年竟第四轮了！

④到现在，在单聊、群聊及本圈中，已收到学生、同仁、亲友的贺信60多则，特此一并致意，谢谢！

179. 天生丝瓜吟

两年前春节，去二嫂家拜年。临别时，侄儿送我两小包丝瓜籽。带回后，约暮春，在云庭穴播，自盛夏至中秋，可谓花开不绝，每天均有瓜收获佐餐，可口可喜！翌年，因听说同种瓜不宜连岁栽植，于是改种脆瓜。孰料居然仍有四五棵丝瓜自己冒出，亦小有收获。今春，又换种甜宝。田畦里，竟又有四品该瓜唐突地夹杂于甜瓜中。其叶茂，其花盛，其枝蔓缭绕，虽瓜结不多，因几乎不必费心，且亦采摘三四次矣！遂吟之。

黄花朵朵向阳开,
清晨面东暮西歪;
瓜儿碧绿翡翠色,
根根老实往下垂;
枝条比比最浪漫,
牵丝攀藤好自在。
酷暑风雨浑不管,
乐乎天命喜展眉!

180. 天宫二号行

在荧屏上,昨见"天宫二号"成功入轨镜头,心情十分激动,曾想吟诗抒怀,却一时无从下笔。今见继椿兄寄赠《新奔月》一首,吟的正是这个题材。细赏过后,不仅击节叹服,且茅塞顿开,于是写《天宫二号行》一首效颦奉和。

中秋未见月,并非月不在;
躲在云层后,偷窥世兴衰。
忽见大中华,火光冲天来;
吴刚吃一惊,忙把斧头甩;
姮娥殊镇静,凝眸仔细看:
原是东方龙,天宫二号飞。

为迎故乡客,旋即忙准备:
先唤小玉兔,并召金蟾回;
吴刚惊魂停,捧酒任招待。
齐聚广寒宫,门口排成队。
片刻神舟到,人仙互相会;
婵娟舒袖舞,兔蟾奏乐陪;
吴刚恭敬酒,欢呼声翻沸……

我坐屏幕前,久久难入睡;
随即眠梦中,飘忽似犹在;
兹将此化境,录于微信内;

分发众朋友，共享昨夜美。
中秋未见月，巨龙更精彩；
巍巍中国梦，又一大步迈！

181. 牵牛花赞

　　云庭刚建成的次年春末，洋观园的草坪上，突然发现：有几支藤蔓从小花坛里爬出，发展甚快，不久就蔓延约3平方米。有的还借势攀援至农家乐的瓜藤上，自由缠绕。仲夏后始花，酷暑最盛；立秋后渐少，到寒露才蔫绝。入冬则藤枯叶萎，花籽随地狼藉，向不收集。虽从不打理，却年复一年，周而复始，生生不息……前几年，因嫌其种贱，云庭里存心栽植的东西又多，故从未提及；今天不知为何兴起，觉得她有一种特殊的美，便摄影几帧，配诗一首。

天外飞来牵牛籽，
落户云庭近六载。
每当春暮芽自发，
抽枝长叶非常快。
藤蔓缠绕到处遛，
从夏至秋花不衰；
形似喇叭一朵朵，
口呈蔚蓝身洁白。
暴炙旱涝皆无妨，
半点勿用把心费。
花开花落任自主，
自生自灭循天规。
往昔叹其太可怜，
而今赞她真可爱！

于丙申年秋分前三日

182. 国庆与重阳

公历十一农九九，
双节即将接踵临。
儿时爱动喜热闹，
游行观灯庆国庆；
老来思静念养生，

白发尤觉重阳亲。
二者似乎有抵牾，
其实半点无矛盾。
一节一日仅纪念，
一辈一心才赤诚。
国泰方能保民安，
民安更护国昌盛！

183. 读伟明自创功法赠言

伟明聪颖又勤勉，悬壶济世三十年，
继承传统更创新，不薄理论重实践！

【按】李伟民：同济大学附属东方医院原中医传统疗法专科主任。是我在打浦中学任职时带教的80届提高班学生。

184. 赞谢黄丽珠

黄家有女名丽珠，
少当学时逢乱世。
幸有天赋比人佳，
秀出于众高一枝。

能力非凡情商好，
闯劲既足亦理智；
同学周围威信足，
副掌全校红卫师。

难能可贵狂飙中，
出淤泥而不染滓。
毕业下乡号令响，
身先士卒勿疑迟！

二读其忆北大荒，
历历在目映脑子；
心态乐观精神爽，

冰天雪地锤意志。

又见日前重阳节，
北疆知青又会师；
载歌载舞伊领头，
风姿不减少年时。

回望老汉七秩寿，
她当总召并主持；
联想吾迁云庭来，
来芦助帮难计次。

每逢年节必问候，
有事招呼从弗辞。
如此情谊实难忘，
而今乘兴谢一诗！

【按】黄莉珠：是我在打浦中学任职时，带教的69届（5）班学生。

185. 远翔龙凤喜来访

谢谢方良、莉珠、由敏、月清四生，昨日远道来访及今天的溢誉夸奖，也感谢知音关注点赞，并占小诗一首。

昨日预报阴有雨，
天公作美多云好。
暌违四十又六载，
远翔龙凤喜来到。
促膝陋室话当年，
并肩云庭留念照；
湖畔小宴兴不尽，
夕阳更映晚霞妙……

186. 云庭桂花吟

金桂银桂东西排，

双双各高六尺八,
一年四季常碧绿,
不怕严冬与酷夏。
过旱匆匆灌溉水,
积涝懒懒排放它。
哥俩来庭已五载,
开头两岁不开花。
前去二年始见蕾,
数量稀疏速夺拉。
今夏发兴埋鸡屎,
试试勿晓有效吗?
积习昨晨上云庭,
按例漫步随观察;
忽焉似闻木樨香,
喜不自禁趋向她,
银桂果然零星绽,
金桂赫赫盛开啦!

187. 观孙女演习茶道有感

世态万象何其多?
貌似简单实深刻;
处处着意皆学问,
不妨听我举一歌。

喝茶平时为解渴,
兴来品茗悦宾客;
孰知壶中有深谛?
和敬清寂乃内核。

叶须讲究色香味,
水必纯净洁清澈,
煮泡尤应讲火候,
盛器瓷陶亦不忽。

环境幽雅无干扰，
饮者更当志趣合。
宁神沁心益脏腑，
养生修性育品德。

此道渊源本中华，
儒道融一精神畅；
南宋期间传日本，
我渐式微彼弘扬。

吾孙自幼多才艺，
丹青绘事特擅长；
去冬负笈赴东瀛，
今暑旅法朝圣堂。

岁未及笄习此道，
全神贯注像模样；
仪态举止从容雅，
蒙校简拔获胜场。

为祖见此颇欣慰，
更期升华内素养；
身在扶桑别忘本，
华夏大和做桥梁！

188. 鲲鹏万里行

鲲鹏展翅飞云天，遨游长空舞蹁跹；
六九届生名方良，[①]骏奔人生不平凡：

当初尚在小学时，步行串联沪杭间；
往来将近七百里，孤身返回意志坚。

进我班时犹乱世，名云复课半多散；
教室好似菜茶坊，他独认真喜钻研。

有期学农兼备战，时间长达近半年；
共卧草铺在浦东，师生友谊由此建。

当时学生真难管，尤其晚上入睡前；
利用出谜讲故事，哄生渐渐才安眠。

什么内容我早忘，他今不少可回忆；
甚至细节亦宛然，服彼善闻更强记。

毕业下乡一片红，多争兵团或附近；
他选插队且最远，我唯窃自为担心。[②]

因他矮小体质弱，北疆又冷又艰辛；
一次家访曾暗示，他却意决志坚定！

为伊壮行赠题词，抵伊屋前留合影，
送伊启程至彭埔，从此黄鹤杳无音……

失联四十又六载，忽有鸿雁传喜讯，[③]
云谓方良欲望我，旋纳聊群通微信。

伊信自称老学生，口口声声老师您；
其实他已早从教，退休杏坛亦经年。

信中多涉往昔事，字里行间溢情深；
文面天真实老辣，师弟学妹皆服膺。[④]

今年十月十六号，他偕旧窗驱车临；
重逢恨迟不禁喜，闻渠经历百感生；

惊其命大志弘毅，多次险入鬼关门；
欣其热血没白流，数番评上县先进；

赞其聪慧智商高，二度脱颖高校升；⑤
喜其转身入黉宫，⑥执教当代大学生；

钦其苦攀学术峰，业余时间著宏论；⑦
慰其辗转四二年，荣归故里返申城。

赋闲余热开博客，访者三点五万人；⑧
天南地北古今外，激扬文字播正能……

是日天公颇作美，来时阴雨抵放晴；
唯憾时短过太快，一天岂尽契阔情？

感此口占仿乐府，寄语各位后来人：
环境顺逆不由己，调适驾驭在自身；

大浪淘沙沧海事，披沙沥金有心汉；
芳林新叶催旧叶，青出于蓝胜于蓝！

【注】①方良：本诗主人公，是我在打浦中学任职时带教的1969届学生。

②他誓愿选择的是：当时离上海最远、气候最冷、环境最艰苦的黑龙江省黑河地区逊克县。

③鸿雁：指他，通过同班同学黄莉珠发微信给我，说想要来探望我。

④师弟学妹：他在《桃李天下》群中发给我的微信，无论内容、感情、文笔都受到打浦几届学生的赞赏或首肯。

⑤指他先后两次，分别就读于黑龙江省黑河师范学校和哈尔滨师范大学。

⑥黉宫：也叫黉门，古代称学校。此指他先后在江西省九江师范专科学校和江苏省常熟理工学院任教，直至退休。

⑦他在二校任教期间，利用业余时间，刻苦研究历史，发表了几十篇学术论文，还出版了两本专著。

⑧他在新浪网上，开设了自己的博客，名叫劳作坊，访民数万人。

189. 教子篇①

近读网上火传的小学生作文《我的家》,及其老师批语,颇有感触,占之。

打铁家长铁打孩,
孩子不打不成才;
而今父母多相反,
溺爱反将孩子害。
虎妈狼爸亦不好,
易把小孩身心摧。
如何合情又合理?
品习把正任发挥!②

【注】①子:指孩子,包括男孩与女孩。其实文言中的"子",即子女也。
②品习:品德与习惯。全句意为:对孩子优良品德及良好生活、学习习惯的形成,应从严培养把握。至于兴趣、爱好及特长发展趋向,因任其自由发挥,不宜横加干涉。

190. 采桑子·猴年秋冬

猴年入秋以来,云低不爽,气候反常,然花信基本如期,云庭里金桂于中秋盛开,馨香沁鼻,窃喜。立冬后,阴雨偏多;小寒日,更有今岁首股强寒流袭来,间杂暴风阵雨,愁云惨雾,数天不绝,又感哀矣!昨起放晴,暖阳窝心,即兴,填《采桑子·猴年秋冬》词一首记之。

花期有信中秋报:
去岁芳菲,今更芳菲,
金桂云庭香占魁。

猴年首度寒流滚:
不是黄梅,劣比黄梅,
霪雨狂飙霾雾哀!

191. 颂辞——纪念朱德公冥寿120周年

功高盖世,
勋垂千秋;

业成而退，

德昭天下。

昨天，是他诞辰120周年纪念日。特以此辞，谨表一个真诚崇拜者迟到的敬意！

192. 闻上海发重污染预警感言

晨起，闻上海今发空气重污染预警。旋上云庭观看，仰望蓝天微云，俯嗅空气清新。下午，携 LaKi 往小区对面湖畔转悠，亦苍穹碧波，水光粼粼。其间，又见有微友传来京城治雾霾信息一则，虽似有讥讽戏谑意味，然帝都已出手治理恐已无疑。百感交集，遂占打油诗一首。

今闻沪发重污警，

晨巡云庭上空青；

午携 LaKi 湖畔转，

蓝天映日波光粼；

又传京霾渐净化，

忧惜魔都故乡情！

193. 仿醉东风·猴年冬至

三年前的冬至，自先严、慈迁新冢于申沪朱家角后，按习俗，曾连续三载举行家族团祭，并约定，下回族祭将在七年之后。届时，自己是否健在，尚不可知，遂暗立誓愿，只要体力尚支，纵孑然一身，每年清明、冬至，亦定亲往墓地拜祀谢恩。

今岁冬至将临，趁即日天气晴好，精力犹可，遂起早漱洗、濯发、剃须、整装、备几例供品；从吴江芦墟家启程，自驾三轮摩托，直驰上海朱家角先双亲坟茔祭扫。往返，化时虽几近一日，然心舒精气神爽；特仿《醉东风》词牌字、韵，填《猴年冬至》一阕，以记之留念。

父忧母难，

日月星斗转；

正欲跪乳忽已晚，

每当忆此肠断！

猴年冬至将临，

单骑直驱亲茔；
族祭三载昔满，
孑身洒扫涕零……

194. 冬至劝孝歌

一年一度冬至临，百感交集为之吟：
白云苍狗瞬息变，基因血脉万古恒；
人性有时会迷茫，纵然迟到总会醒。
世态万象怪陆离，苍生千善孝为根。

怨恨宜解勿宜积，情谊应育更应深：
滴水之恩涌泉报，养育之泽报不尽；

生当厚养须及时，莫待失去憾终生；
亡应勤祀常铭记，毋计仪式唯心诚。

受之于亲还予亲，叶落归根更养根。
根深叶茂花果繁，生生不息衍子孙。
仁羊跪乳犹知孝，慈乌反哺不忘恩；
天经地义禽畜晓，吾等不明岂为人？

丙申冬至前夕

195. 悟太乙自在

昨午，鄙在上中退教群中发出《冬至劝孝歌》后，当晚，收到了上海市生物特级教师、原上中生物教研组组长——吴立人先生的佳诗一首及附注（见下）。

是作立意不凡，构思奇谲，通过托物抒怀，借蝉喻理，富含禅机，遂步其原韵，奉和两首，并供各位分享。

【吴立人老师原作】
不恨曾经地穴中，
痴心振翅唱星空。
高枝忽起秋风意，
孽债纷纷觅旧踪。

【原注】

第一句若虫在土层中长大。

第二句攀上树干蝉蜕羽化。

第三句高枝上的繁衍后代。

第四句卵粒孵化归落故家。

冬至前夕，借蝉的一生悟法轮常转。

【奉和两首如下】

其一

禅机寓于蝉之中。

犹如天马行长空；

太乙自在法无比，[①]

无论人踪抑物踪。

其二

十月踏实娘胎中，

一朝分娩面色空；

父严母慈呕心育，

不行孝道将绝踪。

【注】①太乙：也称太一，其含义既广且玄，此仅取其本属古哲学范畴的"太乙原则"之说，并略引申发挥。简言之，即"天道"或自然规律。

丙辰冬至夜原稿，此审订时微改。

196. 小寒恰逢腊八节

今是佛祖成道日，

恰逢小寒又腊八；

送上一碗暖心粥，

谨祝康乐寿运发！

197. 丙申腊梅奇观

（新古风）

腊梅花儿腊月开，

世说花叶不见面：

花儿开在长叶前，

叶爆芽时花已残。
有关资料均翻遍,
云庭往昔亦这般;
今岁腊八上院观,
境况竟然生了变:
绿叶犹挂丫枝间,
花儿朵朵纷吐绽!

198. 猴年腊月望日自况

二分天赋八分功,
四季笃学不放松,
纵使腊月三五夜,①
冰心一片七六翁。②

【注解】①腊月:阴历十二月。三五:$3 \times 5 = 15$,指代每月阴历十五,也即,题目中的"望日"。

②七六翁:76岁的老头儿,盖夫子自道也。嘻!再过半月,余足七七周岁矣!

【提示】诗中,每句都含有数字,凑起来,可供一哂耳。

199. 丙申四九首日即景抒怀

其一
三九暖冬昨甫完,①
彤云密布迎大寒;②
锦鲤抱团躲池角,
酉鸡且归送猴年。③

其二
四九严寒即将临,④
云庭草木多凋零;
人生极致越期颐,⑤
达观永葆万年青!⑥

【注】①三九:按例,是一年中最冷的候期。然而,今年(农历丙申,俗称猴年),除冬至前的一次暴冷,气温曾降至冰点外,至今一直偏暖,尤其是整个"三九",当地温度,始终维持在5℃~16℃,故称其"暖冬"。甫:文言时间副

词，刚、刚才。

②彤云：有彩霞、浓云、下雪前的云等几说。此指浓黑色云，由晴转雨的前兆。"大寒"：节气名，是日离大寒仅三天。

③酉鸡且归：酉，丁酉，简称酉年，俗称鸡年，即明年。鸡，双关：既指家养的母鸡，也指前述的鸡年。且，文言副词，将要。归，也有双重含义：对岁次来说，即轮回归属；对家鸡而言，即归宿。

④四九：即吟本诗当日，虽雨但气温尚可。据气象预报报道，明日起将降至冰点，连续三天；最低可达 -3℃，故称"严寒即将临"。

⑤期颐：100岁的代称。

⑥达观：原为佛教用语。达，通达；观，观点、看法。这是相对于悲观、乐观而言的第三种人生观或生活态度。并非是一直满面笑容，而是眉宇间蕴含着自然、平和与舒朗的神态。

乐观与达观的本质区别是：前者的心态，像青少年，身处顺境，会喜形于色，甚至兴高采烈；面对挫折，也毫不畏惧，充满信心，相信一定能克服困难，取得胜利。后者的心态，似中老年，面对顺逆荣辱，由于经历得多了，均能看得透、想得开、放得下，犹如范仲淹在《岳阳楼记》中"不以物喜，不以己悲"的境界。

万年青：多年生草本植物，是被子门百合科下的一个属。叶如棕榈，四季常青，据说可活500~1000年，含平安、吉祥、长寿、友谊等象征意义，故有"万年青"之称。

2017年1月17日作，次日笺。

200. 与"明社"张大进君唱和

日前，应"明社"群主张大进先生之邀，入社后，渠即发来"有感"一首以迎。愚感其诚焉，遂奉和，并笺说。

迎朱夫子监社有感
张大进
岁月历葱茏 曾经羡远峰
绿蚁新杯里 纱窗好梦中
杉林树影重 野径鸟啼空
会当重聚首 弄墨赋青松

步大进原韵奉复

乾 坤

桃李竞葱茏 近峦连远峰

陈酿胜绿蚁 好梦萦上中①

龙门杉影里 鸿雁恋旧空②

微信做桥舟 老鸦伴新松③

【注】①绿蚁：即新酿酒的代称。

②龙门即上中教学主楼——龙门楼。杉影，则为校门入口左侧的一片杉树林影。这批树林，据说是"文革"期间，"四人帮"头目江青为培养样板戏接班人而创建"五七京训班"时，亲自设计移植。其特点是：一块长方形土地上，左右前后，比邻排列着数百棵高、矮、粗、细、间距，完全一致的杉树。四面八方，纵横竖直，无论从哪个角度看过去，每行树木都成一条直线。20世纪80年代初，我刚调入上中时，每株杉树均有大碗口般粗、二层多楼高，确实是一道独特的风景线。鸿雁，喻自己。旧空，指原上中也。

③老鸦，亦为自喻。新松，实喻"明社"里的后辈同仁，也可引申泛指为自己执教过的上中及所有学生。

201. 与"明社"醉白倚轼唱和

步大进诗韵和之

醉白倚轼

兰蕙培之秀峰，而能根叶壮茂，墨由松制，苍者必佳。此皆以喻良师学子之滋长遇合也。大进有诗，步韵和之。

兰蕙两蒙茸，珠芽出秀峰。

感怀青嶂外，襟抱玉壶中。

绛帐情尤笃，芸窗谊岂空？

隃糜研几度，发墨谢苍松。

【注】该诗题目是编者据此作的小序之意而加。大进，即"明社"群主；其"诗"，在上期中已刊，此略。醉白倚轼：作者笔名，是"明社"骨干成员诸文进。现从事书画业，颇有建树。

小序大意：兰蕙，在秀峰上培植，就能根壮叶茂；墨，系松树所制，由苍松制的，必是好墨。用此，来比喻师生间的良性关系。

【诗歌诠释】

(1) 首联：兰蕙，春兰和蕙兰，同属兰科，是多年生草本植物。仅看叶子，非专业或特殊爱好者，很难识别。开花时则易区分，春兰，一葶上只开一花，偶尔有两朵；蕙兰，一葶上至少开十几朵花。因二者的花都洁净，又能发出清雅的幽香，一般都用来比喻洁身自好的文人雅士，有"君子"之称。本诗中，应喻为"学子"蒙茸，草木茂盛的样子。珠芽，原为某些植物叶腋或着花部位上，生出的米粒状鳞茎，长大后经人工摘取、盆栽，或者然脱落、入土，能长出新株。这里指的是前述"兰蕙"的"珠芽"。秀峰，秀丽的山峰，似应喻良好的教育环境，但此诗中，比作"良师"。该联两句，因要步原韵，所以将句子倒装。意思是：兰蕙的珠芽，"出"落在秀峰上，生长得根壮叶茂，从而令山峰，也更为秀丽了。二者相得益彰，故云"两蒙茸"，这就形象贴切地描述了小序中所谓的"良师学子之滋长遇合"关系。

(2) 颔联："青嶂"的"嶂"，即笔直挺立、似屏障的山峰；"青"，则指它的表面，覆盖着一层青绿色的植被。玉壶，玉质的茶壶。因该器珍贵，古代原为皇帝赏赐给臣下的奖品，含敬老、表彰之意。至诗人王昌龄名句"一片冰心在玉壶"传世之后，常用以比喻品德纯洁高尚、意志坚贞不渝的人。这联两句的主语应为承上省略的"良师"和"学子"，修辞上用的是互文。大意是：他们都胸怀远大、高博，而内心又高尚、纯洁，相互"滋长遇合"，彼此促进，共同提高修养。

(3) 颈联：绛帐，红色的帐幕，喻授业的师长或场所。典出《后汉书·马融传》，据记：东汉通儒马融，高徒辈出，他在授业时，"常坐高堂，施绛纱帐，前授生徒"云云。这里，应指"良师"。芸窗，芸，是一种香草，夹在书页里，可驱避蠹虫，故"芸窗"一般均代称书斋。此，应喻为"学子"。该联两句，也是互文，意思是："良师"和"学子"之间的"情谊"，尤为深厚笃实、岂会忘怀？

(4) 尾联：隃麋，音 wán mí，是古代汉时的一个地名，在今陕西省境内。因当时该地有一大片松树林，民多以烧烟制墨为业，且质量极好，故被世传为"墨"的别称，在本诗中，也喻为"学子"。发墨，用墨蘸水，在砚石上研磨，会产生浓而发出光泽的墨汁。苍松，在诗中，则喻为"良师"。这联两句，字面大意是："墨"在砚上"研"磨"几度"后"发墨"，可以书写文字、传布文化。此刻，它应当感"谢"其前身"苍松"。喻义为："学子"经几番磨炼后，应当感谢曾栽培过他的"良师"。

读上诗有感
乾坤
出手殊不凡,立意亦高古。
雅称信手拈,妙喻更联珠。
对仗恰工整,韵律贴且服。
后生诚可畏,老汉叹勿如!

202. 丁酉年咏春

一、央视春晓
央视通天先得月,
你争我夺竞唐宋;
传承得从娃抓起,
碧玉少女压群雄。

【注】

诗中"唐宋",借代为诗词。"碧玉",16岁少女的雅称。这首诗主要表述三层意思:其一,央视"通天",早悉顶层意图,率先将原由中央六台播出的《中国诗词大会》,从今春大年初二起,连续10天,每天一期,转到中央一台播放。旨在为中央即将启动的传承、发展中华优秀传统文化工程,鸣锣开道,制造舆情。其二,这届群英荟萃的盛会,桂冠最终被年仅16岁的上海复旦附中女生武亦姝夺得。与其同龄的上中姜闻页,以及尚在豆蔻年华的本市文来中学初一女生侯尤雯,亦分别以获过分期冠军而大放异彩,从而在全国引发一股学习传统诗词热潮,可喜!其三,以上三位少女的成功,主要都不是学校的课程、教材、教师,而是她们家长从幼龄便开始培养。这就启示我们:对于中华优秀传统文化,"传承得从娃抓起",才能取得事半功倍效果。

二、环宇春色
过节素爱本土味,
文化不排异域风;
有容乃大春环宇,
数典忘祖则不容!

【注】

诗中的"异域",指西方。"环宇",即整个天下。这首诗主要想表述四层意思。

其一,节日,是生活中有特殊意义的重要日子。我一向热爱自己祖国的传统节日。赋闲以来，还常结合民俗，写些草诗闲文，或制些谜语之属，以传播有关国学知识。

其二，各种族、地域，都有自己的节日。节日作为民俗文化，在不同族域，其仪式内涵虽存在差异、冲突、碰撞，但也有似同、浸淫、交融。如："感恩节"特想感恩，"母亲节"倍思母亲，"平安夜"盼望平安，"圣诞节"亦欲快乐等。前举各节，虽来自"异域"，但作为文化，我并不排斥，在微信中，与微友也时有互动之举。

其三，当今国际局势，虽矛盾冲突斗争不断，但合作和平发展毕竟是主流。尤其是普通人民，盼望安定、幸福、自由、欢乐的心愿更为普遍。我们在传承丰富祖国传统节日内涵的同时，适当吸收域外有意义的节日精髓，所谓"有容乃大春环宇"，当我们在繁忙紧张的工作之余，尽可能多地享受一下节日的喜庆氛围，那该多美好啊！

其四，国节与洋节，虽可兼收并蓄，但切莫轻重不分、本末倒置，尤其不容喧宾夺主、数典忘祖！是吗？

三、中华春梦

中华欲圆中国梦，
举世龙裔无不拥；
综合实力须提高，
传统凝聚毕其功！

【注】

诗中的"中国梦"，即"中华民族的伟大复兴"。"龙裔"，即龙的传人，中华民族的所有子孙。本诗大意是，要实现中华民族的彻底复兴：一需硬件，即全国全民要群策群力，进一步提高国家的综合实力；二需软件，即全世界华人要同心同德，大力传承发展中华优秀传统文化的凝聚力。当这两股力量充分发挥与完全融合之日，便是中华民族彻底的复兴之时！

203. 四十七年后重相聚

五古《藏头歌》一首并笺——为我任教过的"上海打浦中学69届同学47年后首次聚会留念"而作。

上天玉帝驾，
海洋龙王巡；①
打从"文革"起，
浦江失安宁。②

中学重灾区,
学毕无路生。③
六龙下圣旨,
九州交响鸣。④
届满锣鼓喧,
同窗各飞分。⑤
学农本权宜,
四乡改扎根。⑥
十方千百计,
七九大返城。⑦
年华虽迟暮,
后劲却精神。
首白何足道?
次第日月新。⑧
聚凝旧雨谊,
会融桑梓情;⑨
留得青山在,
念思向晚晴!⑩

岁次丁酉年癸卯月丁酉日

朱乾坤于吴江芦墟湖畔云庭

【注】

①开头两句:用比兴手法,喻从中华人民共和国成立到"文革"前,我国上上下下、方方面面,社会安定、各业运行正常。

②浦江:即黄浦江,借代上海,泛指全国。

③无路生:自己没有可自由选择的出路。因当时不但无学可升,无工可打,无业可就,而且想做些小生意,也可能被当作"投机倒把""走资本主义道路"。

④圣旨,指当时有关"知识青年到农村去"的"最高指示"。九州,中国的别称。交响鸣,喜愁哀乐、各种声音混杂在一起。

⑤这两句中:届满,即学生一届期满;此主要指68、69届。锣鼓喧,其时,不管人家喜欢或悲愁,凡发下乡通知书、送知青到启程火车站,甚至到对象家去动员下乡上山,都要敲锣打鼓,喧声震天。因此,只要一听到这声音,便可知同窗们,即将、正要或已经四处分飞了。

⑥这两句中:学农,即学生务农。权宜,为应对某种形势或情况,而暂时

采取的适宜的部署或办法。四乡，指当时各地曾接受下乡知青的农村。这两句大意是：那时，当局把城市知青，尤其是68、69届学生，全部部署到农村去，虽也有一定战略考虑；但以后如何解决，也没有明确目标及切实步骤。因此，各地农村便把当局的这一"权宜"之计，看作永久措施，而大多数下乡知青，也以为如果自己没有路道及办法，只有一辈子"扎根"在农村了。

⑦十方：佛教用语，指上天、下地、东西南北等人生的十大方向；此指全国有下乡知青的地方。千百计，即千方百计。这两句的大意是，基于⑥中所述原因：当时全国约2000万下乡知青中，除了少数通过积极表现"上调"，或者努力学习"升学"；相当部分，则经过"病退困退""顶替父母"，以及"参军"等方式，直接或间接返回城市。但是，直到1978年，仍有一半知青滞留农村。此后据说，在云南生产建设兵团集体抗争下，引起中央重视，并于1979年初发文，使除了已在当地结婚成家或病故的知青，在一年内全部分批返回故乡。

⑧次第：在此解作景况。如宋代李清照名句："这次第，怎一个愁字了得"中的"次第"，即此义。

⑨旧雨：即老朋友，在此则包括老同学、老邻居。桑梓：故乡别称。

⑩念思：考虑。向晚：傍晚、黄昏。晴：晴朗的天气，此喻美好的岁月。最后两句的意愿是：要保持身心健康，临近晚年要放下一切杂念，应考虑的仅是如何安居乐业、修身养性，度过人生最后一段美好的时光。愿与诸位共勉！

204. 读陆兄《老赞》感言

日前，继椿兄发来：八秩华诞前所撰之小品一叶。其言简，其文美，其情真。老当益壮，晚志弥坚，含意隽永，感同身受。爰援笔共鸣，抒感言如此。

　　酒是陈的香，姜是老的辣；
　　马是老识途，文物古为大。

　　日是夕阳红，云是晚霞胜；
　　路遥知马力，事久见人心。

　　知识老的多，经验老的行；
　　思想老深邃，意志老坚定。

　　情是老的真，谊是老的诚；

友老易知己，伴老最贴心。

老要能知足，知足即长乐；
老要会能忍，能忍则永安；

老要有所学，充电不自满；
老要有所为，余热放残晖。

【附：继椿兄小品《老赞》】

年龄有老，岁月无情，不服老不行！但思想可常新，精神能青春，越老越有阅历，越老情味越醇，越老境界越提升……莫辜负老的精华日子，活出老的快乐、老的作为、老的幸福、老的榜样，老人是人生的精装本，老人是家庭的百事宝鉴，老人是社会的定海神针！

205. 细读醉白倚轼近作再感

细读文进近作再感①

乾坤

谪仙诗无敌

书画稀有闻②

板桥三艺绝

惜乎以怪名③

文进倚轼公

追随必有成④

醉白无不可

更冀定一尊⑤

【注】①文进，姓诸，名文进，网名昵称"醉白倚轼"，是我执教过的上中91届学生。近作，是他最近原创的诗书画作品。

②谪仙，唐诗人李白的雅称。诗无敌，是诗圣杜甫对李诗的高度评价。鲜有闻，据载：李白的书法真迹，现公认的仅《上阳台帖》一幅。至于画作，更无听说过。首联大意：李白的诗歌，虽杜甫都推崇说无人可敌，但书作稀少，绘画更无从谈起了。

③板桥，郑板桥，清代书画家，诗人。三艺，指诗书画。绝，优异而无人可及。怪，扬州八怪，清代中期，活跃于扬州地区的书画家群体。颔联大意：

郑板桥，虽有"三绝诗书画"全才之称，可惜他是"扬州八怪"之一，而那是个以书画著称的群体，在诗歌史上，影响式微。

④倚，靠着。轼公，即北宋时集诗词文书画于一身的大家苏轼。颈联大意：文进倘能紧倚苏轼，追随下去，定会成为诗书画的全才。

⑤醉，陶醉、沉迷；白，李白（或白居易）。冀，希望。定一尊，在某方面，树立一个最高权威。尾联大意：沉迷于向李白（或白居易）学习，也可以；但是，今后如果发展下去，希望能确立一个最高的仿效楷模（窃意倾向于学苏）。

复乾坤老师一律
醉白倚轼

吾之拙字拙诗，幸屡蒙乾坤老师奖掖，"醉白倚轼"，实仰止①于诗魔香山、诗神东坡也。因得一律。

东坡一世无轻许，独慕香山可比肩。②
我亦倾心痴白傅，谁将剩馥味青莲。③
琵音激动江州泪，赋字推敲赤壁船。④
各有千秋传诵句，神魔不逊李诗仙。⑤

【注】①仰止：仰慕、向往。

②轻许，轻易许下诺言。"香山"，中唐诗人白居易的号。比肩，列于同等地位。首联大意：对于苏轼，我一辈子也不敢轻许诺言，学成他这样的全才，唯有所仰慕的白居易，向往能学到与他同等程度。

③亦，不过。痴，喜好到沉迷的程度。白傅，白居易的别称。剩馥，音shèngfù，剩余香味，此解为余力。青莲，李白的号。颔联大意：我不过沉迷向白居易学习，哪还有余力，去研学李白呢？

④琵，即白居易的《琵琶行》。江州泪：出自上诗的结句："座上泣下谁最多，江州司马湿青衫。"江州司马，即白居易，本诗用"江州"代人名。"泪"与"泣"同义。赋，介于诗与文之间的一种文体。"赤壁船"，苏东坡曾两次乘船夜游赤壁，写下了前、后《赤壁赋》；另有一首绝世佳词《念奴娇·大江东去》，也与赤壁有关。颈联大意：白居易的《琵琶行》，声情并茂，诗人写作时激动得泪湿青衫；苏东坡的《赤壁赋》，精美绝伦，其中每个字都经得起推敲玩味。

⑤传诵句，其中的"句"，似借代为"篇"，因该句不得押韵，否则违背韵律，是写近体诗之大忌！神魔，诗神苏轼与诗魔白居易。诗仙，即李白。尾联大意：他们各有传诵千秋的名篇，比较下来，苏轼和白居易，并不比李白逊色。

读文进新律寄望乾坤

　　宋唐诗坛神魔仙
　　均领风骚各有天①
　　初知醉白唯韵律
　　渐晓倚轼字画兼②
　　而今墨客乏染毫
　　丹青精者诗不范③
　　文进三艺皆上品
　　前程璀璨星光闪④

【注】①神魔仙：指苏轼、白居易、李白，详见上篇笺况。领风骚：风，《诗经》里的国风；骚，屈原的《离骚》。风骚合在一起，泛指文学。领，处于领袖地位。

一、二句大意：宋唐诗坛的苏轼、白居易、李白，都有自己的天地，并分别在北宋、中唐、盛唐时期，都处于领袖地位。

②醉白，此指文进。韵律，音韵格律，此指写近体诗。倚轼，也指文进。字画，即书法绘画。兼，同时涉及。

三、四句大意：起初知道，文进只精通音韵、擅长写律诗绝句，渐渐才晓得他同时涉及书法绘画，是一位全才。

③墨客，精于写诗作文的人。染毫，用毛笔作书绘画。丹青，古人绘画时常用的两种颜色，借代国画，又因我国古代"书画同源"，这儿暂兼及书法。范，法式、规范。

五六句大意：现在的诗人作家，一般缺乏用毛笔书法绘画能力，而精通绘画书法的人，又大多写诗不合规范。

④三艺，指诗书画。

七八句大意：现在，文进才40多岁，诗书画的艺术水准，都已上了品位；沿此努力下去，前程璀璨。可以预期，我国传统文艺界的一颗新星，定会闪闪发光升起呢！

206. 与打浦69届师生唱和（一）并序

打浦69届学生，与当时全国"知青"一样，是被罪恶的"文革"剥夺了继续读书或正常就业机会的弃儿。他们大多在16岁左右下乡，26岁上下返城。这本就不短的10年岁月，恰恰是接受正规中高等教育的最佳时间。惜乎！但所谓

"不经一番寒彻骨,怎得梅花扑鼻香。";"失之东隅,收之桑榆",他们阅历广,见识多,意志坚,感情真;尤其在这个群里,他们大都能乐活自在,好学向上,既各喜所爱,又抱团取暖,真令人欣慰!

他们当中,有部分喜欢舞翰弄墨的诗文爱好者。其中的诗,虽不如上中明社那样讲求格律、意境、辞藻、典故,文人的书卷气较重,但有事就记、有感便发、有情即抒,自然质朴,市井的生活气息更浓。

昨天是春分,虽春寒料峭,但群内有好几位诗兴勃发,我遂辑录并聊和几首。

步原韵喜和永明
乾坤
春雨润物细无声,
倒春人冷物觉暖。
桃柳依旧染湖滨,
乐乎天命任自然。

雨中驱车赴屯溪访友
杨宝生
车外春雨淅沥沥,
车内温馨暖洋洋。
驱车行至临安城,
心境已至屯溪旁。

步原韵奉和宝生
乾坤
东风骀荡雨淅沥,
访友心切喜溢洋;
车经临安无意留,
一心直驰故人旁……

送宝生一行赴屯溪访友
曾永明
烟雨茫茫春色浓,
青山黄花迎宾朋。

新安江边会旧友，
一路欢歌奔前程。

山城候客①
宋金祥

已作山民历九载，②
幸甚倒屣故人来。③
东风有情若消雨，
艳阳疏落亦开怀。

步金祥原韵奉和并笺
乾坤

山民美文车船载，④
情真倒屣迎客来；
倘若东风不解意，
围桌痛饮更开怀。

【注】①山城：指黄山屯溪。

②山民：作者自称。因情系山水，九年前毅然决定，弃离繁华喧嚣的故乡上海，到风景秀丽、环境幽谧的安徽黄山屯溪定居。

③倒屣：屣，音丌，鞋子，下"履"同义，倒穿着鞋子，迎接客人。典出《三国志·魏书》，写蔡文姬的父亲蔡邕，倒屣着去迎接王粲的故事。后比喻热情地欢迎宾客。

④美文：金祥自学成才，擅长写优美的散文。曾受专业作家仇学宝赏识，推荐到《工人创作》杂志任编辑。车船载，形容数量多。

207. 桃李争春

湖畔桃花早盛开，
云庭方有几枝绽。
今岁争春谁告捷？
李树底下宠犬看！

208. 与打浦69届师生唱和（二）

与金祥唱酬四首并序

宋君金祥，性善智高，外柔内刚，磊落清白；重信谊，乃性情中人也。其行事特立独行，经历极富传奇色彩，兹掇一二如下。

一、尚小学时，宅遇红卫兵抄家，长者皆惊悚；唯其不惧，竟冲往前阻拒，且咬伤为首者手指。遂因之遭揪，陪斗于诸长辈旁。

二、中学卒业时，在一片红之下乡狂飚中，其缘肺疾而成漏网之鱼；后竟得福，留申沪当泥瓦工矣。

三、在长达七载砌砖弄瓦之余，于文化荒芜中幸遇高人指点，孜孜矻矻，潜心自学，天道酬勤，终于踏上文学之途。

四、改革开放后，其处女诗作恰登载于文学刊物《工人创作》创刊号上；因此受老作家仇学宝赏识，破格被提携为该刊编辑。

五、正事业蒸蒸日上时，因与领导某些意见相悖不愿屈从，竟拂袖而去，放弃了令当时大学毕业生皆垂涎之编辑职务。

六、退休后，所有能返沪知青，均已回申定居；连已在外地成家之职工，赋闲后亦想方设法叶落归根。然其却反其道而行之，为寄情山水，竟放弃前半辈生于斯、长于斯之魔都，奔山城屯溪卜居……

奇乎壮哉！金祥君擅散文，偶亦为诗；其诗侧重述事绘景抒怀，兴之所至，近古风，不计较格律。后者，与吾颇为投缘。下录两番唱酬。

辞上海·油诗一首①
宋金祥

故里已非梦忆景，
胸壑乃牵旧人情。②
不怨乡风抚白鬓，
长啸八荒做山民。③

3月15日返皖途中

读金祥诗有感
乾坤

同在异乡为异客，
卜居难忘故园情。④
屈指诀别近半纪，
同里同窗或同门；⑤
数月期盼聚一日，
沸翻场景屡入梦。⑥

俗谓姜是老者辣,
又云酒乃陈更醇。⑦
今虽各飞归旧枝,
心有灵犀谊益深。⑧

3月16日于湖畔云庭

致乾坤先生

宋金祥

不及弱冠失师尊,
浊世惘然难觅真。⑨
天惜心源存善字,
先生靓见清白人。⑩

复金祥门生

乾坤

乱世尽毁师道尊,
魍魉魑魅假作真。
善恶到头总有报,
做人要做大写人。

【注】①辞上海:指今年3月11日,他特地从屯溪赶来上海,参加打浦69届学生聚会。逗留约一周,现告别申城回皖了。

②故里:即故乡,指上海。

这两句大意:这次抵沪,故乡的景况已与在梦里回忆到的不一样,而心中牵挂的,原只是儿时旧窗与邻里的人情。

③长啸:放声大叫,以泄怀抱,如岳飞《满江红》中,有"抬望眼,仰天长啸,壮怀激烈。"八荒,即八方。山民,山地居民。

这两句大意:我不埋怨山乡的野风,抚白了自己的双鬓,在那里,我可以做个普通山民,敞开胸怀,自由自在地放歌八方。

④卜居:择地居住,如杜甫有"嗜酒爱风竹,卜居必林泉。"故园,即故乡,此指上海。

这两句大意:我与金祥,都在他乡做外地的侨客,虽是自己选择,基本定居,但还是难忘对故乡的感情。

⑤屈指:扳指计算。诀别,长时间的分离,一般含有不可能再见之意。近半纪,接近半个世纪,实际上是47年。同里,同一街坊的邻居;同窗,同班同

学；同门，非同班却同届同学。

这两句大意：屈指算来，与69届学生长别近半个世纪了。这届学生，因当年就近入学，从小不但是邻居，而且是同班或同届同学，感情特别深厚。

⑥这两句大意：自从数月前，获悉聚会日期后，就天天盼望此日快点到来，聚会结束后，那日沸反盈天、激动人心的场面，还多次进入自己梦境。

⑦这两句主要是比喻：经历时间越长，人到老年之后，友谊就更纯真、深厚。

⑧"归旧枝"：喻回到了自己家。"灵犀"，传说犀牛角有白纹，感应灵敏，故称其角为"灵犀"，以喻心领神会、感情共鸣。唐诗人李商隐名句"身无彩凤双飞翼，心有灵犀一点通"，即用此意。

这两句大意：现在，大家虽已各自回家，但只要心领神会，感情共鸣，友谊会愈来愈深。

⑨"弱冠"：20岁，一般指成年。典出《礼记》："二十曰弱冠"。意思是：男子到了20岁，要举行戴上帽子的仪礼，以示成年。"弱"，意为虽已成年，但还未壮熟。"浊世"，混浊的社会，指"文革"期间，下诗中的"乱世"，与此同。

⑩"心源"：佛教认为，心为万法之源，故称，即心性、性情或性格，此可理解为"本性"。"靓"，音liàng，本义为展示最佳形象。"见"，见地、见解，即对人或事物的观察、认识、理解。

这首诗的大意是：我还未成年的时候，就失去了老师的教育。在"文革"期间，社会浑浊，我一片迷惘，难以找到真知和真谛。好在上天怜爱我，内心仍保存着一个"善"字。先生能认识、理解我是一个纯洁清白的人，把我形象的最佳一面，展示在人们眼前。（按：其中最后一句，很难解。以上诠释，虽都有训诂依据，但不一定符合本意。望金祥及有识者，予以认可或校正。）

209. 天涯飞来不速客

云庭暖房"两宜轩"，自去冬紧闭窗户以来，近半年未打理了。昨今连日升温，料春寒业已歇步，便前往启牖。孰知杂草丛生，竟顶天覆地，始唯叹耳！然细现，倒亦有异趣，遂摄影几帧，配俚歌十句以记。

　　　　天涯飞来不速客，
　　　　扎根荒沙建街坊。①
　　　　滴水未溉近半载，
　　　　子孙满堂喜洋洋。
　　　　黄花疑似野生菊，
　　　　蒲公英球始雪扬。
　　　　房东原本量天尺，②
　　　　无奈休眠不胜防。
　　　　动问造物谁作主？
　　　　孰最顽强孰称王！

【注】①暖房"两宜轩"内，种的都是多肉类沙漠植物。为营造大漠氛围，故地面铺的全是黄沙，而这些"不速客"——野草，居然能在黄沙上"扎根"疯长。

②"量天尺"：多肉植物名。因轩内以三株量天尺为主景，其中最高的一株，已达2.6米，触顶后无法再长，故称其为"房东"。

210. 丁酉上巳日云庭即景①

　　　　寒食未至雨纷纷，②
　　　　红妹沾霖益美嗔，③
　　　　雪仔抱团羞涩涩，
　　　　如宾相敬不争春。

【注】①上巳日，每年农历的三月初三，即今天。该日，是唐代官制三大修禊日之一。修禊：古已有之，每当春秋二季，官员和百姓，到水边举行嬉水活动；当时是一种消灾祈福仪式，后发展为文人雅集的一种范式。文史记载的一次最著名上巳修禊活动，在王羲之《兰亭集序》中有较详反映，可参阅。

②寒食：即寒食节，是战国晋文公为纪念流亡时忠心耿耿的伴臣介子堆而立。因时在清明前一或二日，而习俗又与清明以祭祀、踏青等大致同，故从唐朝起，把它并入清明，合为一节。

③红妹，喻桃花；下句中"雪仔"，喻李花。美嗔：嗔，音 chēn，原义为不满或发怒；但与"美"结合，义转为"美而娇嗔"，则更好看了。如清·吴趼人《解佩令·美人怒》词云："笑容原好，愁容也好，蓦地间怒容越好，一点娇嗔，衬出桃花红小。"描述的，即此意境。

211. 丁酉寒食节祭

丁酉寒食惠风中，
叔侄家扫父祖冢。
敬祈先灵祥慰安，
福佑子孙及民众。

212. 苹果寄语并序

本诗所吟咏者，姓"苹"名"果"也。原籍，云间新桥镇，迁居本庭，凡七载矣。其花容洵美，色如白玉，与梨葩相伯仲，难分辨，然细审之，蕊不同：梨，玄黑；苹，金黄，更胜一筹焉！其性静，甚谦逊，每于桃李失色才登场，纵娇美，却不与之争春。不亦德乎？

其果实，雅号"平安果"。赠人，有象征意：一枚，谓"一生平安"；二枚，云"二人永好"；三枚，则"阖宅安吉"也。盖皆缘"苹"与"平"，谐音耳。是以摄照数帧，并配一绝。

李桃唱罢始登场，
金嵌玉容娇美娘。
姓隐平安名叫果，
凭侬传意寄吉祥。

213. 农家乐·蚕豆

远眺碧波闪蝶踪，
近观串串黑白红；
惊蛰地暖绽头花，
清明始荚丛林中。
回望去岁冬月起：
垄土点播全亲躬，
施肥灌溉耘杂草，
先苦后甜乐无穷……

【题解】

农家乐：是云庭里一条自建的狭长田畦。长16米，宽约0.5米，高约0.6米。开辟以来，曾轮种过黄瓜、丝瓜、脆瓜、日本甜宝、樱桃、番茄、豇豆、扁豆、蚕豆、鸡毛菜、韭菜、米苋等瓜蔬作物，大多小有收成。

【译文】

远远眺望，布满长畦的蚕豆叶，随风摇曳，像一条"碧波"荡漾的小溪。碧波上，还隐隐约约地"闪"烁着蝴蝶的"踪"影。走近细看，那些蝴蝶，原来是一"串串"簇拥着的蚕豆花。每朵都是"黑"的花蕊、"白"的花瓣，花瓣上，还爬着细细紫"红"的纹路。这畦蚕豆的头一批花，是今年惊蛰那天，地温转暖后，开始绽放的。到了清明，气温进一步升高，在密似丛林的蚕茎叶间，逐渐结出了可爱的豆荚。回望去年，从农历十一月起，冒着严寒，垦土啊、点播呀，我都亲自动手。还有施基肥、灌溉水、除杂草等农活，也都自己做。当时，虽然很累很苦，但是，看到现在这番富有诗意、丰收在望的情景，真是其乐无穷啊！

214. 七七自寿打油歌
（仿乐府）

生辰日期有两个，一个阴历一个阳；
从前一直过阴历，现在大多选择阳。

阳历日期永不变，阴历常常有变化；
每十九载会重合，今年我正轮到啦。①

阳历四月十二号，阴历三月十六日；
年庚已届七十七，原本只是小生日。

孰知此诞有名堂，雅称喜寿喜洋洋。②
曾想趁此冲冲喜，编本拙作留遗响。

起意门生黄莉珠，目标建议伞寿时。③
唯恐岁月不我待，遂自提前至今日。

一本正经发感言，微信圈里曾宣扬。④
学子闻讯纷纷动，响应方法各式样：

大多点赞表支持，下列诸位更捧场：
智颖推荐微信书，特制几页做模样；⑤

新民小黄托关系，到处联系印刷厂；⑥
尚有多位提建议，经费可与众商量。

主要瓶颈在编辑，电脑才能派用场；
而我本是此道盲，束手无策空愁肠。

直至来了方良后，一路顺风行船畅；⑦
他先助我商进程，旋即动手键盘打。

不足半月初告捷，微信已经变纸张，
毛估大约廿万字，分门别类眼一亮！⑧

快件从沪邮我家，立即着手审小样；
分散各篇犹可观，结集成书嫌勉强。

唯因当初由感发，随心所欲任挥洒；⑨
成书理应有体例，否则贻笑大方家。

故始进展较顺利，渐至中途难度大；
顺应前例后偏颇，照顾后者前疙瘩。

兼之生活题材多，灵感一来怕消失；
好在旧著始终在，新诗新文赶紧写。

如此日久拖下来，至今喜寿已到啦！
面对食诺心愧疚，无颜与众共潇洒。

记得早在一月前，雅春已来微信问：⑩
要否由她去联络，闹闹猛猛欢一场。

我曾犹豫左右难，最终还是未回答；
现在此歌表歉意，盛情不会忘记她。

131

至于该书怎么办？恳请微友齐想法：
或则索性就罢手，或则重新再出发。

无论诸君意如何，涓涓注入我心河。
子夜满月秃笔止，深更独吟自寿歌……

丁酉年蚕月既望子夜于湖畔云庭

【注】①据有关统计，阴历与阳历生辰日期重合，每19年发生一次。从日历上看，我今年正好轮到这种现象。

②77岁生辰被称为"喜寿"，主要是"喜"的草书写法，如上下两个"七"字。

③发起为我编文集的，是我在打浦执教时的69届学生黄莉珠。她当时建议：出版日期，定在我80岁寿辰时，以作为贺仪庆生。伞寿，即80寿诞的别称，因"伞"的中间两点去掉，上下似"八十"组成。

④详见本书"文汇"集：《七六生日感言——关于汇编拙作美意致诸微友》。

⑤智颖：人名，姓周，是我在上中执教时的92届学生。

⑥新民：人名，姓彭，是我在打浦任职时的门生，未执教过，在聊群中认识。小黄，即前黄莉珠。

⑦方良：姓名；与黄莉珠同班学生。

⑧这节大意：经过方良日夜苦干，不到半个月时间，他把我手机中的所有原创微信，全通过电脑分类搜索出来，并打印在纸上，毛计约20万字。

⑨这两句大意：由于我当初写微信时，都是因景抒情、因时述怀、有感而发、任意挥洒的，并没有想过要结集出书，也没有考虑过什么体例。

⑩雅春：人名，姓章，是我在打浦执教过的75届学生。她在3月初，就发来微信说："下个月是你生日了，要否闹猛一下"，示意她可联系组织。由于本歌所述原因，及其后不久，我原手机储存卡满，不慎将所有聊天信息全删除了，换了张卡，故一直未回答，很过意不去。

215. 与打浦69届师生唱和（三）
与方良唱和并序

方良君，余打浦之门生也。六九届，正值华夏空前浩劫之时：黄钟毁弃，瓦釜雷鸣，文化荒芜，教育是重灾区。其时，虽名谓"师生"，教读甚少，实"同学"，即同学工、学农耳！

嘻！斯亦妙，以该时斯文尽扫地，"生道尊严"更横行无忌；然是届生，年幼且性质朴，受疫微，对吾亦颇尊敬，故辄于学工间歇时，同戏耍、打羽毛球；学农共卧前，讲故事、说笑话、解谜语，欢声笑语盈屋，不亦悦乎！

忆方君童年，人小鬼大，志刚毅。例：十三岁时，尝集三小伴，步行至杭州串连，往返七百里，坚持始终者，唯其一人尔！中学卒业时，怀博大，血气益盛。如：在下乡"一片红"之背景下，大多出于无奈，争兵团农场，或就近插队，而其却主动誓言且爽行，赴最远、最冷、最苦、最险之边境——黑龙江逊克县插队。岂不壮乎！

思方君入途轨迹：屯垦初，壮志凌云，争苦赴难，多次险入鬼门关，遂被推荐入学，进黑河师专，业满即步杏坛，执小教并坚持自修。旋参高考，荣升哈师大。毕业后，正途入黉门，辗转执教鞭于九江师专，及江苏常熟理工学院。攻文史哲，衔副教授，撰学术论文数十篇，专著二集等。

荣归故里后，开博客《劳作坊》，访员达数万。擅长写回忆录等纪实性文字，走笔自然流畅，于平淡中见真情。偶尔为旧体诗，不计较格律，求意境、喜对仗，富底蕴，含书卷气……

上世纪阔别后，于去岁十月中，才来吾云庭重晤，间隔竟四十七载矣。下录与其唱和诗一回合。

感云庭意趣
方良
（先生数诗惠我，今草几语求正。）

古稀宅吴是何乡？
未爽烟雨午正旸。①
清赏汾湖杨柳家，
明光云间石木坊。②
荡宽水长草多芒，
道远巷近芷几香。③
亲炙慈颜数回过，
闲艇一斟门下飨。④

【注】①江南水乡，向以晨光朦胧、正午放晴见称，故先生际遇，有此一比。先生大学毕业后，成为人师。早年任教于打浦中学，深得学生爱戴，然而在政治运动中，受到不公正待遇。中年之后，任教上海中学，脱颖而出，成为上海市名师。

②先生新居为大楼小高层。先生之所以选择定居吴趋古乡里，自有其人文情怀。此处风景宜人，且有历史文化名人陈迹可寻。明末，陈子龙（古称"云间给检"）、徐枋、吴祖锡等前贤在此隐居。清末，柳亚子在此抒家资，聚集南社。故借道纪念（今年，正值柳亚子诞辰130周年，又值陈子龙就义370周年）。

③先生擅长古诗文，于古稀之年仍勤于笔耕，诗文成集（借用古诗人以"草"名诗集的谦称）。

④学生造访先生新居，得到先生与师母款待。听同学讲，之前先生数次招待来访门生。前不久，闻不少同学谈起渴望拜访先生与师母，湖边餐厅恐又将有数席。

和《感云庭意趣》
乾坤

半隐江湖辞故乡，
愿将余生赶残旸。①
种桃育李半世纪，②
不为树碑立牌坊。
读书教书兼写书，
赋闲犹喜翰墨香。③
每当客来具菲酌，
彩蝶舫里笑斟尝。④

【注】①旸：音yáng，此作名词，指太阳，与上诗中作动词，放晴散发阳光略异。

②我从教共50年，含普教打浦17年、上中23年、社会教育10年。

③这两句：既是自己前半生的主要生涯写照，也可视为对方良的画像。

④彩蝶舫，即我小区对面的"嘉年华酒楼"。因紧滨湖畔，形似彩蝶，犹如舫（即船）也；其过去店牌，即以此名之。

216. 丁酉谷雨日云庭应景述怀

天霁谷雨今恰到，风减地温逐日高。

桃李苹花皆落幕,柚橘橙葩已蕾爆。
葡萄依稀见桑葚,①龙枣清晰绽叶苞。
更有薄荷吐清芬,石榴血红露嫩苞。
憾无牡丹国色香,②湖畔杜鹃喜充冒。③
唯独老汉岁迟暮,窃幸心境犹未老……

【注】①葡萄的花蕾,细粒成簇,形似桑葚。

②我国坊间,历来有"谷雨牡丹"之说,因为谷雨是观赏牡丹的最好时节。云庭未栽,无以欣赏,实是一种缺憾。国色香,即国色天香。源于唐文宗时,中书舍人李正封的诗句:"国色朝酣酒,天香夜染衣。"该诗,被当时誉为京城咏牡丹诗的第一。

③今日虽未观赏到牡丹,但下午在湖畔遛狗时,发现杜鹃花正盛开,红、粉相间,绚丽夺目,可喜可爱,遂细品摄录几张留念,聊补未欣赏到牡丹的不足。

217.《丁酉谷雨述怀》后续唱和

读《丁酉谷雨述怀》赠先生

张治华

牡丹国色只能赏,桃李苹果甜又香。
柚橘橙葡营养好,龙枣味美促体壮。
杜鹃花开令人醉,薄荷秀丽能清凉。
笑看老树发新芽,云庭湖畔喜洋洋!

谢治华兼述怀①

乾坤

赠诗句句飘芬芳,溢誉过奖不敢当。
除却桃李有心栽,②余皆随意混搭旁。
云庭空中适养性,湖畔周围宜吸氧。
莫道魔都万人迷,③我安小镇乐徜徉!④

【注】①治华:我任职打浦时69届学生。人淳朴至善,性内热外冷,处世笃实稳重,有组织才干,是"打浦五班师生群"群主,也是该届大群发起者之一。业余好读书,力求甚解,尤其在写旧体诗方面,颇有天赋。其虽谦谓,读了拙作后才起步动笔,然才思敏捷,常于看到别人诗作后,10分钟左右即和复,多切中肯綮,且时有风趣之笔。

②云庭在开建初,筹谋种植时,首先决定并践行的,便是桃树和李树。有

睹物思人，记念自己教育生涯之意。

③魔都：上海的最新别称。

④徜徉：悠闲自得的神态及样子。

读《丁酉谷雨述怀》
——寄舅舅
刘明

心境未老神聚焦，春华秋实目览饱。
岁月匆匆快如梭，精神不老心美好。

次原韵复刘明甥
乾坤

人善思维心不焦，世富万象眼福饱。
只消灵乌永翱翔，^①朝夕霞光一般好。^②

【注】①灵乌：太阳的别称，即金乌，也叫三足乌，是神话传说中驾驭日车的神鸟。翱翔，回旋地飞翔。

②与上句合起来的意思是：只要太阳永远轮回地升起和降落，那么朝霞和晚霞就一样美好。

因甥女今年也岁届花甲了，意味着开始步入老年，而我的微友中大多也在此年龄段，故以此愿景共勉。

读先生《谷雨述怀》有感
居海涛

谷雨，春季的最后一个节气。"清明断雪""谷雨断霜"，预示着气温回暖，寒潮结束……今拜读先生的"谷雨述怀"，但见诗文配图，妙不可言，将读者仿佛带入一个春风拂面、柳絮飞扬、花红叶绿、枝翠茗香的美妙意境。和读者分享了那种胜似闲庭信步、宁静致远的淡泊生活，更能感受到先生那份"闲看庭前花开花落，漫随天外云卷云舒"的美好情怀……赞！

天香露容话谷雨，满园春色伴古稀；
云庭湖畔添新翠，一盏香茗品惬意…

谢海涛诗文溢誉①
乾坤
每当拙作奉众览，时有海涛掀波澜；②
赞评谬夸岂敢当？美意笑纳盛情感…

【注】①海涛：我刚调入上中时，带教的83届初中学生。忆其时个矮小、体瘦弱，有一张清秀的脸庞、一对机灵的眼睛。一上肢虽微残，但仍好动、活泼、贪玩。对老师颇尊敬，尤其是我的课上，总全神贯注，作文似简短，但时有好句冒出，是一块文科料……惜毕业后，不知所向，阔别也30多年了。慨夫！孰料前不久，竟在该班老同学"群"中重"逢"，且对话甚密，喜出望外，诚天意也。不亦乐乎！

②该句中的"海涛"是双关，既指他，也描述了其每次发来的微信不同凡响。诗文齐下，情恳意切，笔墨生动，甚为感怀。

218. 闻捷有感

金钗负笈东航去，豆蔻年华报捷来；①
理杏试笔膺大奖，准处女作书上载。②
付梓问世早父祖，欣见后辈超前代。③
整章全操东瀛字，文盖扶桑本土崽。④
笑为华裔傲樱花，含苞牡丹不胜爱！⑤

【注】①金钗：即金钗之年，是12岁女孩的别称。负笈：背着书箱，指去求学。豆蔻年华：13岁女孩的别称。这两句写：我孙女12岁时，在日本就读初中。13岁时，就传来了她在当地区级作文竞赛中荣获"大奖"的捷报。

②理杏：我孙女名。试笔：原意是练习书法或写文章，此指她首次尝试参加地区性作文竞赛。膺：接受、选中。"处女作"：作者第一次公开发表的作品。准：仿效、效法。由于孙女尚在读初一，尽管已在正式出版物上发表了第一篇文章，但将来是否走文学道路，还不得而知，故在"处女作"前加个"准"字。"书上载"：该"书"，即当地出版的《优秀中学生大奖作文集》。"载"，刊载。

③付梓：印刷出版。问世：指一篇新作品出版，跟人们见面。"早父祖"：指孙女在正式出版物上发表作品，就年龄而言，比她父亲（指我儿）和祖父（"我"）时间更早。记得她父亲在读高二时，因参加"华东六省一市作文竞赛"，有篇获二等奖作文，曾被国内多本"优秀作文选"刊载。至于我，严格说来，第一篇公开问世的作品，是在20世纪"四人帮"垮台后，其时我已三十七

八岁了。

④操：操作，即执笔、指写作。"东瀛"：日本国的别称。字，文字。扶桑，也是日本国的别称。崽：孩子。这两句意为：孙女的文章，整篇全部用日文写作，而此文的内容及文笔竟盖过了绝大多数在该国本土出生、成长的孩子。

⑤华裔：华人的后代。不胜：不尽，非常。这两句有三层含义：

其一，字面：面对绚丽多彩的樱花，她含笑着，能为华人后代取得如此成绩而感到骄傲，但含苞欲放的牡丹更美，更加可爱。

其二，比较：樱花，是日本的国花。以"京都樱花节"为例，时间在每年3月15日到4月15日。牡丹，是中国的国花（已评选出，但尚未最后确定）。以"洛阳牡丹花会"为例，时间在每年4月10日到5月10日。由于各地的地形、气温等条件差异，同一种花在同一个国家内，花期也会不一，但各以有代表性的花节、花会相比，可看出樱花的花期，约比牡丹的花期早一个月。也就是说，日本樱花盛开的时候，恰正是我国牡丹含苞欲放的时期。两种花孰美？排除民族情结与政治因素，应当说各具千秋，但是，一种花开得最美最盛之日，正是其即将过气萎靡之时。"含苞"的牡丹，虽不如盛放时雍容华贵，但毕竟她娇嫩鲜秀，富有朝气且充满希望。因此，才有此句。

其三，喻义：用"含苞牡丹"，有借喻孙女的现今之意。不胜爱，更难掩自己对她的喜爱之情。然而，从"含苞"到盛开，对花来说，只是短暂时间，但于人，从崭露头角到真正成才，中间还有很长一段路要走。因此，也蕴含着期待与勉励之意。

219. 丁酉立夏日云庭即景

谷雨雨中尽，立夏即日到。
云庭多花信，次第各自报：
双梅虽占先，如今影早杳。
桃李紧跟随，现亦均潦倒。
苹果一时荣，花落知多少？
橘橙尚当令，柚子正自傲。
不料子孙球，葩绽特地道。
芦荟向谨慎，盛开格外娇！

220. 口吐莲花不如行——献给母亲节

夏日冬雪炙冻人
春花秋月沁脾心
寒来暑往复循环
苦尽甘来不忘本

家有老人胜如宝
母亲更是宝中珍
十月怀胎孕育我
呕心沥血将我生
哺乳喂糜清屎尿
直至助我把家成
慈爱惠及第三代
老来犹带内外孙

往昔青丝今白发
红颜泛黄爬皱纹
手勤掌上起老茧
脚劳腰弯佝偻身
更悲有些渐痴呆
举止麻木言失神
一生艰辛不为己
油尽灯灭撑门庭

世人都说妈妈好
口吐莲花不如行
生母健在当厚养
莫待仙逝空悔恨
先妣驾鹤应奉祀
冬至清明犹虔诚
中华传统数千载
承前启后靠我们

斗转星移年复年
皓月当空催诗兴
明天又是您节日
谨以此歌谢母恩

2017 年 5 月 13 日晚
于湖畔云庭感恩亭

221. 谢德雄篆赠印章

左德雄,是上海打浦中学 66 届学子,也是我从业以来第一届带教的门生。当年,他尊师爱友、为人仗义,聪明伶俐、多才多艺,是班中突出的文体积极分子。可惜初中毕业时,正值"文革",无学可升,早早就业。在厂里,他工作出色,很快成为业务骨干;退休后,能自觉坚持充电。

他儿时就喜印章,赋闲后,在老年大学教师中国书协会员、西泠印社篆刻家李文骏老师精心指导下,篆艺猛进。作品曾入选《南塘墨韵》一书,也为上海《新民晚报》的"教育天地"栏设计过"栏印"。

朱底白文字朴壮
云庭湖畔内中藏
方圆得体见功力
多谢德雄赠印章

2017 年 5 月 16 日

222. 读"杜牧墓被垃圾充斥",痛和其诗《江南春》泣之

杜牧(803—852),字牧之,号樊川居士,唐代著名诗人、文学家。诗以七绝著称,文以辞赋为妙。前者,一扫晚唐诗坛的柔靡之风,以如其人之俊爽朗逸,驰名于世,与李商隐并称为"小李杜",攀上了唐代诗歌的第三个高峰。后者,以《阿房宫赋》为代表,受历代评家推崇,也多次被选入中学教材,乃千古绝唱。《全唐诗》中,收入他作品八卷,并有《樊川文集》传世。

今晨读到一篇链接,诚感慨系之;遂先引该篇中提及的杜之名绝《江南春》,并步其韵奉和一首。

江南春
杜牧
千里莺啼绿映红,
水村山郭酒旗风。
南朝四百八十寺,
多少楼台烟雨中。

步上韵奉和
乾坤
千载诗篇依旧红,
樊川俊爽创新风。
可怜小杜长眠地,
今受垃圾葬送中。

223. 丁酉端午再吊屈子

在一片互道"端午安康"的祝福声中,前夜,全国著名的语文特级教师、华东师大一附中校长陆继椿先生,寄与我抚今追昔的新作《怀屈吟》一篇。读来回肠荡气,耳目为之一新!前因故未及时专复,今晨起再诵,灵感萌发,遂和歌一首。

众人皆醉子独醒,
举世溷浊子独清;
以身殉国美名扬,
千秋万代人人敬。

闻噩当时全民哀,
唯恐鳍鳞伤子害;
争裹芳粽投汨罗,
拟用粽香诱鱼开。

更有勇夫驾龙舟,
竟欲将子追救回;
无奈子已誓死绝,

怀抱巨石不思归……
爱国精神诚伟大,
愚忠昏君勿应该;
为民领袖当尊崇,
贪腐国贼力抗怼。

纵然敢怒不敢言,
岂可同流合污秽?
立足处世要权衡,
经是经来纬是纬。
然而身段需柔软,
莽撞亦即不自爱;
激清扬浊意志坚,
因势遇礁宜绕开。

达则躬行济世志,
穷则退隐洁身怀;
自古神州非长夜,
韬光终究日扬晖。

而今中华正崛起,
举世瞩目业光辉;
鱼龙混杂世常事,
泥沙俱下史多载。

莫因空气有尘埃,
甭以太阳有黑斑;
同心同德兴祖国,
群策群力富黎元。

众志成城护轩辕,
富民强国笑宇寰,
东方巨龙腾飞日,

屈子在天应开颜!

丁酉端午节晨于湖畔云庭

224. 何时芳菲承祖望——鸡年儿童节遥念孙女占得一律

自端午小长假始,大渠荡畔便日益热闹起来,今天更人声鼎沸。湖滨步行道上:有卖小吃的,贩玩具的,供杂耍的,玩旱冰鞋的,坐游艺车的……连一贯只管自己溜达的LaKi,也不停地东张西望,有时还驻足或坐下赖着不走。

哦,原来是儿童节!这不禁使我联想起正在海外求学的孙女,她此刻是在尽情玩耍、吃冰淇淋,还是埋首于读自己喜欢的图书,或赶做不胜繁重的作业?在返回途中,我边走边构思。抵家,晚饭后就寻词觅句,稍加斟酌,凑成下面一律。

少旅扶桑入凤庠,①
幼学技艺才多样。②
天生丽质素颜平,
地赋智商红粉仰。
文盖东洋百姓儿,③
画膺日本政府奖。④
蕙兰渐秀动人蕾,
何时芳菲承祖望?

【注】①扶桑,日本;凤庠,此指女子中学。

②多样,指游泳、芭蕾、电子琴、英语、绘画等。

③百姓儿,日本本土的孩子。这句指:孙女在国内日本学校读小学五、六年级时,成绩在班中名列第一。一次在参加由4000多名全日本学生参加的统考中,名列第23名。前冬,去日本读初一后,最近在参加区作文竞赛中,荣获大奖。

④朝廷,政府。这句指:孙女在日本千叶县读小学三、四年级时,画作经常在县(日本的行政区划,相当于我国的省)里展出,其中一幅画作,还被选送到由日本国文部科学省主办的"第73届全国教育美术展"参展,并获书证嘉奖。

225. 与海涛等唱和"拆字离合"诗

日前,喜读数学特级教师宝兴兄转发的"拆字离合诗"妙帖,遂邯郸学步,戏诌几首,发于网上,谁知引来了门生李军与海涛的唱和。兹略加修改,并辑录如下,以供诸位一哂。

拙原作
有犬就是狮,
无犬也是师;
去掉狮边犬,
加虫便是蛳;
螺蛳壳里设道场,
微信群中妄称师。

李军和
有草便是莘,
无草也是辛;
去掉莘上草,
加束便是辣;
少年不识陈酒味,
半百才知老姜辣。

海涛和
有木便是梅,
无木也是每;
去掉梅边木,
加水便是海;
海阔天空任鸟飞,
龙门弟子腾四海……

拙并复
有女就是姓,
无女便是生;
去掉姓边女,
加月变成胜;
青出于蓝胜于蓝,
师生犹如一家人。

海涛和

有言便是诗,

无言也是寺;

去掉诗边言,

加手便是持;

新竹高于旧竹枝,

全凭老干为扶持……

谢赠海涛

有水就是海,

无水便是每;

去掉海边水,

加木变成梅;

梅花香自苦寒出,

宝剑锋从磨砺来。

有水就是涛,

无水便是寿;

去掉涛边水,

加竹变成筹;

临渴掘井要不得,

万事均应预先筹。

海涛谢师

有人就是伸,

无人也是申;

去掉伸边人,

加土便是坤;

龙门数载师生情,

三班学子谢乾坤!

复谢海涛

有草就是莓

无草也是每；
除掉莓上草，
注水汇成海。
海纳百川谊师生，
涛声依旧情澎湃！

226. 党与民——中共十九大闭幕有感

做人要有脑，无脑瞎乱忙；
治国要有核，核心共产党。
党要有中心，一心为人民；
民要有信念，相信共产党。

党民鱼水情，情深谊久长；
民党共日月，昼夜永辉煌。
党为船导航，导航指方向；
民与党同舟，同舟搏风浪。

党的十九大，提出新思想；
进入新时代，谱写新篇章；
远景中华梦，近景切盼望：
大国变强国，全民富而康。

2017 年 10 月 25 日

227. 五绝·美脐

此果来南域，
原生美利坚；
云庭经六载，
雨后更新鲜。

228. 五律·枸杞橘与拉基

庭栽枸杞橘，陪伴感恩亭。
金果秋冬挂，树冠四季青；
上周多雨霾，近日续晴明。

为阻偷摘客,拉基伫守巡。

229. 丹凤与腊梅

丁酉冬至瞬将临,
云庭腊梅花缤纷;
丹凤觅食残叶上,
桃李争芳待来春。

【注】丹凤,是自家母鸡的雅称。

230. 沈公走好

痛悉老领导、老邻居、老师友沈子为校长仙逝噩耗,泣占藏头诗一首送行。

沈翁德高学养深
公门桃李百花呈
走笔悼念掩泪泣
好人行好早往生

朱乾坤合十敬奠于丁酉年辛亥月壬寅日

231. 七绝·谢小耿

小耿依宁拙友生①
慨慷助我梓书成②
卧龙高比云龙志③
雏凤清于老凤声④

【注】

①小耿,名依宁,是我在上中任教时的学生。友生,语出《诗经·小雅·棠棣》:"虽有兄弟,不如友生。"辞书上释有二义:一谓朋友,一谓教师对自己门生的谦称。本句中的意思为:过去是我学生,现在则是朋友。

②梓书,刻印出版书籍。这句指:当他在微信获悉,打浦学子要为我出书庆生时,立即跟帖说:"经费需要多少?先生尽管说!"此后,他又多次来信表示赞助意愿。日前,当得知我已把该书二稿审毕,将送出版社时,就一举认购了200本,并即把书款汇达筹备组,以助此书早日出版成功。

③卧龙,此喻在上中求学时期的小耿。云龙,则喻其时已名声在外,与他同校、同届或同窗的各班学霸。

回想当年他在任我的科代表时,虽用功但并不刻苦,喜玩爱睡,总似懒洋洋的。可是他不但语文好，各科俱佳，读书尤讲效率。如按禀赋，只要再努力一些，他绝对是上中学霸一枚。可直到高中毕业，除必需的复习外，其依然该玩玩、该睡睡，结果还是笃悠悠地考进了复旦大学。

复旦毕业后，他潜心研究股市，先后受聘于上海新兰德、上证综研等公司任职，后成为自由的股市投资人。现在，则更如"卧龙"，为人低调，不擅张扬，从事着自己喜爱的事业，过着自在自乐的生活。

④雏凤，喻小耿；老凤，乃夫子自喻也。

【附记】

前诗③④两句，原是上中130周年校庆时，我奉命为校内"卧龙亭"配撰的对联，镌刻在该亭入口处两侧的楹柱上。下句是唐李商隐的现成名句；上句则是我倚其平仄，酌情据龙门学子实况及此景所寓意境而撰。

其中，卧龙，比喻各届正在上中就读的学生；云龙，喻历届已毕业龙门，腾飞在世界各地的校友；雏凤，比喻各届尚在校内嗷嗷待哺的学子；老凤，喻曾在或正在上中呕心沥血、培养学生的教师。上句含芳林新叶催旧叶，下句含青出于蓝胜于兰；总之，含有一代更比一代强之寓意。

232. 丁酉腊八喜雪

佛祖成道日，
瑞雪降福祉；
腊八今宵过，
四九后天止。
严寒既已到？
暖春岂会迟，
清供感恩亭，
合十谢严慈！

233. 云庭踏雪——调依《清平乐》

（不计句内平仄）

满院皆玉，
犹在飘银絮。
行挪步艰来去，
窃疑误入北域？

佛祖成道翌晨，
祥瑞笼罩云庭；
即将告别丁酉，
七八老汉喜迎。

234. 云庭雪霁再访——调寄《清平乐》
（不计句内平仄）

雪霁拂晓，
云庭更窈窕，
岭崖草木戴白帽；
移步慎防跌倒。

喜中顿生彷徨，
盆栽会否夭伤？
凡物一分为二，
任凭造化沧桑！

235. 三上云庭访雪——戏改李煜《虞美人》打油词

连天寒英何时了？①
路人益稀少。
鲈乡今日又冰风，②
鹅毛纷纷飘落云庭中。

琼岭玉树壮观在，
只是心情改：
植损仅为个人愁，
户外劳者会否珠泪流！

【注】①寒英：雪的喻称。
②鲈乡：吴江的别称。

236. 丁酉四九遇大雪先喜后忧

丁酉四九下琼雨,
网上比比晒相片:
银宇玉野竞娇美,
无限佳景不胜看!

老夫亦发少年狂,
频登云庭抢绝篇:
时而信手摄足下,
时而刻意觅景点。

旋即下楼逐筛选,
犹配小词抒得意;
网络同步到友手,
果获赞评心自喜……

孰料凝雨下不止,
渐感庭植经勿起;
遂怜流浪猫与狗,
更伤街头谋生子!

老叟赋闲尚可忍,
上班族则交通艰;
一旦成灾更严重,
扰乱生活胁安全!

塞翁失马毋自悲,
意外横财更甭思,
物极必反固常经,
万事有利自有弊……

237. 清平乐·戊戌新正抒怀①

窗禽下岗，②
锦犬接班上。
万类生机逐奋亢，
霜鬓添银更爽！

岁增难泯童心，
灵台犹驻青春；③
临耄文思尚健，④
夕阳不逊晨暾。

【注】①新正：农历正月初一。
②窗禽：鸡的别称。此指农历丁酉年，即去年，俗称"鸡年"；下句中的"锦犬"，指农历戊戌年，即今年，俗称"狗年"。灵台：心的别称，此指心态、精神。
③临耄：将近80岁。

238. 清平乐·戊戌大年初二

戊戌春早，
义犬昨应卯。①
联袂雨云霾不少，
今日晴暖正好。

祥霓普罩人寰，
偕夫携子礼全；
阖第回门拜岁，②
何其乐乐欢欢！

【注】①应卯：旧时官吏每天"卯时"（上午5-7点），到官署听候"点卯"（点名）签到。此指上班、报到。
②阖第：全家。

239. 清平乐·戊戌大年初四

东风微笑，
雨水如期到。①
子夜烟花鞭炮爆，
争抢赵公热闹。②

财源滚滚无穷，
取之各显神通；
只要克勤克智，③
何愁无孔方兄？④

【注】①今年年初四，正逢"雨水"节气，春雨如期而至，是个好兆头。
②赵公：即赵公明，相传是武财神，在此，做"财神"的代称。
③克：能、能够。
④孔方兄：钱的代称，在此泛指钱财。

240. 清平乐·戊戌大年初五

爆竹欢叫：
均道财神好！
噼里啪啦篷碰噪，
送穷更加重要！①

财分物质精神，
尝闻韩愈佳文：②
学智文交命五，③
五穷挥去良辰！④

【注】①年初五，既是财神节，也是送穷日（详可参见拙作《迎新春、过大年，传统习俗新编（五）》）。
②唐代韩愈，曾写过《送穷文》。
③韩文中"五穷"的顺序是：智穷、学穷、文穷、命穷、交穷；因词句平仄的要求，在此有所颠倒。

④韩文的立意，自有其巧思，此不作探讨，但其中所谓"五穷"，都是精神层面上的概念，颇发人深思，并可借鉴。

在我的朋友圈中，称得上豪富的，固然极少，但物质上贫穷的，也基本没有。因此，从这个财神节、也是送穷日起，希望朋友们能不断加强学习，继续提高文化修养，广交良友，逐步直至彻底送走精神上的"穷鬼"，争取财才双丰收！

241. 清平乐·戊戌大年初六

风呼雨唤，①
新岁高潮换：②
农备春耕田垄畔，③
商号彩旗招展。④

女娲马到成功，⑤
万业争竞兴隆；
倘要国强民富，
犹须除尽贪虫！

【注】

①今年正月初五，从下午直至翌日凌晨，风雨交加，是写实，亦寄寓意。

②我国过大年习俗，一般自去岁除夕，至新正初五过财神节及送穷日止，是一波祭祀与庆贺的高潮。从今日即年初六起，便转入百业重新起步的日子。

③重新起步的标志，在农村，主要是集中精力，做春耕的筹备工作了。

④在城镇，各行各业又陆续开始上班了，而其中，以大街小巷上的商铺，又纷纷打出招商揽客的旗幡为最醒目。这一天，也俗称为"开业日"。

⑤年初六：相传是女娲造马的日子，俗称"马日"。马到成功，则是附会的吉语也。

以上各有关习俗内容，可参见本集丛"云庭文汇"中：《迎新春、过大年传统习俗新编（六）》。

242. 清平乐·戊戌大年初七

云遮雾绕,
人日今来到。①
试问什么殊重要?
不是金银财宝!

人生最贵安康,
砖家指引荒唐;②
除却大疾禁忌,
自然食饮良方。③

【注】①人日:农历正月初七,是人胜节。相传:我国上古神话正神、人类之母——女娲,在这一天抟泥造人;故该天也叫"人日"。

②砖家:指公然在电视、纸媒上乱做养生药品、食品广告的名人,以及在微信中,任意发布什么食物相克、吃错了"要死人"等耸人听闻或互相矛盾,使人无所适从等食物指南的营养"专家"。

③自然养生:饮食喜好,是人在长期生活中形成的自然习惯,尤其是中老年,基本已固化为难以改变的食物吸收机制。只要没有感到明显的服食不适,就没有必要去轻信某些微信中似是而非讯息。这才是养生的最好良方。

243. 清平乐·戊戌大年初八

又闻鞭炮,①
谷日呈祥兆;②
朝旭金光迎祉报,
仓廪今秋满好。③

昼白诲子惜生,④
夜黑教辨星辰;⑤
人做上苍在看,
种因得果神灵。⑥

【注】①去年祭社以来,鞭炮声络绎不绝;在除夕与今岁接财神时,更兴起

两波高潮。此后便稀疏、沉寂下来。不料今晨6点不到,就被爆竹声惊醒,经久不息。

②谷日:今天,即大年初八,据传是谷子的生日,俗称谷日节。

③这天,古人除祭祀外,还以该日天气好歹,预计当年收成。天好,为丰年;天差,则歉收。所谓"干净冬至邋遢年",由于去岁冬至晴朗,今年春节阴雨连绵。而今年谷日,又正处在多雨的雨水节气之中,但是,今天一朝起来,就见艳阳普照,是春节以来最好的天气,真是预示丰收的吉祥之兆啊!

④这天,又是习俗中的放生日。过去,人们通过放生小动物来行善积德祈福;现在,我们更可以在这天对子女进行珍惜生命、热爱人民的教育。

⑤这天也是顺星节。夜晚,除了隆重又浪漫的祭典之外,成人往往会带着孩子,教诲他们察辨星斗的自然知识,以及"人在做,天在看"的做人道理。

⑥本人不想讨论有神无神的哲学,但深信"善有善报,恶有恶报"的理念。做人应有所敬畏,知所进退,这是最起码的底线!"文革"中,那些曾权倾一时却一朝覆灭的四人帮及其余党;改革开放以来,那些曾手握重权,却一夜成为阶下囚的大小老虎,与其说他们是不知法,不如说是"种因得果"的报应而已。

本词中涉及的有关习俗内容,可参见本集丛"文汇"篇中的《迎新春、过大年,传统习俗新编(六)》。

244. 清平乐·戊戌大年初九

玉皇圣诞,①
莫怪人知罕。
华夏传承多间断,
西化洋风弥漫。

而今我咏天公,②
并非盲目推崇。
祖统直须借鉴,③
更能锁住鼍龙!④

【注】①正月初九,俗称玉皇诞,即玉皇大帝的生日。有关习俗内容,可参见拙作《迎新春、过大年,传统习俗新编(七)》。

②在我国闽南等地区,这天叫天公生。天公,就是玉皇。

③祖统:祖国的文化传统。

④鼍(tuó)龙:《西游记》中的妖怪名。此喻:一切法制无法约束、道德

无能感化的种种人间丑事,及其违法乱纪的罪恶根源。

245. 清平乐·戊戌大年初十

伟哉土地,
石头象征你!
昨拜天公即玉帝,
今日向您奉祭:①

土生百谷宅墙,②
安居乐业呈祥;
地以厚德载物,
天则不息自强!③

【注】①今日:即正月初十,据传是石头生日。从前,各地有不同的祭祀仪式。其内容,可参见本集丛"文汇"篇中的《迎新春、过大年,传统习俗新编(七)》。"您",承上,指代"石头"。

②宅墙:借代供人居住、活动的房屋等一切休养生息的建筑物。

③最后两句,出自《周易》:"天行健,君子以自强不息;地势坤,君子以厚德载物。"联系昨、今拙作的两首词,大意是:玉皇象征天,它(自然)的运行刚健强劲,君子处世应像天一样,奋发自强,永不停息;石头象征地,它的蓄势敦厚柔顺,君子待人应像地一样,增厚美德,包容万物。

这既是我对天和地的赞颂,也是对自己的鞭策,并愿与各位共勉!

246. 清平乐·戊戌正月十一

泰山泰水,①
喜把乘龙待,②
择婿毋须高富美,
更要谨防佞伪。

初二随女回门,③
今天依礼还请。④
丈母岳翁厚爱,⑤
东床刻骨铭恩。⑥

【注】①泰山、泰水：分别是岳父、岳母的雅称。

②乘龙：即乘龙快婿，是对女婿的爱称。

③回门：指"回门拜"，即每年正月初二，女婿随妻回其娘家，向岳父母拜年。有关习俗内容，可参见本集丛"文汇"篇中的《迎新春、过大年，传统习俗新编（四）》。

④今天：即正月十一日，俗称子婿日。据传：这天岳父要设宴招待女婿，作为对初二女儿一家"回门"的答礼。有关习俗内容，可参见同上编（七）。

⑤丈母岳翁：即岳母、岳父。因词句平仄的要求，在此各用了地方别称。

⑥东床：女婿的雅称。

247. 清平乐·戊戌上灯日

上元日近，①
春意徐苏醒。
皓月纵为烟雨隐，
却喜霖梅庭景。②

十三始点花灯，③
幼怜兔炬神形；④
结伴拖拉巷里，⑤
至今脑海晰清……

【注】①上元：元宵的别称。

②霖：本义，久下不止的雨；此指，时下时停的雨。庭：指鄙舍"云庭"。

③十三：正月十三日，即今天。俗传，这天是上灯日，开始点头灯，拉开春节最后一波高潮——"正月十五闹元宵"的灯会序幕。

④怜：即爱，文言中常用此义。因词谱规定，该处须用平声字，而爱为仄声，故用平声怜字。并非厚古薄今也！

兔炬，即兔子灯。

⑤这是回忆中：幼、童年时，该夜与小伙伴一起，在弄堂里玩兔子灯的情景。

248. 清平乐·戊戌年元宵

龙姿招展，
狮舞翻腾闪；
锣鼓爆竹声不断，
火树银花灿烂……

云庭灯笼高悬，
感恩亭供汤圆。
恭请天国考妣，
阴阳二界齐欢！

【按】上阕，忆自己多次经历过的元宵节热闹场景；下阕，记今晚自家在云亭过元宵节的现场。

249. 清平乐·戊戌年落灯日

大年今止，①
灯落惊蛰日。②
桃李萌芽苏百豸，③
田亩耕牛又至。

改岁阴雨徜徉，④
节头节尾多殃；⑤
昨夜春雷动地，
红梅益沁芬芳！

【注】①大年：指春节"过大年"的活动。今止：到今天结束了。这也意味着戊戌年的传统春节，至此为止。

②灯落：即落灯。整句意为：今年的落灯日，恰巧与惊蛰在同一天。

③"苏"：苏醒；句中是使动用法，即"使……苏醒"。"豸"，zhì，原指无脚的昆虫，如蚯蚓之类。后泛指一切须蛰伏冬眠的蛇虫百脚等动物。

④改岁：由旧岁进入新年，《诗经》中已有此词语，及含义。徜徉：chángyáng，心神不宁。

⑤节头节尾：由于我国"迎新春、过大年"的传统庆、祭活动，要持续26天，因此，我把它分成三段。即："节头"，从去年腊月二十三祭灶日到二十九；

"节中",从旧年除夕到新年初五财神节;"节尾",从年初六到正月十八落灯日止。"多殃":在以上两个节段中,我家先后发生了三件麻烦的事情:一是"节头"去岁祭灶节次日下午,有三个贼,来撬我家防盗门的锁头,且插销已被搞断。被我老伴发现及时,并将其驱走,虽有惊无险,但弄得我们好几天心神不宁。二是"节后"初十下午,我带 LaKi 在湖畔溜达时,不慎被绑树的铁索绊倒。闷坐在地上两三分钟,后经过路人相帮,扶坐到街椅上,达半小时之久,才完全平静下来,但左手腕已别筋。三是正当我每天用跌损活络油擦按手腕自疗时,尚未痊愈;正月十二晚上,LaKi 突发呕吐,连续三夜,急得我带伤包车带 LaKi 赶到上海宠物医院诊治。三天后,它虽已基本好转,但还须坚持小心呵护,坚持喂药一个月……

250. 清平乐·戊戌过大年有感

地荒天老,
禹域文明早。①
华夏习俗知多少?
今日无人尽道!

西风东渐频仍,
国节异化凋零。②
年味逾来逾淡,③
何时招返灵魂?④

【注】①禹域:相传,大禹治水,将足迹遍布之域,划为九州;故"禹域、禹迹、九州"都是古代中国的别称。

②异化:此指改变了各传统国节的本来面貌与精神,只留下甚至完全演变为吃、喝、玩、乐、购的假期,以及各商家、饭店、旅游景点、娱乐场所趁机揽钱的场景。

③年味:过年时特有的氛围,包括过年时特有的物品、事情、语言、信仰、禁忌及礼仪等。详可参阅本集丛"文汇"篇中的《迎新春、过大年,传统习俗新编》的跋文。

④灵魂:过年,以及各种传统节日的主要精神。

251. 吊大师李敖

——藏头挽歌

李　广不侯有何妨?

敖　世特立才无双。
永　垂竹帛留英名,
生　花妙语雅俗赏;
流　水高山皆呜咽,
芳　凋亦有犬吠狂;
千　锤打锣难免杂,
古　往今来龙头昂!
　　戊戌龙抬头日即兴
　　季春既望日修改

252. 戊戌冷节前思亲①

——调寄卜算子
柳舞大渠滨,②
苹秀云庭貌;③
连日熏风复暖阳,
春困耽午觉。④

觉也混沉沉,⑤
一任心神跑;
转眼清明又眼前,
考妣坟茔扫。⑥

【注】①戊戌:我国传统干支纪年法中的一年,每60年轮回一次,这里指今年。冷节:寒食节的别称,为纪念春秋晋国时淡泊名利的死忠义臣介子推而设,后发展为我国民间祭祀先祖的最重要节日。由于寒食节的时间在农事"清明"节气前一两日,而基本习俗也大致相同,故现在一般只过清明节而不提寒食节了。卜算子:词牌名。

②大渠:即大渠荡,是汾湖支泊。八年前已建成生态公园,与我卜居的小区,仅40步之距。

③我云庭里的一棵盆栽苹果,虽岁岁开花,但今年特别茂盛。其树冠的丫枝八方展开,园径近两米,布满了洁白的鲜花。

④觉:读jiào,睡眠、睡着。

⑤觉:读jué,睡醒、醒悟。

⑥考妣：父亲、母亲。在此，指我已仙逝半个多世纪的双亲。

253. 寒食节感墓
——调寄卜算子

有墓特奢华，
却未人来扫；
墓主此时确死了，
已被民筛掉。

有墓固平凡，
祭者从无少；
墓主其实尚未亡，
活在人心脑！

254. 戊戌清明日记
——调寄卜算子

昨天一早，侄儿国平从上海驾车前来，陪我到青浦朱家角至尊园，为先亲扫墓；旋又赶往闵行颛桥寝园，为先长兄嫂祭奠。下午，由侄孙女驾车，与其母一起，专程送我回家。虽疲惫但精神很好，至夜难入眠，遂默吟卜算子一阕留念，并向国平侄儿一家致谢。次日补记。

秀瓣遍地眠，①
飞絮空中蹈；②
雨霁娇阳羞羞出，
温降风呼啸。

先祭显严慈，③
再祀长兄嫂。
戊戌清明洒扫行，④
人老心弗老。

【注】①清明前后，正是各种春开树花、落英缤纷时期。云庭里的苹果花瓣，三天前已落得一地世界，并被日前的狂风扫尽。而这两天，我小区对面大渠荡生态公园中紫叶李的花瓣还遍地皆是。

②我平生见过的"飞絮":除雪花外,植物中只有两种,即柳絮和蒲公英。昨扫墓后,在侄儿居住小区中见到的漫天飞絮,应是后者。此刻,我云庭中的蒲公英,有的还在开黄花,有的已结球待飞,绝大多数也已随风飘走了。

③显:敬词,一般用在故世的先人之前。严慈:父亲和母亲。

④戊:按词谱规定,该位置应用仄声字,而"戊"是平声字,出格了。但考虑到"戊戊"是个记年代的固定短语,不改了,因这类情况,唐宋词中也不乏先例。

255. 蝶恋花·谢于漪师

敝帚雕虫弗屑道,①
集腋成裘,②
竟梓出书稿。③
遥寄一斑致于老,④
耑为乞序蒙彝教。⑤

鸿雁传书今获宝:⑥
睛点龙活,
入室登堂奥。
鲐背着心掖耋耄,⑦
芸窗万感铭主考!⑧

【注】①敝帚,破旧的扫帚;雕虫,细小的技艺。二者,都比喻拙作的诗文谜。弗屑:不值得。

②狐狸腋下的毛皮,虽然细少,但搜集起来也能制成皮袍。比喻积少成多。

③"梓":zǐ,刻板付印。"书稿":即本"集丛"的初稿清样。

④一斑:豹皮上的一块斑纹,喻整体中的一小部分。语出"管中窥豹,可见一斑"。"于老":指于漪老师。

⑤耑:zhuān,同"专",专门、特意。乞序:请求写序言。彝教:常教,长远的教诲及教化。

⑥书,指回信;宝,喻序言。下两句,写的就是我把它当作宝的原因。

⑦鲐背:90岁的别称,于老师今年已近90高寿了。耋耄:diémào,分开解:80岁,称耋;70岁,称耄。成语"耄耋之年",一般指八九十岁的老人。此用

"耄耄",一因押韵之故;二也以此与"耄耄"相区别。意思是80不到、70将过完之人。因我现正"奔八",可谓夫子自称也。"掖":yē,扶助、提携。

⑧芸窗:书房的别称,此借代为书生,指自己。铭:记住。主考:原为明、清时的官名,掌主持各省及京师的乡试;职责是总阅应试人的试卷、选拔录取及核定名次等事务。此指于老师,因为20世纪90年代,她是评选我为特级教师时的主考官。按主考的主,是仄声字,按词谱规定,此位应用平声字。出格了,但因考虑到句尾的押韵,而主考又是个专用名词,就苟且一下了。是为注。

256. 相见欢·致贤良①

仲春伊始,乍暖还寒;入暮之前,风云无常。其间时晴时阴兼雨,气温暴冷暴热跌宕;体感不适,心亦不爽。日前,闻贤契得顽疾,更增不安。白昼,曾多次上网查预后及应对之法;黑夜,亦数番动脑思瞻前等抚慰之言。然心情如天气一样,难以入定;今空中豁然开朗,风和日丽,精神为之一振。遂捉笔填词一首,以安之。

风谲云诡天低,②
雨霏霏。
惊晓、贤良弗幸染顽疾。

既明此,③
则安治;
静休息,
心态达观、终将战赢之!④

【注】

①相见欢:词牌名,共七句36字。句句用韵:头三句,平声韵;中两句,仄声韵;后两句,也是平声韵。贤,德才兼备的。良,人名,姓方,我打浦69届学生,经历丰富,颇有建树。现正在审订的本集丛,全部由他整理编辑,并做成电子文稿。

②风谲云诡:现多喻社会上政治、军事、外交、商界等领域的形势复杂、变幻莫测。此是实写其时自然环境,与下句"雨霏霏"一起,映衬此刻的不爽心情,为引出下讯,渲染气氛。

③明此:明确了这一诊断。

④达观：心胸开朗，见解通达。这是对世界、人生、价值，持介于悲观和乐观之间的第三种态度。对此，我深有体会：小方倘能严遵医嘱，安心对症施治，少劳多逸，一切以达观视之，定可战胜病魔，像以往一样，成为人生的赢家！愿与共勉。

丁酉年三月初二填词，翌日加序并注

257. 沁园春·戊戌自寿①

天高云淡，风和日丽。今年的劳动节，恰逢我农历生辰，亦已与老伴结鸾四十五周年纪念日。加上拙著《湖畔云庭诗文谜集丛》的排版稿清样，刚修改审订完毕。心情殊佳，特先填自寿词一首，并笺、配图留念。

久倦魔都，渐恋鲈乡，卜寓云庭。②
仅糟糠并蒂，黄韩与伴；③
戏莲弄鱼，三友为邻；④
半隐城厢，半农桃李，
早晚鞠躬感恩亭。⑤
归田后，更清心寡欲，天道酬真。

今愚恰复生辰，
忆此辈中年才转身：
历青春入泮，竟罹字狱；⑥
三十却破，又入牛棚；⑦
大衍逢吉，簧门脱颖，⑧
朝务舌耘夕砚耕。⑨
兹老矣！幸微信四海，犹克诗文。

【注】①沁园春：词牌名，双调140字，前阕四平韵，后阕五平韵，一韵到底。此调修辞上：要求多用对偶、排比。句法上：则更要多用"领字"，即这一个字，要领起并管住下面几句。在读法上：凡五字句，都是上一下四顿读。

②魔都，上海别称；鲈乡，吴江别称；云庭，鄙居"湖畔云庭"简称。其中"云"是平声字，而按词谱规定，该位置应用仄声字；因"云庭"是特定专用词，无可替代，就不改了。

③糟糠：贫贱时共患难的妻子，此指老伴。黄韩：黄耳与韩卢的合称。前

者，是西晋文学家陆机养的一只宠犬名字，机智能传书信；后者，是战国时韩国的一种名犬，骁勇而善战。二者，都是古代"狗"的美称。此指代家宠 LaKi。

④三友：即"寒三友"，松、竹、梅，是鄙云庭中的主要景观之一。

⑤指每天早晚各一次，上"感恩亭"向先双亲鞠躬请安。

⑥青春：青年时期。入泮：古代指乡试合格，进学成为秀才，因学宫前有泮水，故称"入泮"，此喻我考取大学。字狱：因文字入罪，造成冤狱。全句意为：我18岁时，考取大学；19岁时，与几位同窗创编油印文艺刊物《新芽》；20岁时，主要因上事被搞成"反动小集团"，遭受批判。

⑦1970年暑期，正当我"三十而立"之年，非但未立，"却破"。即：所谓"炮打"及"破坏文革"等"罪名"，被打成"现行反革命"，关入"牛棚"，接受批判。

⑧大衍，50岁别称；黉（hóng）门"，学校的别称。这句是说：在50岁前后，我终于躬奉其吉，政治上获彻底平反，并在学校里脱颖而出，被评为特级教师。

⑨舌耕，用嘴吧讲课；"笔耕"，用笔写文章。

2018年4月27日中午于湖畔云庭

258. 水调歌头·蓝宝石婚①

明天五一节，不仅是我农历78岁生辰，也是与老伴结发四十五周年纪念日。虽都不在大庆大祝节点，但亦所谓"蓝宝石婚"喜。因此，抚今追昔，填《水调歌头》一首忆旧述怀；留念并与微友们分享。

喜鹊枝头闹，
雀屏中乾坤；②
曩结秦晋之好，③
今复宝石婚。④
回望行仪庆典，
莫有婚纱钻戒，
唯仅赤心诚。
红袖伴读教，⑤
举案齐眉尊。⑥

转北斗，

移星月，
　　鬓霜增；
　　人犹故我，⑦
　　何以磕碰反多生？
　　俗谓叨亲骂爱，
　　牙齿还嚼舌痛，
　　此乃自然成；
　　我礼当先让，
　　皓首至终身！

【注】 ①水调歌头：词牌名，双调95字。上阕，9句四平韵；下阕，10句四平韵。

②雀屏，画有孔雀的门屏。"雀屏中选"，原是一个成语，典出《旧唐书·高祖窦皇后传》。据传：北周武帝时期，皇亲窦毅为选择女婿，在门屏上画了两只孔雀，告示，能两箭射中孔雀两只眼睛的，才把女儿许配给他。结果在几十人中，只有李渊（后来的唐高祖）成功中选。此后，就把这一成语作为"得选为女婿"的代称。该句意为：我被选为女婿了。

③曩：音 nǎng，以往、过去、从前。秦晋之好：成语，原指战国时的秦、晋两国，互把自己的儿女，相许结成婚姻，作为巩固政治联盟的手段。后泛指一般男女之间喜结良缘的美称。

④宝石婚：按西俗，直接用"宝石"命名的婚龄代称有两个：红宝石婚（40周年），已经一去不复了，因此这儿说的"今复"，便是指"蓝宝石婚（45周年）"。

⑤红袖：此指新婚后的妻子。因我双亲10年前已先后仙逝，兄姐也早已个个成家，我一个人孤单生活了至少10年，其间还经历了各种冲击挫折，从此，自己在生活中终于有个"伴"了，陪伴我读书教学，走向新的生活。

⑥举案齐眉：成语，典出《后汉书·梁鸿传》。本意是：妻子孟光，送饭给丈夫梁鸿吃时，把托盘举到与眉毛一样高；丈夫梁鸿，也把双手举到眉毛一样高地把饭盘接过来，互表尊重。此后均以此成语，来表示夫妻之间的相互尊敬。齐，是平声字，按词谱，此处应用仄声字因是成语，不改了。

⑦这句的白话即：人还是从前的我。

2018年4月30日上午于湖畔云庭

259. 好事近·闻恩师《于漪全集》首发有感①

大吕和黄钟,②
彪炳杏坛青史。③
著作等身八卷,④
俱珠玑参杞。⑤

古来学者多文集,
集全罕稀矣;⑥
矧普教一生耳。⑦
创黉门奇迹!⑧

【注】

①好事近:词牌名,又称钓船笛。45字,前后阕各两个仄声韵。两阕的结句皆上一、下四句法。

②大吕,在我国古代音韵十二律中,是阴律的第一律;黄钟,是阳律的第一律。"黄钟大吕",后作为成语,一般形容音乐或言辞的庄严、正大、高妙及和谐。这句总写:《于漪全集》的面世,犹如黄钟大吕,振聋发聩,是一部理论与实践结合、基础教育与中语教学相融的恢宏、系统、严正、妙谐、壮丽的交响乐曲。

③彪炳:biāobǐn,文采焕发、光辉照耀。杏坛,教育界的代称。青史,历史或史册。这句写:该全集的出版,在我国基础教育史和中语教学史上,必将留下光辉灿烂的一页。

④著作等身:意思是:把一个人发表过的著作叠起来,与作者的身材相等高。八卷:指该全集共分八大卷,21册,700多万字。这句写:该全集规模庞大、内容丰富,反映了作者高超的学术水准。

⑤俱:都,全是。"珠玑(jī)",圆与不圆的珍珠,此喻全集中的文辞优美,妙语连珠。参杞:shēnqǐ,人参、西洋参类食物与枸杞子,有补气健脾、滋补肝肾等功效,此喻全集的思想内容,有传授知识、培养能力、开发智慧、形成美德、陶冶情操等教育、启发作用。

⑥集全,出版全集。罕:稀少。"罕稀"同义连用,指非常稀少。这句紧承上句,自古以来,学者出版文集、选集的较多,而能付梓全集的相对罕见,说明著述者的成就卓异。

⑦矧:shěn,相当于现在的"何况,况且"。普教一生,一生从事基础教

育。"耳"：文言助词，用于句尾，表示肯定或语句的停顿、结束，相当于现在的"了、啊、罢了"。这句是对上两句的进一层申述：说明于漪老师，从1951年踏上教育岗位起，一直站在第一线任中学语文教师及校长，就更加不容易！

⑧黉（hóng）门：古代称学校的门，现指学校；此引申为基础教育界。这句是全词归结：阐明该盛举不啻是上海，也是我国普教界开天辟地的奇迹。

谨在此预祝巨著首发式圆满成功，并祈恩师在健康长寿中，欣享一生丰收的快乐！

2018年8月10日于湖畔云庭

260. 新诗二首

一、鼓

【小引】鼓，是孩提时逗乐儿童的玩具、舞台中伴奏戏曲的乐器、战场上鼓舞士气的战具、庆典里渲染气氛的礼器……

20世纪60年代中，在亲历的一次广场集会上，耳闻目睹一巨鼓，被数十名壮汉、四人一组地轮番擂打，直至鼓皮破架裂才止。与有感焉，曾咏之。

我爱鼓，因为它——
身受皮肉痛，从不哼声苦；
助摇旗呐喊，协娱兴歌舞。
你打得越重，它反应越火，
不皮开肉绽，粉身碎骨，
——不罢休！

二、狗

【小引】宠犬LaKi，三月龄时来我家，至今12年了。因儿一家在海外，侄甥亲友、学生辈大多在申沪，虽云庭生活不闲，但总有寂寞之时。幸有LaKi跟我与老伴朝夕相处，生活才更有生气。

俗谓，狗狗是人类最忠诚的朋友而我尤感，宠犬是空巢老人最贴心的伴侣。今歌之。

我爱狗，因为它——
自从来我家，从不随意走；
伴养生溜达，排寂寞好友。

纵如厕睡眠,也形影不离,
非一朝永诀,终身相守,
——不分手!

261. 十边劳动小吟①
——处女作拾遗②
一、清晨送肥
晨风拂朝阳,微歌留遗响。
不送稻粱肥,怎知粪土香?
二、中午除草
红日罩绿茵,菉蓝薋兰坪;③
同学四起袭,眼到一片新!
三、黄昏浇水
风细落照长,担水桶中漾,
彳亍青黄间,笑滋南瓜秧。④
四、夜晚学习
明月透窗映,浴罢淡茶饮。
促膝话农事,各自有会心。⑤

【注】①十边:就是河边、路边、沟边、田边、塘边、屋边等,除了大田外一切可以开垦的边边角角零星地块,泛称十边地。20世纪60年代初,时值"三年严重自然灾害"时期,我就读的上海师院领导,发动组织我们自力更生,在校园内进行"十边劳动",以弥补社会物资供应的不足。

②处女作:喻文艺创作等方面,一个人初次公开发表的作品。这是1961年,我在师院读二年级时,结合参加"十边劳动"时习作的第一组古诗。起初发表在班级墙报上,后收入我们自编的油印物,遂在年级、系内、学院、校外小范围传播开去。

③菉蓝:lùshī,两种草本植物,此借指夹杂在草坪中的各种野草。"薋":音cí,聚集;此引申为滋生。

④彳亍:chì chù,形容小步慢走或时走时停。青黄:绿色的叶与黄色的花。由于播种的时间不同,先种的南瓜已经发蔓扩叶甚至开花,而后种的一批,才刚萌芽蘖秧。为了不踩坏前一批南瓜的叶花,我们只能小心翼翼地彳亍行走。

⑤会心:即体会。

262. 蝶恋花·母亲节思母

天降众生滋万物，
沥血寒泉，①
何爱能超母？
刺字励激儿武穆，②
画荻辛育欧一六。③

显妣虽非豪胄女，④
强记博闻，
经典却盈腹；⑤
口耳相传蒙鼓舞，
从文不忘娘开路！

【注】①沥血：流血。此形容母亲"十月怀胎，一朝分娩"时，忍痛受难的惨状。寒泉：比喻儿女长大后，劳苦一生的母亲。典出《诗经·凯风》："爱有寒泉，在浚之下。有子七人，母氏劳苦。"

②刺字：即岳母为激励岳飞，在其背上刺"精忠报国"四字的故事。"武穆"：宋代名将岳飞的谥号。

③画荻：成语"画荻教子"或"以荻画地"，典出欧阳修《龙冈阡表》。据述：北宋欧阳修四岁丧父，母郑氏督教甚严，家贫无纸笔，尝以荻（芦苇秆）画地写字教子。

一六：即"六一"，指欧阳修；此为叶韵颠倒。因欧阳修曾自言："集古录一千卷，藏书一万卷，有琴一张，棋一局，酒一壶，一翁老于其间。"故自号六一居士。

④显妣：已去世的母亲。"豪胄（Zhòu）"：豪门或贵族的后代。

⑤家母文化程度虽不高，但博闻强记，满腹经语典故。记得我儿时：除做家务外，白天她手不释卷，看的都是连环画；夜晚她耳不离无线电，听的也多是评弹、申曲、甬剧之类。大约50岁后，因经常咯血，便笃信基督教，每周去教堂听牧师宣道圣经。凡是以上接触过的内容，她均经久不忘，记忆如新。不仅对其中情节，转述甚详，而且对里面的圣经典故、名言警句、趣联妙对，也能基本无误地讲给我听。她其实是我走上从文道路的启蒙老师，感恩！

263. 文房四宝
——五绝四首并笺

一、笔
秀发体颀佳,①
文人俱爱她;
蒙恬伊始祖,②
妙者可生花!③

【注】①秀发:形容毛笔的笔头,像人的秀发一样柔美亮丽。体:身材,指毛笔的笔杆。颀:音,qí;义,修长。佳,标准、美好。

②据说,毛笔是秦朝的蒙恬所创,旧时的制笔行业,都敬他为毛笔的祖始爷而供奉。该句中的"伊"指代毛笔。

③妙笔生花,一般比喻杰出的写作才能。这句系隐去该成语中的"笔"字而化用,意谓:有杰出才能的人,能运用毛笔,创作出像鲜花一样最新最美的诗文书画。

二、墨
此物祖苍松,①
温燃万杵功;②
宁黑屈自己,③
甘为世粧容。

【注】①此物,指墨。祖苍松:指制墨的原始材料,主要是松树的枝干。

②温燃,指古法制墨的首道工序"炼烟";就是用不完全燃烧的方法从松枝或油脂中提取烟尘,分别得到松烟和油烟。"万杵",指第二道工序"和料":就是先将胶用文火熬烊,投入色素和添加原料,充分搅拌,杵捣均匀,据说和料要反复锤敲达"十万杵"。这句用借代手法:说明制墨的全过程相当艰难复杂,是需要下苦"功"夫的。

③最后两句,用拟人手法赞颂:墨委屈自己把全身弄得漆黑,但心甘情愿地为社会作出奉献——可用他创作出千姿百态的书画诗文,美化社会、丰富人类的精神生活。

三、纸
色染丹青现,①
毫挥墨变宝;②

为抄三都赋,[3]
争抢价提高。

【注】①色染:本义是,使布帛等物着色;此引申为,用"笔"蘸上颜料,在"纸"上描绘。丹青:本义是,国画常用的红、青两种颜色;后一般用为国画作品的代称。

②毫,即毛笔。这句意为:书法家用毛笔蘸"墨"在"纸"上挥洒;成功后,就变成"墨宝"了。墨宝,指有珍藏价值的书法作品。

③最后两句:化用成语"洛阳纸贵"。该典故,原指西晋都城洛阳之纸,因大家争抄左思的《三都赋》,以至一时供不应求,货缺而贵。后人一般以此喻作品为世所重,风行一时,流传甚广。笔者引此,主要是说明"纸"的用途广泛——不但可用于创作书画艺术,而且可传抄文学作品,以保存祖国的文化遗产。

四、砚

侯封即墨县,[1]
端歙最蜚声。[2]
无我为媒介,[3]
云章岂可成?[4]

【注】①侯封:即"封侯",因五绝的平仄声规定,此对调一下;意思是封侯拜爵。"侯",是封建贵族制度中的第二等爵位。即墨县:古地名,秦代时置县;现在是山东省青岛市的下辖区。据宋朝苏易简《文房四谱.砚谱》载:唐代文嵩以砚拟人作《即墨侯石虚中传》,文中在称赞"砚"的功用后,说皇上曾封它为"即墨侯"。后因以"即墨侯"称砚。

②端歙(shè):指端砚和歙砚。"蜚(fēi)声":驰名,名声远扬。

③我:砚台的自称。

④云章:指文采像云霓一样光华四溢的文章,语出《诗经·大雅》。最后两句,用拟人手法,以砚台的口吻反问,大意是:文人搞创作,貌似只用"笔"和"墨"在"纸"上书写;但如果没有我做媒介(指"墨"在"砚"上,加水研磨成"墨汁"后,才能书写),文采斐然的文章,怎么能书写成呢?借此说明,砚台在作文时的重要工具作用。

264. 戊戌年中秋三首

其一

七绝·中午见日即兴

前年今夜阴无月，
去岁中秋雾罩天。
午观艳阳头顶照，
今宵千里共婵娟！
诚约各位今夕举首望月相聚，
并祝大家中秋节快乐！

其二
五绝·当晚望月践诺
午后曾诚请，
今夕望月宫。
身居国内外，
灵府互相通。

其三
五古·子夜难眠有感
湖畔子夜时，
云庭不觉晚，
再瞻广寒宫，
今宵不独看。

265. 七绝·桂菊竞秋

今上云庭小憩，见脐橙、金橘渐渐泛黄，野菊处处盛开。随着股股轻风，袅袅清香、丝丝扑鼻而来。寻源头，原来是一棵金桂，昨晚已串串绽放；而另一株银桂，蓓蕾也已粒粒、隐隐在目了。于是兴起，效宋代卢梅坡七绝《雪梅》，作《桂菊竞秋》一首。

桂菊秀美互弗让，[①]
秋色平分好榷商·
桂自逊菊姿色艳，[②]
菊则输桂体肤香。

【注】①秀：显露。弗：音 fú，"不"的同源字，即"不"；因该字位，规定要用平声字，而"不"是仄声字，故用"弗"。

②自：自然、当然。逊：逊色，比不上。

2018 年 10 月 13 日

266. 戊戌重阳节
——词三首并笺

（一）
清平乐二首
其一
东邻沪角，
苏浙西南抱；①
上海虹桥辐射到，②
前景这儿看好。

湖滨绿树茫茫，
蓝空云淡苍苍；③
卜此魂交陶柳，④
修身养性天堂。

【注】①开头两句：写我现卜居的芦墟地理位置。其东面，与上海青浦的朱家角为邻，加上西面的江苏省与南面的浙江省，把它拥抱在怀里。

②大意是：此地为上海大虹桥开发区，向西辐射到江苏省的第一个城镇。

③这两句写湖畔云庭所处的优美环境，其实也是本庭院命名的由来。

④卜：选择。魂交：精神的感应、切合。陶柳：陶渊明和柳亚子。前者，是我国有"田园诗人鼻祖"之称的东晋伟大诗人；后者，是我国近现代最有影响的大诗人、南社的创建者。由于陶的田园生活及诗风是我赋闲后最向往追求的，而柳也是我很仰慕的，且其故居恰在芦墟隔壁黎里（现两镇已合并）。因此，我当时选择在此客居，这是很重要的缘由之一。

其二
重阳又到，
孤雁南飞掉。①
失怙失恃犹岁少，②
难享儿孙膝绕。③

鲈乡乌有高山，④

亦无艾子传笺;⑤
唯有微信寄语,
诸亲好友平安!

【注】①孤雁：本义是孤单失群的大雁，此喻自己。掉：离群掉队。

②失怙（hù）失恃：失去父亲、母亲。语出《诗经·小雅·蓼莪》："无父何怙，无母何恃？"岁少：指当时我年纪尚轻。因为我读大学三年级及参加工作第一年时，父母先后去世。

③膝绕：即绕膝，因押韵需要，倒序；指围绕在自己身边。三年前，为陪孙女去东瀛就读，独子一家都迁居那里；所以，现在我很难享受到儿孙"绕膝承欢"的天伦之乐。

④鲈乡：吴江的别名。句意是：整个吴江，没有一座可供重阳登高的山丘。

⑤艾子：茱萸（zhūyú）的别称。因"萸"系平声字，而该字位，按词谱应用仄声字，故用了"艾子"。这是一种常绿带香味的植物；有杀虫消毒、驱寒祛风的功能，可入药。按我国岁时风俗：从前，每逢九月初九登高时，佩插茱萸；既可防虫逐寒，也有传达思亲信息的寓意。如：唐诗人王维在《九月九日忆山东兄弟》中，就有"遥知兄弟登高处，遍插茱萸少一人"的名句可证。传笺：传信。

（二）

卜算子·获儿复有感

昨叹雁孤单，
膝少儿孙绕。①
晚获南南慰问函，②
并附他们照。

照见子媳孙，
理杏尤出跳；③
下代生活比我甜，
转郁为微笑。

【注】①昨在拙词《清平乐·戊戌重阳》二中，有一句云"难享儿孙膝绕"；可参看。

②南南：我儿的小名。

③理杏：我孙女名。出跳：即出挑。"跳"与"挑"音同，但前是仄声，

后为平声；按词谱，该处应押仄声韵，故用"跳"。含义是出众。因为从照片看，她外貌似乎比过去出落得更雅秀、成"熟"；而且据南函告，其在以严格甄选而著称的该校中，学业总况很好，且写作连续三年，名列年级前三位。

戊戌重阳节次日，于湖畔云庭

267. 与继椿兄唱和一番

自客居鲈乡以来，与继椿兄常有文字往还。近日，他读了我几篇诗文后，昨晚，有一首佳作寄赠。其中，对我的生活喜好及目前思孙心切的情绪了如指掌；与有感焉，遂依其韵奉和一首以复并谢。

致乾坤
屋顶灌园叟，四季忙花草。
梅兰竹菊松，犹如儿孙绕。
忽得天涯信，孙女长蓬岛；
晏晏莲花羞，亭亭玉树招。
长空寄诗思：学成归来早！

复陆兄
儿辈不在膝，庭院乃空巢。
幸有荆妻伴，又喜宠犬绕。
对话寒三友，步随五柳老。
灌园洗杂念，动笔抒怀抱。
孙女期秀成，伊好胜我好！

【注】①陆继椿：著名语文特级教师，退休前是华师大一附中校长、一附初名誉校长；曾兼任上海市教育工会副主席、全国中语会荣誉理事、学术委员等职。

②前一首，是陆兄寄赠的；后一首，是我的奉复。

③第二首中的"五柳老"，指我国田园诗派创始人、东晋大诗人陶渊明；五柳先生，是他的别号。

农历戊戌年立冬次日

268. 自幼至今，盘点人生四十八韵

幼性爱读书，只是随意翻；
少则喜国学，沉浸诗文园。

诗崇陶靖节，文慕项脊轩；①
其它多涉猎，憾惜皆不专。

进学弱冠后，华盖压笑颜：②
兄姐各成家，父母羽化仙。

聚友出刊物，被诬小集团；
内乱反革命，祸源即上端。③

平地一声雷，四妖被推翻；
双冤均昭雪，青春二十年。④

大龄始授室，翌年得一男；
蜗居未半庐，起居渐日安。⑤

中道跳龙门，发愤志更坚；⑥
业内口耕勤，业余笔耘兼。

天道酬艰奋，忝列特级圈；
著述半等身，过眼若云烟。

魔都我故乡，如今特华繁：
楼高蓝空低，车多通衢瘫。

商店忒高档，不敢去盘桓；
过街上天桥，乏力去爬攀。

灯红非吾行，酒绿强我难；
流行已落伍，应酬不胜烦。

桑梓虽留恋，不适吾赋闲；
毅然决然去，解甲归芝田。⑦

绸缪两三载,卜迁天堂边;⑧
置宅用余地,修葺屋顶园。

蓝天白云飘,湖畔空气鲜;
天然吸氧吧,入斯精神添。

主建感恩亭,池鱼不忘渊;
亦宜会亲友,小憩供坐谈。

松陵遍水泊,唯独缺丘山;⑨
故设岭及崖,镇宅听瀑泉。

钟情梅松竹,寒中结金兰;
临此常对照,晚节力自全。

近避风雨冬,四乐暂相安;
遥思大漠奇,两宜借景观;

紫气向西去,西水往东潺;
文化互交融,建微洋观园。

多植花果木,瓜蔬豆解馋;
特辟农家乐,半农学陶潜。

静有结发伴,动有宠犬缠;
锦鲤池里游,窗禽庭中欢。

唯忧儿媳孙,遥居东瀛南;
喜侄甥学子,常来访暖寒。

更幸题材多,启诗灵感源。⑩
微信四海通,生活不孤单。

曾虑风烛熄，芯尽油将完；
细悟乃规律，放下任自然……

【注】①"陶靖节"：田园诗人鼻祖——东晋陶渊明的私谥号，与本诗倒3节中"陶潜"为同一人；"潜"，是他晚年改的名字。"项脊轩"：指明代著名文学家归有光的代表作《项脊轩志》，此借代为归有光的散文。

②"进学"：科举制度中，考入府、州、县学，做了生员，俗称"中秀才"；此指我考入大学。"弱冠"：20岁代称。"华盖"：旧俗说，人命运中冲犯了华盖星，运气不好。

③这节：概述自己在读大学时，主要因与班中同好创办了油印文艺刊物《新芽》，被打成"反动小集团"。"文革"中，又把这当作我"炮打中央文革"而被打成"现行反革命"的历史根源。"端"：原因。

④"四妖"，指"文革"中掀风作浪的"四人帮"。这节主要写：1981年，中共中央《关于建国以来党的若干历史问题的决议》通过后，我以上两个冤案，获彻底平反。但是从20到39岁，人生最美好的二十年青春岁月，就像戴着镣铐跳舞似的过去了。

⑤"授室"：娶妻。因我是33岁结婚的，故谓"大龄"。"未半庐"：自己当年的住所名，详可见本书《云庭文汇》中的《未半庐记》一文。

⑥"中道"：即中途。"跳龙门"，有两层意思：一层，喻自己从逆境走向顺境；另一层，指自己从打浦中学调入上海中学。因为上中的滥觞，是晚清时的"龙门书院"。

⑦"桑梓"：故乡。"赋（fù）闲"：指退休后的闲逸生活。"芝田"：传说中仙人种灵芝的地方，此指幽静优美、适合过田园生活的地方。

⑧"绸缪（móu）"：筹划准备。"卜（bǔ）迁"：选择迁居。"天堂"：指苏州，俗有"上有天堂，下有苏杭"之说。

⑨"松陵"：吴江的别称。"岭及崖"：指"养心岭"和"夕照崖"。这与下几节中写到的梅松竹"寒三友"、"四乐"簃、"两宜"轩、"洋观园"、"农家乐"，都是我在云庭里打造的人文景观。

⑩这两句大意是：该庭院里种的各种植物、喂养的宠犬、锦鲤、家禽，以及自然飞来啄食栖息的斑鸠、白头翁、麻雀等野鸟，一年四季，在风霜雨雪中变幻莫测，是为我写诗提供题材和触发灵感的源泉。

—— 戊戌冬至夜

02

| 云庭文汇 |

1. 未半庐记

余所居甚陋,仅堂屋半间,此半庐之所由名也;而半间之上,又架一阁,则半犹不及,名之未半,庶乎近焉。

未半庐室仅方丈余,面虽南向,然位居后进,上复筑阁,低矮晦暗。一年中仅半岁舒适,一日中唯半昼有光,有光时尚半明半黯,此半庐名之一因也;然天若有变,人如有恙,则半又不及,名之未半,不更宜乎?

未半庐主人,早岁丧亲折雁,形单影孤,无可与语;故课余辄寄情书市,放浪林园,扃户四出,少所约束,寓庐时仅其一半,此半庐名之又一因也。"文革"中,或出门串联,或宿校不归,共事中,有外地来沪之单身者,或会亲,或养病,欲借寓者不分亲疏,靡不允从;故寓庐时半更不及,名之未半,堪称善矣。

癸丑仲夏,余始授室。尝拆板砌墙,凿壁借光,油漆粉刷,陋室遂为之一新;生活起居,亦渐趋规律。未半庐似将易名焉,然余于翌年元月既望得一子,旋妻复归宁母家。余每周中单日寓庐,双则寄居岳宅,寓庐时仍其一半,半庐者复如初耳。值星期天,余又挈妇将雏,燕聚岳府;寓庐时半犹不及,名之未半,固诚宜也。

尝读五柳先生传,"好读书不求甚解";未半庐主人亦好学,满足于一知半解。半庐者,取其半瓶醋之意耳。余所学,唯限文哲史地类;于数理化等,则懵然莫晓。慨夫!茫茫宇宙,学如瀚海;渺渺一生,焉能探其道于万一耶?由是观之,则以未半庐颜己居,不亦善乎!

余草《未半庐记》毕,有友人观而哂曰:"如是陋室,何饶舌为?"余闻始缄口,继则默诵刘禹锡《陋室铭》;忽"何陋之有"四字,映入眼帘。不觉悠然神往,怡然自乐;爰濡笔以为记,时乙卯之仲夏也。

未半庐主人朱乾坤识

【跋】未半庐,是四十岁前,我诞生及全部生活的故居;《未半庐记》则是当年为其命名时的拙作。下旬,当我将要告别上海,迁往大它数十倍的江苏吴江新居——湖畔云庭去之际,忽然想起那陪伴我度过四十个春秋的逼仄老屋,以及后青年时期的一段放浪生活,真是感慨万千!于是翻捡旧帙,把这篇小记找出来,公之于众,既为忆苦思甜,不忘所自;也可供欲了解我过去的朋友们一读。

未半庐主人朱乾坤补记

2. 《未半庐余存墨宝选刊》序言

未半庐，是卅四年前，余生于斯、长于斯、学于斯，及从业于斯之故居，位处申沪旧太平桥地界。当此，余历经金色之孩提、灰色之绮年、黑色之茂齿，乃至浴火重生而不惑之粉色岁月。所谓甘酸苦辣尝尽，诚刻骨铭心者也！

"四害"覆灭初，一具"凡是"枷锁，虽尚禁锢国民之灵府，然"春江水暖鸭先知"，历届被政运打入另册之文士：或甫从"牛棚"解放，或破茧久蛰之居而出，纷纷走门串户，以文会友，茶叙雅集，广结墨缘。其时，在前辈兰轩老人引荐下，余亦附庸风雅，蹑足其间；从而尝结识多位早在民国时即蜚声海内之文史馆耆宿，与当年已崭露头角、风华正茂之书画界精英。旋络绎以面求、书索、请托等渠道，陆续收获诸贤书赠之墨宝，大凡五十余帧。

拨乱反正后，余以调职故迁往近郊。因交通不便，更以昼夜致力于口耕笔耘，乏心旁骛，遂与彼等失去联络。而其所遗之墨宝，亦为余八番迁居及保存不慎，或转赠，或破损，纵使尚余存者，亦多水浸，或蠹蛀。殊可惜耳！

迁入湖畔云庭来，因布局书斋，遂从尘封中抢救遗珠，逐一装裱，或制轴、配框，并拟选刊若干，不定期公诸各位分享。嘻，慨夫！

湖畔云庭主人朱乾坤识于
甲午年癸酉月壬辰日子夜

3. 上海著名诗人、工楷书法家张联芳

——《未半庐余存墨宝选刊》之一

【法家简介】张联芳（1903—2002）：别署东海遗鸿楼主，江苏省松江府（现划归上海青浦县）人。已故上海著名诗人，书法家。善旧诗词，攻书法，尤以端秀典雅、书卷气浓郁的工笔小楷见长。

民国时，张公以书法谋生，并与友人沈诗义、陆宗海等创办灯谜杂志《黑皮书》，自制与辑录的谜作甚丰，对当时推动民间传统文化发展及活跃市民生活有一定影响。中华人民共和国成立后，入上海市文史馆，因诗书造诣良深，由

工作员转为正式馆员。后蒙冤案 30 余年，1985 年平反。其间，由中国哲学史家、著名书法家王蘧常主校的《得天爵丛书》五部，共 300 余万字，全由他精心工笔缮写，备受业界及同仁好评。著有《书海一勺》《芳联锁草》等诗集十余种，也深受旧诗爱好者欢迎，而其中手迹诗页更为有识者争相收藏。1992 年，捐藏书于青浦档案馆，应得奖金全部捐献给基金会。

此外，公还曾任上海华兴诗画研究会名誉会长，中、日、韩、新（加坡）书画家联盟的艺术顾问等职。2002 年 12 月 2 日仙逝，享年 98 岁。

【附记】现已配框、珍藏于我书斋中的《未半庐记》工楷手卷，是我当年携草稿造其府请教后所获。记得那天张老在观看该稿时清寒出声诵读数遍，并嘱留一周细阅后，归还时再提意见。谁知我如约前往聆益时，竟获得了他书赠的这件珍贵墨宝。感恩！是为识。

4. 有"百岁诗人、史前未载"美誉的书法家苏局仙

——《未半庐余存墨宝选刊》之二

【法家简介】苏局仙（1882—1991）：字裕国，室名东湖山庄、水石居、蓼莪居。上海南汇人，苏东坡 28 世孙，是我国科举史上最后一位秀才。原上海市文史研究馆馆员，中国书法家协会会员、上海市书法家协会名誉理事，教师，诗人。

苏公 8 岁开始练字，终生挥毫不辍，工诗及书法。早年写柳、颜楷书，后专攻王羲之《兰亭集序》。其书法圆润苍劲，用墨浓枯相济，作品多次入选国内外书法展。1979 年，参加全国群众书法竞赛，以 97 岁高龄荣获一等奖。1982 年，上海市人民政府参事室和市文史馆，联合为其举办百岁大庆书画展览。书艺传至五湖四海，计有 30 多个学术机构聘其为顾问，众多墨迹被各纪念馆、博物馆珍藏。《中国当代书法家辞典》《当代书画篆刻家辞典》等，都将其事迹收录入典；与中央文史馆馆员，著名书法家孙墨佛，并称为"北孙南苏"（一说为"南仙北佛"），登上了书法界的高峰。

他一生喜爱作诗。前数十年写过近一万首诗稿，在"文革"中被付之一炬。近 20 年又日积月累，写下万余首诗，汇成《蓼莪居诗集》《水石居杂缀》《东湖山庄百九诗集》《水石居诗稿》等，数十本问世。有"百岁诗人、史前未载"之誉。

1985 年，被评为"全国健康老人"，有"上海市第一老人"之称。1991 年

12月30日与世长辞，享寿110岁。

【附记】先人瑞、苏公局仙贤哲，是我国"最长寿的晚清末科秀才、最年长的书法家、最高寿的诗翁、最高龄的人大代表和政协委员"，也是世界上"最高龄的遗体捐献者、病理解剖者和骨灰撒海者"。

我是在前辈兰轩老师的引见下认识苏公的，曾面尊多次，地点均在上海南汇县周浦镇牛桥村的苏公府里。他慈眉善目，平易近人。初次拜谒时，知道我是教师，便和蔼风趣地说："原来是同行、同仁，亦同志"；"我刚教书时，还拖着晚清的长辫子哩！"一下子就打消了我的紧张心理和拘谨⋯⋯

其后的几次交往中，我印象最深的是：一次单独上苏府请教诗文。他说拙作《未半庐记》，有些像《项脊轩志》，以最后两层为佳。又点评我大学时的习作《十边劳动小吟四首》，虽嫩了些，但有陶渊明的遗风。特别是他指点："旧诗中律绝虽佳，但斟酌平仄太费时间，初学者以古风入门为宜。"即使"古风，也应以写景、抒情、言志为主；至于叙事，若有材料也可偶一为之"。"总之，写诗都要有感而发、触景生情；切莫矫揉造作，无病呻吟。"想到我此后至今，凡咏诗均以古风为多，其实都是受当年苏公的影响和指引。

据说苏公晚年应人索书的墨迹，以小诗、联语，或几个甚至一字的名言警句为多，下列他赠我的墨宝《兰亭集序》片段，竟多达90多字。嗟夫！

德艺映辉局仙公，高风亮节耀苍穹。
羽化惜乘黄鹤去，墨宝永珍敝寓中。
犹记学诗金玉言，杖履毕生追遗踪！
后生乾坤稽首膜拜。是为识。

5. 著名的金石书画、考古、鉴赏、收藏家朱孔阳

——《未半庐余存墨宝选刊》之三

【法家简介】朱孔阳（1892—1986）：字云裳，号闲云，又号云上，晚号庸丈、龙翁、聋翁。上海松江人，原上海市文史研究馆馆员。著名的金石书画家，与高络园、刘海粟，合称申沪"海陆空"（各取姓名里中间一字，其中"络"和"陆"，"孔"与"空"皆谐音）三军，也是文物考古、鉴赏、收藏家，医史学专家，诗人。

16岁时，朱公便从岳旭堂学医。清宣统二年（1910年），加入同盟会松江支部。民国成立后，在杭州先后创办书法、国画、篆刻等班。抗战爆发时，任

浙江省抗战后援会常委及杭州留守，又任万国红十字会杭州分会总干事。其间，除主办伤兵医院和难民收容所、救护抗战将士及难民外，为免使表现岳飞民族英雄精神的"精忠柏化石"落于日寇手，多方筹款购得，并于中华人民共和国成立后捐给杭州岳坟文物管理所。早年，还曾与名画家陶冷月合作画扇展卖，陶绘画他作书，合称"双璧"，其广告谓"陶朱公卖扇"，一时传为佳话。

中华人民共和国成立后，他发起成立上海美术考古社。曾获王国维手拓殷墟甲骨文本等，经校审，辑成《殷墟文字考释校正》。后还应上海中医学院医史博物馆之聘，负责征集、鉴定，并撰写了历宋、元、明、清20余代的《何氏世系考》。80高龄退休后，仍应邀赴浙、皖、晋、鲁等地，协助有关部门，从事文物鉴定工作，并应聘为杭州市文管会委员。此间，曾先后向故宫博物院、中国革命博物馆，南京、上海、浙江等省市博物馆，杭州、山西等文管会或文物局，捐赠了百余件文物及数百种古籍，其中不乏国宝级珍品，受到各单位的嘉奖和表彰。年近90岁时，还应邀至浙江美术学院研究班讲学。

晚年所作的隶书五言联，曾在1986年"中国当代已故著名书画家作品选展"中展出。与刘海粟、高络园合作的《松竹梅图》，已被上海博物馆收藏。学术著作，还有《名墓志》《分韵古迹考》《分韵山水考》等。

【附记】先哲、云间朱公孔阳、庸丈，也是我最崇拜又较熟悉的老书画家。初次谋面，就在我首度附庸诸老雅集的一次茶叙时。只见他道骨仙风，精神矍铄，鹤发童颜，谈笑风生，说话洪亮铿锵，诙谐幽默。如：尽管他当时年齿最高，开口却说："我们虽都历经沧桑，但各位已双鬓着霜（意花白），或头顶梨花（满头白发），只有我还是铁公鸡，一毛不拔（上海话中"拔"与"白"同音；意即没有一根白头发）！"席毕，当我呈上《未半庐记》的油印稿拟请益时问："今后，我不知能否上公府请教？"他接过稿脱口说："欢迎欢迎，但不准带任何南北（'东西'，意指礼物）。"余音袅袅，至今犹在耳际！此后我曾在各种场合，包括登门请益，他对我上作颇为首肯，并经常勉励……

其实，朱公也是位著名社会活动家。他与马寅初、夏承焘、郭沫若、顾颉刚、贝时璋、沙孟海、刘海粟、来楚生、程十发等当时如雷贯耳的名宿贤达都友情深厚。所谓"谈笑有鸿儒，往来无白丁"；可他老当时对我这个"白丁"级的后生，却完全没有功架，真是受宠若惊！

呜呼！朱公羽化已近三十载了。现在，我也唯有将其书赠的墨宝高悬愚斋，以寄哀思，逢年过节，我也会合十鞠躬，以表感恩。是为识。

6. 集教师、诗人于一身的老书画家叶秀山

——《未半庐余存墨宝选刊》之四

【法家简介】叶秀山（1893—1989）：别署江东一叶，上海南汇人，老书画家，教师，诗人。

叶公幼受母训，5岁始便读小学；中学毕业后，考入上海西门美术学院学国画。1913年至1956年，逐级从家乡到县城，历任小、中学教师至校长，计43年。从学生时代起17岁开始，已在上海商务印书馆出版的《儿童教育》上发表作品。从业后，除教学外，更潜心于书法丹青。擅长国画，尤以菊梅著称。不少作品，先后被选入《现代百大名家画集》、民国时期出版的《新芥子园画谱》。其画作多为小品，工笔细腻又追求神似，偶作巨幅，亦气势浩然，笔墨苍劲。书法，则诸体皆能，尤以籀隶见长，更喜钟鼎。

1965年，以72岁高龄退休，遂致力文史研究，尤工书画。1981年，任上海南汇县书画会副理事长。1986年，应聘为上海市文史研究馆馆员。1989年仙逝，享寿96岁。

【附记】先贤叶公秀山，一生追求正义。早年曾参加辛亥革命，与同侪有驱逐县官之举。抗战期间，积极支持新四军茅山根据地工作，又力助大儿子参军，走上抗日前线。由此触怒日寇，受威逼拷打时，从容应对，义不反顾。1951年，以华东军属代表身份赴京参加国庆观礼，受到毛主席、周总理等党和国家领导人的接见。被当地政府列为南汇县文化名人。

先叶秀老较苏局仙公小11岁，是同时代人；又与苏公同籍同好，过从甚密。20世纪70年代中，我赴苏府拜谒时，亦曾二度顺道造叶寓请益，并求得小品两帧。一为翰墨，以其擅长的金文书之，现犹珍藏鄙斋。另一为丹青，更以其世著称的梅花为题材，当年我曾裱褙制框后悬于未半庐，甚为珍爱，谁知历经七次迁居后，竟散佚了！

惜呼！今叶公驾鹤已二十五载了。我谨在此敬祈他在天之灵永垂尘世！

　　　　后学乾坤合十顿首再拜再拜。是为识。

7. 擅长椽笔巨书的书法篆刻家蒋凤仪

——《未半庐余存墨宝选刊》之五

【法家简介】蒋凤仪（1904—1993）：号奇石，别署惜阴书屋，斋名蔗庐，江苏江都人。生前为上海市文史研究馆馆员，中国书法家协会会员，上海市书法家协会名誉理事，半江诗社名誉社长。

其父是晚清秀才，幼承父教，攻读经史古文诗词，尤喜书法。年轻时拜扬州书法名家王艺吾为师，经数十年研究古代法帖及历练，于正、草、隶、篆，从蝇头小楷至魏碑榜书及石鼓文，无不精妙。1953年移居上海，与马公愚、王福庵、王个簃、苏局仙、白蕉等名家共磋书艺，法书遂更臻完美。

蒋公崇尚碑学，其书法取径北魏，书风高古雄浑，法度谨严，尤擅椽笔巨书，有力扫千军之势。据传20世纪70年代，美国总统尼克松访华来沪前，许多招牌因"文革"被砸，亟须请书家补写"豫园商场"四字应急，请沪上许多名家来题，经匿名评选，采用了蒋公的四个魏体大字，制招悬于大门。它如"湖心亭""松月楼""丽云阁"等，凡老城隍庙内最引人驻足观赏的牌招，均出自其手。

蒋老曾为《家》《海魂》《祥林嫂》等50余部电影题写片名，还为上海玉佛寺、龙华寺、宁波天童寺、镇江金山寺等宝刹名院，题字勒碑。作品收入《上海市书法篆刻作品集》《中国现代名家书画篆刻集》和《上海、大阪书法篆刻展览作品集》等。他亦善篆刻，年谱已编入《中国印学年表》。

【附记】先贤蒋公凤仪，也是我最崇敬和熟悉的书法家之一。除在茶叙雅集中多番与他谋面外，还数次登其寓请安问候、求书或倾听教诲。当年，他书赠我的墨宝不少：或乞索得之，或屈尊为我庆生留念。尤其是题鄙斋"未半庐"名的横匾，先是我请求所获，后他觉尺寸太小，字也不满，竟主动为我重书一幅。其时，我就到处寻觅，获旧红木镜框一具，将其悬于陋庐，天天瞻观。至今，我犹重配新架，置于云庭书斋，经常凝视。噫！后生无才，却蒙如此厚爱。谨在此，遥祝蒋公在天之灵永垂慈光！是为识。

8. "世界长卷画家第一人"李丁陇

——《未半庐余存墨宝选刊》之六

【法家简介】李丁陇（1905—1999）：原名玉生，别署八法老人，祖籍河南新蔡。我国第一位到敦煌探宝护宝的画家，集莫高窟历代画法于一身，擅诗、书、画、印，尤善作巨幅国画与绘长卷，有"世界长卷画家第一人"之称。原上海市文史研究馆馆员，生前任中国八法草堂总堂理事长，兼中外各地八法草堂名誉理事长、上海新艺术研究会主席，及上海多所高校的艺术顾问或教授。

代表作有：长 40 余尺、画面达 400 平方米的《极乐世界图》，是吸引张大千、常书鸿等大师去探索、弘扬敦煌艺术文化的先驱；高 3 米、宽 35 米的《成吉思汗远征图》，由英国议员、世界工会考察团团长胡特带往世界各地展出，为我抗日救国起了积极的宣传作用；两幅各长 40 米的《黄泛写真图》，揭露了当年国民党当局炸开黄河花园口造成的黄水连天、哀鸿遍野的惨象，其副本被联合国救济总署的克利夫兰带到美国展览，导致美文教界邀请他去美讲学并办画展，遭他拒绝。中华人民共和国成立后，创作的长 40 米的《开国大典》，大受朱德、周恩来等国家领导人的赞赏，郭沫若、黄炎培、沈君儒、徐悲鸿、颜文樑等政坛艺界名流，也纷纷写诗题词祝贺；为响应党中央"双百"方针而创作的长 40 米的《双百图》，赠送给当时来我国访问的伏罗希洛夫元帅，后被苏联国家博物馆收藏。绝笔为联合国创绘的长 2000 米、总面积 1500 平方米的《和平世界图》，创造了当时长卷画的"世界之最"！此外，他与刘海粟合作的《松鹰图》，及与徐悲鸿合作的《竹梅图》等，都是我国画坛上珠联璧合的珍品。

1986 年，荣获日本 TBS 电视台评选颁发的《世界之最金手奖 NO.1》奖座；1999 年，国际美术家联合会，授予他"国际艺术大师"的殊誉称号。

【附记】仙游已十五载的李公丁陇，是我最钦仰的艺术家。他一生波澜壮阔，又光怪陆离。民国时，监察院院长于右任、行政院兼军委常委李烈钧等元老都对他的书画赞赏有加，且贺诗题词，但又因他不合作而两次受通缉。中华人民共和国成立后，他的诗画虽也受到过一些党和国家领导人及艺术泰斗的赞誉称颂，却又因他的特立独行而两次被"打倒"。他的艺术造诣及成就，虽多次受国际社会肯定并获殊荣，而在国内却没有得到过一次像样的奖项。在民间，上海五角场镇志、河南新蔡县志、甘肃民乐县志里，对他一生可歌可泣的事迹都有较详细的记载，其中有的县在关帝庙里，还为他立了"李丁陇兴教碑"，而在我国一些所谓主流美术史及有关论述中，却见不到他应有的地位！因此，在中国的《名人传记》里，虽对他的介绍多达二万余字，其主导性的评价，似乎也只是"奇人、怪人、野人"而已！岂知他年轻时就才华横溢，曾被刘海粟大师誉为我国"第二八大山人"哩。噫！呜呼……

我初次遇到他，是在"四人帮"粉碎后，一次上海文史馆几位前辈的茶叙时。只见他头上"怒发冲冠"，脸上"笑容可掬"；要么一言不发，发则一鸣惊人……后来也曾有多面之雅；两次上门请益，并瞻观其画稿及收藏。由于尝传闻其"吝啬计较"，不知拒绝过多少有头脸人物的索书求画，因此我几次欲乞也不敢启齿。谁知就在上轮干支的羊年仲夏，一些老前辈在南市"无锡饭店"为我庆生四十初度的席上，他老人家却托人送来了至今还高悬在我书斋的条幅——"仁者寿"致贺墨宝！

嗟夫！浩浩瀚海，茫茫烟云；小小学子，何德何能？竟能荣沐大师隆恩厚爱！我唯有将斯至宝，永悬敝斋膜拜，暨尽己心力宣传李公业绩、精神，并弘扬光大之耳！是为识。

9. "爱国诗人杰出乡贤"、现代书画名家王退斋

——《未半庐余存墨宝选刊》之七

【法家简介】王退斋（1905—2003）：原名王均，字治平，别号省庐，退休后，号退斋。江苏泰州人，现代书画名家，著名旧体诗人，教师。上海市文史研究馆馆员，曾任江南诗词学会副会长，美国四海诗社、新加坡新声诗社、全球汉诗学会名誉会长，上海文史馆春风诗社副社长，上海市中山书画研究社、香山诗画研究社、会友诗画研究会等社团的顾问。

出身书香门第，幼习四书五经、汉魏古文、唐诗宋词，国学底蕴深厚，长期从事教育工作，尤嗜诗词、工书画，造诣殊高。少年时，就参加邑中诗人荟萃的来复诗社，并为泰社的组织者之一。16岁时，所作七律《咏春笋》，其中颔颈两联，获当时南社领袖柳亚子击节赞赏；而江南大诗人柳北野，更称"此语求之古人集中，亦不可多得。"遂声名鹊起，成为南社泰州支社里最年轻的社员。

他一生作诗词13000余首，绘画约千幅，书法难以统计。所著《退斋诗钞》，从20余册诗稿中，摘出诗1000余首，附词69阕，楹联56副，多脍炙人口的佳作。其画工笔细致，绘人物惟妙惟肖，又讲究神似；书法则端庄秀雅，

落落大方。二者皆遵古而不泥古，文人书卷气浓厚。1997年，92岁时，上海文史馆馆长王国忠题词，为其出版《退斋画集》。

其诗词作品，先后被收入《当代中华词选》《当代八百家诗词选》《环华诗声》等刊物。书画作品，则被《上海画报》《雁塔题名作品选集》《泰州金石书画录》等书刊整版刊载；并被收藏于湖南炎帝陵博物馆，以及在各地纪念馆、公园等处展出。国内名刹，如杭州灵隐、镇江金山、焦山、泰州古光孝寺等庙宇，均有其作品刻石展示或收藏。其艺人艺事，已收入《当代诗词家大辞典》《中国当代艺术名人大辞典》等典籍。

2003年11月1日逝世，享年98岁。

【附记】先贤王公退斋，是位多才多艺的爱国老人。艺术方面，除上绍介外，他还为梅兰芳纪念馆，绘梅大师画像；柳亚子故居，绘柳诗宗画像；傅抱石公园，绘傅大家画像；为大学者马寅初，作《百岁好学图》；为家乡乔园，撰正门槛联、画大厅中堂。其艺术造诣，曾受到前国家主席刘少奇、全国人大常委会原副委员长周谷城、政协原副主席赵朴初、艺术大师梅兰芳等，以及海内外汉诗界同仁们的普遍赞赏。

为人方面，他明大义，重气节，有抱负。九·一八事变时，他为进京请愿学生，起草万言檄文，痛斥国府当局的不抵抗主义；在八·一三事变时，又因当局的消极抗日，毅然弃国府公职而还乡教书；在家乡教书时，又鼓励学生投入抗日前线，或介绍他们去延安参加革命；为抵制敌伪聘任，他宁可弃职，以卖画为生；中华人民共和国成立前夕，他在战火中，组织师生保卫校产，迎接中华人民共和国成立；"文革"中，他虽遭迫害，但一昭雪，便协助家乡泰州，积极参与编撰地方志工作。因此，被家乡父老尊为"爱国诗人，杰出乡贤"！

我与先王公曾有数次茶会雅叙，及上门请益际遇。当知道我是教师，也喜欢古诗后，他非常高兴；当得知原来南社社员罗君惕先生是我大学老师时，他更为兴奋。因而除求得扇面画《赤壁夜游图》外，他还书赠我一幅连裱褙长达二米的立轴！

先退斋公，现长眠于九泉之下逾十一年矣！他的墨宝：一幅扇面画，已制框悬于鄙斋，日日瞻谒；一帧立轴也重新裱褙，珍藏室中，恒作纪念。呜呼！愿先贤英灵永远安息地宫！后学乾坤合十顿首，再拜再拜。

10. 久享盛名的民国书画金石大家谢耕石

——《未半庐余存墨宝选刊》之八

【法家简介】谢耕石（1907—1977）：名庚，字实盦，又字吉三，别署东山樵子、耕石散人，晚年又署懵翁，江苏溧水人。民国书画金石大家，为当时著名的题襟馆、海上联合、白鹅等书画会成员，中华艺术大学国画教授。中华人民共和国成立后，为中国金石篆刻研究社社员，上海市文史研究馆馆员。

幼受家庭熏陶，酷爱丹青翰墨金石；中学毕业后，更工国画，擅书法，精篆刻。后又专攻经史，并得授篆诀隶法，及金石碑版书籍研究，乃悟大书八体之变。其书法：年十二，便会书各体，并能作榜书，后尤精甲骨文、魏碑及草书。篆刻：出入清赵悲庵、徐三庚而力追秦汉，有《耕石斋印选》《铁笔存真》等传世。国画：曾与前辈孙翰坡、罗雪堂等，互穷大法书理，观摩古人真迹，不时刻意背抚，得古人笔墨传彩秘奥，故于画之工笔、写意、泼笔、泼墨，均克兼之，山水、人物、花卉、翎毛，无一不能，并善西法写真之属。

1945年后，即刊布润格，以鬻书画金石篆刻为生。常和商笙伯、沈尹默、吴琴木、王均等合作扇面，在民国时享有盛名。当时其为上海市美术茶会成员，经常出入上海画人协会、美术会等精英荟萃场所，与黄宾虹、张大千、吴湖帆、陈巨来、王个簃、应野平等交谊甚笃，并一同赞助《中国美术年鉴》出版。

中华人民共和国成立后，1956年出版《春草堂印谱》。1957年，国画《泼墨荷花》《山水》；书法《草书屏》《篆书册》《简帛屏》，以及金石篆刻作品，均入选华东地区的全国书画展。1958年，下放农场期间的作品，在嘉定博物馆、文化馆等处展出。1962年，上海文史馆对外举办的多次展览中，均有其作品参展并收藏。

1966年"文革"开始，便停止一切创作，直至1977年去世。

【附记】先谢耕石公，是民国时享有盛名的书画金石大家。书法，少年时即会写各体，并作榜书；青年时，便与开甲骨文书法之先的前辈罗玉堂等切磋书艺，并探堂奥；中年时，常与他合作扇面的沈尹默，乃一代书法宗师。当年与他交往甚笃的黄宾虹、张大千，都是领一代风骚的画界泰山北斗；吴湖帆，则是20世纪三四十年代海上画坛宗主；陈巨来，被誉为"篆刻三百年来第一人"；王个簃、应野平，也分别是现代花鸟、山水画的巨擘。然而，当年名声并不逊于前者，且各艺更为全面的先谢公，中华人民共和国成立后，除书画金石界外，几鲜为人知了。悲夫！究其源：一则，可能与某些历史政治因素有关；二则，又与其晚年喜用的闲章"懒人生活"所示，勤奋不足耳！更为可惜的是，1962年，当他被市府聘为上海市文史馆馆员后，一度热情重燃，作品渐多，振翅欲再攀艺术高峰时，1966年开始的"文革"，终于砍断了他理想的羽翼。呜呼！

我认识先谢公，约在1976年春夏之交，由尝与他合作扇面的知交，先王退斋公（可见本刊上篇）引见。因时谢府在西门路，距我未半庐仅半条路而已，故常有机前往拜访请益。其间我虽渴望获得他的墨宝，但因知谢公"文革"起已封笔，又见他此时健康已不佳，故总不忍开口。谁知有一次去探望将告别时，他竟送了我用枯笔书写的"鹰击长空"四字墨宝，而更不料半年后他又竟驾鹤仙逝了！现在我似乎感到，这可能是先谢公对外的绝笔墨迹。多么珍贵啊！呜呼！后辈乾坤，于甲午年甲戌月乙亥日恭识，并祈先谢公令名长存，艺迹永光！

11. 民国著名书画篆刻家、诗人王华

——《未半庐余存墨宝选刊》之九

【法家简介】王华（1911—1990）：号六法道人、痴心汉，斋名思补书屋。河北河间人，长期寓居上海。民国时海上著名书画篆刻家，诗人。生前为上海市文史研究馆馆员，上海半江老人书画社核心社员。

幼喜金石书画，早年清华大学毕业后，入北平美术专科学校潜心学画。为深造，毕业后又拜"大风堂画派"创始人、近代最著名的画虎大师张善孖为师；后又投入名气更响的其弟、泼墨画大师张大千门下，从而成为我国近代绘画史上罕见的两兄弟大师之高足。

国画，走兽花卉兼擅，而以画虎为最，松鹤、梅石、竹兰等，亦不让人。长于书法，金文尤佳；行书款识等，更能得"板桥体"之妙而化之，风格独特。也擅金石篆刻，刀法拙朴遒劲，布局因循自然，意趣纯真隽永。兼善诗文，学养深厚，才思敏捷。

在民国时，除刊登书画篆刻润格外，连诗文也布出润例，这在当时书画金石界中亦属稀闻，可见其踌躇满志，恃才不拘。然也有过出世之心，曾入杭州葛岭抱朴院当道士，道号宗旨；其行世号为"六法道人"，或许亦蕴含此意。

民国间著作甚多，如《痴心汉篆刻存真》《六法道人画集》等；中华人民共和国成立后，出版有《王华书画篆刻选》。

【附记】先达王华公，也是我印象殊深的老书画家之一。他经历奇谲，特立

独行，才华横溢，又时隐时现。在我曾数次忝列的老前辈雅叙中，他十分低调认真。这在其光临我"四十初度"的小宴时，赠我的礼品——丹青《猛虎在深山》中，就可见一斑。因为他当时说："我久未绘虎，但知令郎属虎，故才写以赠之。"当时我很惊讶，因在以往的所有茶叙中，我仅于一次回复某前辈询问时才透露过儿的生肖，而他竟已默记于胸，堪见其为人执着细心。因此我对这幅中堂十分宝贝，并在儿授室布置新居时，供他悬于客厅让亲友瞻赏……

先王公务实又淡泊名利，其作品不喜欢参加什么展览、大赛之类。民国时，不分亲疏，要书画，均以润格例之；中华人民共和国成立后，则多为"以艺会友"，或酬和亲朋而酌情付予。孰知进入21世纪来，其作品多见于画坊出售及网上拍卖。慨夫！然通过斯，亦可使其才艺为更多人所知，则不失为一件好事。是否？

后生乾坤恭识于马年闰九月廿二日

12. 曾获"上海百佳特色老人奖"等荣誉的老书画家张南溟

——《未半庐余存墨宝选刊》之十

【法家简介】张南溟（1912—1997）：字隽波，号天池，江苏徐州人。老书画家，教师，诗人。生前为上海市文史研究馆馆员，上海市美术家协会会员，南汇县书画会副会长。

幼读私塾七年，国学根基扎实，旋又先后于新学制高中及师范毕业，知识渊博。1933年起，到上海美专深造，师从诸闻韵、潘天寿、汪声远、许征白、谢公展等当时书画名家，绘画功底深厚。毕业后即回乡，边教书边作画。日寇入侵后，又辗转于豫、陕、川、苏等省市从教，业余常寻幽访胜，对景写生。其间曾以画会友，在西安首办个人画展，获好评。抗战胜利后，回徐州借馆作画不辍，并加入中原艺社国画组，与同仁朝夕切磋丹青，画艺日进。在徐三年中，举办画展三次，影响渐大。1948年，画作入选南京在胜利后举办的第一届全国美展。这年秋，移居上海，到南汇周浦中学任教，直至退休。

中华人民共和国成立后，1952年，为支援抗美援朝，他曾举办"百扇义卖画展"。1956年，作品《太华剪影》，参加南京美术展览，国画大师傅抱石，以"笔墨苍劲"，在《新华日报》予以评论介绍。十年"文革"中，遭迫害，直至1972年退休，去桂林、韶山、杭州等地游访名山大川，饱览自然风光后，才立志要以造化为师，重操画笔，绘艺又更上层楼。1984年，应徐州文联之邀，举办"回乡汇报画展";1987年,上海市文史馆为他等四人举办《四老张家界写生展》;1988年,应邀参加扬州"琼花艺术节",又举办个人画展;1992年,上海市文史馆也为他举办个展;1993年,出版了《张南溟画集》。

其书画:工山水,能花卉,善翎毛,兼擅书法。画风学古而不泥古,师法自然而又遗貌取神,笔法苍劲质朴,因题施变,与时俱进。此外,他还精于诗词,有《西行吟草》《晴晚阁诗草》等著作传世。

【附记】先张公南溟,一生经历丰富,学识渊博深厚。除艺事外,常以书画义展与捐献等形式,为祖国和人民尽献爱心,博得了社会公认;故曾任上海南汇县四、五、六届政协委员,被评为政协先进个人,还获得上海市金英奖、南汇县十佳特色老人奖、上海市百佳特色老人奖等荣誉。1997年9月22日仙逝,享年85岁。

我与先张公的几次谋面,也均在上海市文史馆前辈们的雅叙时。其时我刚届不惑,而他已年逾花甲,然在其他诸翁中,渠尚属年轻。兼之他亦尝长期从教语文,更酷爱诗词,凡向其请益,无不欣然回音,从而也有了交情。当时我仅向他请求一帧丹青,孰知其先后竟赠我两幅!

嘻邪?呜呼,慨夫!现张公作古已十七秋矣,现回想起来真是百感交集……在发布这篇选刊之际,除永铭他慷慨惠赐之外,谨恭祈先贤人缘与画艺均后继有人,发扬光大!

乾坤识于"四乐簃"落成后三日

13. 书香浓郁的老书法家季重远

——《未半庐余存墨宝选刊》之十一

【法家简介】季重远(1914—1998):又名仲远,字千里,号渔樵,以字行;江苏泰兴人,长期寓居上海南汇周浦。老书法家,教育实践家。生前为上海市老年书画会会员,南汇县老龄书画会副会长,南汇县书画会理事,南汇县一、二、三、五、六、七、八届人大代表暨第七届人大常委会委员等。

他首先是位一生追求理想和进步的教育实践家。1929年前,就读私塾。1935年,考入扬州高级中学。1937年,工作实习不久,抗日战争爆发,便先后在抗日根据地的多所小学任教师直至校长;其间,积极参加抗日活动。抗战胜利后,迁居上海,又先后在沪多所中学任职;中华人民共和国成立前,在地下党领导的鲁汇大江中学任教导主任时,积极支持学生参加"反饥饿、反迫害"

活动。中华人民共和国成立直至 1987 年，先后在南汇简师和周浦中学任副教导和主任，从教长达半世纪。其间，虽遭"文革"冲击和不公正对待，也未动摇他为教育事业奋斗终生的信念；在其影响下，全家三代 11 人当教师，从事普教工作。

他自幼爱好书法，及长便善写篆、隶、正、行、草各体，尤以隶书为最。由于他知识渊博、学养深醇，又长期从事教育工作，认真执着；故下笔谨慎、又毫不拘谨，格局严稳，也从不呆滞，笔锋柔中含刚，气韵灵动幽微。书如其人，洋溢着清纯的书卷香味，可远观亦宜近玩。

其书作多为中外人士及南汇县志收藏，1996 年，华东师范大学出版社为他出版了风格独特的《学生字帖》。

【附记】南汇，是上海传统文化发达、书画艺术繁荣、国艺人才辈出的领先县份，而周浦镇更是其精英荟萃的核心之地。先重远季翁，便是当地政府确认、民间公崇的主要书画名人之一。

我与他初次邂逅，是在与几位前辈去拜访先苏局仙公的府上。彼此仅了解了姓名、职业，并交换了住址。第二次，是我又去先苏公府探望的返途中赴其寓拜访。先季翁为人一向平易、谦逊、好客，当交谈中，得知我爱好收藏书画和学写古诗，又在"文革"中也遭遇冲击后，似乎更拉近了距离。我当时便表明了慕其法书欲收藏之意，他即允应，并约定下次晤面时赠。第三次，是我专程前赴其府请益，并喜获了那帧墨宝。

转眼，先季翁若在世应是 100 岁了！在这有特殊纪念意义的今天，整理他墨宝入刊，真是感慨系之！谨在此祈先季公在天之灵安息，其德劭与书艺在人间永放光芒！

后辈朱乾坤恭识于即时即刻，并感恩

14. "艺德双馨"的著名书法家任政

——《未半庐余存墨宝选刊》之十二

【法家简介】任政（1916—1999）：字兰斋，浙江黄岩人。生前为上海市文史研究馆馆员、中国书法家协会会员、上海市书法家协会常务理事，上外和复旦等高校的艺术顾问。

幼年，从叔祖晚清名孝廉任心尹公精研诗文，渊源有本。平生爱书法，六十余年精勤不懈，功力之深，同辈中鲜有其匹。善鉴别，富收藏，精用笔，擅各体，风神洒落，筋骨老健。楷书法初唐，行书宗二王，分隶学两汉，在继承优秀传统基础上，推陈出新，自创风格，雄健挺拔，工整秀丽，深受国内外书法爱好者赞赏。早岁已蜚声艺苑，1947 年，个人传略及作品被收录于首部《中国美术年鉴》。著作论述极富，已出版及发表的有《楷书基本笔法》《祖国的书法艺术》《书法教学》《隶书写法指南》《兰斋唐诗宋词行书帖》等十余种。1997 年，获选书写行书字模 7600 字，作为"书写标准模本"，并进入全国规范的电脑汉字行楷常用字库，现为《人民日报》和上海《文汇报》《新民晚报》及各地的报纸采用。1981 年，为淮海战役纪念碑书写碑文，刻石流芳。同年，参加澳大利亚、日本联办的国际书法大赛，名列前茅。1983 年，东渡日本讲学，深得友邦人士钦仰；1984—1985 年，获上海市文联文学书法大奖；1992 年，为周恩来纪念馆题字珍藏；1993 年，为毛泽东纪念堂题写大幅诗词，由中共中央办公厅发证珍藏；1994 年，为全国邮电局书写标准字样，受到邮电部嘉奖；1997 年，被上海市文联誉为"艺德双馨"的书法家。

1999 年 8 月 30 日，因病医治无效，不幸逝世，终年 83 岁。

【附记】先贤兰斋任公，是我最尊敬、也是较熟悉的著名书法家之一。初次谋面，在上轮乙卯年仲夏，一次上海书法界耆宿自发的小型茶叙时，由先前辈兰轩公引荐，我得忝列其间聆听教诲。席中，我分别奉上拙作《未半庐记》的油印稿请益诸老，并附求墨宝。不道三日后，即接到任公来电嘱我去取。这便是为我寒舍量庐定制的法书，内容是刘禹锡《陋室铭》的开首两句。在其后两年的多次交往中，他又先后为我扇面留毫，生日贺辞，自仿线装书的封面题签，以及书赠多幅只落其名的单款墨宝。

后来由于我已在本《序言》中说的原因，竟与他渐渐失去联络，直至公驾鹤仙逝！悲夫，斯翁已归，墨宝犹存。我唯有以之永悬书斋，睹物思人，恒作纪念！

乾坤识于马年八月廿七日子夜

15. 一生以书为业的老书法家姚青云

——《未半庐余存墨宝选刊》之十三

【法家简介】姚青云（1917—卒年不详）：谱名钧，号青云院士，以字行，浙江宁波人。老书法家，上海市文史研究馆馆员，上海市书法家协会会员，中国老年书画研究会上海分会会员，黄浦区老年书画社顾问。

幼即嗜书，及长，各体皆能。楷体饱满圆润，草书流畅娟秀，于魏碑、隶书用功尤深，为北碑高手。其所书魏碑，端庄大方，结构严谨，章法规范，独成一体又不卖怪弄巧。他也善诗能画，精于花卉，系文人画属。

其一生以书法为业：中华人民共和国成立前，即鬻书谋生，曾入书画联合会等艺术团体，举办个人书画展。中华人民共和国成立后，又设馆授书，对学员有教无类，因材施教，业绩斐然。1989年，经上海市文化局批准，改书馆为青云书院，学生众多，其中如曹云岐、张亚光等，都已成为书法名家。

书作多次参加各种书法展览：其中有的入选国际书法大赛荣获优秀奖，有的荣获中国艺术研究院美术研究所举办的首届书法篆刻大赛的佳作奖，也有些被河南开封翰园碑林勒石刻碑。著作有《魏碑字范》《姚青云可图书稿》《艺云楼诗集》等。个人传略，则被辑入《中国当代书法家辞典》《浙江省宁波地方文献》《中国当代艺术家名人录》等典籍。

【附记】姚老先生，可能是上海解放后，在本市设馆授业而闻名的唯一一位书法家。记忆中，该馆设在黄浦区广东路与福州路之间的一段浙江路上。书馆坐西朝东，仅一开间门面。门外侧上方，悬着块宽约一尺、高尺半的馆招，上面书着由他亲笔题的魏体"书法"二字，笔墨丰满酣畅、落落大方。

20世纪五六十年代，我每次去福州路淘书，总会有意无意地弯此，驻足观赏并徘徊。读高中时，虽几次欲进门报名拜师，但因囊中羞涩，怕付不起学费；就业后，虽学费不愁，惜忙于教务，终不了了之……

然而，真所谓"有心栽花花不活，无意插柳柳成荫"，后于70年代末，我步入本市部分老书画家圈中聆益时，不但认识了姚老，而且他还亲临我"四十初度"的庆生宴，并先后书赠了四帧墨宝……

慨夫！岁月如白驹过隙，老汉我今已七十有四啦！屈指算来，姚老则九八高龄了。在刊发这期墨宝时，敬祝他老人家寿逾期颐、桃李绵延、墨香永芳！

乾坤识于马年闰九月十三灯下

16. 著名旅英中国画家富华

——《未半庐余存墨宝选刊》之十四

【法家简介】富华（1926— ）：别署长白山民，斋号红雨楼，满族正蓝旗人。著名旅英中国画家，上海中国画院画师，中国美术家协会会员，上海市美术家协会理事，上海海墨画社名誉社长。

1953年，师从中国花鸟画名家、海上"鸟王"江寒汀，为入室弟子、得意门生，走的是辛辣、雄阔、朗豁、拙朴的艺路。后又从海派画风奠基人虚谷上人的画艺中汲取营养，并借鉴清末"海派四大家"中的赵之谦、近现代中国画宗师吴昌硕、齐白石等的金石神韵，标立了自己大写意花鸟浓墨淡彩、意境古朴的风格。其作品题材丰富，最擅写意花鸟、蔬果及瓶花小品。画面线条简洁，笔墨纯厚，赋色典雅，有灵气韵味，手艺炉火纯青，表现力丰富。

1955年，参与筹建上海中国画院，任党支部书记兼筹委会秘书长；1965年，创建上海油画雕塑室（后扩为"院"）；1978年，与电影表演艺术家赵丹等，创办上海民间艺术社团中影响最大的海墨画社。1986年离休后，旅居英国20多年，并巡游全球各大洲。其间，在欧洲各国举办了30多次画展，7次义卖。伦敦大英博物馆、维多利亚博物馆、曼城艺术馆、德国哥伦博物馆，以及法国、澳大利亚、新西兰等国的著名艺术殿堂，均有其作品收藏，为在世界上弘扬中国画艺术作出了很大贡献。

在国内，作品入选全国及各省市级大展数十次，并多次获奖。中年后，著有《海上画派虚谷》《蒲华书画集》《任百年》《江寒汀百鸟图画册》等多种有影响的海派大师画典籍。

2004年3月，79岁的他回到阔别近20年的祖国。上海中国画院为他举办"归国汇报展"，观众摩肩接踵，盛况空前，并出版《富华画集》，赶印的2000册，顷即售罄。有评论家誉其："在海上画坛，爆响了一枚丹青春雷！"2006年1月，开始他个人的"巡回画展"，不靠赞助，自己卖房卖画，筹集了380万元举办，同时出版了精美画册，在艺术界成为一大美谈。2012年，上海油画雕塑艺术院；2013年，在沪毛泽东旧居，又先后为他举办了"富华艺术家系列画展"及最新个人作品展……

对于他的艺术造诣，著名美术评论家、前上海中国画院副院长吴景泽评价道："三四百年来，从八大山人、石涛，至扬州画派，再到海上画派，直至今日，从富华的作品，也可以看出他的明净而鲜活的敷彩方法和艺术效果，是超越了他的前辈。"

【附记】富老先生，不仅艺术上成就非凡，蜚声海内外，而且一生经历也波澜壮阔，充满传奇色彩。

他是清代与皇室有多届联姻关系的富察氏后裔：祖父能骑善射，父亲文武双全，母亲出身内户府名门，知书达理。从小，父亲就先后送他往杨氏太极拳及少林派大师处学习武功，十八般武艺样样精通。十四五岁时就参加革命，任南京地下党区委交通员。17岁投奔新四军，参与抗日战争。胜利后，受组织指派到上海开展学运、工运，尤其是在沪北郊组织农运。其间先后两次被捕入牢，上过老虎凳、灌过辣椒水，打掉过两颗门牙，拆断了三根肋骨，还继李白（电影《永不消逝的电波》中李侠的原型）受害后，列为下一个"死刑犯"。所幸前一次是受组织营救，后一次是越狱脱险，才迎来了中华人民共和国成立，走上了绘画艺术道路。谁知"文化大革命"中又被诬陷为"叛徒、特务"，遭到迫害，直至"文化大革命"结束后，获平反昭雪。

我与富老其实并不熟悉，倒与他一起参加革命的二姐富继兰女士有过约半年时间的交往。缘由是她有个孩子要参加升学考，经友人介绍，请我辅导该孩子（富华外甥）语文，还问起每周一次，一学期要多少报酬。我说："不要钱，不要任何礼品，只想得到富华先生的画一幅。"后来双方践诺，终于得到了一帧命题为《听雨》的珍品。

2014 年 10 月 22 日，乾坤识于灯下

17. 优秀革命者、著名书法家张成之

——《未半庐余存墨宝选刊》之十五

【法家简介】张成之（1926—1995）：号海上鲁人，山东潍坊人，现代著名书法家。生前为中国书法家协会会员，上海市书法家协会常务理事、兼第一任秘书长，中国戏剧家协会上海分会常务理事，上海市职工书法学会、上海收藏联谊会、上海收藏协会等的顾问，上海王羲之书法学校校长，上海书画研究所所长。

其书法，初从欧楷、汉隶入手；行书，师宗东晋书圣"二王"，兼治北宋大家"苏黄"；篆书，以古籀为基础；草书，得力于领一代书艺风骚的唐代怀素、孙过庭诸大擘；时与一代书法宗师沈尹默交谊甚笃，获益殊深。其书艺，以狂草为最；参化篆隶，形成了古拙豪放、气度非凡的风格。由于其书作多以自创诗为内容，养成了"欲书先作诗"的习惯；故其作品，书情与诗韵水乳交融，具有强烈的时代性和艺术性。

作品曾参加历届上海，以至全国性的书展，上海与日本大阪、横滨的书法交流展，中韩书法交流展，新加坡海上名家书画展等。1982 年，应日本国日中友协和日本书艺院邀请，率团出访日本交流书艺；1984 年，法国电视台摄制《环球一瞥——张成之书法艺术》专访片，在欧洲五国播映；1991 年，与周慧珺南下深圳，举办二人联合书法作品展；1995 年，出版《张成之书法集》，并

在上海美术馆举办个展。

其书作,曾被全国及各地多家纪念馆、博物馆、美术馆收藏,或在上海《解放日报》、香港《大公报》、中国书协主办的《书法》等报刊发表,还被收入《上海—大阪书法展作品集》《中国当代著名书法家作品图录》等书籍。其艺人艺事,则已入选《中国现代书法界人名辞典》《中国当代艺术界名人录》《中国当代书法家辞典》《中国文艺家传集》《中国当代书画家名人大辞典》《世界华人艺术家成就博览大典》等典籍。

【附记】先达张老城之,不但是著名的现代书法家,而且是有卓越贡献的优秀革命者和中层领导人。他13岁投身革命,历任区儿童团团长,中共山东寿安县十区区委书记和县宣传部长。1949年南下上海后,又历任华东人民革命大学文工团团长、华东戏曲研究院党组成员兼办公室主任、上海市南市区文化局局长、上海越剧院党委书记兼第一副院长、"中共一大"纪念馆馆长、兼上海革命历史博物馆筹备处主任等职。

我与先张老的数次际遇,均在当时书画家元老的茶叙雅集中。除我而外,较之其他耆宿,他数最年轻了,仅比我长15岁。因此在席上他说话不多,但为前辈们斟茶换盏颇勤,可见其为人谦恭。可能也是此因,席外他与我相谈较多,惜内容已记不清了。后来自以为熟了,在一次蓬莱公园的茶会时,便向他索求墨宝;他当即豪爽答允,并于下次茶叙时带来赠我。

惜乎!正当他事业处于高峰时,在1995年12月1日,参加一次上海文联组织的赴华西村和张家港学习采风途中不幸逝世,终年才69岁!这无疑是上海文化事业,尤其是书艺界的一大损失!

对于这样一位德艺双馨、才华横溢的著名书法家,人们是不会忘记的!果然在2010年11月,上海市文联和书协及上海刘海粟美术馆,联合主办纪念张成之诞辰85周年活动,并决定出版《张成之书法与诗文》集;同时,张成之书作暨海上书法名家作品,也在上海刘海粟美术馆再次展出。

呜呼!斯公已逝,法迹犹存。在又一次展卷观赏先张老这帧墨宝之时,我谨在此恭祈张城之仙翁在天之灵含笑安息!

后学、原未半庐主人朱乾坤识于湖畔云庭之感恩亭

18. 艺迹卓著的业余书画家章子京

——《未半庐余存墨宝选刊》之十六

【法家简介】章子京（1935— ）：名培林，字子京，号荐园，以字行，室名荐园书斋，浙江绍兴人，业余书画家，教师。上海教育学院美术协会会员，上海市嘉定县书法家协会会员。

幼喜书画，天资聪慧，自学入途。大楷：宗唐颜真卿，从小反复熟读勤临《多宝塔碑》，聚精会神，一笔不苟。稍长，更潜心研究琢磨颜氏其他法帖，渐得真髓；笔力雄浑厚实，结体严密遒劲，点画质朴俊美，整体端庄稳重。小楷：从清童星录帖入门，字字规范求真，后又专攻元赵孟頫楷书《老子道德经》而脱颖，力务神似，并参以行书笔法，圆转遒丽。及长，又兼涉隶、篆、草等诸体，并熔于一炉，而以清郑板桥的"六分半书"化之，尽显一专多能功力。国画：亦从我国传统绘画的经典课本《芥子园画谱》起步，着力勤勉描摹。于山水花卉、梅兰竹菊、翎毛草虫、人物屋宇等，无所不及。后缘其基础方正扎实，悟心不凡，受到近代画松巨匠黄达聪师青睐，允其经常入寓观摩作画，并精心指点，遂画艺猛进，终于登堂入室，旁通立万。

【附记】章子京兄，是与我在打浦中学共事了18年的老友。后他调往嘉定二中，我也转入上海中学，至今仍保持联系。

对于绘画作书，他有以下三个特点：第一，作为教师，把书画当作提高教学效率的工具。因此，不仅在上课前，他常紧扣教材要点，绘制好挂图带入课堂；而且在施教时，也有一手将课本文字，转化为画面，并当场粉于黑板的特技，令人拍案叫绝。第二，坚持业余，把书画作为"以艺会友"，扩大交际的工具。因此，他的作品几乎均为书赠亲朋好友的礼物，而不热衷于展览比赛，更不把它当作沽名钓誉的神器。第三，作为艺术，把书画当作陶冶性情和抒发心志的工具。因此，无论教学挂图或应酬书画，从不抄袭模仿，而是别出心裁，坚持原创，既能切合需求，又能自由挥洒个人心意。也正因为此，当别人把他为教学陶铸《松树的风格》而创作的"劲松"，送往嘉定县书画展览会上展出时，一举就获得了国画一等奖。

他为我量身定制的书画作品：其一，近40年前，用板桥体书写的长卷《未半庐记》，已装裱珍藏。其二，两年前，为我乔迁而作的中堂《椿萱图》及隶书长联，也已裱褙配框，高悬在云庭的感恩亭内。谢谢！

乾坤识于农历马年小雪夜

19. 有"篆隶书法百科"之誉的著名书法家林仲兴

——《未半庐余存墨宝选刊》之十七

【法家简介】 林仲兴（1938— ）：著名书法家。斋名梅邻书屋，浙江镇海人。上海市文史研究馆馆员，中国书法家协会会员，原上海市书法家协会理事、现上海市书法家协会老年书法专业委员会主任，上海老城厢书画学会会长。

学书，先后师从马公愚、来楚生、王个簃等大家，从汉隶入手，继而取法《石门颂》《石门铭》，后又深入研习钟鼎、石鼓，遂以汉隶为基础，上溯周秦，下承魏晋，又沉浸于张旭、怀素草书，融会贯通，自成一格。其书艺，向以四体兼备见称于世：篆书，熔钟鼎、石鼓、小篆于一炉，法度严谨，雄浑古雅；隶书，摇曳多姿，笔墨淋漓，既沉着刚健，又浑穆飘逸；楷行，则笔凝气畅，落落大方，既质朴高古，又清纯脱俗；草书，更大气磅礴，信手挥洒，如天马行空，妙趣横生。大书画篆刻家钱君匋生前曾赞其书法："不仅在上海首屈一指，放到中国书坛去也称一流。"

20世纪80年代起，其书作《唐诗三百首篆筏》《篆隶舫》相继出版。前者，书写篆书两万余字；后者，用篆、隶二体书写自唐至清120人的诗词700幅，洋洋大观，无人与比，以至有"现代篆隶书法百科"之誉。尤其是最近，由中华书局出版的三册线装本《篆隶草堂集》，在800篇作品中，他通中求变，大胆以草入篆隶，无论从形貌、风格、章法、结体上，都有相当大的突破，出现了不同于古人今贤，及自己以往的新气象。其他还有《林仲兴书法集》《心经篆隶合集》《汉风草韵》等问世。其作品与事迹，已入编《中国新文艺大系（书法篆刻卷）》。

他先后在沪、宁、杭、京等地举办过8次个人书法展，4次参加上海—大阪的书法联展，及郑州国际书法展等。其间，还作为上海书法家代表团成员，赴日进行交流、访问。2011年，上海市文史馆与上海市书协，联合为其举办了《林仲兴从艺六十年感恩展》。

【附记】 林君仲兴法家，既和我同籍，又是同时代人。大概有"缘"，故虽仅有二面之雅，但至今记忆犹新。

第一面在上轮干支乙卯年初秋，由先兰轩翁引介、蒋凤仪公供址，我赴他"梅邻书屋"拜访。书屋位于上海老城厢里的一条逼仄小街，敲开大门，一位脸盘端方、双眼有神、身材中等壮实的主人迎面而来。当我自我介绍、说明来意后，他很客气地领我穿过一狭小天井，便进入其堂屋——书房。书房口就有张贴墙而立的大书桌，桌面上铺着层墨迹斑驳的大毡毯，毡毯上摆放着文房四宝及数卷碑帖，这几乎占了整个书房的四分之一面积。趁他转身取椅请坐时，我又扫视了下四周，其中最醒目的便是墙上一块书有"梅邻书屋"四个大字的匾额——这是其恩师大书画家王个簃亲笔题的；其余到处堆放的，几全是历代名家碑帖及诗词典籍……

寒暄过后，他说道："书法不单纯是技法，否则写得再好的人，也只是工匠；而唯有良好的文学素养，尤其是深厚古文化底蕴的人，才能成为书法家。"他又对我说："知你是教语文的，很高兴上天为我送来了位老师，因为我出身贫寒，以前读书不多，今后一定要多指教！"起初我还有些拘谨，面对他如此谦虚可亲、质朴敦厚的态度，我顿时放松下来，相互言谈甚欢，并不客气地说出来意之一，是索求墨宝。他当即答允，并约定中秋节后去取。

第二面便是去取墨宝时。事前，为送何礼品思考、奔波了良久。送月饼，因中秋已过；文房四宝，他不缺我也不会挑选；走了好多家书店，当时也无合适的卷帙……最后还是在自己劫后余存的书箱里，找出一套虽不值钱，却是启蒙我走上文科道路的、珍藏了二十多年的高中课本《文学》教材。当我送去时，他接过便认真地翻阅了几册目录及浏览了数篇诗文，非但不嫌寒酸，还喜形于色地说："这个好，这个好！里面古典文学搜罗全面，深浅适中，注释也较详细。"同时，他也取出已为我书写好的墨宝，展示后再小心卷起，用报纸包好赠我。

这次分别时，虽彼此约好今后经常来往，但谁知有缘少分，不久我就迁居郊区任职，从而也失去了联络。真是惜乎？憾乎！然而，好在仲兴君现已成就大业，而我也总算小有建树。慨夫，天下没有不散的筵席，除珍藏好这墨宝永志纪念外，我谨在此，遥祝林仲兴先生健康长寿、书艺恒垂史册！乾坤是为识。

20. 上海市书法家协会主席周慧珺

——《未半庐余存墨宝选刊》之十八

【法家简介】周慧珺（1939— ）：女，浙江镇海人。著名书法家，曾任中国书法家协会副主席、上海市书法家协会主席，现为中国书法家协会顾问。1962年，得到沈尹默、拱德邻、翁闿运等著名书法家亲授，以米芾《蜀素帖》行书，入选由上海市书法篆刻研究会成立后第一次举办的市书法展览。

1965年，由上海书刻会选送作品，参加"中国现代书法展览"。1972年，其行书《山行》，刊登于《人民中国》。1974年，出版《鲁迅诗歌选》行书帖。1975年，进上海中国画院，专事创作。1980年，应日本北陆书道院邀请，赴日访问交流。1981年，参加第一届中国书法家协会代表大会，当选为中国书协理事。1986年，获上海文联首届文学艺术奖，并出版了《长恨歌》楷书字帖。1988年，由上海书画出版社出版了《周慧珺古代爱国诗词行书字帖》。1989年，任第四届全国书法展览评委。1991年，赴深圳与张成之联合举办书法展览。1994年，为庆祝上海—大阪建立友好城市20周年，参加上海市书法家代表团，赴日访问及书法交流。1995年，当选第六届全国文联会代表。1996年，赴美国参加旧金山东西方画廊举办的书画展览。2004年，续任上海市书法家协会主席，并任中国书法家协会副主席。

【附记】周慧珺女士，20世纪70年代已蜚声书坛。当时，在几次集会中，虽与她已有数面之雅，又渴望得其墨宝，但因无人正式当面引介，不好意思开口。后兰轩老建议，可将拙作《四秩生日纪事》多油印几册，凭"以文会友，广结墨缘"之旨，由他和几位老前辈设法，转奉周慧珺等当时风华正茂的中年书法家，以期识荆了愿。结果，不到一月时间，果然收获了她通过兰轩公送来的行书条幅，内容为毛泽东词《水调歌头·重上井冈山》的最后两句："世上无难事，只要肯登攀。"真是如获至宝，喜出望外！谨在此，向她、也向先兰轩老，再次深表谢忱！这一条幅，也已裱褙配框，现正悬于新居书斋墙上，以供日日欣赏。是为识。

21. 被海上书坛誉为"千手观音"的著名书画家王宽鹏

——《未半庐余存墨宝选刊》之十九

【法家简介】王宽鹏（1939— ）：斋号千一，江苏淮阴人。著名书法家，画家。中央书画艺术研究院副院长，中国书法家协会会员，原上海市书法家协会理事、现上海市教师书法篆刻研究会名誉理事，江西省教育学院艺术顾问。

幼受庭训学书，从此临池不辍。书艺上溯二周，下垂明清，涉猎广泛。所作隶书，用笔恣肆，掺入篆意，古拙雄迈；魏碑，朴茂遒劲，潇洒大气，有自然之趣；变偶作草书，力避平俗，古今互参，南北交融；更以残缺美建立书风，锐意精进，常变常新，被海上书坛誉为"千手观音"。

1980年，加入中国书法家协会，并增补为上海市书法家协会理事；1991

年,应邀赴日本松山举办个人书法展览;1995年,《王宽鹏书法集》,由上海古籍书店出版;1998年,应邀赴美国洛杉矶,举办个人书画展;2002年,在上海举办"四君子"个人画展;2003年,撰书《一墨千秋》,由中国文联出版社出版,并在沪举办"紫砂壶"个人画展;2004年,再赴美国举办个人书画展,并出版《宽鹏墨迹》;2008年,系列画册《笔墨流韵》一套,由上海人民美术出版社出版。此外,还有《竹韵》《书与跋》《蒙学三篇》《半海堂诗草》等著作问世。

作品曾入选首届全国群众书法展,郑州、自贡国际书法展,香港百龙书法展,日本新胜寺书法展等,还被黄河碑林、翰园碑林刻石,以及青海省博物馆、日本成田山新胜寺等有关单位收藏。其艺人艺事,已收入《美术年鉴》《当代书法家大辞典》《古今书法家大辞典》《中国书法家大辞典》《上海书画家名典》《名家斋号》《斋号集观》等几十部典籍。

【附记】王宽鹏先生,较我大一岁有余,当属同时代人。早于20世纪70年代末已崭露头角,名声四扬。其作品诸体皆妙,书善变而审美贯一;旁涉绘事,立论亦富。然由于其所谓不循规矩,出名又早,故"树大招风",当初在书界也有人非议。如云"其作品不是书法,仅美术字而已"。而我个人认为,能以画入书,书具画意,正是其书艺不同于众的显著特点,并时时为他辩解,有时亦竟遭冷遇。好在王君对此毫不介意,固我行我素,锐意精进,犹天马行空,独来独往,终成大器。

现他的艺术成就,不仅在书法界已成定评,而且被列为淮安名人。他先后赠我两帧墨宝:一帧为立轴,内容是鲁迅诗《万家墨面》全文,连裱褙宽约2尺,高达6尺,气势恢弘;另一帧为横幅,即今已装裱配框,立于书斋墙上的一幅,法书为"如意"二字。从中可窥其书艺特色之一斑。乾坤是为识。

22. 上海市书法家协会副主席张森

——《未半庐余存墨宝选刊》之廿

【法家简介】张森(1942—):著名书法家。原籍江苏泰州,长居上海。中国书法家协会理事、评审委员会委员,上海市书法家协会副主席,上海市美学学会副主席,上海中国画院一级美术师。

他幼承家学,酷爱书法,擅长正、草、隶诸体,尤以隶书蜚声书坛。多年来,对隶书做过系统深入的研究,博临《张迁》《石门》《礼器》等风格各异的汉隶。同时又借鉴何绍基、伊秉授的笔墨技法和变法精神，学养全面，融会贯通，且能兼收并蓄、独辟蹊径，形成了自创一家的风格。其作品神气完满，韵味深长，端庄古朴且秀丽俊逸，毫锋挺拔又藏风隐雨。早在20世纪70年代，就成为上海中国画院专业书法家的第一人。

其书法作品，多次在国内外展出并获奖，且多次应邀到新加坡、韩国、日本等国家访问，进行书法交流和讲学。著作有《隶书基础知识》《张森隶书滕王阁序》《张森书法艺术》《张森隶书三字经》《张森隶书岳阳楼记》等。2001年，获中国书协授予的"中国书法艺术荣誉奖"；已七次担任过全国书法篆刻展览的评委。

【附记】张森书法家，是仅小我半岁的同时代人，他现已是上海乃至全国书法界的领军人物之一，而我只是个归养斌闲的普通教师。他不但艺高，而且书德也令人钦敬。记得数年前，香港书画院斥巨款酬劳请他为画廊写"风和日丽"四字，润笔费之高，在当时堪为惊人。其墨迹的市场价，每平尺早已逾万。有位农民书法爱好者赶到泰州去看他的书展，仰慕其墨宝，却又无钱获得。张君得知后，不仅免费书予，而且赠送他毛笔和宣纸，以资勉励。想当年，他书赠的一帧法书为《无涯》的汉隶墨宝，为2平尺，其时我不但未送任何回礼，连致谢都是托人代转的呢！现想起来真不好意思，只能把此瑰宝悬于书斋，以作纪念。日后有机会，也将专程前去拜访，并补一个当面感谢礼了！是为识。

23. "当代的梵高"、著名戏曲人物画家王粲

——《未半庐余存墨宝选刊》之廿一

【法家简介】王粲（1944— ）：别署德宇，江苏海陵人。著名戏曲人物画家，中国美术家协会会员，中国书法家协会会员。

为人诚朴好学，嗜书法，癖丹青。先后师承一代国画宗师齐白石、戏曲人物画泰斗关良。法宗汉、魏、晋、唐，古意阳显；又借鉴法国20世纪现代艺术巨擘——野兽派代表人物马蒂斯，及有犹太血统、生于俄国、开启了另类象征主义意象潮流的自由派怪杰夏加尔的抽象手法，西风阴融。此外，还因他酷爱昆腔、皮黄，故尤擅飘逸洒脱的中国古代戏曲人物画创作。其书画落笔洗练淡雅，追求天真淳朴，直抒本心。早在20世纪八九十年代，风格就十分鲜明，被当时一本台湾刊物以《王粲——当代的梵高》为题，做过专题介绍。

最近几年的主要活动有：2006年，应上海美术馆之邀，画作列入"当代书

画50名家作品展";2007年,作品在上海朱屺瞻艺术馆长期展示并收藏;2012年,参与发起成立中国戏曲人物画研究会,并为主要画师;2013年,作品收入名家荟萃的"中国戏曲人物画年展";2014年,作品又入选"梅兰芳先生诞辰120周年扇面画展"等。

【附记】王粲君较我小三岁,为人率真孟浪,倜傥潇洒,颇有古名士之风。即使在隆重场合,或面会要人时,也不穿正装,更不做姿态,而对同仁甚至后辈,则总是面带笑容,亲切随便。他喜欢生拙质朴的艺术,这从其书赠我的墨宝——京剧《文昭关》戏曲人物速写中,便可窥视一斑。是为识。

24. 当代著名书法家钟正修

——《未半庐余存墨宝选刊》之廿二

【法家简介】钟正修(1946—):上海南汇人。当代书法家,中国书法家协会会员,上海市书法家协会会员。

现代书法名家胡问遂的入室弟子。擅长正楷、行书、草书,尤以行书闻。其创作追求随意酣畅,既雄浑大度,又流转圆婉,注重传统功力与时代精神的结合。尤其是小品与扇面,不仅起笔有力,布局得当,往往是毋须思索,一气呵成。

自1973年以来,参加上海市级书法展览,中日和中韩书法交流展20多次,并获奖。1992年,应邀赴日本作现场书法表演,颇受好评。作品曾入选全国书法展览,并两度在日本展出。在全国及省级书法竞赛中,曾数十次获奖,内含一等奖、金奖多次。其中不少作品,除在国内外展出外,还被收藏,或于北京、天津、上海、香港等地的报刊上刊登。展出并收藏其作品的,先后有首都毛主席纪念堂、中国革命博物馆、中国历史博物馆、李大钊纪念馆等。河南省郑州黄河碑林、巩县神墨碑林、开封翰园碑林等,还将其作品刻石成碑。

此外,其作品已被收入《上海—大阪书法篆刻作品集》《中韩书法交流展图录》《浙江省湖州市地名志》《南汇县志》等书籍。个人传略,则被辑入《中国现代书法界名人辞典》《当代中国书法艺术大成》《中国书法家协会会员名鉴》《中国当代艺术界名人录》等典籍。上海《新民晚报》,也曾以《南汇文化名人:书法家钟正修》为题,予以介绍。

【附记】除吴或弓(下期介绍)外,钟正修先生是我余存墨宝的作者中最年轻的一位书法家。他小我5岁,在20世纪70年代中,其30岁不到,已崭露头角，名声在外。由于我当时认识的好多位老书画家，如苏局仙公、叶秀山公、张南溟公、季重远公等，都住在南汇。从他们口中，我得知钟先生就住在南汇周浦，且均认为，他当时是位书艺杰出、潜力无穷的新秀。于是，我提出了请诸公设法为我向其代索翰墨的要求。后来，已记不清是以上哪位前辈助我请得了一帧行书墨宝——毛泽东词《菩萨蛮·大柏地》。

喜乎！现在钟先生果然已成大器，不但其书艺已获得当地、上海、全国、以至国际的认可，而且人德、人品、人缘亦佳，获得了"上海南汇县文化名人"的荣誉。志贺！是为识。

乾坤识于马年立冬日下午

25. 当代著名书画家吴或弓

——《未半庐余存墨宝选刊》之廿三

【法家简介】吴国强（1965—　）：别署吴或弓，以别署行，室号苦寒书屋、阳潭阁等。安徽歙县人，当代著名书画家。中国书法家协会会员、安徽省书协会员、歙县书协副主席、中国教育学会书法专业委员会委员、安徽黄山市书协教育委员会委员，安徽省美术家协会会员、新安画派研究会常务理事。

幼承庭训，酷爱书法，到处求师，笃学如恒。潜心书艺十余年，终成正果。书法：始学唐楷，继又读临二王、汉隶、简书及墓志铭、魏碑等大家法帖，其间，曾得陈振濂、赵雁君等名家指教。画艺：师从郑天君，又遍摹历代新安派杰作，并获书画名家吴皖生老前辈指点。

20多岁时，书法已在当地很有名气。尤其是对联，字体清秀飘逸，收放有致，动静得体；章法、布局、神采、气韵均达相当境界。从家乡及县城，多有家庭以悬其作品为炫。画艺：则笔墨出趣，格调古雅，意境高远，常受有识之士收藏。

及长，书法及画艺更突飞猛进。作品曾获"江兆中书画奖""新安杯"文艺创作二等奖、上海《写字》杂志全国书法大赛中青组一等奖、安徽全省师范院校书画比赛一等奖、"乡土颂"全国书画大赛优秀奖、中国文艺协会主办的"2010上海世博会中国名家世博艺术展"的杰出成就奖等。此外，还荣获"第12届全国师范院校书法教育学术年会"论文一等奖，及中国书协和国家语委联办的"首届规范汉字书写大赛"的指导奖，从而被中国教育学会评为"全国书法教育先进工作者"，受聘为安徽省九年义务教育制《写字教材》的编委。

书作还多次入选中国书协及省书协主办的书法展,歙县还专为其举办"或弓书法展",部分作品并在日本、新加坡及我国港台地区展出,个人还应邀赴韩国交流书艺。此外,其作品及文章,常散见于《书法报》《美术报》《书与画》《艺术与收藏》等数十种刊物。传略,则已收入《中国当代文艺家大辞典》《当代书法家大辞典》《中国书画家名典》等20多部辞书。

【附记】吴国强先生,是我曾认识的最年轻书画家,比我小24岁,与我有段特殊的缘分。时间从1977年初的寒假起,到当年的暑期前,经人介绍,来我家学写大楷和补语文。每周一次,每次一两小时。

我规定他每天写一张大楷,一周七张全带来当面批改,同时把语文书也带来,多余的时间为他解答学校上课中没弄懂的问题。谁知他每次带来的都是写得满满的一本大楷簿,而且字字工整还挺秀丽。说真的我当时没教他什么,只是好中选好地画红圈,偶然才指出些小缺点。至于语文书,他提出的问题并不多,大都是从课外抄来的古诗文疑难词句。

因为他老家在安徽,当时寄居在上海姑妈家里,并于附近一中学暂借读初一。半年后他要回家乡了,临别时他送了我一帧用大篆仿书的超长条屏,说:"朱老师,告别了,谢谢你半年来对我的指教和帮助!这是我课余精心制作的礼物,请您留作纪念!"

这是一位天斌极高、潜力无穷又勤勉好学的少年;他将来必定成大器!——我当时就这么想,或许这正是他的处女作;故在我所藏的不少墨宝中,这帧是保存得最好的。

26. 一位在"文革"后期邂逅的神秘女画家康康

——《未半庐余存墨宝选刊》之廿四

这是我平生唯一一次充当画家的绘画模特。绘者是毛泽东《蝶恋花·答李淑一》词题中,李淑一的外孙女——康康,湖南人,当时是青年画家。由于收获的过程奇特,故记忆犹新,追述如次:

1973年7月初,我应邀到老同事打浦中学吴老师家做客,正巧康康也在。她看上去仅20多岁,扎着马尾辫,很秀气,谈吐不多,举止文雅,颇具艺术家气质。

过没多久,吴老师找到我说:康康认为我脸很有特点,想为我画张素描像,并约定10日下午,去其家作画。我来到吴宅时,康康已准备好画具,请我坐到靠窗的一张椅子上，并教我摆好姿势，说："时间不长，别紧张！头部尽量别动，其余可随意些。"说毕，她走到离我约1.5米的椅子上，也坐下。然后，只见她一手拿着画夹，一手执着画笔；一会儿站起，一会儿坐下；一忽儿走过来，用画笔当直尺，在我五官上横量竖测；一忽儿又回过去坐下，低着头奋笔疾书。大约半个小时，她说草稿画好了，要回去修改一下，明天再来一次，才能细绘加工完成。

次日，我又如约前往。作画的过程大致同昨，不另。最大的区别是，一开始她说："昨天你配合很好，今天时间要长些，所以，除了我叫你别动就别动，其余时间，你喝茶、抽烟，稍走动一下都可以。"这天，她坐着画的时间多，走过来观察和量尺寸的时间少。一个半小时左右，终于完成了。接着，她把素描像从画夹上取下来，递给我，并领我到镜子前说："对照一下，像不像？"我看后很满意，便连声称赞、道谢。她却说："该感谢的是我，因为你给了我一次练笔的机会。这张画就送给你，留作纪念！"此后，听吴老师说，她已回湖南，有机会你们再联系，随手还塞给我一张通信地址。因为我当时虽已"解放"，但还留着"政治尾巴"，当然再也没有联系了。

27. 迎新春、过大年，传统习俗新编（一）并序

今天，农历腊月二十三日，是中华传统的祭灶节，俗称小年。从此日起，即拉开了迎新春、过大年活动的序幕。

本新编，从今天祭灶节起，到次年正月十八落灯日结束，共28天，打算出十期。每期两至三个日子，逐日结合该天的主要传统习俗，配打油诗一首，并筛选一些与习俗有关的民俗活动，重新编纂，以供读者了解、分享。

其中前三期，基本沿用去年已发表过的内容，稍作修改补充。后七期，拟新编新撰。谢谢关注，欢迎转发或收藏，更期待宝贵意见！是为序。

　　　　　　一、祭灶
　　　　腊月二十三，灶王爷上天。
　　　　祭灶糖与果，色香味齐全；
　　　　供后自家吃，孩子最喜欢。

【编述】

小年祭灶，是我国历史悠久的传统习俗。虽传说诸多，但在民间流传最广的，还是送灶王爷上天，向玉皇汇报人间每家的善恶是非，以决定上天对该户

的奖惩报应。

这天一早，为了求吉祥、保平安，每家每户都在自己灶间（现厨房）锅台附近的墙上，供奉灶王爷与灶王奶奶的画像，又在神龛两侧张贴内容为"上天奏好事，下界报平安"的对联。当晚，则要放鞭炮庆祝欢送。此外，还有品种不少、形状各异、色彩缤纷、香甜美味，名谓"祭灶果"的供品，诸如大、小麻枣，油枣，寸金糖，云片糕，黑、白芝麻糖片等。

以上内容，儿时我虽多有所经历，但印象最深的莫过于祭灶节可吃祭灶果了！

二、掸尘

腊月二十四，传统环保日。
家家都动手，掸尘扫房子；
干净迎大年，疾疫全消失！

【编述】

关于腊月二十四号要"掸尘"，现在来看，实际上就是家庭的彻底大扫除。内容包括拆汰被褥床单、清洗各种器具、洒扫所有房间、掸拂尘垢蛛丝、疏浚明渠暗沟等。此外，掸尘的"尘"，与"陈"谐音，含有除陈迎新的意思；而北方把掸尘叫作"扫房"，即除了扫去房内的灰尘外，还要把一切晦气霉运与各种不愉快的事件及心情扫出去。到处洋溢着干干净净迎过年、欢欢喜喜度新春的气氛。

三、接玉皇

腊月二十五，推磨做豆腐；
争食豆腐渣，为诓玉皇帝。
玉皇能赐福？致富靠勤智！

【编述】

至于腊月二十五推磨做豆腐的习俗，则与"接玉皇"有关。据说，二十三日灶王上天向玉皇汇报以后，这日玉皇要亲自下凡到民间巡查、核实，以各家这年中的善恶贫富来决定下一年该户的福祸贵贱。因此，这天人们便用做豆腐和吃豆腐渣来表示自家勤劳清苦，博取玉皇同情，以降福自己。

此外，豆腐与"头富"音近，这也反映了古代劳动人民希望摆脱贫穷、过上富足生活的善良愿望与迫切心理。当然，平时为富不仁，或好逸恶劳，而此日则伪装勤劳清苦者，不在此例。

28. 迎新春、过大年传统习俗新编（二）

　　四、备大肉
　　腊月二十六，上街买大肉。
　　大多储存好，少数当天吃。
　　最崭红烧烧，生活红火火。

【编述】

　　经过祭灶、掸尘、接玉皇之后，无论城乡，家家户户筹备过年的气氛日浓。因按习俗，春节期间不能动刀，所以先准备肉食。于是纷纷上菜场、兜肉铺，选购大块的猪牛羊肉，回家后又清洗加工，或煎煮蒸焖，或白炖红烧，主妇们夜以继日，忙得不亦乐乎。掇少量的，当日试味尝鲜；大多数，用各种砂锅罐钵储藏起来，以备除夕谢年与春节时享用。

　　五、购年货
　　腊月二十七，户户忙宰鸡。
　　城镇兜超市，乡村赶庙集；
　　踊跃购年货。沐浴洗晦气！

【编述】

　　这一天，主要有两件大事。从家庭来说，继续准备年货：一是宰鸡杀鸭剖鱼及烹制，即所谓"小肉"；二是采购其他各种年货，如糖果、糕点等茶食，以及花生、瓜子等干果。对个人而言，则不管男女老少，都要沐浴打理个人卫生，以待干干净净过新年。

　　以上诸事，个人觉得最麻烦的是沐浴。因为时值隆冬，过去南方，一般人家里，都无取暖与卫生设备。要在平时，挨挨算了，但按习俗节前又非洗不可，而在自家附近，整个人口密集的太平桥地段，唯一一所像样的浴室叫"新泉池"，但是每当春节前一周起，那浴池门口日夜都排着长龙，无空去轧闹猛，于是只得在家里将就。这便得预洗烧好几瓶热水备着，再在后客堂房间里用大木盆装好不烫人的热水洗澡，同时还要搬进煤炉，上放一吊子水壶，关进房门，边烧边换水边匆匆地洗，真是麻烦极了。

　　当时听说，有些大厂家有淋浴设备，每逢春节前，还可带家属去洗，好生羡慕。再后来，应是改革开放了，听说有些人家，每当春节前一周，去宾馆定一个24小时都有热水可泡澡的房间，目的并非住宿，主要就是，家人可轮流沐浴迎新了。而现在，别说大上海了，就是我们小小的芦墟镇，只要有商品房住的，即使租客也多有卫生间、淋浴设备及浴霸等增温器。新区还有水立方大浴场，老镇内中、小浴室也有好几家。比比这点，现在亦较过去幸福多了。

六、备吉粮

腊月二十八，首先把面发：

北方蒸馍馍，南方把糕打。

贴联褙年画，还要粘窗花。

【编述】

这一天，除平时饭食外，每家还要准备专供春节用的"节（吉）粮"。因过去基本没有冰箱，较易变质的春节主要吉粮（年糕、做汤圆用的湿糯米粉、馒头、面条之类），在腊月二十八这天，就必须做好准备了。

值得注意的是，除了物质吉粮之外，我国传统也十分重视精神食粮——贴迎新春联、新年画、新窗花等吉庆物品，也从这天起同时进行。

29. 迎新春、过大年，传统习俗新编（三）

七、小年夜

腊月二十九，旧岁临近终；

焚香于户外，请祖上大供。

感恩知图报，中华好传统。

【编述】

这一天，古人都要上坟祭祀，焚香恭迎，敬奉丰盛供品，诚请祖宗回家过年。现在，虽已不必全袭古礼，但饮水思源，若能在这晚以鲜花代香烛，略备菜肴果品清供，以感谢祖宗繁衍及先辈对自己的养育之恩。这不仅是继承中华民族知恩图报的优良传统，而且对教育后代、提倡尊老敬老及淳化民风也有潜移默化的作用。

八、除夕

腊月三十日，谢年吃夜饭；

饭后围炉坐，守岁至来年。

爆竹震空响，日月换新天！

【编述】

除夕，俗称大年夜。这是个辞旧迎新、一元复始的喜庆节辰。其主要习俗有三个。

其一，谢年。这虽也是祭祀活动，但与小除夕祭祀对象，即家的祖宗及先辈不同，主要是祭祀天地及各路佛神。目的为感谢他们，一年来对自己一家平安无恙的保佑，并祈求新的一年风调雨顺、五谷丰登，国泰民安、诸事胜意、幸福吉祥。

各地谢年时间、内容、仪式不尽相同，我记忆中印象较深的如此：

是夜，每当掌灯时分，各户的客堂内早就摆好供桌。桌端铺满红帏，帏面的礼器上奉好红烛金香。供品中最醒目的是左右两叠高约盈尺的年糕，大概象征着"年年高兴""步步高升"；上覆红纸，其上再各摆一只糯米粉捏成的元宝，好似意味着生活"红红火火"、来年"财源滚滚"。其他供品的数目亦颇有讲究，如六盅酒、六杯茶、六碗饭、六套筷碟调匙、六样菜、六种甜点等，那一定是指"六六大顺"了。

谢年，由一家的男长辈主持，随着门外一阵爆竹声响起，户内即燃烛焚香开始。接着，主祭人领头合掌三跪九叩，并致谢辞；嗣后，全家人按长幼之序轮流顶礼膜拜。祭厅内不得大声喧哗，供桌更是绝对碰不得的，以免惊动诸佛神。其间，据说要由主祭者敬酒三巡，全过程约一个时辰（现两小时），以重复开头仪式，及焚纸、放爆竹、撤香烛结束。

其二，吃年夜饭。谢年，是吃年夜饭的前奏，气氛庄重、严肃、敦厚，吃年夜饭，则是除夕晚的高潮，氛围轻松、欢乐、温馨。

年夜饭的食材，多半可利用谢年后的供品，稍加温热即能回桌，再加几个热炒、大菜，轮流更换，丰盛美味，令人食指速动，大快朵颐。

各地的菜式虽有不同，但有几样似无差异：一是什锦火锅，边烧边吃、热气腾腾，象征生活红红火火；其中必不可少的澄黄蛋饺，色形似金元宝，寓意是"招财进宝"；而大肉圆和小鱼丸则意味一家大小"团团圆圆、幸福美满"；细长的粉丝，蕴意老者长寿、全家好运绵延不断。二是冷盆，白斩鸡与大菜，青葱烤鲫鱼，因"鸡、青、余"，分别和"吉、庆、余"谐音，更意味着"吉庆有余"。三是最平常的素菜，油豆腐烧黄豆芽，前者外黄内白，犹如"金玉满堂"；后者每根形似细小的如意，自然是"万事如意"了。

年夜饭，也叫团圆饭。为吃这一餐，不但每个家庭成员都要到齐欢聚，而且远在外地的直系亲属也要千方百计尽量及时赶回。所谓"有钱没钱，回家过年"，时间便要赶在这一餐之前抵达。如果有人实在无法赶到，有的家庭还会安置空座、碗筷、酒盅，为其斟酒、盛饭、夹菜。据说，古代有些县城狱官，这天甚至放囚犯回家，让他与家人会聚，一起吃团圆饭。可见人们对年夜饭是何等重视了。

其三，守岁。年夜饭吃罢，守岁便开始了。其来源，传说古时有一种妖怪叫"祟"。每当旧新年之交的半夜，闯入民间屋里，吞食或伤害孩子。因此，各家就紧闭门户、灯火通明，大人们围坐一起，守护孩子，直至天亮，以躲过灾难。由于"祟"与"岁"同音，又较难写，后来人们便把"守祟"演化并称为"守岁"了。

守岁，并无特殊仪式。通常是一家人围坐一起，因天冷中间安个火炉，叫"围炉守岁"。或者，就围在桌子四周，桌上放着各种水果、干果、糖果、糕点、茶水，随意享用。水果中的苹果，寓意"平平安安"；橘子，意味"大吉大利"。干果中的花生，象征"长命富贵"；瓜子，蕴意"子孙满堂"；糖果，"甜甜蜜蜜"；糕点，"高高兴兴"；茶水，自然是"饮水思源、不忘所自、感恩欲报"了！

对于"守岁"，较客观的理解是：每年农历最后一晚，全家人围聚一起，熬夜通宵达旦，守望新一年的到来。其含义为辞旧迎新，既蕴含着对已往如水年华依依惜别的深情，又表达了对未来万象更新岁月的美好憧憬厚望。在这"一夜连双岁，五更分两年"的特殊时段，一家人促膝而坐，欢声笑语，尽享天伦之乐，何其美也！

30. 迎新春、过大年，传统习俗新编（四）

九、拜贺年
正月年初一，全民大拜年；
居家拜长辈，出户互抱拳；
最喜小孩子，笑收压岁钱。

【编述】

这天，无论男女老少，只要有长辈同居的，一早起来首先要向他们拜年，尤其是祖父母、外祖父母及双亲。目的主要是感恩长辈对自己的生育培养，并敬祝他们健康长寿、颐享天年。如果有的长辈已去世了，则要先于在世长辈之前，向他们的遗像拜年。

当家内的拜年完成后，便可开门出户、穿街走巷，去向其他亲友邻里、老师领导、同事同窗拜年或贺岁。"贺岁"，就是贺年，与"拜年"的区别，是用于平辈之间的。

拜年与贺年仪式，过去是有区别的：前者，通常为三跪九叩首，至少亦应跪一次地叩三个头；后者，一般打躬作揖即可。当然，现在时代变了，关于跪拜，对小孩来说，自幼给其学些我国传统礼仪，知所恭敬，合情合理，至于年龄大了，有的不好意思下跪叩头，亦不必强求。但是，打躬作揖，窃以为必须继承。

"打躬"，表示对对方的恭敬，犹如鞠躬，一般为弯腰三次，"作揖"时，须伴随着"抱拳"。正确的抱拳姿势是：男的，右拳握住，左手用掌抱住右拳；女的相反。这叫"吉拜"，是用于贺年及婚寿喜庆之礼。相反，便是"凶拜"了，专用于奔丧、吊唁等场合。有几年，在电视中，看到一些主持人及明星向观众贺年，男女左右不分，是非常失礼的。

在进行以上仪式时，口中要伴随相应的祝贺语。过去最常用的是"恭喜发财"和"新年吉祥"。中华人民共和国成立初，我小时候还是可用的。后来"发财"不能用了，理由是"资产阶级思想"，于是便只道"恭喜恭喜"；大约在"文革"中，"吉祥"也不能用了，理由是"封建迷信思想"，则改口为"新年快乐"。现在，自然又可以用了，而且内容越来越丰富。

长辈在接受拜年之后，要向晚辈发压岁钱。"压岁钱"，原叫"压祟钱"，传说："祟"是一种伤害人，尤其是孩子的妖魔。用压祟钱，能镇压"祟"来害人，保佑受钱人在新一岁中平安无恙。由于"祟"与"岁"同音，后来便叫"压岁钱"了。

最早的压岁钱，是用红纸或红布，内包8个铜钱，仅起驱"祟"作用，并非流通货币。后来或因商业社会发展，压岁钱数目渐渐增多。大约到了近代，长辈给孩子的压岁钱，通常是100个铜钱，寓意为"长命百岁"，给成年晚辈的压岁钱，一般在红纸内包一枚银圆，意寓"一本万利"。再后，当纸币代替铜钱时，压岁钱则改为连号的新钞，意思大概是"年年更新""好运连连"了吧！

十、回门拜
正月年初二，女儿回门拜，
女婿及外孙，携礼不成单；
邻里齐称道，泰山泰水欢。

【编述】
这天，已成家自立门户的女儿，要与丈夫带着孩子回娘家拜年，当时俗称"回门"。带的人多礼全（习俗是双份，不能成单），会受到邻居的称赞。这时，女儿的父母——女婿的岳父母（尊称为"泰山、泰水"），感到脸上有光，会特别高兴。因此，过去这一天，也叫作"迎婿日"。

31. 迎新春、过大年，传统习俗新编（五）

十一、忌拜年

正月年初三，一般不拜年。

这天习俗多，不慎易麻烦：

趁此多调养，睡到日三竿。

【编述】

年初三，俗称赤狗日。传说：赤狗是熛怒之神，这日下凡，人遇之不吉，易与被拜年者闹纠纷，带来赤贫。为避此凶煞，人们便起床很晚，闭户不出，也不接受别人来拜年。

另据传，此夜，也是老鼠娶亲之时。为了不打扰它们的喜庆，便早早熄灯灭火，睡觉。眠前，还故意在墙角壁角撒些米粒、糕点，以示友好相安祝贺，令其今后不再来骚扰。

因此，这天，古人早晨起床迟，晚上又睡得早，无非是为了避凶趋吉。其实，从健康角度来看，人们从去年腊月二十三祭灶开始，到昨天为止，确实是太忙碌劳累了，接下去春节还有很多事要做，故在这天调整休息一下，是很有必要的。此外，初一、初二两天，年轻人除在家拜过长辈外，便出门到处贺岁，吃喝玩乐，祖、父母辈，尤其是行动不便者，在家也颇寂寞，趁此也可陪陪他们，尽尽孝道、馨享天伦之乐。

十二、迎财神

正月年初四，连夜迎财神。

谁不想发财？只要来路正。

勤智能致富，梦想才变真！

【编述】

据说年初五，是财神爷生日。古人为了吉祥致富，初四白昼起，便赶紧准备牲醴供品、香烛金纸、锣鼓鞭炮。未到初五，就在这天晚上，蓄势待发，一俟子夜来临，即迫不及待地锣鼓喧天、鞭炮齐鸣，唯恐被别人抢早接去财神。有首清人写的竹枝词："五日财源五日求，一年心愿一时酬，提防别处迎神早，隔夜匆匆抱路头（接财神）。"描述的便是这种情境。

这个习俗，既反映了古人迫切盼望脱贫致富的善淳心情，又何尝不是现在人们普遍希望生活年年改善、岁岁提高的美好愿望？谁不想发财？连圣人孔子也说过："君子爱财，取之有道，用之有度。"只要来路正规、遵纪守法，依靠自己的勤劳和智慧，创新发家致富，理所当然。

十三、送穷鬼

正月年初五，破戒送五穷；
春节禁忌除，打扫驱霉运；
锣鼓加鞭炮，一声全清空！

【编述】

　　年初五，既是财神节，又是破五节。由于接财神，昨子夜至今凌晨，人们都抢先恐后地举行过，因此，这天的主要精力便集中在"破五"了。

　　所谓"破五"，说法很多，各地并不一致。较类似的是：由于新年初一至初四，春节的禁忌戒律很多，如不得生米煮饭、不准动扫帚倒垃圾、人人不能动刀、女子还不许动针线、初三甚至不得串门拜年之类。但到了这天，以上戒律都破除了。

　　因此，这天首先要做的是打扫卫生，即"泼污"，而其又与"破五"谐音，于是该日就叫"破五节"了。它的内容与形式都是家家户户从内屋开始，逐间向外，一边点燃鞭炮，一边扫除垃圾，当扫到户外后，堆集起来，中间燃放一个大爆竹。随着一声巨响，再把所有垃圾焚烧或运送到规定的地方，"破五"便完成了。据说，这不但能把物质污秽——垃圾清除；更能把一切精神污秽——疾疫、邪气、贫穷、霉运等统统、彻底送走！

　　这就关联到年初五的另一个习俗，叫送穷日。这天人们除了上述"破五"外，还要祭祀"穷鬼（神）"，之后又繁衍出"送五穷"之说。至于到底是哪五穷？一般都引用唐代大文豪韩愈写的《送穷文》中提到的五个"穷鬼"，即智穷、学穷、文穷、命穷、交穷。尽管这引得有些勉强，但作为岁时民俗，把"迎财神"与"送穷鬼"接踵相连，是颇能反映出普通人民最平凡又美好的愿景吧。

32. 迎新春、过大年，传统习俗新编（六）

十四、开业日

正月年初六，大年高潮过。

农村备春耕，城镇开业火；

马日六六顺，创新前景阔！

【编述】

我国，本是以农立国的国家；所有过年习俗，一般都与农业有关。原始的农事规律，大致是春播、夏管、秋收、冬藏。冬季，是农村最闲，也是农民最需要休养生息的时候。因此，从去年腊月二十三"祭灶节"拉开了过年序幕始，一直要到新岁正月十八"落灯日"止，才完全闭上过大年的帷幕。但是，其中的高潮，应是去岁除夕谢年、大年初一贺岁、正月十五闹元宵，及昨天的财神节四波。

由于过年高潮的前三波已过，而与农事密切相关的气候也渐渐回升，这天起农民开始做春耕的准备工作。同时，在城镇，原已歇业过年的旧店，或打算创业的新铺，也纷纷挑起"开业大吉"的祥幡，或贴出类似内容的红纸，敲锣打鼓、鞭炮不绝，甚为热闹。

据说，年初六，是女娲造马的日子，俗称马日。由于"六"意味着"六六大顺"，而"马"又易想起"马到成功"的吉言，因此，选择这天开业，的确颇具祥瑞，但更要有创新的匠心与切实的部署，才会有美好广阔的前景。是否？

十五、人胜节

正月年初七，女娲造人降；

各地俗不同，惜生均一样。

余皆身外物，康泰乐未央！

【编述】

正月初七人胜节，也叫人日。据说，中国上古神话正神女娲是人类之母，她仿照自己形象，用黄土抟泥造人。这有早于文字记载的仰韶文化中蛙形器皿，可资佐证。以后的许多典籍中，则有更多记载。

奉祀人日的节庆，始于汉、盛于晋、极于唐，目的是牢记女娲创造了人类及供养人类的万物。"人胜"，则是一种饰物，用彩纸甚至金铂，剪镂成花或人形，戴在人头上或张贴于屏风，作为对该节日的庆贺、纪念。

关于庆祝人日的传说、习俗、礼仪，还有许多，且各地并非一致，但其本质意义应当是：感恩人类的始祖，尊重人的生命，珍惜自己的健康，涵养良好的品行，保持乐观的心态，维护好与别人之间和谐的关系——而绝非财富、地位、名望等身外之物。

十六、谷日节

正月年初八，谷子诞生日；

民以食为天，粮食须珍惜；

放生正当时，祭星求吉利。

【编述】

正月初八是谷日节，俗称谷子生日。据说这日天气好，就是丰收年；不好，则歉收。因此，古人便会在这天祭祀，祈请上苍风调雨顺，以求五谷丰登。也有记载说，一些地方的成年人，该日会带领孩子去田头走走，看看作物长势，从小学些农业知识，及懂得珍惜粮食的道理。

至于这天晚上，由于肉眼看得到的星斗出现最多、最齐，所以又有传说：这是众星聚会或下界的时间，只要天晴，人们也会举行观察与祭祀的活动，这叫"顺星"或"察星"。除相关庙宇，有专门仪式外，一般民间，则用9、48或108只小碗盏，放些油、点燃灯花，散放在室内、屋外、走道等各处，犹如"烛光晚会"，颇为浪漫。举行时，除了开始与结束要遥拜星空，说些祈福话外，中间，成人可教育孩子识别星星的知识，以及"人在做，天在看"与"若要人不知，除非己莫为"等做人的道理。

这天，据说还是行善积德的"放生日"。一般内容为：买些飞鸟、走禽、乌龟、泥鳅等小动物，放归山林或河湖之中。其实，刻意买些动物在该日放生，倒不如随时随地关心、爱护和救助身边常见的小动物。如：现在我们生活的小区内外，不时可看到一些流浪狗、猫，瘦弱脏污，在垃圾桶旁觅食，尤其是雨雪天，非常可怜。如果有条件的，收养一两只；缺乏条件的，可每天定时定点，在它们经常出没的场所，放些食物。这些，我看也是并不难做到的"助生、救生"功德！

33. 迎新春、过大年，传统习俗新编（七）

十七、拜天公

正月年初九，祝寿拜天公：

祈福求纳吉，奖善惩恶凶。

人应有敬畏，弥补德法用。

【编述】

正月初九，俗称玉皇诞，闽台等地区，叫作天公生。天公，就是玉皇大帝；生，便是生日。据传，玉皇，是主管三界十方诸神及人类万物的最高神，代表至高无上的"天"。

该日，除了奉玉皇为"元始天尊"的道观要举行隆重的庆典外，民间也普遍会在户外设置大大小小的祭坛，焚香燃烛，对着苍天，顶礼膜拜。目的是祈福纳吉，保佑天下苍生祛邪、避灾、消难，反映了普通人民朴素、善良的美好愿望。

从前，人民为何如此崇拜玉皇？除了至高无上的权威，他还十分体恤民情。据说，每年腊月二十五，他要亲自下界，察访民间疾苦与每家子民的良莠善恶，到次岁正月初九，上天庭过完生日后，决定对该户各人的奖惩赏罚，爱憎分明，公平公正，以此来维护人间的国泰民安、长治久宁。

这虽仅是传说，但对现在仍有一定启示。因为过去儒家崇"德"，主要劝人修仁敬德，而法家尚法，则主法治，以惩戒人别犯罪违法。这些都不无道理，现在也多有继承。但是，对有些人来说，尽管他们口中有法、表面也道貌岸然，而为了攫取一己私利，会不择手段，巧取豪夺，如制假贩伪、偷盗诈骗、狂伐乱排，甚至有官员走上贪赃枉法的道路。

究其根，因为这些人以为生命很短："有财不捞，犹如傻瓜"；"有权不用，过期作废"；"人不为己，天诛地灭"；死了以后，什么也没有了，也无所谓报应惩罚。殊不知"善恶到头总有报，只争来早或来迟"。这是天经地义，其中的"天"，就是从前人奉为"天公"的玉皇。对他崇拜，不宜流于形仪，应当发自内衷、怀有敬畏之心。唯有如此，即使没有法的约束和德的涵养，上苍也会保佑其一生平安；否则，天网恢恢，疏而不漏，多行不义必自毙。这种因果报应的例子，古今中外还嫌少吗？

十八、祭石头

正月年初十，石头过生辰。
玉皇意味天，石是地象征；
为何祭大地？万物土地生。

【编述】

有传曰："十"与"石"谐音，故将年初十定为石头的生日。其实，更深层的含义应为：昨日，刚崇拜过"天"；今日，该奉祀"地"了。因为玉皇是天的象征，则石头就意味着地。不但五谷等作物植根生长于土地上，人类居住的房屋茅舍之类也均立足夯基于土地之下，因此人们为了安居乐业，对石头——土地，也非常尊敬崇拜。据传，这一天，民间对石磨、石碾等器具都不准动用，怕惊动庄稼生长，影响住房安全。有许多地方，这一天还有专门的祭祀石头的仪礼习俗，这就更庄重严肃了。所谓"天行健，君子以自强不息；地势坤，君子以厚德载物"。尊天敬地，热爱自然、保护环境。看来，这些民间习俗，对我们现在还是有一定的警示意义。

十九、子婿日

正月十一日，喜将子婿迎。
热情设家宴，佳肴多现成；
岳父最喜悦，岳母更称心。

【编述】

正月十一，俗称子婿日。据传，该日，岳父要设宴招待女婿，作为对年初二女儿回门的答礼。

有人说：这天，由于前日庆祝天公生辰后，剩下不少饭菜，设宴可不必再破费。这固然反映了古代人民淳朴节俭的家风，但更重要的，这是对女婿的喜欢与呵护。因为据古说：凡享用祭祀过先祖尤其是天公的供品特别吉祥，会带来好运。何况该日款待女婿的食物，并非是吃不完的剩菜冷羹，而是特意预藏起来，供子婿享受的美味佳肴哩。与初二女儿回门拜年不同的还有两点：一是，这天女儿的哥哥应当出家门去远迎，表示诚意与尊重；二是回门必须当天赶回，而这次可以在岳父家过夜，甚至留宿几天，更洋溢着翁婿两家的亲情融洽。

34. 迎新春、过大年，传统习俗新编（八）

  二十、搭灯棚
  正月十二日，举国搭灯棚：
  宫衙有专司，城乡多巧匠；
  户户备彩灯，能者自制强。

【编述】

  为了迎接过大年的最后一波高潮——闹元宵。这一天，举国上下都做起了准备工作。官方，上自宫廷下达县衙，由专业队伍打造；民间，无论城乡，都请出当地的能工巧匠，搭建元宵夜要用的灯棚。

  普通家庭，也纷纷在该日选购各种彩灯。古代的灯市且不说，仅我亲历的儿时记忆，上海当时的最大灯市在老城隍庙，即今豫园商场。是日，庙殿外鳞次栉比的商铺内，到处都挂摆满各式节灯待售。如大红灯、兔子灯、走马灯、元宝灯、神话故事灯、动物造型灯等，琳琅满目、美不胜收，而购买者亦人丘人河、川流不息，颇为壮观动容。

  据说，古代家家户户，都有人会制作造型较简洁的兔子灯，并以此斗技争胜。而我幼时，也总会在初十过后，嚷着要父兄为我制巨型的兔子灯，与邻里一起戏耍……

  二十一、上灯日
  正月十三日，开始上灯啦：
  比邻挂红灯，兔子街巷爬；
  还有圆子吃，孩童最嘻哈！

【编述】

  正月十五，是新年中第一个月圆之日，故称"上元"或"元宵"。但要发展为节日，甚至灯节，则有一个发展过程。据说，其滥觞于西汉，发展于魏晋，到唐朝玄宗的所谓开元盛世时基本定型，规定"元宵前后"三天，即正月十四、十五、十六三日，在宫廷、庙观等地，筑灯楼、放焰火庆祝。到宋代太祖赵匡胤时，为宣示国威、歌舞升平、与民同乐，又延长至十七、十八两天。于是上行下效，民间也普天同庆，形成了盛况空前的元宵灯节、灯会。

  为了迎接这一盛大节庆，正月十三日，民间就试灯、上灯了。所谓"上灯日"，实际上就是开始点灯，拉开元宵灯会序幕的日子。据传，人们先要在厨灶前点燃灯火,叫作"点头灯";然后,再移到室内或户外合适显眼的地方去悬挂,或提着拖着到各处去游街。

这天晚上,我们儿时最喜欢的是兔子灯,有用手提的、悬线吊的、壁上挂的、地面带轮拖的,大小各异,颜色以白为主,都竖着一双可爱高尖的耳朵,一对神气活现的眼睛。

至于这种灯,为何最多又惹人喜爱?大致有如下几个原因:一是生活中,兔子温顺、善良、易与孩子亲近;二是其繁殖快,意寓生育力强,与我国旧时人们多子多福的心理相吻;三是我国不少地区,都把它视为吉祥物,认为能消灾送福;四是元宵夜月亮最圆,又有"玉兔捣药"的传说,而灯会正是与庆元宵直接有关的罢。

所谓"上灯圆子落灯面",这夜当我们拖着兔子灯游好街回家,还能吃到象征着生活"美好圆满"的汤圆呢!

二十二、试花灯

正月十四日,花灯试排演:

白昼彩车多,夜晚灯灿烂;

锣鼓喧天响,龙狮舞翩跹。

【编述】

如果说,昨晚上灯日"点头灯"仅是每家每户为迎元宵而各自举行的庆祝活动,那么这一天的"试花灯"便是官方或民间各行各业以及街坊有组织的集体行动了。实际上,这就是"正月十五闹元宵"庆典的预演和总彩排。区别仅在于元宵夜的内容更集中、节目更精彩、气氛更热烈,因此,便留待明天再介绍了。

35. 迎新春、过大年,传统习俗新编(九)

二十三、闹元宵

正月十五日,赏灯食元宵:

龙滚狮翻舞,旱船踩高跷;

杂耍猜灯谜,锣鼓鞭炮闹。

【编述】

自古以来,我国民俗传统节日极多,但唯庆元宵以"闹"概之。何也?大致有下几个原因。

第一，其起源与政治背景有关。据说，西汉文帝在陈平、周勃等协助下，平定诸吕叛乱，恰在正月十五日。为了纪念恢复刘氏创下的基业不易，便把这天定为"元宵节"，并下令宫内张灯结彩庆祝，开了官方元宵灯会的先河。

第二，其发展与宗教典礼有关。据传，把宫廷庆祝推广为全国灯会的是东汉明帝。元宵这天，因僧侣观舍利，要燃灯敬佛，而他笃信佛教，便下令此日，不仅宫廷与寺庙要点灯敬佛，而且士族庶民家也要张灯同庆。到了唐朝，因奉道教为国教，而道教把元宵称为"上元节"，是该教所奉上元天官的生辰，张灯庆典更甚。于是，唐玄宗便把元宵节扩展到"上元前后三日"，灯会也越来越闹猛了。

第三，其繁盛与商品经济及民俗文化有关。我国的商品经济，虽早在先秦已见端倪，但发展较快却在秦朝以后。如汉代产生都会，唐朝从城内向城外发展，宋代形成了瓦肆，明朝甚至出现了资本主义萌芽。至于民俗文化，有些更在原始社会早已出现，但一般仅作为氏族社会活动，并无表演性质。但是，由于汉明帝把灯会导向民间，便必然产生了有灯可交易的"灯市"；而唐朝以后的灯会内容，不仅限于张灯结彩的"观花灯"，而且有更热闹的"逛庙会"，在庙会上，则有舞龙狮、跑旱船、踩高跷等民俗文化的杂耍表演；到了宋代的元宵灯会，又出现了悬挂在花灯上的"猜灯谜"活动。加上整个庆祝期间，锣鼓齐鸣喧天、鞭炮焰火不绝。要说不"闹"也难！

第四，其成为普天同庆的"闹元宵"，则更与我国原本是农业社会有关。一方面，在过去的农业社会中，近一个月的过大年活动，全处在农闲期间。另一方面，气候逐渐回升，元宵节所处日期，与前面的"过除夕""大拜年""接财神"相比，更接近于开始春耕，人们需要彻底放松一下，以集中精力务农。还有个更重要的原因，即以往这几个节俗，基本都以小农经济的家庭至多是家族为单位，举行活动的，而"闹元宵"则几乎完全突破了这范围，成了整个中华民族、每个人一年一度的真正狂欢节日！

在该节期的主要习俗活动，则有：赏花灯，兼及猜灯谜；逛庙会，包含观看或表演杂耍；至吃元宵（"汤圆"）等。

二十四、新愿景

正月十六日，灯会犹如前。

各地习俗多：大多祈丰年，

或祷驱百病，或求续香烟……

【编述】

自唐玄宗把元宵节,扩展为"上元前后三日"后,正月十六,即上元后一天,仍在节期中。因此,全国性的灯会跟昨日基本一样,但这天在各地方的习俗很丰富多彩。概括起来,最普遍的有三类。

第一类,祈丰年。如"正月十六烧火把",这大概起源于我国西南少数民族地区,六月下旬的"火把节"。由于民族文化交融,汉族大致在隋唐时,河南等中原地区已开始流行,但时间提前到正月十六,形仪也大为简单了。大致情况是:该日晚上,男女老少都举着火把,到田野各处奔走,驱兽灭虫,意义是可以祛疫消灾,杀灭害虫,催吐春穗,带来丰收,迎接光明福瑞。据说现在河北中部,不少山区农村仍在流传。

第二类,驱百病。所谓"上元闹元宵,十六走百病"其中的"走百病"起源于北方,主要流行在京津冀鲁一带。有些地方,把"走"改为"跑、遛、散、游、烤"等,都是"驱散、赶走"的意思。与"烧火把"一般流传在农村不同,"驱百病"大多风行于城镇。如河北沧州市,自古以来,每当这天晚上,全家扶老携幼一起拥向大街,身上带一些小额硬币(古用铜钱),一边走一边扔,据说可以扔走各种头痛脑热的小病,而且扔得越远,离疾病也越远。

这类活动,大多在晚上举行,但山东菏泽地区则一清早就开始。他们成群结队地跑完后,要绕着井转一圈。然后,用火烤自己的脚和腰,一边烤,一边还念念有词地说:"烤烤脚,脚不痛;烤烤腚,不生病。"这样,便能把病痛驱走了。在那里,有牛或羊的家庭,还会牵着它们一起跑,据称也能将其疾疫驱跑,使六畜兴旺。

第三类,求子嗣。这种习俗,如流行于北方的"送牛桩"与南方的"偷菜籽",都是通过这些活动,以求得生男孩续家庭香火。由于该内容较复杂,本文不便赘述,此略。但是,有些与驱百病同时举行的,如过去南京、北京两大都会的"爬城楼,踏太平"活动:一方面,它们只是用爬城楼代替"走百步"来健身驱病,目的是一样的。另一方面,在爬城楼结束后,有部分怀孕待育或未孕想育的妇女,还会悄悄地去抚摸城门上的铜钉,叫摸钉。因为"钉"与"丁"音同,而"丁"一般指男丁,即男性,可以继续家族"香烟(即后代)"。其实,这也是我国古代所谓"不孝有三,无后为大"的重男轻女观念,以及多子多福的传统思想的一种反映,不足为训。

36. 迎新春、过大年，传统习俗新编（十）

  二十五、驱祸害
  正月十七日，花灯渐阑珊。
  未雨先绸缪，驱鬼保平安。
  除害杀毒虫，农事祈丰年。

【编述】

  从前，随着官方规定的灯节，于正月十六结束，民间的花灯，也渐渐疏落（"阑珊"）起来。于是，人们便把主要精力，转向"驱鬼"除害的民俗活动，以迎接新一轮平安丰收年的到来。

  其中，最具代表的驱鬼习俗是流行于河北一带的"拉死鬼"活动。

  俗传，每当旧岁小年夜，人们把先祖的灵魂请回家一起过年时，总会有一些"孤魂野鬼"不"请"自来，而在新年正月十六日，人们把祖灵送归之后，"野鬼"又会"赖"着不走，骚扰百姓。

  正月十七晚，村民为了保护人畜安全，就会由一支灯笼队和锣鼓队开道，有人扮的两个"鬼差"，到野外的坟堆里找到一个也由人扮的戴高帽"死鬼"；接着，又拉着它，由"鬼差"押到村里，挨家挨户地去驱赶藏匿下来的"鬼魂"。最后，人们又跟随"鬼差""死鬼"一起，把"鬼魂"赶到由村民用柴火搭成的"篙篱山"，经一番审问，在一阵鞭炮声中，连"死鬼"戴的高帽子一起烧掉。仪式结束后，人们认为"野鬼"已经消灭，可保该村的人畜一岁平安。

  至于灭虫除害的习俗，在另一些地区则流行着一项名为"驱蛐蜒羯子日"活动：也在此夜，村民围住一堆熊熊燃烧的篝火。目睹着柴火烧成灰烬，然后大家用铁锹一锹一锹地把尚未完全熄灭的灰烬铲到坡洼或大路旁。一边铲，大伙还一边喊："送到大路旁，不再去害人！"意思是：把危害庄稼和人的蛐蜒、羯子等毒虫全烧死了，可以确保这年的人身安全和庄稼丰收。类似习俗，各地还有不少。虽名目不一，但均反映了古人在欢度节庆之余，居安思危、珍惜生命、期盼安宁、获得丰收的共同愿望。

> 二十六、落灯日
> 正月十八日，喜吃落灯面；
> 面条韧又长，幸福永绵延。
> 大年亦落幕，春耕在眼前……

【编述】

正月十八，俗称落灯日，这天是全国整个元宵灯会熄火收灯的日子。所谓"上灯圆子落灯面"，这天的习俗活动，主要有下面两项内容。

其一，落灯、收灯。内容是：这天不但不点灯了，而且白昼开始，便把各种灯具卸下来。材质贵、工艺好、易保存的，便收藏起来，待来年再用，其他统统集中起来，或各自烧毁。如最庞大、珍贵的龙灯，就将易褪色损坏的龙头、龙尾拆下焚化，布质、韧性、长幅易卷拢储存的，就集中到附近庙宇或其他公共场所收藏。

其实也有例外，例如，因为听大人说，这晚后，不许再玩兔子灯了，于是一当夜幕降临，顾不上吃晚餐便点燃兔子灯，拖着它到弄堂里去玩了。记得有一年，我刚把自己的大兔灯拖到前弄堂转弯，就被人家"吃兔子肉（被人用泥石丢中烧了起来）"了。待我拖回只剩下烧焦灯架，向爸妈哭诉时，他们竟说："别哭，是好事，明年再给你做只更大的兔灯！"

至于为何烧毁是好事，当我大了才知道。原来此夜是落灯日，火烧得愈大愈好，能烧走一年的疾病与霉运，使生活及运势红红火火。因此，这天有些地区还流行着孩子们互撞兔灯游戏撞得烧起来反而开心的习俗。

其二，吃落灯面。这夜，家家户户都要吃一顿以面条为主食的晚餐。寓意为：万事，"顺顺畅畅"；好运，"地久天长"；幸福，"绵延不断"。

讲究的人家，还要举办一个谢灯神的仪式。习俗是：收灯结束当夜，在坐北朝南的堂屋中间设一张八仙方桌，前端奉上香烛；其后，在东西两旁，供陈两大碗熟面条及两双竹筷。先由长辈率领，家人逐个谢过灯神后，全家才一起食用面条。

面条吃完，元宵灯会才彻底过完，春节过大年也至此完全落下了帷幕。

37.《迎新春、过大年，传统习俗新编》跋

一、点赞转藏，衷心感谢

从去岁腊月二十三"祭灶节"开始，至今年正月十八"落灯日"为止，本

新编（共十集，26篇）基本完成了原定的计划。其间，受到了众微友的关注、点赞、点评、转发、收藏及鼓励。有的还提出了宝贵建议。特在此，一并致以衷心的感谢！

二、偏颇谬误，谨致歉意

由于我国历史悠久、地大人广，有关春节的传统习俗数不胜数、又诸说纷纭，日期、内容亦互有参差，而本人则孤陋寡闻、手头资料匮乏，年迈目力不济，记忆也正在衰退。因此，新编中不仅内容挂一漏万，甚至知识及观点亦会偏颇谬误，谨在此由衷致歉！

三、管中窥豹，可见一斑

从本编所涉的内容来看，虽习俗筛之又筛、礼仪简之又简，但也不难发现，传承了数千年的我国春节是一个丰富多彩的吉庆佳期。它是中国人民生活的一部分，也是中国传统文化的一部分，更是中华民族凝聚力与创造力的集中表现。

它是我国独特的物质文明与精神文明相结合的宝贵遗产：它有年物，这时才有的物品；有年语，这时才有的话语；有年事，这时才有的事情；有年味，这时才有的氛围；有年信，这时才有的各种信仰，包括敬神、祭祖、祈福、驱灾、禁忌等民俗礼仪。可谓举世无双，高秀于全球民族文化之林！

四、文化遗产，亟须珍惜

庆幸此前，我国已把春节列为国家最重要的非物质文化遗产之一，也喜闻有人已向全国人大提出，要将此向联合国申报世界非物质文化重要遗产。但是，推动的力度还不够大、进展的速度也不够快。一定要吸取"端午节"已被韩国先于我国"抢注"成功的教训！更要注意：韩国与越南等也过起源于我国春节的国家，还正在觊觎"争抢"这笔文化遗产呢！

五、传承民俗，不容忽视

还应当看到：我国现在过春节年味越来越淡，尤其在大、中城市。据一些海外有华人集居地区的老人归国感慨：这儿的年味还不及他们那里。更值得警惕的是宝岛台湾，那儿的爱国台胞，过大年的热情及对习俗的尊重远远超过我们；相反，一部分"台独"分子，对篡改历史及"去中国化"举动亦愈演愈烈。

所谓"欲亡其国，必先去其文化、灭其历史"，而一个国家的民俗传统文化，正是凝聚国家意志、民众力量所不可或缺的重要载体！

六、与时俱进，因情制宜

由于我国古代是个以农为本的国家，先民经过春耕、夏管、秋收三个季节的辛勤、繁忙劳动，在冬藏这个相对农闲季节，利用迎新春、过大年的机会，集中近一个月的时间,来进行各种祭祀、贺年、庆祝等活动,作为休养生息、丰富物质文化生活,是非常有必要的。但是,连农村都在逐步向城市化发展,因此,要按部就班、逐日生搬硬套过去的习俗活动,不但没有必要,而且也没可能。我们应当结合现状,因情制宜,去芜存精,与时俱进,这样才能达到继承发展传统文化的目的。

七、寄望后辈,弘扬传统

愚已老矣!能做的,唯此而已!盼群内微友,尤其是后起之秀,能同心同德,挑起重担,进一步推动国人,为继承与弘扬祖国的民俗传统文化,尽自己一臂之力!倘克如此,中华幸甚,亦与愿足也!

2017年2月14日草
次日改于湖畔云庭

38. 诗词曲中三言格的艺术魄力

任何艺术的形成和发展,都从简单趋向复杂,诗歌也不例外。清人刘熙载在论诗时说过:"婴孩始言,唯'俞'而已,渐乃由一字以至多字。"然而现在人们一提起古代诗歌,就常常只说到四言诗、五言诗、七言诗及杂言诗,并分别以《诗经》、乐府、唐诗、宋词、元曲为例。这固然无可非议,不过对构成我国古代各种诗体句式基础的二言诗、三言诗,却往往被诗歌研究及爱好者所忽略,对三言诗的存在,除了某些诗话、词论中稍有只言片语涉及外,专门以它的特点作用与艺术魅力作为专题探讨的,尚未发现。因此,本文试结合修辞学习,对此发一端倪,以供大家进一步讨论和研究。

一、"三言兴于虞时"

先节录四段汉朝的三言诗《西极天马》:

天马徕,从西极,涉流沙,九夷服;
天马徕,出泉水,虎脊两,化若鬼;
天马徕,历无草,经千里,循东道;
天马徕,开远门,竦予角,逝昆仑。

这原是郊祀歌。歌中,不仅把汉武帝时从大宛国得来的汗血马("天马")刻画得如虎似鬼,出神入化("虎脊两"两句),而且将它从西域觅来之赫赫经历("涉流沙""出泉水""历无草"等句)也描述得淋漓尽致,以及人群集队经过明堂,载奔载驰地舞入宫殿,并恭敬地举杯庆祝的祭祀场面("竦予角"两句）都绘形绘神地摄录下来。如此漫长的路途，这样盛大的场面，作者能在短短的48字中就广泛全面地表现出来，这除了在写作中适当采取比喻、夸张、反复、排比等常用修辞手段外，和诗人紧扣题旨、情景，反复锤炼语言材料，使之浓缩成为简练至极的三言词组或三字句，更是分不开的。

《文心雕龙》中说："三言兴于虞时"，可见其发轫之古，而《文镜秘府论》又道："三言""失于至促"，这种纯三言诗，囿于诗句的字数容量而能组成可供选择的句法同义形式太少，在我国诗歌史上流传下来的不多。但是作为艺术，尤其是经过修辞提炼而高度概括了的三言词组或三字句，为了适应音律需要，已经形成了一种结合得非常紧密的格式——三言格。这种"三言格"，在特定的言语环境中，和其他多言诗句相间杂，在当时民间流行的歌谣里则显示了它特有的生命力。如讽刺汉文帝和他弟弟争位的《淮南民歌》："一尺布，好童童；一斗粟，饱蓬蓬。兄弟二人不相容。"前面四个三言格构成了两组对偶的比喻，形象生动，切合题旨，正是这首诗具备形象思维特征的关键所在。又如另一首儿歌《桓灵时童谣》："举秀才，不知书；举孝廉，父别居。寒素清白浊如泥，高第良将怯如黾。"与上例写法相反，其较形象的比喻虽在后两个七字句里，但那开门见山揭示题旨的前四句也都是"三言格"，它分别以两组强烈的对比，使讽刺更真实、尖锐、痛快、有力！

二、以少胜多、以简驭繁

"三言格"经过历代文人的竞相提炼，到后来的唐诗、宋词、元曲里就显得格外灵活多姿，更富有表现力。先看宋词，如岳飞的《满江红》里有"莫等闲……空悲切""靖康耻，犹未雪；臣子恨，何时灭"等句，用语明白如话，情调慷慨激烈。而陆游的《钗头凤》里，如"红酥手，黄藤酒""东风恶，欢情薄"以及"春如旧，人空瘦"，描绘秀艳清丽，设喻妥帖自然。这些三言格分别和原词中的一、四、五、六、七言等语句交错，不仅使原词的题旨情趣壮者益壮，艳者弥艳，而且吟咏时一跌三宕，或犹战鼓，或类丝竹，抑扬顿挫，分外有味。

至于唐诗中"三言格"的运用，则又是一种情况。它主要是融化在五、七言诗的诗句结构内部，形成了近体诗的一般节奏。五言如元稹的《行宫》："寥落古行宫（偏正），宫花寂寞红（联合），白头宫女在（主谓），闲坐说玄宗（动宾）。"七言像杜牧的《寄扬州韩绰判官》："青山隐隐水迢迢（主谓），秋尽江南草未凋（主谓），二十四桥明月夜（偏正），玉人何处教吹箫（动宾）。"王力先生在《诗词格律》中讲："五字句和七字句都可以分为两个较大的节奏单位：五字句分为二三，七字句分为四三。这样不但把三字尾看成一个整体，三字尾以外的部分也看成一个整体。"这里，王老先生所说的"三字尾"，就是我所谓的"三言格"。由此可见，"三言格"对唐代格律诗节奏的形成，具有何等重要的作用。不仅如此，"三言格"的修辞作用对诗歌的内容还有着以少胜多之妙。如《艺概》中还举例指出："五言上二字下三字，足当四言两句，如'终日不成章'之于'终日七襄，不成报章'是也。七言上四字下三字，足当五言两句，如'明月皎皎照我床'之于'明月何皎皎，照我罗床帏'是也。"这更可看出三言格以简驭繁的修辞效果。

三、修辞凸显艺术魅力

元曲在形成和发展过程中受到唐诗宋词的很大影响，而又有自己的鲜明特点，所以"三言格"在元曲中的应用，更可谓熔唐诗宋词及自己特色于一炉。最典型的如关汉卿著名套数《南吕·一枝花》中"不伏老"的一曲尾声："我是个蒸不烂煮不熟捶不扁炒不爆响珰珰一粒铜豌豆，凭子弟每谁教你钻入他锄不断斫不下解不开顿不脱慢腾腾千层锦套头。我玩的是梁园月，饮的是东京酒，赏的是洛阳花，攀的是章台柳。我也会吟诗，会篆籀，会弹丝，会品竹；我也会唱鹧鸪，舞垂手；会打围，会蹴鞠；会围棋，会双陆。你便是落了我牙，歪了我口，瘸了我腿，折了我手，天赐与我这几般儿歹症候，尚兀自不肯休。则除是阎王亲自唤，神鬼自来勾，三魂归地府，七魄丧冥幽。天哪，那其间才不向烟花路儿上走！"这支曲子虽仅由六个句子构成，但在节奏上却一气使用了53个三言格（有的是独立三言格，有的是融化在句中的三言格）。此外，它还借助比喻、借代、夸张、排比等修辞手段，把一个多才多艺的封建社会知识分子，在元蒙黑暗统治下宁愿堕身烟花、沉湎声色，不愿跟当时统治阶级同流合污的倔强性格和反抗心理刻画得入木三分。尤其是将整章里分句与分句的排比，以及分句内词组与词组的排比跟三言格的节奏和谐地交融为一体，更增强了此曲的艺术感染力。从而形成了一种既有元曲共性、又有作者独特个性的蕴藉倜傥风格。这在唐宋诗词中是没有先例的。

综上所述，这种源远流长的三言格，不仅是古老三言诗的唯一句式，而且是构成我国其他各类诗体句式的重要基础。它的修辞效果主要是：言简意赅，以少胜多；形成节奏，制造旋律；易诵宜记，便于流传。掌握了这些知识，不仅对欣赏和研究古代诗歌有很大帮助，而且对推陈出新、古为今用，创造出更多既符合我们民族传统、又具有时代特点的新诗体也是有一定启发作用的。

【后记】20世纪80年代初，我在青岛参加了一期由华东修辞学会举办的修辞讲习班。这就是我在当时写的结业论文，原题为《谈谈诗词曲中的三言格》。

此文，当即受到学会副会长郑远汉和林文金教授的赏识，除介绍我正式加入该学会外，还将其推荐到学会下属的内刊——浙江省台州师专学报上发表交流。21世纪初，我曾把此文试投到上海《新民晚报》，终被录用，且以近三分之二版面，配本人在某次讲学时的隐形半身照一起问世，幸与荣焉。刊出时，应晚报编辑要求，才改为本题。

三年前，由于迁居芦墟，搬家时报刊均已散佚。最近因汇编本集丛时，忽然想起了此文，于是在百度网上搜索，居然分别于2007年6月4日、2011年7月8日、2012年4月24日的"新浪博客"中，有博主全文或部分转载了拙作，遂请学子打印出来，辑入本集丛以志留念。

与此同时，又忆及当年恩师林文金教授读了本文后，曾语重心长地对我说："有关现代汉语中的'四言格'，原燕京大学校长、著名语言学家陆志韦先生，在五十年代发表过权威性的研究论文。至于'三言格'，现在似尚无人提及，你如能在现代文学作品、典范论文，以及日常口语中广泛收集材料，写一篇现代汉语中的'三言格'研究论文，也许能填补空白，或至少会有一定建树。"

其后，我虽找来了陆先生的原著研读，也收集了一定数量的"三言格"材料做准备，旋因当时教学太忙，又因抄录素材的工程量太大，就不了了之。惜哉！憾乎！

在这次网上搜索本文时发现：仅2006年以来，有关"三言格"研究的文献就达2160多宗。这既可见林恩师的学术远见，也是对他在天之灵的一种安抚。

39. 云庭"集"序

时值丁酉上巳，地处吴江芦墟。是日，云遮雾罩，阴雨连绵，时疏时密。趁歇间，上云庭漫步。沿农家乐，踏卵石路，西行抵隔山墙止。左顾，李花抱团簇拥，色如雪，缀于绿叶间，星星点点。旋于原径返，折向北，迂回入洋观园。经葡萄架，右盼，睹桃红于秃枝上，沾霖欲滴；花虽稀，亦可怜可爱。兴诗意，得七绝一首；并补拍桃李照，各数帧，一并发于网上。

顷之，孰料有昔日门生，络绎自申沪、屯溪等地发来和作；余亦即逐一奉复，往返数通，凡十余首。此刻，忽忆及：上巳，乃古之修禊日，文人有曲水流觞，吟咏唱酬之举；盖书圣《兰亭集序》，有所述也。

较之：其参与者，均贤才名士，或出自豪门；而吾等唯粗通文墨，尽草民也。其诗，皆阳春白雪，曲高和寡；而吾等，咸下里巴人，市井能哼也。然则

235

雅俗立判，何以复饶舌耶？

夫兰亭，仅一私园耳。垣墙外，虽有"崇山峻岭，茂林修竹，急湍清流"；然聚此与会者，受围壁所囿，视野窄，且各咏所自，少有交集。惜乎？而今之云庭，虽逼仄简陋，然以此为核，唱和者各居一方，天地宽，且歌吟有旨，心领神会。不亦乐乎！

至若云庭，位滨汾湖支泊，属太湖水系。向西上溯，经姑苏南折，历运河至武林；遂沿新安江，可连皖黄山屯溪。而往东，经太浦河，连吴淞江，至末段苏州河口入海，更可与诸大洋相通。巍乎壮哉！

此番唱和者，涉苏、沪、皖三地；而点评加赞者，除境内外，尚有日、澳、加、美、德五国，皆可由水道及空中通耳！

或曰："尔曹皆未走上路，更无会面，何兜此圈为？"吾云："心相连，诗传情，微信作伐，瞬息如晤也。"

嗟夫！人之相与，虽共聚一会，多貌合神离；并居一室，或同床异梦。反之，若灵台相守，志趣与共；纵山水相阻、岁月互隔，犹可通耳。信乎？今逐一辑录，是日吾与学子唱酬之作；虽稚嫩，然情真，殊堪珍也。冀读之者，亦克从中感受：园丁与桃李之深情厚谊，虽时地不可阻也！是为序。

丁酉年上巳日午夜，草于湖畔云庭；清明节次日改

下附该日唱和原诗

丁酉上巳日云庭即景①
乾坤

寒食未至雨纷纷，②红妹沾霖益美嗔，③
雪仔抱团羞涩涩，如宾相敬不争春。

【注】①上巳日，每年农历三月初三。

②寒食：即寒食节，是战国晋文公为纪念流亡时忠心耿耿的伴臣介子堆而立。因时在清明前一或二日，从唐朝起，把它并入清明，合为一节。

③红妹，喻桃花；下句中"雪仔"，喻李花。美嗔，嗔，音 chēn，原义为不满或发怒，但与"美"结合，义转为"美而娇嗔"，则更好看了。

读上巳即景有感
张治华

甘霖滋润桃李芬，一年四季在于春。
知青首白耘不歇，馥郁老酒格外醇。

和治华
乾坤

打浦桃李竞芳芬,昔日屈树又逢春;
老当益壮享余福,师生情谊分外醇。

读先生和诗又感
张治华

古稀先生花甲生,难忘当年情谊深。
微信群里续国学,补补如今虚弱身。

再和治华
乾坤

枉为教师屈作生,"文革"乱世荒芜深;
老来秉烛尚不迟,养生修性兼健身。

红梅雪仔念园丁
居海涛

红妹雪仔喻桃李,缤纷四溢念园丁;
云庭悠然载自得,采菊东篱客乡情。

复海涛
乾坤

海涛吟咏有水平,多谢尚念老园丁。
采菊东篱本吾愿,悠然自乐居云庭。

读"桃李不争春"
虚静

二十里桃上云昆,半山遍李浦江魂。
桃李互不争春花,互映互衬伴天尊。

次韵复虚静
乾坤
生师亦可谓仲昆，身处异地梦牵魂。
园丁桃李互相依，彼此感恩谢天尊。

云庭赤子情
宋金祥
幸甚先生有云庭，红白已绽绿草兴。
纵是体衰不远出，老境斑斓赤子情。

步韵复小宋门生
乾坤
丁酉上巳耽云庭，山民金祥起雅兴；
雨中飞觞至屯溪，曲江传来一片情。

再读先生和诗后感
张治华
云庭桃李怀壮志，庭外梅花已下枝。
浦江江水通四海，四海弟子祝大吉！

次韵三复治华
乾坤
历届知青凌云志，苦尽甘来花满枝。
汾湖浦江水连水，天下桃李共安吉！

40. "四乐簃"命名小记

"湖畔云庭"，吾赋闲后养生之乐园也。虽佳，然缺失亦显：其一风大，别谓隆冬；纵暮秋早春，犹难长驻。其二，处小高层顶端，且露天；毋云观雨赏景，仅歇脚，也受囿甚多，况间或尚须打理、劳作焉。

早前，虽于院内建有"感恩亭"，可避小雨，然稍大，斜珠便会随风侵入，不宜久坐。又尝筑"两宜轩"，可避大风，然更以逼仄未设座，无从休憩。尤其高处屋顶，东北季风多，稍猛，庭院内大多栽种，亦会受巨细不等损失，而一旦罹台风，则可惨矣！至若东南隅之"醉目池"，因露天尘土飞扬，亦易致过滤泵堵塞，殃及池中锦鲤！

日前，在庭院东南端盖一占地约17平方米阳光房。其益为：冬，可在其中躲风、孵阳、取暖；雨，又宜闲坐其间品烟、啜茗、赏雨景。且醉目池亦已全置内中，无尘土入袭之忧，锦鳞均受其荫矣！犹缘该屋狭长，南北达6米，层高7尺有余；可略挡东西向之穿堂风，则庭中所栽果木瓜蔬，亦可少遭殃耳。

嘻！总上：盖人、鱼、果、蔬，四方皆克受益；故颜其名曰"四乐簃"，不亦宜乎？兹并占小诗一首，以志：

东南西北顶透明，春夏秋冬咸适宜。
除却黑夜总有光，挡风遮雨莫求乩。
人鱼果蔬皆得福，颜其名谓四乐簃。

2014年10月25日识
2017年10月15日改

41. 龙门书院究竟创立于何年

——为纪念上海中学传统的150华诞而作

一、传统的"1867说"

所谓"1867说"，指上海中学前身——龙门书院，创立于清同治六年，即公元1867年。

1967年，其百岁华诞，由于正值"文革"被张春桥下令停办期，而1977年110周龄时，又尚未恢复；因此，到了1987年10月17日，古老而年青的上海中学经历了两个甲子的风风雨雨，终于迎来了120周岁庆典。

是年春，学校为庆祝这一神圣日子，筹备编一本纪念册。我受主编方启敖校长聘请，任此册的主要文字编辑，又蒙该集顾问、叶克平名誉校长推荐，写一篇《本校简史》，刊载在纪念册上。

为此，我曾在搜寻有关资料时发现：上中前身——龙门书院的"倡设人"，是丁日昌，时在清同治四年，即公元1865年。此刻我想：上中校史，似乎可延长两年，诚然，我校今年若搞校庆，便是122周年纪念了。遂将此情，向当时责任编辑冯德康老师与主编方校长汇报。老方认为此事重大，决定齐去向顾问叶老校长请示。当我汇报完情况后，叶公语重心长地讲了如下两点（大意）。

其一，校史的长短，虽能反映出一所学校的历史积淀与文化底蕴，但并非衡量一所学校高低好坏的主要标准，因此要把精力放在办好学校及编好这本纪念册上，而不要为是否能延长一或两年校龄，去多花心思。

其二，一所学校的校庆活动安排是很郑重的事，尤其像我们这类百年老校的诞生日，除非有十分确凿的新见史证，或非常重要的特殊情况，否则不要标新立异，去擅自改动过去的传统规定。

有鉴于此，老方当即决定：今年的校庆活动及编纪念册事，按原计划办。我奉命而写的《本校简史》（后刊于该纪念册的第6页），当然也采用了传统的同治六年、即1867年，为上中的创立年。

十年后，上中130周年校庆时，由唐盛昌校长任主编审，冯德康老师仍参与编委的该届《纪念册》中，仍沿袭了传统的"1867说"。如唐校长在该册《校长献辞》的开篇就说："上海中学诞生于1867年"（见此册第8页）。接着，在同册第10页上，一篇题为《历史的回顾——"上海中学"简史》，对此做了进一步阐述。

值得注意的是，当时任国家教委主任的朱开轩，这年代表我国最高教育领导机构，向上中发来贺信的第一句："即将来临的1997年10月17日，是上海中学校庆130周年纪念日。"由于朱主任是中华人民共和国诞生前后，在上中高中部就读了近三年的老校友，他不仅对老上中的校情、校风等优良传统，有深切的感性体会，而且对上中的滥觞起源、悠久校史也有高屋建瓴的理性认识。因此，这无疑是对"1867说"最明白的肯定与确认，并非仅仅是一般的时间表述。

二、现行的"1865说"

所谓"1865说"，指清同治四年，即公元1865年，是上海中学前身龙门书院的创立年。

随着"1867说"的执着践行人和权威捍卫者、著名老教育家、上中终身名誉校长叶公克平于2000年溘然长逝，同我一起亲聆过叶公对此教诲的原方启敖校长及两次参与编辑坚持"1867说"校庆纪念册的冯德康先生先后调离上中，我也于2004年正式办理退休手续，在上中140周年校庆时，突然提前在2005年举行。该届校庆，由于我未接到通知而没去参加，手头也无资料保存，但从举办的年份看，这应当是"1865说"的发端。

2015年10月17日，盛况空前的上中150周年校庆时，我不仅收到新领导冯志刚校长和王辉党委书记亲署的出席请柬，还被安排在主席台前，嘉宾席首排偏中的位置入座。对此我深表感谢，并写了藏头诗，表示祝贺及留念。但是，为何要把上中校庆改在这年，会上并未听到解说，于是，回家后就仔细阅读了该届校庆特制的三大本集子。其中有关创立年的说法如次：

（1）《校庆纪念册》17页说："清同治四年（1865年），时任苏松太道兵备丁日昌（字雨生）……捐银倡设龙门书院。"

（2）《图说上中》第5页说："龙门书院由当时（1865年）苏松太道丁日昌捐银创办。"

（3）《史品上中》第2页说："1865年，即同治四年，苏松太道（今俗称上海道台，是上海开埠后清政府设立的沪上最高官员）丁日昌，创设龙门书院于南园，并捐银一千两作为办学经费。"

三册基本上由同一个编委会在同一时间发行，目的同为纪念上中150周年校庆而编撰的集子，仅就为了将该届校庆提前两年奠定基石，一会儿用"倡设"、一会儿用"创办"、一会儿又用"创设"，来诠释丁日昌在龙门书院的祖始地位。可见"1985说"的倡导者本身，也是举棋不定、底气不足的。

三、谁是龙门书院创设人

通过以上介绍，已经清楚："1985说"之所以强行代替"1987说"，并付诸实践；其基石，就是丁日昌"倡设"或"创办"或"创设"龙门书院，时在清同治四年，即公元1865年。

那此说能否成立呢？试述之：

（一）从"倡设、创设、创办"说起

"倡设"，即首先提出设置或设立；"创设"，即首先设置或设立；"创办"，即办事业的最初步骤，通常指策划方案，并为它准备基金。那么，丁日昌是否龙门书院的"创设"，即首先设立人呢？

（二）丁日昌不是龙门书院创设人

（1）据《还读斋·龙门书院》转引的史料记载：1865年前后，丁日昌"一面大力整饬社会风习"，一面"谕董修文庙"，议"创设龙门书院""由是沪上绅士倡议捐资，就城南也是园添设龙门书院一所"。从中看出：①丁日昌仅是建议"创设龙门书院"者，而非"创设"人。

②筹办龙门书院的经费，是地方绅士为响应丁的建议而进一步"倡议"募集起来的，并非前"三大集"中所谓，是丁一人"捐银"之力。

③即使是丁带头捐银，加上申沪绅士的集资，从而办成的书院，也仅仅是"民办（私立）"，而非"官办（公立）"！

（2）据《上海地方志·1841—1890上海道台兼任海关监管人员名录》登载：丁日昌任上海道台的时间是，同治三年（1864年）6月至同治四年（1865

年）6月。另如前述：他在同治四年上半年建议创设龙门书院，要在这最多半年内建成是不可能的。

（3）另据《丁日昌年谱》记录：丁在丰顺创建了蓝田、鹏湖书院，还先后募款扩建了金山、韩山、榕江等书院，就是未提及"创设"龙门书院一笔。这也可旁证，他对于龙门书院的作用至多仅限于"倡议"和"捐银"而已。

（三）应宝时才是龙门书院创设并建立人

（1）应宝时，主持了创设龙门书院的全过程。据史料记载：①主持招收学生：应于1865年7月2日到任，9月1日即亲自开了三道策题（类今招生考试题），并告示苏州、松江、太仓的举人、贡生、童生，于一月内，呈交答卷。10月上旬，从290份答卷中，经过严格考评甄选，确定了20名录取学生。但录取者多以"馆务"忙推辞，应又告示，扩大到从本地及周围州县有意愿者中补额。结果先后招收到10余名合格者，完成了龙门书院的第一期招生任务。

②主持聘请山长（类似现校长）：当学生基本落实后，应宝时先后于1865年10月，聘请浙江平湖顾广誉；1866年，聘请湖北兴国万斛泉；1867年，聘请江苏兴化刘熙载为山长；解决了书院草创时期的管理及师资问题。

③支持制定课程约：在应的支持下，1866年，万斛泉制定了《上海龙门书院管理条约》；1867年后，刘熙载制定了《课程六则》。前者，着重于管理教育；后者，规定了课程教学原则。

④主持兴建办学地点：1867年4月24日，应宝时拨库银（这与私人"捐银"不同，是"官办"的重要标志）一万两，选址李氏吾园兴建书院，有讲堂、校舍凡41间；于当年10月17日（即今校庆日的由来）落成，并把原借址蕊珠书院就读的学生，迁来此开学。至此，一所学校的规模体制几乎全完备了。

（2）晚清史料，可证明应宝时是龙门书院创设建成人。①1870年3月，江苏嘉定县宋书卿，在《申报》刊登的《上海龙门书院规条小引》中说："沪城书院凡有二：一曰敬业，一曰蕊珠……同治丙寅，应观察（应宝时）又创建一书院，曰龙门。"②1905年，《苏松太道请将上海龙门书院改为初级师范学校并批》的批文中说："敬禀者，窃据上海学务董事、举人姚文枬等禀称，龙门书院创自应前升道（应宝时）。"

按：这两则是证明应宝时为龙门书院创立者的重要原始史证。因为①中的宋书卿，是当时活跃于报业与文教界之间非常有影响文人，而撰此"条引"并见报时，离应创立龙门仅三年时间。

②则是当时的官方批文。其中提出报批的姚文枬（子让），不仅是其时上海学务董事，而且是最熟悉龙门书院来龙去脉的该院第一期优秀生。

（3）同时代国外学者，已知应宝时是龙门书院创设人。1884年6月，日本著名汉学家冈千仞访问清国，曾两次与上海书院学子交流对话，并把交流情况以"笔话"形式，发回日本报刊发表。在提到龙门书院时介绍："书院本李氏家园，应敏斋（宝时）为道台时买为书院，以待四方士子。"他"创（龙门）书院，聘致融斋（即刘熙载）督学政"。

四、创立年月日的确定

通过以上辨析，孰是孰非，应已相当清楚；但回顾1987年，为了撰写《本校简史》时，我也曾因发现过一则"同治四年，丁日昌倡设龙门书院"的记载，误以为该年是上中的创立年了。总观前述"1865说"的立论，犯的似乎属同一失误。因此，有必要进一步厘清：一个机构，创立年、月、日的确定，应以什么为凭？

（一）循名责实，遵照惯例

举凡机构，无论大小，只要是正宗、正规、正式的组织或单位，其创设惯例，至少有三个阶段或步骤：①倡议、发起；②筹备、试办；③成立或建立。其创立年、月、日的确定，通常均以第三阶段为准。

（1）"联合国"：①1942年1月1日，26个同盟国发表《联合国家宣言》，"倡议"成立美总统罗斯福取名的"联合国"国际机构。

②1942年至1944年，由美英苏中等国，每年一或二次会商"筹备"。

③1945年10月24日，50个国家代表在联合国成立大会上通过《联合国宪章》后，并经大多数国家签字生效时，才确定正式"成立"。其后的周年纪念活动，也均从该日算起的。

（2）中华人民共和国：①1945年4月24日，毛泽东在《论联合政府》中首先"倡议"建立一个"独立、自由、民主和统一"的新中国。

②1949年6月15日至19日，召开新政协第一次筹委会，对成立新中国做具体"筹备"。

③1949年10月1日，向全世界宣告中华人民共和国正式成立。此后的每年庆祝活动，也均是以此为起点计算的。

（3）再举个通俗例子：①倡议：一对夫妻，其中一位提出次年要生个孩子。

②筹备：另一位同意后，便受孕、怀胎，有的连名字也已取好，还买了些新生儿必需的用品，联系好了产院。

③成立：十个月后，终于分娩生下孩子。那么，该孩子的诞生日是哪天？年龄，从何年月日算起？更是昭然若揭了。

因此，对上中的创立，"现行1985说"的倡导者，把丁日昌"倡议"办龙门书院的年份,当作上中实际"创立"的起始年,实在有违惯例。

(二)张冠李戴,移花接木

况且,以上做法中还存在一个悖论,即传统的"1987说",之所以把10月17日定为上中的生日,是因为应宝时兴建的龙门书院乃1867年10月17日竣工落成之日,也是龙门规制最终完备之时,更是书院正式成立的标志。如今倡导"1985说"者,一方面为弥合丁"创设"龙门的需要,把传统的"1867说"提前两年;另一方面又袭用"1987说"的10月17日作为具体生日。殊不知丁倡议设立龙门时是在1865年的上半年,而生日却放在下半年他早已离沪的10月17日。如此方枘圆凿的硬装榫头,倘丁老先生泉下有知,恐也不会接受的吧!

五、正本清源,犹为未迟

综前所述,按照传统:今年10月17日,才是上海中学150周岁的正宗纪念日。拟请上中新领导重新举办一次庆祝活动吗?既不现实,也无必要。平心而论,两年前以此为名举行的那次"校庆",撇开年份有误而令人遗憾外,办得还是相当成功。今撰此文目的,主要有下几点。

(一)正本清源,还原校史

古老而年青的上海中学,其创设、发展、变迁、浴火、涅槃、创新、辉煌的经历,与我国近、现代教育史有着同命运、共呼吸的关系。对于这样一所"全国一流,国际知名"的经典学府,中华人民共和国成立后,举办过四次主要校庆活动:前两次奉行"传统的1867说",后两次采用"现行的1865说",究竟孰正孰误,特将本人的观察奉上。至于能否起到正本清源的作用,期大家辨别后,择善而从之。

(二)广开耳路,察纳雅言

个人或各年、班级,今后要组织纪念母校的校庆活动,读了本文后可悉听尊便,但要筹办全校性的集会庆祝活动,则非上中新领导出面不可。因此,本人诚盼冯校长和王党委书记能广开耳路,察纳雅言,知误则正,皆大欢喜。即在下一届上中155或160周年校庆时认宗归祖,采用"传统的1867说"。当然,倘若新领导依然认为"现行的1865说"有理,则请组织班子拿出新证,或说明令人信服的特殊原因。所谓"朝闻道夕死可矣",我也不会良言逆耳、固执己见的。

(三)告慰双公,世代铭记

晚清丁日昌先生,任苏松太道兵备仅一年,后半年,除主务外,犹倡议设立龙门书院,不久虽因公离沪,仍功不可没,应当铭记。应宝时先生筚路蓝缕,穷三年之力,创立了龙门书院,更功高盖丁,上中人尤应感恩告慰,世代铭记。

叶公克平，是中华人民共和国成立后服务上中时间最长的老校长。他"一身正气，两袖清风"的崇高品德，令人仰止；他继承传统、重创辉煌的教育思想及业绩，永垂上中史册；他实事求是、执着奉行并坚定捍卫上中校史"传统1867说"的实践及精神，激励我即将完成此文。在收笔之前，请所有沐浴过上中教诲之恩的莘莘学子，与我一起在此告慰与遥祝：应、叶二公的在天之灵，含笑永宁！

（四）量体制衣，敬请匡正

真相总是赤身露体、从不藏拙掩羞，也不显摆弄姿、招摇过市，但历史往往为文明人所利用，按自己意愿对它打扮装点。我也喜欢历史，但总想穷尽根源，还其真相，或至少为之量体，裁制一套尽可能贴身的衣衫，不求华丽。无奈今客居异乡小镇，资料奇缺，又年迈体弱，笔力也大不如前，故文中难免有疏漏失实或表述不清之处。诚盼各届龙门后裔、及对上中与我国近现代教育史有兴趣的专家学者、社会贤达，不吝拨冗补遗弥缝、指谬匡正。谢谢！

2017年8月15日
于苏州吴江湖畔云庭

42. 四秩生日纪事

己未三月既望，为余卅九岁生日。

古曰生辰大事，逢十犹为关捩，余往昔却未系诸心怀；然历经尘海，世事浮沉，岁月荏苒，沧桑多变，遂于命运一道，渐渐兴"不可不信，不可全信"之感。旋又闻俗有"做九不做十"之说，窃尝一一验之往事：则九龄未做，束发后家道中落；十九未做，弱冠后双亲仙逝；廿九未做，而立之年非独不立，且几被诬陷为逆障于莫须有耳！盖余仅数其大者而言之，若穷究个中之原委曲折，更不胜枚举者焉！

于是入羊年以来，余便有与同年莫逆交正民朱君同做"八秩合寿"之念，且邀之多次互商；以渠生日在孟秋，而余值季春，遂折中拟以仲夏望日为期。故今春生日时，余单独先偕妻于近庐小铺食面以度；然入夏以还，却缘公私繁忙，竟将联寿之期忘却矣。

五月既望，余应约与谢、王、陈、柳四老品茗于淮海茶室。啜叙中诸公忽聊及年齿；王师问余："四秩有否？"余则以"卅九"相告。谢老云："是当为尔祝寿矣！"陈老道："做九不做十；应于年内举之，寿期则不论时日。"而王老则又以"四秩不做，五秩不发"谑之。吾满以为戏言耳！

不道五日后竟获谢老请柬。柬云：为祝余"四秩大寿"，特约就"十位老友"，定本周末假座邑庙无锡饭店，公请余"共谋一醉"。

嘻！古时王、谢尝以大族并称，余窃思此举定为王、谢二公主谋，颇以为荣；然事虽可喜，岂有长者为后辈做寿之理邪？故怀抱既惶且悦之情，于翌日夕奔东山书屋，向谢老坚辞，弗许。然则，余乃连夜就铺购糖、分袋充"寿桃"；次晨，又趋理发室，端容以庄敬。宴前，更返庐小憩半时辰，致定神以待。

今宵燕聚，参与者多前海上名公，艺苑文坛耆宿。依寿次而坐：以弘一上人之弟子、丰子恺居士大师兄、山水画家渭源周公（82岁）为首席；其次有政坛、学界元老沈钧儒先贤下属、前杭州人民法院院长、法学老教授俊杰方公（78岁）；民革元老、和平使者邵力子先贤高足、前南京文化一院图书馆馆长、现上海语文学会会员兰轩谢公（72岁）；胡适之博士门生、今五届人大法案委员会副主任史良、沙千里同门、前名律师寿安王公（72岁）；前四明银行董事瑞昌盛公（72岁）；民国"大风堂画派"创始人张善孖，张大千昆仲的弟子、以绘虎为艺林赞赏之河间画家王华先生（70岁）；今书画界前辈推许之佳士志强陈公（70岁）；余少时私淑之良师郁公江澄（68岁）；擅长实践教学之民间书法家姚青云先生（63岁）；以业余熟谱书画之能手、收藏家谢冷梅先生（55岁）。唯甬江大画家渔笙柳公之令子昔卿画师，以通知有误而未至可怅尔。

席前，陈老先展示书画家、原西安艺专校长、八法老人李丁陇公（72岁）书赠之墨宝《仁者寿》壹帧，代贺；法书运笔苍劲，寄意良深，顿使全席生辉。谢公则代当时最负盛名的书法家任政先生，书赠《冀不惑》条幅作为贺礼；其款格、大小、字数，与前全同，一草一行，珠联璧合，诚难能可贵。姚青云先生亦以挺秀之魏碑书王之涣《登鹳雀楼》壹幅惠赠，颇含勖勉之思。此前周公渭源尝有书画扇面正背两页，王华先生有丹青《猛虎》壹幅惠赐。余均一一沐手敬纳，并奉为珍璧也。

嗟乎！朱门半庐，久已式微；区区乾坤，有何德才；而今日居然名士满座，称觞欢叙。余当日省吾身：纵三十既破，不复泄气；四秩在望，不惑有冀；奋起今朝，矢志不移。日后如有破囊脱颖之时，则不忘今宵之忘年情真，师辈爱余之殷也。爰赋七律一章述怀，并以告慰先灵，恭荐轩辕，兼谢十老抬举之盛耳。诗云：

    朱门赫赫竞春晖，传至吾侪渐式微；
    三十功名惭未立，百千桃李喜雄飞；
    鹏程事业惊新进，鸡肋文章觉旧非；

感谢香山随杖履，春风厚谊敬佩韦。

时在己未仲夏，夏至前六日，子夜于未半庐灯下，浙江鄞县朱乾坤谨志。

43. 七六生日感言：关于汇编拙作美意致诸微友

韶华似风，岁月如流；风催流奔，转眼间，又到了自己的生日。

回首六年前的生辰，由学子莉珠、锦荣、静波、张伟、雅春、孝国、玉芳、伟民等牵头，组织了打浦中学70多位门生，在沪上新开元酒楼为我庆祝。席间走犴传觞，欢声笑语鼎沸；盛况犹萦耳闪目，不胜激奋！

当时，因事前得知较晚，仅赋小词一首，匆匆赶制卡片一帧印发，作为答谢留念，亦甚感愧赧……

日前，在"桃李天下"微信群里，又读到莉珠建议：拟汇编我的全部诗歌，辑成文集，以为我80诞辰时庆生，并获得了伟民、秋水的赞同。随即，丰和君又重发了刊有拙小诗的上海《新民晚报》清样，以行动支持；另有微友，还在单聊中提出具体意见。真是倍觉荣幸，感慨系之，并谢复如次。

一、编文集，没必要

我已发表过的文章，总字数虽已超过500万，但多是以中学师生为对象的助教普及读物；主编、编写的多，学术性的专著少，而且都已公开出版，故要编文集，是没有必要的。

二、诗文选，曾考虑

至于把一些未公开发表过的原创诗文及虽已公开出版但尚有学术价值或纪念意义的文章汇总起来，编成选集，留给后代或分赠微友，以作纪念。我倒确有过此设想，不妨一试。

三、80岁，似太晚

今我76岁了，虽心态不错，脑也尚管用，但毕竟已老迈，且曾犯过两次轻微脑梗。所谓"天有不测风云，人有旦夕祸福"，倘若要到80岁前才完成此愿，恐时不我待矣！因此，我想把此设想，提前付诸实施。

四、拟喜寿，冲冲喜

人皆有高寿之思，我何尝不是？但考虑到上述因素，我想：如果自己80岁还健在，一定要好好操办一次寿宴，请大家光临，但汇编"诗文选"一事，我拟在明年生日前完成。因为77岁生辰，古人又别称"喜寿"，不仅可借此冲喜，而且根据身体状况，自感这一年该还有精力操作。但愿此不会化成泡影吧！

五、尚有难，请协助

（1）据我所知：这种纪念性的集子，即使自费出版，因我熟悉的出版界朋友也都已离退，如辗转请托，不如求助微友。

（2）如果自己操作，因我从未接触过电脑，连把手机中的资料转拷到电脑（U盘）都不会，再要进行图文编辑设计、打印，就更无奈了。因此，不知群中有无微友，可助一臂之力，得以玉成。至于经费，只要不特别大，我是可以承担的。"陈"舟侧畔千帆过，"老"树前头万木春。值此76岁生日之际，我谨以此心语吐露给各位微友，祝大家身心康泰、家庭幸福、万事如意！

丙申年蚕月既望于湖畔云庭

44. 为儿凯南取名小识

《诗·邶风》有《凯风》篇，录如次：

　　凯风自南，吹彼棘心，棘心夭夭，母氏劬劳。
　　凯风自南，吹彼棘薪，母氏圣善，我无令人。
　　爰有寒泉，在浚之下，有子七人，母氏劳苦。
　　睍睆黄鸟，载好其音，有子七人，莫慰母心。

盖咏吟竖子感恩母亲抚育，自责莫能安慰母心之诗也。自顾余幼时初诵是诗，唯能歌其字句，不晓寄意何为。待入大学文科以还，虽能勉解词文，亦尝动容多时，然终以切身经验或缺，故久之复渐忘却矣。

寅正既望，予亲得子，睹妻为之受苦之状，岳母为之操劳之景，不禁感慨万千，浮想联翩，复忆及是诗。

诗中"凯风"即和风，喻母亲也；"棘心""棘薪"皆喻儿子。取儿名"凯南"，乃首句"凯风自南"之节缩，借以慰妻之生养痛苦，谢岳母之抚育精心，并遥告九泉下生予之先慈耳！冀南儿长成后亦莫忘此。

乾坤于甲寅年正月雨前。是为识。

【附南儿周岁留念藏头诗一首】

　　我得骄子在甲寅，
　　儿辈做过做父亲。
　　凯歌高唱斜阳中，
　　南风轻吹柳树荫。
　　周周自勉无懒汉，

岁岁向学有心人。

留得残春荐日月，

念念不忘育菁英。

乙卯年正月既望

45. 喜获《心经》谢甘兄

《心经》，全称《摩诃般若波罗蜜多心经》，是佛经中字数最少、含义最深、影响最大、传奇最多的一部经典著作。它与《金刚经》一样，在社会上广泛流传、影响极大。我虽早知该经的存在与伟大，赋闲后也曾多次崇读，惜不得入其门。愧甚！

甘桁（1939— ），广东中山人。号石子，斋名石止居、睛楼、瓦室，教师、编审、印人。曾任上海市民主促进会文艺委员，现为上海民建书画院顾问、棠柏印社副社长。桁兄，是我大学时旧窗、学长。就读时，即受眉翁陈子彝教授青睐，随学文字学及篆刻。其时，曾为我治"释此当在就木之时也"藏书章一方，旁侧，尚有篆刻大家单孝天先生指导、示范的边款。20 世纪 80 年代起，又师从海上名宿朱孔阳前辈治金石学及书画，艺事精进，为联铢阁入室弟子。

甘学长，盛期以篆刻著称，曾为赵朴初、刘海粟、唐云、程十发等大师治印，彼等对其评价甚高，赵、唐等公亦均有书画回赠。我，则曾获其更多早期原创之印拓、印谱相赠，奉于未木庐床头，每暇辄欣赏。

三载前，我正修葺湖畔云庭毕，他与旧窗十余人结伴远来小游。特面馈我新作《石止居朱痕墨迹絮语》一册。是作由其夫人、亦我学姐秦美玲女士作序，图文并茂，珠联璧合，披露了甘兄从艺半世纪来的心路历程。弥足珍贵！近年来，因其岁事高而目力退，捉刀日少，以指导后辈为多，自娱则以书画做伴，书艺犹工。

今又获甘桁兄用铁线篆书就之《心经》，快递书赠，如获至宝，不胜感激。是件，以方正劲峭的笔法，极尽婉转流动之能事，圆融与刚健相佐，既顺畅又端凝。美不胜收，爱难尽言，遂撰兹序兼吟五绝一首，致谢并为留念：

五绝·获宝

久喻心经在，崇读不入门；

今获学长篆，再颂且藏珍。

农历丁酉年开冬朔日

46. 遥寄陈公

陈以鸿老先生，是我最崇敬的大文化人之一。他先后毕业于我国国学文化摇篮——无锡国专和理工殿堂翘楚——上海交大，并于后者任教授、编审等职，直至退休。他通英、法、德、俄、日五国外语，译著等身。尤为我仰慕赞叹的是他以理工学者身份，对我国传统文化中的诗、词、联、谜等国学研究与创作，都有极深的造诣。其中《龙文雕虫十二年》及续编，堪为独特、不朽的传世之作。

他对我国传统文化的另一杰出贡献，是继承与弘扬中华非物质文化遗产的代表作——中华吟诵。他是我国健在的吴语地区吟诵代表人物，也是著名唐调的正宗传人。所谓"唐调"，是中国第一个用姓氏命名的吟诵调。创始人是清末著名的理学家、古文家、教育家唐文治先生。这是他以我国吴语吟诵为基础，在融汇了清末第一大文派——桐城派的理论而创造出来的读文法。早在20世纪三四十年代，先后两次分别用中英两种版本录制了吟诵专辑，发行海内外，推向全世界，从而成为20世纪影响最大的中华吟诵流派，获得"中国近现代吟诵第一调"的美誉。

今年教师节前，有幸于伦丰和君发布的微信中率先看到：上海《新民晚报》将要发表陈老先生为32届教师节献言。一时兴起，便在其微信下口占了一首祝贺的小诗（见文后所附）。谁知蒙伦君美意，将它推荐到晚报，并与陈老的原作一起拼版在同一页面上。真是喜出望外！

因样报日前才正式收到，今天气又格外晴好，特撰此文，发于微友分享。

写于2016年11月11日

【附录】

陈公大号如雷灌，学贯中西文理全；唐调传人弘吟诵，雕虫岂仅十二年！

47. 往事如烟，前景迷茫

——记打浦中学娄味芳女士

娄味芳，2015年第28届阿姆斯特丹国际纪录片节中的入围影片《我只认识你》里的女主人公，是我在打浦中学工作时共事了17年的老教师。她，出身名门,据说是某著名烟草公司老板的宠女,家底豪富,获遗甚丰。她,学养深厚,业绩炫目,在20世纪60年代初,因受到德国教育专家的赞赏,被评为中学二级教师(注),享受到当时普教界稀有的高知待遇。她,仪表风度雍容,言谈举止高雅,融东、西方名媛淑女气质于一身,是广大师生的偶像。由于她工作勤勉、为人低调、从无绯闻,而对上下左右皆保持一团和气,因此在"文化大革命"中基本未受冲击。改革开放后,她又擢升为卢湾区教育学院院长。

我调入上海中学后,便失去了她的音讯。巧的是于21世纪头几年,在于漪会长主持的上海市教师学研究会的理事会议上,曾遇到她几次。每次她总是早到,并选坐一个不显眼的位置。一见我到来,她也总会略略起身、轻轻招手、微微含笑,示意我坐在她邻座。

她长我十六七岁。彼时我已年近花甲,她应岁越古稀了。然而,看上去却仅半百出头,说起往事,她口齿清晰、记忆特强。而今,她竟失忆了,且越来越重!

在老打浦旧同事的聚会中,每次提及她,总有个不解之谜:这样一位身世优渥、秀外慧中,正当华年事业鼎盛时,从不言婚嫁的卓越淑女,何以在步入知命之年时,却匆匆下嫁,且对方是一位结过婚、育有儿女、户籍尚在外地的男士呢?

这位男士名树锋,即该片的男主人公,当年,我曾在他俩家见过一面。他,除了年龄似较娄小几岁外,外貌一般、衣着朴素、谈吐随和,余无任何出众之处。

读了此文,我才疑团冰释。他俩走到一起,并非偶然,从中也更可见她的感情执着和他的忠诚笃厚。虽然遭遇各异,却能殊途同归,且晚年形影不离、相濡以沫,可喜可赞!然而,见到他俩如今的尴尬处境,却又可惋可叹!

这是个不平凡的爱情故事,也提出了一个更严肃的社会问题——如何让"空巢老人"自由、尊严、幸福地走完一生。感此,我也不禁思起自己及所有只生一个甚至没有儿女的老年朋友,将来不知能否摆脱这种无可进退也无法选择的桑榆晚境?

【补注】"文化大革命"前的中学教师职称,从高到低,大致分为九级。大专毕业,见习一年后合格,为九级;本科毕业,见习一年后合格,为八级。据说,每满五年,无问题可升一级,但到了四级,无特殊成绩,基本上就封顶了,因为一到三级,可享受高知待遇。即使无封顶之说,一个本科毕业生,二十三四岁定为八级,要想评到二级,至少得30年,即五十三四岁。当时娄老师40岁不到,就评上二级,可谓破格中的破格了。

48. 为显考显妣立衣冠冢
——祭双亲文（一）

敬爱的阿爸、姆妈在上：

两位大人好。今朝，农历癸巳年冬月廿九。阿勒子孙后代相聚一道，怀着庄敬肃穆心情，虔奉双亲故土，及一应葬品、香烛鲜花，谨备清酌时馐、应令糕点，来为您俩老重安新宅了。

首先，请允许不孝男——小弟乾坤，偕妻、二阿嫂、小阿姐偕小姐夫，及因年迈行动不便前来的大姐夫、二姐夫；并代表已先走一步的大阿姐、大阿哥及大嫂、二阿姐、二阿哥一行，率领众儿孙、曾孙等后辈，向两位大人，致以最崇高的敬礼和最诚挚的歉意！

之所以要敬礼，是因为饮水思源，如果没有两位大人呕心沥血、含辛茹苦的养育之恩，就没有阿勒今朝的一切。

之所以要致歉，是因为在20世纪60年代中，您俩先后驾鹤仙逝，并安息在青浦卫家角吉安公墓后不久，国家发生了十年内乱。在浩劫中，一批不讲天理的极"左"蠢徒，居然借"扫四旧"之名，在阿勒家属一无所知也无可奈何的情况下，竟将该公墓全部夷为平地。从此，您俩就流离失所，游魂在空中漂泊了近半个世纪。痛乎！从此，阿勒子孙后代，也失去了一方可以寻根思祖的祭祀圣地。悲也！现在，阿勒虽已在此地，为您俩大人建立了安居新址，但毕竟已晚了好长时间，憾哉！因此，让阿勒抱着无限愧疚的心情，再一次向二老致以深深的歉意！

其次，谨在此祈求大人在天之灵：保佑已先走一步的大哥、大嫂、大姐、二姐、二哥，在九泉之下安息，并相互照应。保佑在世的子孙后代，已退休赋闲的，都健康长寿，安享晚年；有各种疾患后遗的，早日彻底康复，身心安泰；正在工作从业的，都家庭和睦，事业兴旺发达；还年小尚在读书求学的，都天天向上，前途青云万里。祈请二老，保佑不孝男与儿媳及宠犬 LaKi，在乔迁新居那天，诸事顺遂，入住后则平安吉祥，和乐融融。

呜呼哀哉！树欲静而风不止，子欲养而亲不待。今后，阿勒唯有以知恩之心、感恩之情、报恩之举，来世代铭记两位大人对阿勒的养育洪恩了。

敬爱的阿爸姆妈，请在此地安息吧。

悲夫天也！伏惟尚飨！

农历癸巳年十一月二十九日
公元2013年12月28日敬奠

49. 为显考显妣安新居周年
——祭双亲文（二）

敬爱的阿爸姆妈在上：

两位大人好。今朝，农历甲午年丙子月癸酉日，是您俩在此安息的一周年纪念日。

不孝男——我，小弟乾坤偕妻、二阿嫂、小阿姐与姐夫，并代表因身体原因不能前来的大姐夫和二姐夫，带领众儿、媳、婿、孙等后代，又会聚在此，怀着万分虔敬的心情，奉上二老平时喜欢的供品，前来向大人祭拜了。

首先，让阿勒大家向二老致以最崇高的敬礼，并表示最诚挚的感恩。

阿勒致最崇高的敬礼，是因为您俩生前德高望重的声誉、模范垂世的言行、以及所树立的勤俭清正家风。

回忆阿爸当年：虽仅就读私塾几年，但抵沪谋生后，自觉融入社会，躬恳扎根现实，刻苦进修深造，不仅工于书法，擅长珠算。在从业场上，讲求诚信，精通业务，终于在同行中树立良好信誉，也为创立家业，打下坚实基础。尤其是在新中国成立前的战乱年代和新中国成立初的失业时期，都能清白为人，甘于清贫，常年栉风沐雨，奔波在外，一个人独立挑起近十口之家的生活重担。小康时，从容勤俭；拮据时，安之若素。您是支撑家庭门楣的栋梁柱！

回想姆妈当年：虽从未读书，但识人通情，明理达礼，尤其是天资优异，博闻强记。对历史故事、人物掌故、民间传说、时政新闻，尤其是东土佛教禅语和西方《圣经》哲言，都能过耳不忘，并能恰到好处地引经据典，教育子女和开导亲友邻里。您，就是我后来走上学文道路的启蒙良师！在主持家政上，姆妈还有一项绝技，即无论大到全家衣食住行，小到买菜购细，都能用心算应付，向无差池。因此能量入为出，把家务安排得井井有条。

至于在处理亲戚、朋友、邻里关系方面，二老更是平易近人，和蔼可亲，乐善好施，主持公道，因而赢得了众口一致的良好美誉和崇高声望。

我们要表示最诚挚的感恩，是因为树有根，水有源；人有祖，各有亲。如果没有列祖列宗，尤其是两位大人的呕心哺育和艰辛培养，哪会有阿勒今朝的一切？感恩！

敬爱的阿爸姆妈：过去，阿勒由于少不懂事，不知为二老带来多少麻烦，使你们耗费了多少心血，请原谅！

敬爱的阿爸姆妈：后来，人大了，懂事了，工作了，想回报二老了，你们却匆匆地接踵走了。真遗憾，请谅解！

敬爱的阿爸姆妈：此后，我们又各自成家了。在外，忙于工作了；在家，又养儿育女了。现在，更渐渐步入中年、老年甚至晚年了，致使二老的游魂在野外漂泊了近半个世纪，直到去年的今朝，才得以安息在此。真内疚，请宽恕！

呜呼！悲莫甚于丧亲，敬莫大于奉祀。据气象预报：三天前说，今朝阴有雨，两天前改为今日阴，昨天，又改成阴转多云。谁知上苍开眼，佛祖保佑，仙亲有灵，让阿勒能在这样一个阳光明媚、风和日丽的天气中前来族祭。真要谢天谢地，谢谢先亲了！

今后，阿勒一定要学习两位大人的善良高尚美德、模范言行举止，继承和发扬二老树立的清正勤俭家风，做到家庭和睦相守，加强亲戚联系，尽力汇报社会，并把这作为传家宝一代一代传下去！

敬爱的阿爸姆妈，请在这里安息吧。

呜呼悲哉！伏惟尚飨！

农历甲午年丙子月癸酉日
公元2014年12月28日敬祭

50. 追思志伸君挽歌四首并叙

一

同窗同陷"小集团"，
毕业变相共"劳改"，
文革一起入"牛棚"；
互贺"特级"扫阴霾。

鲍志伸君，是我在上海师院中文系59级就读时的同窗。三年级时，他和我等七位同仁，因创办油印刊物《新芽》、所谓"夺权""搞大民主"等罪名，被打成"反动小集团"。毕业时，受到"先劳动一年、再分配工作"的处分，分别被派到崇明和松江接受"变相劳改"。也因此"历史根源"，在"文革"中，我因所谓"打炮打张春桥"等"罪行"，他更不知何由，分别被各自学校打成

"现行反革命",关进"牛棚"。20世纪90年代中,他和我先后被评为特级教师,终于扫尽自青年时代以来长期笼罩在顶、郁结于心的阴霾。

二

　　合作砚耕数十载,
　　各自付梓几百万;
　　君秉椽笔疾如飞,
　　愚唯求质赶兄台。

　　20世纪70年代末起,在党中央"拨乱反正"和"尊重知识,尊重人才"等方针政策指引下,我俩和周其敏友经常合作撰文编书。鲍君才思敏捷,运笔飞快,分工后总是他首先完稿我殿后。因此我只能用"以质量抵速度"的心态自勉,追赶鲍君。现在,我已出版发表的文字500余万了,而他绝对不止此数。吾服矣!

三

　　契交长逾半世纪,
　　往事历历入眼帘。
　　功德言行君先我,
　　这次不该抢在前!

　　回顾50多年来,鲍君各方面都走在我的前面。政治上,他中学时已是共青团员了,而我在工作两年后才加入。改革开放后,我加入的是民盟,而他先入盟,后又加入共产党。学术上,早在大学就读时,他就在《上海戏剧》发表了《关于新编历史剧〈杨门女将〉的几点意见》,从而应邀出席当时只有史学家和戏剧家才有资格参与的研讨会,而其时我尚处在治学的准备和起步阶段。教育上,他评上特级教师也比我早一届。至于身体方面,他曾是上海师院中文系篮球队和田径队队员,而那时我甚至连体育课也免修过一个阶段,只能上保健性的太极拳班。呜呼!这样德智体全面发展的优秀人才,怎么会在人生旅途中,也比我早一步走到尽头呢?鲍君,这一步您不该抢啊!悲也!

四

　　嗟夫!
　　地球是列大火车,
　　人类都是车中客;
　　旅程各人有长短,
　　到站总要下车的。
　　如今鲍君已先走,

送君唯有一句话：
倘若人生有来世，
下回搭车旁座给我留一位！

志伸君不幸病逝的噩耗，是其敏兄三天前致电告我的。闻讣以来，痛惜不已，饮食顿减，夜难成眠，遂作挽歌四首，告慰鲍君安息！

乾坤于甲午年三月十三日子夜，合十，鞠躬，再拜。

51. 悼念与敬告

——吊上中胡、薛二老师

羊年，自"小雪"第一股寒流暴袭后，气温似有些转暖，但阴雨多，湿冷难熬。大雪那日，晨旭金光万道，蓝天略飘白云，心胸豁然开朗。孰知午前打开手机，上中退教群中悼声一片，原来我的老同事、老邻居——胡君大姐走了！

记得今年上中校庆之夜，她还被学生拥上台发言，侃侃而谈，甚至献上一曲，神采飞扬。走前一日，在微信中，还准备做东，邀学生元旦后聚聚。没想到说走就走了！呜呼！

明日，将开胡老师的追悼会。由于年迈体弱、路遥天差，我难能参加，昨遂拟悼诗一首，以表吊唁。谁料刚构思毕，打开微信待发，竟又接到一噩耗！原上中数学教研组长，我的老朋友、老烟伴——薛公望老兄也走了！悲夫！老天怎么啦？

谚云："天有不测风云，人有旦夕祸福。"也尝闻：从大雪到冬至，是老年人及有各种慢性病患者的一个关口。所谓"迷信"，且不说；就科学而言，这半个月的气候变化大，上两类人的机体调节能力差，容易猝死或旧病加重、复发。至于过了冬至，尽管天将更冷，但气温却相对稳定，而人的适应能力也基本调节过来。因此，圈中上两类人，要善自珍摄；非属此者，也应对家里的两类人，倍加关怀。特此敬告，并将为此所作的两首悼诗发布于下：

　　一、悼胡老师
　　诚惶诚恐闻噩筮，
　　祈请上苍下灵示：
　　胡笳悲鸣哀思动，
　　君姐音容犹在斯；
　　老去羽化似长眠，
　　师荣一生亦幸事。

安驾仙鹤遨九天,
祥虹吉霓泽后世。
往事历历如云烟,
生生不息有青史。

二、送公望兄
才送胡姐走,
又获薛兄耗。
今日天亦呜咽,
我则欲哭无泪,
好人渐老掉……
大雪到冬至,
关口要把牢,
尤其慢疾耄耋,
慎莫掉以轻心。
公望您走好!

52. 丁酉重阳忆名师

——兼为六绝句

"独在异乡为异客,每逢佳节倍思亲。"这是1300年前的重阳日,唐代诗人王维独居异乡时思念桑梓亲人留下的名句。今又重阳,我卜居异乡,独为异客亦三年多了。可谓感同身受,慨叹系之!

思念仙亲至戚、旧雨门生之情,自不待言,且不禁回忆起有过交往的名宿鸿儒来了。遂寻找出老照片翻阅,其中,有的犹如泰山北斗,虽仅一面之雅、一席之教,却犹醍醐灌顶,终身受益,不胜幸也。有的则似心中偶像,有著必读、有议必听,南北追求,终得握手致意,不胜荣也。有的更如前世有缘,仁风相熏、蕙雨相沐,知遇之恩,提携之泽,永勿忘也!有的则是良师益友,多才教我、多艺服我,曾襄佐多岁,周周相伴经年,今竟失联,不胜憾焉。有的更为师友兼之,阶位卓吾、学识胜吾,然虚怀若谷,昆仲相待,至今唱和不绝,不胜喜也。亦有邂逅而一再巧会者,年齿低我近十、业绩高我胜百,且一度几成知音矣,然以天南地北、山水遥隔、各务其忙,早已杳无音讯,惜乎!

眼前一张张平面、静止、有些模糊陈迹的影件，渐渐幻化为一个个立体、动态、清晰的镜头，将其时亲历过的情景，鲜活地呈现在脑海。不禁灵感喷涌、诗兴勃发，于是选择其中六位，效当年诗圣老杜，曾《戏为六绝句》的格局，亦为绝句六首吟之，以留鸿爪。

一、王力

二代宗师王力翁，①
中华音韵古今通。
程门立雪仅一面，
教益恒萦在耳宫。

【简介】王力（1900—1986）：著名语言学家，中国现代语言学的奠基人之一。他在语法学、音韵学、词汇学、汉语史、语言学史等方面，都有广泛深湛研究，并多具开创性意义，对中国现代语言学的开拓和发展，作出了巨大贡献。

【注解】①"二代"：此指旧民国和新中国两"代"。

二、张志公

继往开来张志公，
博撷群葩荟一丛。②
沪京数度聆宏议，
此刻呈花致敬崇。

【简介】张志公（1918—1997）：当代著名语言学家、杰出的语文教育家。他对汉语语法学、汉语修辞学及语文教育的研究成就，都有一定的开创性，是我国汉语语法教育的实际奠基人。

【注解】②比喻张公继往开来、博取众长，在奠定我国汉语教学语法体系中，作出的巨大努力和贡献。

三、于漪

乐栽梗梓遍环宇，③
勤种砚田堪等身。
望重德高师表率，
提携不忘导呵恩。④

【简介】于漪（1929— ），当代教育家，我国最著名的特级教师。曾任全国总工会执行委员，上海市人大常委会教科文委副主任，全国语言学会理事、中语会副理事长等职。多次获得上海市劳动模范、全国三八红旗手、五讲四美为人师表优秀教师等荣誉称号,是中国教育年度2009年新闻人物。现为上海市教师学研究会会长。

【注解】③楩梓:音piánzǐ,黄楩与梓树两种大木,比喻栋梁之材。

④指20世纪80年代以来,于老师对我一直有知遇、导呵、提携之恩;是评审我为特级教师时的主考官。

四、钱梦龙
多才多艺梦龙老,⑤
良友益师曾步从,
共赴黄山襄示范,
助编读物为生童。⑥

【简介】钱梦龙(1931—),著名语文特级教师,"三主四式"的"语文导读法"创立者。全国教育系统劳动模范,国家中小学语文教材审定委员会学科审查委员,人民教育出社特约编审。

【注解】⑤钱老师不但把语文导读当作艺术,而且在诗书画方面也有很深造诣。

⑥20世纪90年代,上海学林出版社创刊《中学阅读活页文选》。钱老任总编辑,我为执行主编。

五、陆继椿
亦师亦友继椿兄,
德厚才高业建功。
请益笔耕逾半甲,⑦
至今唱和尚交通。⑧

【简介】陆继椿(1939—):著名语文特级教师。全国中语会荣誉理事、学术委员,语文教学"得得派"倡导者和语言训练"双分"教学体系的创立人。兼任过上海市教育工会副主席。先后被评为上海市优秀教师,全国教育系统劳动模范,还荣获过全国五一劳动奖章和人民教师奖章。

【注解】⑦指30多年来,从他报告和著作中,受益良深;与他合作写书时,获益更大。

⑧指至今,他还与我保持着诗歌唱和交流。

六、魏书生
杏坛骐骥魏书生,

教改传奇负盛名。⑨
　　幸会三番秦鲁皖，
　　知音相伴泰山行。

　【简介】魏书生（1950—　），辽宁省功勋教师、语文特级教师，当代著名教育改革家。曾连续五届出席中共全国代表大会，多次获全国优秀班主任、劳动模范等荣誉称号及五一劳动奖章，是首届"全国十大杰出青年"之一。

　【注解】⑨他曾创造过：一人同时教三个班语文并兼任三个班班主任，自己"不批改作文"，让学生自批互改，一学期中外出开会讲学三分之一甚至半学期以上，不请代课带班教师，让学生自学自理依然能获得良好的教育教学成果的奇迹。

丁酉重阳草，今补注并识
农历菊月既望于湖畔云庭

53. 四君子述谈及断想

　　年轻时受古诗文熏陶，久仰植物中四君子与寒三友的高贵品质；故赋闲后便萌生了拥为己有之念，以日日品赏、时时对照，助修身养性也。于是在修葺云庭时，当主建感恩亭，辅景醉目池落成后；在亭、池之间，有一方隙地——被高越二米的山墙与女儿墙半包围起来，约8平方米；坐南朝北，是一块适栽耐寒植物的好地方。

　　这就使我想起梅兰竹菊松"三友、四君"来了。里面"花中真君子，风姿寄高雅"的兰，虽历来为骚人墨客喜爱，却不知是否经得住屋顶严寒酷暑、风霜雨雪考验？而被苏轼赞为"百草摧时始起花"、陆游颂作"开迟愈见凌霜操"的菊；傲则傲矣，但唯半秋之荣耳。该二品又都是草本，不宜老叟岁岁精心插扦、抚弄、养护。因此，便决定弄一个以松竹梅为主的"寒三友"景观来。

　　回顾置景七年来的相伴：所谓"岁寒然后知松柏之后凋"中的松，固名不虚传；却受不了炎暑赓续不断的日炙。因不仅该景观里的五针松，连庭前迎客、树龄已二三十年的大阪松，前年在绵延约一个月40℃以上的高温中，也先后被烤死了。至于竹、梅，现在还长得很好，可见生命力比松顽强得多！

　　红梅素有"疏影横斜"与"暗香浮动"的美誉，也并非虚言。但我总觉得野生在"驿外断桥边，寂寞开无主"的腊梅，更令人怜爱。如在此景观红梅旁的腊梅也一样，因为她比前者的花开得早、开得多、开得长、开得香，而且斗

风雨、傲冰雪，秉性也较红梅更坚贞、更刚烈、更顽强！

此外，由于红梅"花叶不见面"，即开花时不见叶、见叶时花已凋。所谓"红花需要绿叶扶"，她盛花时固然娇艳，但清一色的总嫌单调。腊梅较好一些，其虽也是先花后叶，但花开时叶掉不多，且盛夏时枝叶繁茂，可一过霜降，叶色逐渐枯黄，叶面渐次萎靡。到了冬至，西北风一扫，则大片残叶可一宵坠尽，剩下秃枝光杆，也是怪难看的。

因此，我最爱竹。其美妙，更体现在身段上：无风时亭亭玉立，齐刷刷精神饱满；有风时竿竿婆娑，舞翩翩婀娜多姿。狂飚中林涛响，醒神洗耳；暴雨后笋尖冒，鲜舌开胃。他从头到脚、里里外外都有可贵的品性及丰富的寓意：他主竿笔挺，象征人要正直不阿；他枝梢冲天，象征人应积极向上；他皮青肉白，象征做人要处世清白；他体外有节，象征人务须珍惜节操；他体内空心，象征人应该虚怀若谷；他可弯不折，象征人能忍让但要保持底线；他既折不断，象征人身处逆境也须意志坚韧；他四季常青，象征青春永驻；他喜欢群居，象征和睦团结；他平淡不妖，象征人应平凡质朴；他高矮接近，象征社会该平等公平；他一开花预示死期将临，象征人离世前也要给人留下最美一瞬；他谐音"祝"，祝风调雨顺、国泰民安、民富国强、世界和平！

尤令人惊讶的是他高抗旱品性。在云庭寒三友中，他位居最不起眼的壁脚最后几行。上百株金竹，挤挤挨挨地交错簇拥一起，除盛夏持续一周不雨时我灌一次水外，不仅整个冬天不浇，就是春秋两季也很少浇喷。此地是屋顶没有地下水的呀，可他的叶箬依然常年碧绿青翠，似在演奏永不消逝的生命赞歌！在盛夏烈日笼罩的火烘烘环境里，一见到那片被密匝匝竹叶掩映、全庭唯一的一块晒不到骄阳的竹荫下，有一群窗禽趴在该处悠闲地休憩，你顿然会感到一丝丝惬人的凉意，心旷神怡。"要求人的甚少，给予人的甚多。多可爱的小生灵啊！"记得杨朔曾以此来赞美蜜蜂——索取少奉献多的名句，用来歌颂竹子，不也恰到好处吗？

这就是我在云庭中所见及断想，并占七绝一首以结：

冬梅贞烈兰清雅，
秋菊凌霜傲百芳；
最爱翠竹姿妙蔓，
一身寓意策千方。

【按】诗中"菊"字，应读作入声。

农历戊戌年立冬于湖畔云庭

54. 口耕笔耘　虚实结合　放眼全国　立足本职
我从事语文教育的指导思想与教学的主要特色

1988年1月，我被评为高级教师以来，已6年多了。在这段时间里，除了与以往一样一直在第一线从事语文教学之外，还接任了本校的语文教研组组长工作。出于对党和祖国教育事业的忠诚、人民教师职业的热爱和语文教学专业的癖好，我始终怀着仰慕的心情，以自己熟悉的特级教师为榜样，朝着做一个"教学的专家，育人的模范、师德的表率"方向努力。同时也结合个人特点，以自己大学时就十分崇敬的叶圣陶、吕叔湘、张志公等老一辈语文教育家为楷模，沿着他们曾走过的一段学者型语文教师道路前进。尽管囿于自己的思想与业务水平而不敢望他们的项背于万一，但也取得了一些成绩，积累了一些经验，产生了一些体会，现总结如下。

一、口耕笔耘，相得益彰

所谓"口耕"，就是指用嘴巴上课；所谓"笔耘"，就是指用笔写文章。之所以拿"耕耘"作比，是因为这二者都是手段，目的均是为培育学生成才服务的。现把它们密切结合成一体：业内口耕，业余笔耘，夜以继日，连年不断，这是我从事语文教学的第一个特点。因此，自高评以来，我除了全面完成学校布置的教学任务之外，已出版与语文教学有关的专著，主编、合作撰写及参与编委、编写的书有23本，发表了专题论文和研究述评7篇，以及其他与语文教学有关的专辑、专栏和散篇文章，难以尽计。总数，与高评前发表的一起，已有250万字左右。

由于我所写文章的选题，微观的都直接源于上课或备课，宏观的也无一不与从根本上提高语文教学质量有关，因此，口耕和笔耘在我身上非但没有矛盾，而且是相得益彰、彼此促进的。如近六年来，我深入把关的年级，曾参与高考、会考合计四届，每届的平均成绩，至少超过市重点中学平均成绩2分，在本区一直保持第一，在全市也有两届名列前茅，其中我任教班的学生陆娉，还荣获1992年市"高考文科状元"称号（《文汇报》语）。至于写作，由于自己有切身体会，对学生作文的指导、批改、评讲更能抓住要害，因此他们的作文能力普遍比较强，冒尖的也不少。如我所组织、指导的本校学生参加"华东六省一市中学生作文竞赛"，在1990年和1992年两次获得上海赛区的"先进集体荣誉奖"（每次只授成绩最好的四所学校）。我与另一位组长一起组织，由我负责指导的本校学生参加"上海市高三作文比赛"（由本市教育局教研室主办），在1993年和1994年，两次连获市团体第一（前一次，与本市格致中学并列；后一次，以一、二、三等奖各5名的优异成绩获第一，竞赛组委会与各区教研员为此专程来我校开现场会议进行发奖表彰）。其中我任教班级的学生获奖人数高达15人，共17人次，在本校也居第一。我从高一接教至今的高二（4）班学生范毓华，先后以高一、高二的资格越级参加这两届"高三作文比赛"，连续两年荣获一等奖，更受到组委会老师的赞赏。此外，我所教学生在各省市以上公开出版物上发表优秀作文的有35篇；虽非我班学生，但经我指导而在报刊上发表的佳作一起，总数已超过100篇。

在教研组建设方面，除常规工作外，我也尽量利用自己这方面的优势，组织指导、帮助教师撰写与教学有关的文章。现我组有在编教师22人，已有20人在省市以上的公开出版物上发表文章，高中组达100%，初中组也在85%以上。其中高级教师12名、中级教师7名，他们在职务评审时都没有碰到缺乏文章的烦恼。这样，既提高了他们的业务素质，又解决了他们最关心的实际问题，自己也从中树立了威信，工作开展起来就较顺当。与此同时，我还配合学校的整体改革，在继承上中优良传统的基础上，提出了"明、严、实、高、活"的建组要求，并以此为特色，力求在短期内使我校语文教研组踏上一个新的台阶。

二、虚实结合，深入浅出

这里所说的"虚"主要是指学习和探索语文教育的理论，也包括从宏观上对语文教学中一些根本性问题的科研和讨论；这里说的"实"，主要是指语文教学实践，也涉及一系列微观上的教材分析、教学设计、教师教法与学生学法的摸索和探讨。把这两方面尽可能有机联系起来，即以虚带实、就实论虚、虚实结合、深入浅出，是我从事语文教学的第二个特点。

我的第一篇较有分量的宏观方面探索文章，是与鲍志伸（现在浦明师范任教研室主任）合作、我主笔的《谈谈语文教材的编排问题》。此文被收入我国语文方面的权威刊物《中国语文》编辑部编辑、中国社会科学出版社于1979年出版的"中国语文丛书"《语文教学问题》里，仅从该书的"目录"排序来看，它被作为"教材改革"方面讨论的打头文章，又正忝列在自己一向崇敬的语文教育家叶圣陶、吕叔湘、张志公等先生的大作下面，就可看出编辑部对它相当重视，自己此感到十分荣幸。

我投入的第一个重要科研项目，是于1983年开始，历时4年的"中学生写作心理调查"。该课题首先由《语文学习》编辑部的范守纲与我一起提出，本校的朱近赤、董金明、火观民参与。其初步成果三项，先后在本市《语文学习》、浙江《教学月刊》和陕西《中学语文教学参考》上发表。其中有的被编辑部加重要按语推荐，有的曾获得期刊年度优秀论文奖，有的被上海教育学院中文系选入科研专题论文集；有的则作为上课内容，应邀到上海师大中文系向学生宣讲，在中语界激起的反响较大。当范因工作关系退出后，我们继续深入研究，又取得两项成果，都由我执笔。其中一项（题《如何触发文思》，1万多字），分两期连载在《中学语文教学参考》上；另一项，题《匡正扶直、因势利导——上海中学毕业生写作心理调查报告》，先后获徐汇区第二届普教科研成果二等奖和上海市第二届教育科学研究成果三等奖。

我撰写的第一本专著《初中语文复习应试的误区与捷径》，就是在上述研究成果的基础上，力图用现代教育心理学的原理、原则为指导，结合自己从教20多年的实践经验写成的。此书在1988年11月由陕西师大出版社出版后，不到半年即连续印刷两次，4万册很快售罄。该成果上报后，分别于1989年10月与12月获徐汇区普教第三届教育科研成果三等奖和飞跃奖励基金会颁发的第二届"飞跃"教育科研三等奖。

我曾参与发起、策划、筹备过全国性学术研讨会两次，研讨的专题是语文教学发展的战略问题。该专题由著名特级教师于漪任会长的上海市教师学研究会首先提出并发起研讨。第一次在1987年，与交通大学中文研究室、上海教育学院教科所、《语文学习》编辑部联合主办，于本市召开。第二次在1988年，与宁波市教育局、西安《中学语文教学参考》、杭州《语文新圃》编辑部、上海教育学院教科所联合主办，在宁波召开。我作为教师学研究会的常务理事兼副秘书长，除了协助于老师等学会领导一起参与筹备了这两届年会外，还负责会议期间的秘书处工作。会后，我根据在年会内外收集到的大量资料，进一步分析，归纳、整理，先后撰写了《语文教学发展战略面面观》和《着眼未来，面向实际——语文教学发展战略面面观"续观》两篇研究述评。前一篇，连载在《中学语文教学参考》1987年3、4月的头版头条。编辑部对此文的评价如下：

这是编辑部精心组织的一篇有份量的大文章。它高度囊括了当前语文界专家们对当前语文教学改革发展的趋势；对我国传统语文教育的反思；对十年来我国语文教改成绩的评估；对教育思想的改革，教学内容的改革，教学方法的改革；对我国语文教学理论研究的认识及关于师资队伍的建设等问题的议论、分析、评估、预测、展望；观点鲜明，见解犀利，读后不但会使您耳目一新，而且会使您受到启发与振奋。语文教学何去何从？语文教学改革的宏图大略及发展前景如何？都可通过这篇文章得到启发，得到展望。因此，我们希望每一个关心语文教学改革的读者,都认真地研读一下!思考一下!

此文在1987年10月于杭州召开的"中学语文教育理论研讨会"上,获山西师大的《语文教学通讯》、杭州大学的《语文导报》和陕西师大的《中学语文教学参考》编辑部联合颁发的"优秀论文奖"。后一篇也在同刊物1988年的第二期上以头版头条发表,产生过一定的影响。

此后,在做好日常教学业务的基础上,我除了每天坚持为师生写一些密切配合教学实际的微观文章(含编写这方面的通俗读物)外,还以每年一到两个课题的进度,坚持对语文教学中业已存在或新出现的重大问题,集中精力做比较广泛的探讨或相对深入的研究。

例如,疑难教材研究:《应全面解郭老的动机、立场与观点——再谈〈甲申三百年祭〉》,发表在《中学语文教学参考》1988年第6期上;获该刊物1988年度"优秀论文奖"。常用文体研究:《论证的方式、方法及其它》,与本校当时同备课组两位教师合作,我牵头并执笔,连载于上杂志1989年第6~8期。语文教育家研究:《泽润华夏,彪炳千秋——叶圣陶语文教育思想研究述评》,连载于同上杂志1990年第6、7两期的头版头条;被评为该刊物1990年度的"优秀论文",获上海中学首届教育科研成果评比一等奖,又荣获苏鲁豫皖(四省)中学语文教学讨会第七届年会"优秀学术论文特等奖"。素质教育研究:《对高考招生制度改革的理论思考》,发表在《徐汇教育》1990年第2期上。考试命题研究:《1992年上海高考语文试题之我见》,发表在《中学语文教学参考》1992年第2期;被评为该刊1992年度"优秀论文",获苏鲁皖中学语文教学研讨会第九届年会"优秀学术论文一等奖"。语文教育思想研究:《一条"路线"、四字"方针"、八字"宪法"——学习、运用、坚持、发展张志公等老一辈教育家的语文教育思想》,这是我应邀出席1993年10月于石家庄召开的全国"张志公语言和语文教育思想研讨会"时的交流论文选题。这次盛会由我国民进中央、国家教委和国家语委直属的人民教育出版社、语文出版社、课程研究所等八个部门、单位发起,全国中语会、中国对外汉语教学学会、香港中文教育学会等28个学术团体、单位协办;有国家及河北省、市级领导人与日本及香港地区的专家、学者参加,出席对象大多是大学教授,研究所研究员,出版社编审和中学语文特级教师。我的论文被组委会遴选推荐到大会发言,受到与会专家的重视和好评。1994年4月,在苏鲁豫皖中学语文教学研讨会于青岛召开的第十届年会上,此文又被评为"语文教学优秀论文"并获"特等奖"。

在微观探索方面的主要成果有,阅读训练专题:《阅读的基本环节》《阅读的方法、经验》;编入上海科技出版社于1990年12月出版的《精英学习丛书·

中学语文分册》。《初中语文同步阅读（S 版六年级用）》，与上海市闸北区教育局语文教研室主任俞本昆、陈金祥一起主编；1993 年 7 月出版，内部使用（准印证号：DX - 066）。写作训练专题：《习作范例与治学起步》，与冯德康合作主编，陕西师大出版社 1992 年 9 月出版；《高中语文单元作文同步导引》高一、高二年级各一册，任副主编含编写部分，同上出版社 1989 年 12 月出版；《中学生作文解题构思词典》，任编委，参与策划体例，拟样稿并编写部分，未来出版社 1993 年 3 月出版；《因势引导，以点带面——一轮较有成效的练笔指导》，被选入黑龙江少年儿童出版社于 1989 年 6 月出版的《京津沪等市重点中学高级教师作文指导荟萃》一书。读写综合训练专题：《上海 S 版语文学习同步指导》六年级上、下学期用各一册，与王秉衡、俞本昆一起主编，南京大学出版社 1993 年 3 月 17 日出版；《中学语文学习同步导引》高二年级用，四人合作编写，我为第一作者，陕西人民教育出版社 1991 年 10 月出版。重点指导专题：《高中语文疑点·难点·知识要点解析与学用》，与鲍志仲、周其敏合作编写，陕西师大出版社 1991 年 10 月出版。文言文学习专题：《文言文阅读》，与上海市南洋模范中学校长、语文特级教师李雄豪合作，编入金志浩主编的《高中语文学习综合指导》一书，华东师大出版社 1992 年 4 月出版。课前预习专题：《中学语文同步预习阶梯设计》，含人教社版初、高中全套教材中的全部基本篇目。我提出设计宗旨、原则、体例并拟出样稿及编写高二年级部分，其余在本市范围组稿，经我统编审定后向《中学语文教学参考》推荐，已于 1990 年第 1 ~ 11 期全部刊出。课堂学习专题：《高中语文统编（必修）教材"一课一法"学用指导》，我提出设想及具体编写计划，并拟出全套教材中每篇课文与各种学习方法之间的系列配套目录，还撰写了示范样稿及四个单元内容。此计划已被《中学语文教学参考》论证通过，并向全国各地组稿。现稿件已全部收齐汇总在我处审阅。以上样稿及部分组稿从 1993 年 7 月开始在该刊连载出来后，各地的反响很好，安徽教育出版社等多家出版单位已与该杂志联系，决定出书，计三本一套。复习应试专题：《作文应试方法与技巧》，与王镫令等 5 人合作编写，1988 年 1 月文心出版社出版；《语文复习应试 100 问》，与鲍志伸等 4 人合作编写，1993 年 4 月陕西师大出版社出版；《高考指导"3 + 2"丛书·语文分册》，与华师大二附中、复旦附中的 5 位教师合撰，1993 年 12 月上海科学技术出版社出版等。

此外，近 6 年来自己还自学、进修了古今中外有关教育、心理学方面的理论著作十余种，拟结合自己从教 30 余年来的教学实际经验，撰写论著《语文学习心理学》一本（30 万字左右）。其间，还系统阅读了于漪老师已公开发表的全部著作及有关研究她的论著多种，拟结合自己对于老师的了解，撰写《于漪的语文教育思想与教学艺术初探》（暂名，15万字左右）。前者已形成详细提纲，后者则积累了大量资料，并分别向陕西师大出版社和《中学语文教学参考》编辑部提出了这一设想。作为他们的"信得过"作者，社方同意将这两本书纳入出版计划，编辑部也承诺在二书正式出版前，先连载其中实践性较强和有特色的若干章节。我准备从今年暑假开始动笔，抓紧完成这个计划。

由于自己对语文教育能坚持虚实结合，因此在课堂教学中能做到深入浅出。虽然我平时上课并不以生动见长，也翻不出什么大的花样，但由于能以理论为指导，对整个中学语文教学的知识体系和全套教材比较熟，对每篇课文的教学目标及要点、难点、疑点把握比较准，而且能结合学生的心理特征，注意揭规律、授方法、重引导，因此学生的学习积极性高，思维活跃，收效显著，智能发展比较快。

三、放眼全国，教书育人

这是我从事语文教育的根本指导思想。所谓"放眼全国"，我觉得不但要从口头上教育学生高瞻远瞩、扩大视野，树立为振兴祖国而必须掌握语文工具，以使自己有足够的本领到将来能更好地为全国广大人民服务，而且应当尽己所能，身体力行，在这方面为他们树立具体可感的榜样。可以说自己近几年来在经济条件越来越好而身体精力逐渐衰弱的情况下，依然能在白天上好课的基础上，夜以继日地为全国各地的中学生编写普及语文教育的通俗读物，原因概出于此。

我的这个思想形成，可以追溯到1982年。因为自十一届三中全会之后，我虽然已在报刊上发表了些文章，但除了个别几篇直接投入语文教改讨论的外，不仅没有把为学生写普及语文知识的文章看作也是"教书育人"的一部分，并且怕人说"追求个人名利"和"不安心教学工作"而始终放不开手脚。正在此时，我应邀参加了一个由河南《中学生学习报》主编朱本卓来沪召开的组稿会。他说：

在新闻出版界，我们只是一家并不显眼的小报，但在广大中学生心目中，却是一份拥有200多万订户的"大报"。我们完全有经济实力用高酬请最有名的作家写稿，但我们不想这么做，因为他们不熟悉中学生。我们要请的是最了解学生的有经验的老师为他们写稿。但这也有困难，因为现在有些教师并不会写稿，或工作太忙无时间写稿，而会写稿老师，有的看不起我们小报，不屑为我们写，大多则在"文革"中吃过苦头，直到现在还心有余悸，怕这怕那的，尤其怕自己领导说"不安心工作，会影响教学"什么的。但我可以请你们大胆地对领导说，你们在课堂上是在向学生上课，50名、100名的。你们在本报发表文章也是在向学生上课，而对象却有200多万，甚至1000万啦！你们上海这个大城市的教师水平高，而全国中小城市、尤其是山区农村就不行了。为什么我们这个小报质量并不高，读者却那么多？因为我们的订户大多在中小城市，在山区农村。他们渴望学习，迫切需要大城市的好老师去教育他们呀！现在你们人虽然不能去那儿，但是难道不能挤些休息时间用笔头去教育他们吗？我在这儿代表他们，以及他们的父老乡亲有求你们啦！"

这席至今还记忆犹新的话，当时就像重锤一般句句敲打在我心坎上，因为我在1964年到松江农村劳动实习时曾为农民子弟办过4所民校，"文革"中又多次带领学生到郊区学农，20世纪70年代初还护送过本市知青到安徽插队落户，深感山区农村的文教事业落后，确实需要我们去支援（此后民盟提出的搞"智力支边"，近年来社会又提倡搞"希望工程"，我想捐款赠物是必要的硬件，其实支援知识也是不可或缺的重要软件，道理都是一样的）。另外，这番话还使我明确到在学生报刊上发表文章，也是在为学生上课，而且是透明度最高的最开放的公开课，只是用函授的形式进行。因此只要认真对待，自觉地把它也当作"教书育人"的一个方面，并且正确处理好它与自己日常从事的课堂教学之间关系，把二者密切结合起来，非但不会"影响教学工作"，还能如前所述收到"相得益彰"的效果，同时又可利用自己的特长，为社会作出更大贡献。这就是我所谓"放眼全国"从事语文教育的另一层含义。在这个思想指导下，我就开始积极地向全国各地的语文报刊大量投稿，并从1983年起，先后应邀为河南《中学生学习报》的专栏作者、特约撰稿人；陕西《中学语文教学参考》的特邀编辑、记者；《教师报》记者，兼上海记者站副站长；河北《语文周报》社特邀编委；安徽《中学生写作报》特邀编委、编辑。1993年10月起，又与著名特级教师钱梦龙一起，接受本市学林出版社的聘请，为该社创办了立足本市、面向全国的长久性系列读物《中学阅读指导活页文选》，任编辑委员会委员兼主编（该社社长兼主任，钱老师兼总编辑）。基于我长期以来在从事语文教育和编撰普教读物方面的实践经验、业务水平和敬业精神，考虑到我在各地中学生读者中拥有的较广泛影响，考核了我在为该社创办和主编《中学阅读指导活页文选》过程中作出的贡献及读物头几辑出版后收到的良好反应，最近，学林出版社已正式聘请我为该社的特约编审（这是该社创立十多年来聘任的第二名特约编审）。

出于同一个指导思想，或为了与各地语文专家、同行交流教改经验，探讨教育理论、摸索教学规律，或为了培训外地教师，提高他们的业务水平，近10年来我先后应邀到过河南、陕西、黑龙江、广西、广东、江苏、浙江、山东、河北、安徽等省的20多个市县参加研讨会或讲学活动。出席研讨会的主要成果上部分已有小结，此略。参加研讨会或讲学活动的收获，对自己来说，由于有机会与本市的特级教师于漪、钱梦龙、徐振维、高润华、陆继椿、过传忠和外地的特级教师欧阳黛娜、魏书生、宁鸿彬等老师相处一起，不仅在提高业务水平和加强师德修养方面深受教益，而且在进一步实践"放眼全国，教书育人"的道路上也使自己迈出了新的步伐。

关于"教书育人"，对语文任课教师来说，我认为最主要的是贯彻"文道统一"的原则。这个原则不仅在阅读教学中要坚持，写作教学中要坚持，而且在指导语文课外活动与复习应试时也自始至终要坚持。尤其是在指导学生复习应试时，如何引导学生摆脱"为升学而应试，为应试而复习"这个误区，而真正走上全面提高语文素质的捷径，我觉得格外重要。在这方面，我于1988年出版的《初中语文复习应试的误区与捷径》一书中已开始做了探索。如在那本书中，我没有像当时社会上流行的语文复习指导书一样，对繁多的语文知识做全面、甚至局部的整理，更没有搞题海战术，甚至出一道试题（当然，为了说明问题，精选几道典型的例题做解析还是有的）。我的指导思想是以"复习是学习之母"和"应试法是学习法的延续"这两个角度来框架全书，并力求以现代教育心理学的原理、原则为依据，向学生介绍正确复习的条件、类型、规律、方式、方法、经验及科学的检测题型。这就从根本上辨正：复习的目的绝不只是为了应试，而应试的目的也绝非只是为了升学，复习和应试都是学习过程中的两个环节，目的都是巩固知识、掌握技能、发展智力、提高素质，以更好地为造福人类服务。实践证明，近10年来自己以这本书中阐明的思想、原理、原则、规律及方法去指导学生复习应试，他们不仅都经得起考试，而更重要的是通过复习应试，他们的语文整体素质有了很大提高，读写能力与思维智慧较普通学生要高出一筹。

四、立足本职、讲求师德

这是我从教30余年来逐渐形成，并在确立后奉行不移的为人基本准则。所谓"立足本职"，一是指我的职业是"人民教师"，立足于此职，终生不变。这个准则从内心真正确立，是从1985年开始跟随著名特级教师于漪老师筹备、创立上海市教师学研究会之后。她是会长，我当时是常务理事兼副秘书长，接触的机会相对较多，一方面从她献身事业的"红烛"精神和"为人师表"的高尚风范中，确切感受到为什么"教师是阳光下最光辉的职业"的道理；另一方面自己在那个阶段对"教师"的理论也做过一定研究，加上我原本也热爱这个职业，此时我的信念更坚定了。二是"我是上海中学的教师"，立足于"上中"

也将永远不变。因为我深知自己今天能取得这些成绩，一方面固然是幸逢盛世，自己也做了很大努力，但如果没有上中这所名校在社会上的声望和地位托庇，如果没有学校领导和群众对自己的一贯关怀与支持，如果没有几经筛选才能进入这所学校的勤奋好学的学生积极配合，也是不可能的。

所谓"理明则躬行""滴水之恩，当涌泉相报"，因此近10年来、尤其是被评为高级教师后，我能时刻以"教书育人是教师崇高天职"的思想来指导自己，以"为人师表是教师行为规范"的准绳来要求自己，并以"红烛"的献身精神不断鞭策自己，从而更增强了做一个人民教师的光荣感、使命感和紧迫感。有基于此，每当自己在人生道路上遇到矛盾或重大考验时，都能比较自觉、正确地处理好有关各方面的关系，并在实践中逐步形成如下几个自我约束的师德修养原则。

（一）当"教师本职"与"业余编撰"发生矛盾时，后者服从前者

如前所述，"口耕笔耘，相得益彰"是我从事语文教学的第一个特点，但这个特点的形成并非自然而就的。也就是说，教师本职上课与业余写作活动要达到"相得益彰"的境界，是二者协调配合的结果。由于上课的内容不能擅自变更，调整的对象自然是写作的领域和题材，而在这个过程中往往会遇到利害冲突的考验，要进行激烈的思想斗争。如1982年暑期，我参加"修辞学讲习班"的结业论文《谈谈诗词曲中的"三言格"》，先后受到当时的主讲老师郑远汉教授（时任中国修辞学会副会长）和我大学时的汉语老师林文金教授（时任中国修辞学会华东分会副会长）的赏识。林老师还勉励我可抓住"三言格"这个专题，做扩大（拓展到散文领域）和深入（提高到理论上）的研究。并启示说，如果这个课题能突破，或许可以填补我国修辞学领域中的一项空白。又如1991年前后，我的旧窗好友赵孝思（电视连续剧《上海的早晨》等的主要编剧，现上海大学文学院影视艺术系主任）先生，曾多次鼓励我业余搞些电视剧的创作或改编，并表示愿意合作，还介绍一些剧作刊物的编辑和电视剧导演与我相识。尽管在语文方面，"修辞"是我的强项之一，而高三时自己与牛恒善同学合作的独幕剧《参军》，在"黄浦区中学生文艺会演"中就获得过优秀创作奖，又是我当时选择从文道路的决定因素（也就是说，自己对以上两项业余著作活动都有一定的兴趣和基础，当然并非一定能够成功），但经过激烈的思想斗争，对于以上几位良师益友的勉励和建议，都没有付诸行动。其原因就是，这两项内容虽都很有意义，但对自己从事的中学语文教学来说，毕竟不是当务之急。此外，进行"业余写作"的时间，有时也会与"教师本职"工作发生矛盾。因为我业余写的文章虽然都与语文教学有关，但就具体内容而言，不可能完全与当时正

在进行业内语文教学进度保持同步。在这种情况下,我为自己确定的原则是:除了节假日多用于业余写作之外,平时每天晚上总是先备课,处理作业或写与白天教学直接有关的文章之后读书进修,最后才进行一些宏观方面的教学研究活动。此外,在行业与人才竞争日益激烈,教师队伍中不少有一技之长的人纷纷跳槽的情况下,我也能顶住"诱惑",坚守"教师本职"不动摇。如1992年上半年,先后有两位外地出版界朋友,分别代表他们出版社邀我去他们那儿任分管普教读物的副总编辑。一家愿以我校内总收入一倍的待遇做条件;另一家虽在收入上只承诺提高50%,但却以三房一厅、小车接送,并可以不迁户口,每年有五个半月左右时间在上海工作(主要是组稿、审稿及拓展该社业务)、享受出差待遇为报酬。应当说,这后一种"诱惑"是颇吸引人的,但由于其时我已确立过"立足(教师)本职,终生不变"的誓愿,并已形成了"当教师本职与业余编撰发生矛盾时,后者服从前者"的自我约束原则,因此我都婉言谢绝了。

(二)当校内工作与社会活动发生矛盾时,后者服从前者

如前所述,在教师同行中我参加的社会活动是相当多的。尽管这些活动都与语文教学和教育工作有关,但既然我的本职是上海中学语文教师,就应当把校内工作放在第一位。这是我从1983年接受第一个社会兼职开始确立、至今仍奉行不移的又一个"自我约束"的修养原则。其具体表现为:一是坚持教两个教学班;二是教哪个年级、哪个班级,坚决服从学校统一安排。尤其是自己被评为高级教师、接任了本校最大的学科组——语文教研组长及社会兼职和活动最多的时候,除了去年下半年(1993学年度第一学期),因此前曾因三次胆囊炎发作送医院急诊治疗后身体虚弱被照顾上一个教学班之外,始终没有例外。即使在这个照顾学年,从今年上半年(1993学年度第二学期)起,由于学校的工作需要和遇到一些特殊情况,我又先后增加了一个半国际部汉语A班的教学任务(每周8节),5月初起,又兼任高二数学班的语文教学工作(每周4节)。这样,我现在实际上承担着三个半班的教学,这在时间安排上势必要与参加社会活动及业余写作发生矛盾。怎么办?后者服从前者,由于我有这样的自我约束原则,因此能自觉处理好这一矛盾,保证学校教学工作的正常进行。

近10年来,尤其是被评为高级教师后,我每年至少要收到4份,最多曾收到过11份到外地参加语文教学研讨会和讲学活动的请帖(差旅、食宿费大多由邀请单位承担)。为了不影响学校的正常教学,除暑、寒假中进行的,我基本上有邀必至外,凡在上课阶段召开的,我原则上坚持每学期不超过一次。即使是这一次,也尽量选择在含星期六、日(我校放假一天半)的活动,并事前办好

请假手续，提前或挪后调好该上的课程，由自己完成教学任务而尽量不请人代课。为了及时赶回学校上课，凡研讨会安排在最后一天的旅游活动（这是常有的节目），即使我从未到过的地方也从不参加。因此，在我的"档案"里，从无因去外地开会而迟回学校的记录。此外，凡是校内的工作，即使非本职范围，如整理校史、介绍校情、起草计划、报告、总结年级组或个人先进事迹等，只要力所能及的，无论行政领导、工会或群众提出，我都能放下自己排得满满的业余撰稿计划，认真、负责地协助完成。

（三）当社会需要和个人名利发生矛盾时，后者服从前者

从理论上说，每一个从事社会主义教育的人民教师，都应当具有像雷锋一样一不为名、二不为利的共产主义风格，但是在社会主义初级阶段，由于受种种因素制约，除应向这个目标努力外，我为自己立下的又一个师德修养原则是：当社会需要和个人名利发生矛盾时，要自觉做到使后者服从前者。

首先，严格要求自己绝不贪图虚名，更不追求不正当的私利，并尽可能做到多贡献、少索取。以社会兼职为例，近10年来，先后邀请我担任特约记者、编辑、编委，甚至顾问的报刊读物共有12家。经过比较选择，我正式接受的其实只有5家。读者对象是教师的两家：一与语文教学有关，即被列为"全国中文核心期刊"之一的《中学语文教学参考》；另一与教师职业有关，即"文革"后我国第一家，也是唯一的一家以自己心爱的职业"教师"命名的《教师报》。读者对象是学生的3家：一与指导学生的"阅读"有关，即《中学阅读指导活页文选》；一与指导学生的写作有关，即《中学生写作报》；一与指导学生掌握基础知识为主、兼顾培养学生读写综合能力有关，即《语文周报》。凡遇重复，哪怕名望再大，一概婉言谢绝。而在兼职期间，由于在《教师报》任上海记者站副站长时，外出采访与电话联系较多，曾向报社报销过电话费及公交车票费；在《中学阅读指导活页文选》任执行主编时，付出业余劳动较多，领取适当报酬。此外，其余一概义务兼职，即使所写稿的稿酬，也不要求从优处理。又如，我被评为高级教师后不久，有位文友介绍一名温州书商来找我，愿以5倍于当时国家规定的最高稿酬标准为代价，约我替他编写一套连环画文字。尽管材料由他提供，操作也十分简便，但因内容庸俗无聊，被我当场严词拒绝。

其次，当自己劳动所产生的社会效益与个人经济收益发生矛盾时，我也能自觉地把社会效益放在第一位，甚至可以牺牲个人经济收益，为提高社会效益服务。如仅从经济角度考虑，我业余写作的效率虽然是比较高的，但与我替人家子女辅导高考或上高复班的收入比较，后者要容易得多。然而近10年来，自己除了为本校民盟支部创收而上过两期高复班与至亲好友同事相托，实在推卸

不脱的几次辅导之外，凡有相聘，或婉言谢绝，或转介绍给别人，包括今年 4 月下旬，本市某教育学院主办的高复班，以每次 100 元的高酬聘请在内。与此同时，我却仍能"焚膏油以继晷，恒兀兀以穷年"地坚持为全国各地的中学生写稿，因为我已把这视作"放眼全国，教书育人"的一个有机组成部分，一个以自己的特长参与"希望工程"和支援中小城市、山区农村发展语文教育事业的实际行动。虽舍厚就菲，却乐此不疲。

再次，虽同样是社会需要，但一个人精力毕竟有限，当兼职过多自感力不从心时，我也能以"为学生服务第一"作为原则，去自觉调整关系。如 1992 年前后，《语文周报》和《中学生写作报》先后邀我为特约编委，其间《教师报》则仍希续聘我为该报驻上海记者站副站长。如果从个人名声、外出活动方便及报销交通费、电话费等实利考虑，我完全可以选择后者（其实一起揽下来"混"也可以），但由于想到学生更需要语文教育，而且与自己专业结合更加密切，而自己年岁渐大，搞采访费时太多，至于"混"更不符合师德，因此，我最后毅然辞去了后者，而选择了完全尽义务的两报编委工作。

此外，做教师不仅要在学校里、事业上、社会活动中"为人师表"，而且生活方面，在家庭、邻里之间也应当成为表率。这一点，回顾自己从教凡 30 余年，始终是这样做的，仅以进上中 14 年来为例，每次"里委"评比，我的家一直被评为"五好家庭"，当然，这并非说自己已十全十美了。古人说："经师易求，人师难得。"要为人师应当尽可能使自己完美一些，这样才能担当起培育全面发展人才的重担。我将为此而终生努力！

上海中学　朱乾坤
1994 年 5 月初稿，6 月 5 日定稿。

（按：此文，是当年申报特级教师时的"经验总结"，不仅是自己教育生涯中的一个里程碑，也可供所有从事文化事业的同仁参考。）

55. 读罗素《强烈爱好使我们免于衰老》感言

——代本集跋

值此小寒之夜，谨为正在寻找养生和抗老良方的微友们奉上一个营养丰富的美味夜宵，并谈两点读后感言。

本文作者伯特兰·阿瑟·威廉·罗素，是 20 世纪英国的哲学家、数学家、史学家，1950 年诺贝尔文学奖获得者，也是 20 世纪西方最著名的、影响最大的学者及和平主义社会活动家之一。

20世纪50年代中,他起草的雄文《罗素—爱因斯坦宣言》,曾激起学生时代的我对他的真诚崇拜。而今天,他这篇睿智小品又为已步入古稀后多年的我带来了无限的精神力量。

如文中有一段说:

我吃喝均随心所欲,醒不了的时候就睡觉。我做事从不以它是否有益健康为依据,尽管实际上我喜欢做的事情,通常是有益健康的。

这正是我目前生活的写照!对此,自己的确也有过担心,但读了这两句话,我释然,并心安理得了。因为忙活了半个多世纪,现在赋闲了,还不能随心所欲地吃喝,做自己喜欢做的事情,那么健康还有何意义呢?

诚然,自七秩以来,虽然我没有什么大病,但中、小疾不断,自感精力大不如前。尤其在前年早春,突发两次轻微脑梗,导致半目失明之后,偶有异常,也会想到何时会去见上帝,要否放弃一些爱好,是否该多睡睡,享享清福。今读到此文结语:"如果随着精力的衰退,疲倦之感日渐增加,长眠并非是不受欢迎的念头。我渴望死于尚能劳作之时,同时知道他人将继续我所未竟的事业,我大可因为尽了自己之所能而感到安慰。"

此话,确实又拨开了自己当前心头的迷雾。虽然现在我并无什么未竟的事业,需要他人去继续,但是,我将尽己所能地去做自己喜欢的事、有益的事!

这便是我读了此文的两点粗浅感言。

1970年,他以98岁的高龄与世长辞,今后,我将在他的感召下继续前行。

2015年10月7日写,2017年11月8日改

03

云庭谜钟

怎样猜射本谜钟（代序）

本谜钟创刊以来，已推出18期了。承蒙各位关注和支持，谢谢！但是，积极参与互动的，通常只有20位左右。原因固然很多，有一点相对集中，即：难度较高，不易猜全，便放弃了。因此，为了使更多读者便于互动，特将本谜钟拟制的特点及猜测捷径，揭秘如下。

1. 先易后难，不拘顺序

本谜钟每期都有几个字是容易猜的，那就不必拘泥原谜句的顺序，可从容易的入手去猜测。然后，再从易到难，以简测繁，逐一猜出谜底。

2. 推测谜意，组词连句

本谜钟的谜底，每期都是连贯的语句。因此，只要先猜对其中容易的几个字，便可以此为突破口，经上下联系，逐一扩展，更易猜出全谜。

3. 结合节令，参考标题

本谜钟的拟制，一般都结合节日时令，并在每期的小标题、开场诗及结束的提示中，透露些与谜底相关的信息，这些都可为猜谜者打开思路，寻找捷径。

4. 借助词典，上网百度

为了制谜方便，或曲尽其妙，有时谜面中用了些词语的别称、近义词、简单文言，甚至典故，对此，则可以通过查词典或上百度，寻求帮助。

5. 多元思维，灵活运用

本谜钟的谜句大多用拆字（含偏旁部首）、换字（同前），形象、意会，笔顺、笔画变更，甚至设问求答等法拟制。因此，猜测时不能囿于一种思路，死钻牛角，而应多元思维，灵活应变。这样，才能更准且快地猜出谜底。

6. 冗字闲词，不必深究

本谜钟有两个基本特点：其一，谜底的语句连贯，且有一定意义，并力求形成对偶，甚至是首打油小诗。其二，谜面的语句跳跃，内容混搭，并力求具有诗歌韵味。因此，虽然每个谜句的用语，大多与谜底有关，但有些字词的出现，只是起过渡照应甚至是凑字数的作用。尤其是有些双句的尾字，仅仅为押韵而已。对于谜句中的这类冗字闲词，就不必深究费心。

7. 相互切磋，集思广益

猜谜，应独思，更宜集智。所谓"独乐乐，不如众乐乐"。平时，家庭饭后小憩、节假日，亲友会聚休闲，倘能我猜几字、你猜几字、他猜几字，相互合作、集思广益，不仅更能猜中全谜，而且广结谜缘、皆大欢喜，何乐不为？

8. 休闲养生，健脑益智

猜谜不但是文字休闲游戏，而且是健脑益智的养生体操，对预防思维僵化、老年痴呆更有好处。欢迎大家都来猜谜！

【云庭谜钟（1）元旦】

一元复始年又年，云庭谜钟开张期；
无情岁月有情过，健脑益智多猜谜。

一、本期谜语

广大群众团结紧，祖将离去哥来临；
清明之前一大朝，太阳早已上地平。
百姓同有一心愿：提薪增加养老金；
改革破旧图个啥？幸福吉祥共喜庆！

二、提示

以上每句猜一个字，共8个字，连起来，构成两个有关联的四字祝语。

【云庭谜钟（1）揭晓】

一、互动简报

本期谜语昨推出后，上中老3班的立民，首开纪录，一举猜了全谜，惜误最后一字，遂由宋竞补正，获得多位群友赞扬，实现了开门红！

不久，打浦66群的老牛与慧君、上中退教群的敏敏与施磊，分别在自己群里合作猜对了上下两语，可谓珠联璧合，平分秋色。

这期最牛的是，打浦75群的俞福元，他单将匹马，弹无虚发，一气射中全谜。赢得赞声一片，可喜可贺！白昼较忙，常在深夜休闲的yiyi，晚上一见已无底可猜，还是悻悻地核猜了一遍。精神可嘉！

二、谜底解读

1. 谜句：广大群众团结紧；谜底，"庆"。解读："广"与"大"，"团结"在一起，即"庆"。

2. 谜句：祖将离去哥来临；谜底，"祝"。解读："祖"右边的"且"，文言中有一义项即"将"；它一"离去"，"哥（'兄'）"来临，便成了"祝"。

3. 谜句：清明之前一大朝；谜底，"元"。解读：按史序，清朝之前，是明朝；明朝之前，即"元"朝。

4. 谜句：太阳早已上地平；谜底，"旦"。解读：太阳，即"日"；日下面的一横，代表"地平"线。地平线上一个"日"，即"旦"。

5. 谜句：百姓同有一心愿；谜底，"恭"。解读："同"，即"共"；下面一个"心"，即"恭"。

6. 谜句：提薪增加养老金；谜底，"贺"。解读：谜底"贺"下面的"贝"，是古代通用过的"钱"。谜面中的含义,都是加钱之意。

7. 谜句:改革破旧图个啥;谜底,"新"。解读:改革为创"新",破旧图立"新"。谜底昭然若揭。

8. 谜句:幸福吉祥共喜庆;谜底,"禧"。解读:"禧"字中有两条义项:一为"幸福、吉祥",一为"喜庆"。只要一查词典,即明。

全部谜底,连起来是:庆祝元旦,恭贺新禧!

【云庭谜钟(2)小寒】

小寒节气半个月,中间正值三九天;
饭余茶后猜猜谜,互动也能驱严寒。

一、本期谜语
王无主心骨,尚亏一篑功。
俨然没有人,大寨树冰冻。
船桨木已朽,古杭多躁动。
一夜又一夜,连夜不放松。
南蠢与北愚,千里来相逢。

二、提示
以上每句猜一字,共10字,组成上六下四、两个有联系的语句。可一气呵成,猜出全谜,也可先易后难,打乱顺序,猜出一个是一个。对于其中个别难领会的词义,可利用辞书或上网查查含义,以打开思路!

【云庭谜钟(2)揭晓】

一、互动简报

本期撞钟翘楚,非上中老3班的胖子立民莫属!谜语推出后,他仅用7分钟时间,便发来10个字的谜底,准确无误。真不愧为大学校长助理,佩服!佩服!当即,网上电玩高手——同班的似水流年,马上打出100高分,并送上三个赞,也可谓慧眼识英,不可不表。

稍迟,在各自群里,打浦66届的老牛与慧君,又珠联璧合地商兑准全谜。69届彭新民也率先猜出十字,惜有一字失误,旋经自己与杨宝生的先后补救,终于修成正果。为此,群主徐永康赞彭是"一块好料";莉珠在他人催促下,也连忙去"沽酒"庆祝并表奖励。同班的才女阿咪,虽上楼较晚,但也单独一气猜中全谜,完成了该群的圆满收官!至于75届的CC看听,则在朋友圈中孤军奋战，分两次猜射，取得终胜。

学生群情高涨，战果累累。教师自不甘示弱，如上教群女史戎音，率先披挂出击，稳扎稳打，陆续猜准九字，此刻，施磊机智地临门补射，完成绝杀，敏敏也随即认同。总算为我们为师的保持了面子。

二、谜底解读

1. 谜句：王无主心骨；谜底，"三"。解读："王"的当中一竖，形似"主心骨"，它"无"（没有）了，即"三"。

2. 谜句：尚欠一篑功；谜底，"九"。解读：典出成语"为山九仞，功亏一篑"，其中的"篑"，即盛土的"筐"。整语大意是：为了建筑（语中的"为"）一座像山一样高的土坛，已经挖垒了"九（该九是泛指，意为许多）"筐土，但由于少垒一筐土，便前功尽弃，没有完成。此谜的制作是反测其义，即：既然是"尚欠一篑"，那说明已垒了"九（原意泛指，该谜用为实指；按制谜规则，是可以且常见的）"篑。因此，谜底是"九"。

3. 谜句：俨然没有人；谜底，"严"。解读："俨"字左边的"人"，没有了，即"严"。

4. 谜句：大寨树冰冻；谜底，"寒"。解读："寨"字下面的"木"，即"树"的本义。它被"冰冻"代替了，即"寒"字；因为"寒"下面的两点，原为"冰"的古字，其字源的含义，即冰凉、冰冻之意。

5. 谜句：船桨木已朽；谜底，"将"。解读："桨"下面的"木"，已腐烂掉了，即"将"。

6. 谜句：古杭多躁动；谜底，"临"。解读："古杭"，即杭州在古代，叫临安。"多躁动"，即无"安"宁；把"临安"中的"安"去掉，便是"临"了。

7. 谜句：一夜又一夜；谜底，"多"。解读："夜"，即"夕"也；两个"一夜"，即两个"夕"，上下合起来，就是"多"。

8. 谜句：连夜不放松；谜底，"多"。解读："连夜"，也是一夜连一夜的意思；其余解读同上，此略。

9. 谜句：南蠢与北愚；底，"保"。解读："蠢"与"愚"，都有"呆人"的意思，人与呆合起来，即"保"也。

10. 谜句：千里来相逢；底，"重"。解读："千"与"里"，"逢"合在一起，就是"重"字。

整个谜底是：三九严寒将临，多多保重！

【云庭谜钟（3）三九】
　　　　　　　　冬到极致春不远，二美争宠互勿让；
　　　　　　　　梅须逊雪三分白，雪却输梅一段香。

一、本期谜语

未岁生肖我专属，此行直往不回顾。
悟空与吾本一家，取经返还在路途。
一人走了又一人，春雨绵绵妻独宿。
美称玉兔居蟾宫，滔滔不绝口舌苦。
整整二十四小时，昂首离去走之步。
父母体虽增一斤，眼睛散光视物糊。
焚书甭封儒生嘴，神猴离去青鸟补。

二、提示

每句猜一字，共14字，组成两个连贯的7字语句。可先易后难不按顺序，然后上下勾连，逐一攻克难点。对其中较难理解的词语，可上网或查阅辞书。

【云庭谜钟（3）揭晓】

一、互动简报

自创刊以来，这是本谜钟难度最高的一期！虽应战者稍减，但敢吃蟹的依然不少。惜全胜者硕果仅存，唯亲友圈中的刘明一位。她在谜钟推出后的翌晨便发来完整谜底，矢矢中的，可谓巾帼不让须眉！

其余，单挑猜准12字的，有打浦75届的CC看听；对10个字的，有上中老3班的胖子立民。双打配合，猜中12字的，有打浦66届的慧君、老牛，与上教群的戎音、施磊。也值得庆贺！

二、谜底解读

1. 谜句：未岁生肖我专属；谜底，"羊"。解读：按我国古代的干支纪年法，十二个地支正好配12个生肖。即：子（鼠）、丑（牛）、寅（虎）、卯（兔）、辰（龙）、巳（蛇）、午（马）、未（羊）、申（猴）、酉（鸡）、戌（狗）、亥（猪）。也就是说，凡地支"未"年生的人，生肖都是"羊"；故谜面说，"未岁生肖我专属"。

2. 谜句：此行直往不回顾；谜底，"去"。解读：有读者抓住其中的"行"字，以为谜底是"走"，也不无道理，然而"走"是没有方向的，即走"来"走"去"都可以。因此，还要联系后面的"往"字，就有了走的方向，即

"去"，更切合谜底。

3. 谜句：悟空与吾本一家；谜底，"猴"。解读："悟空"者，原是"猴"子，与它"本一家"，自然也是"猴"了。

4. 谜句：取经返还在路途；谜底，"来"。解读："返还"，即回归、回来；加之与前面谜底3中的"去"呼应，当然就是"来"了。

5. 谜句：走了一人又一人；谜底，"仅"。解读："走了一人"，这人就没有了，可不再考虑。此句谜底的关键，在"又一人"，而"又"与"人（亻）"合起来，便是"仅"。

6. 谜句：春雨绵绵妻独宿；谜底，"一"。解读：这是借用于此的一个传统字谜。猜的过程是：先把"春"当作谜基；因为"雨绵绵"，自然没有太阳，就把"春"下面的"日"拿掉；又因为"妻独宿"，说明丈夫不在家，再把余下的"夫"也拿掉。这样，剩余下来的，便是"一"了。

7. 谜句：美称玉兔居蟾宫；谜底，"月"。解读：玉兔与蟾宫，都是"月"的美称。

8. 谜句：滔滔不绝口舌苦；谜底，"辞"。解读：该句的谜眼，在最后两字——"舌苦"；很明显，"苦"即"辛"也。"舌"与"辛"，合成"辞"。

9. 谜句：整整二十四小时；谜底，"旧"。解读：二十四小时，正好一天，即1日，"丨"与"日"，合成"旧"。

10. 谜句：昂首离去走之步；谜底，"迎"。解读："昂"上面的"首（头）"离去"，余下的即"卬"，下面加个"走之"底（辶），就是"迎"字。

11. 谜句：父母体虽增一斤；谜底，"新"。解读："父母"，在文言中即"亲"，右边增加一个"斤"字，便是"新"。

12. 谜句：眼睛散光视物糊；谜底，"盼"。解读：眼睛，即"目"，散光的"散"，即"分"。"目"与"分"，合成"盼"。

13. 谜句：焚书甭封儒生嘴；谜底，"吉"。解读："书"能"焚"，烧掉便没有了，可不计；关键是"儒生嘴"是封不住的。因此，猜该句的谜眼在"儒生嘴"。儒生"士"也，嘴"口"也。上下合成"吉"字。

14. 谜句：神猴离去青鸟补；谜底，"祥"。解读："神"右边的"申"，该年生的人，生肖为"猴"（可参见上谜句1解），离去了，即留下偏旁"礻"。"青鸟"，在古代也是"羊"的别名，由它去"补"在"礻"旁，就是"祥"了。

全谜的谜底是：羊去猴来仅一月，辞旧迎新盼吉祥！

【备注】因为这期谜钟是在羊年作的，所以如果你在其他年份想转发给亲友助兴的话，其中第一、三两句就要相应改编，否则显然会不合时宜。改编的方法：第一句很容易，只要把第一个字，换一个地支就行了。如：鼠年，就改为"子"；牛年，就改为"丑"……其余，可参见下表，依次类推，对号改动。第三句较难，需整句换掉。为方便读者，兹拟各年可配的谜句如下，供参考：

1. 子年：物中谁征财神爷（鼠）；
2. 丑年：铁扇公主嫁给谁（牛）；
3. 寅年：山中谁可称大王（虎）；
4. 卯年：月中谁在捣药臼（兔）；
5. 辰年：四海各有谁称王（龙）；
6. 巳年：牛鬼啥神本没有（蛇）；
7. 午年：哪种动物象征忠（马）；
8. 未年：哪种动物象征孝（羊）；
9. 申年：山中无虎谁称王（猴）；
10. 酉年：雄啥一唱天下白（鸡）；
11. 戌年：六畜谁最讲义气（狗）；
12. 亥年：唐僧徒弟谁老二（猪）。

譬如以 2018（戊戌）年为例，该谜面的第一、三两句，就应分别改为："戌岁生肖我专属"与"唐僧徒弟谁老二"，谜底就是："狗"和"猪"。

【云庭谜钟（4）腊八节】

腊月初八腊八节，八宝煮粥成风习；
古时礼佛敬祖先，而今自用祈如意。

一、本期谜语

过去一个月，两腿东西行；
家有十一口，青鸟示意临；
姑娘刚张嘴，马上说心领。

二、提示

每句猜一字，共6字，组成一个有意义的短句。

【云庭谜钟（4）揭晓】

一、互动简报

上期谜钟，因难度很高，虽应战者不少，全猜中者只有一人，故这期就降低了难度，果然硕果累累，凡投射者几乎全有收成。可喜可贺！

首先收获成果的有二位：一位是上中老3班蛰伏已久的电玩高手——似水流年，他只用了10分钟时间便传来答案，随即得到了宋竞与立民的赞贺。另一位是，一家门里的刘明，耗时几乎相同，她就是上期独占鳌头的巾帼英雄。

稍后：上教群的敏敏，不但猜中全谜，获得夕阳琴童的力赞，并且对大部分谜底做了准确解读。打浦66届的才女慧君，也较早猜对，受到凤宝的称颂。还有一直孤军奋战的打浦75届CC看听，时间虽略晚一些，但他可是谜钟创刊以来获胜率最高的投手之一。

可喜的是打浦72届秋水，她虽分两次才猜对全谜，可她是边做家务、边挤时间来投入猜射的，而且实现了该届撞开谜钟大门零的突破之第一位读者！可惜的是，人才济济的打浦69届群友，除关注者外，竟没有一位投入这一次活动。

二、谜底解读

1. 谜句：过去一个月；谜底，"腊"。解读："过去"，即"昔"；加一个"月"，合成"腊"。

2. 谜句：两腿东西行；谜底，"八"。解读：一撇一捺，形似两条"腿"，"东西"表示右左两个方向；拼起来，象形"八"字。

3. 谜句：家有十一口；谜底"吉"。解读："十、一、口"，自上而下，组成"吉"字。

4. 谜句：青鸟示意临；谜底，"祥"。解读："青鸟"，是"羊"在古代的一个别名。"示"，作为偏旁，即"礻"。"临"，有靠近、接近之意。"礻"靠近"羊"，即"祥"字。

5. 谜句：姑娘刚张嘴；谜底，"如"。解读："姑娘"，"女"也，"嘴"者，"口"也。二字合起来，便是"如"。

6. 谜句：马上说心领；谜底，"意"。解读："马上"，即"立、立即"之意，取其"立"。"说"，在文言中即"曰"。"心领"神会，取其"心"。自上而下组成"意"。

整个谜底是：腊八吉祥如意！

【云庭谜钟（5）大寒】

今日大寒隆冬极，廿四节气到此全；
特作此谜供互动，抱团取暖迎新年。

一、本期谜语

手持利刃来，有钱又有才。

勇往直向前，玉换家猪崽。
一人巧遇此，塞土飞即雨。
太阳失黑点，泼水水枯竭。

二、提示

以上每句猜一字，共8字，组成上下各4字的连贯祝语。

【云庭谜钟（5）揭晓】

一、互动简报

昨晚，大寒如期，小雪微扬，各群里依然沸反盈天。

就本期谜钟而言，推出后不到13分钟，上中老3班的胖子立民便发来全准的谜底，重返优胜者榜首宝座，并立即获得宋竞伸出的一个特大拇指称赞，可喜可贺！

其后，打浦66届才女慧君、75届奇才CC看听、上教群巾帼敏敏，也陆续发来正确答案。谢谢，祝贺！

打浦69届莉珠，首次参加撞钟，就一气击准难度较高的上句，虽未续猜较易的下句，仍属难能可贵，堪赞！

最可惜的是一家门刘明，她虽昨晚已发来全准谜底，可就在刚揭晓前，补来纠"正"一字的微信，却反而导致失误。

二、谜底解读

1. 谜句：手持利刃来；谜底，"招"。解读："手"，即提手旁"扌"，"利刃"，即刀锋、刀口。"扌"与上"刀"下"口"组合，就成"招"。

2. 谜句：有钱又有才；谜底，"财"。解读：谜底左偏旁"贝"，是古代曾通用过的"钱"，与右边的"才"结合，即"财"。

3. 谜句：勇往直向前；谜底"进"。解读："向前"的含义，即"进"。

4. 谜句：玉换家猪崽；谜底，"宝"。解读："家"下面的"豕（音 shi）"，即"猪"。原宝盖头（"宀"）不动；用"玉"去换下面的"豕"，便是"宝"字。

5. 谜句：一人此巧遇；谜底"大"。解读："一"与"人"，"遇"合在一起，即"大"。

6. 谜句：塞土飞即雨；谜底"寒"。解读："寒"下面的"土""飞"走，立"即"用"雨"来补位，就是"寒"字。该"寒"下面的两点，是"雨"滴的象形，而非含义。

7. 谜句：太阳失黑点；谜底，"大"。解读："太阳"下面的一点，也意象为"黑点","失"去了,即"大"。

8. 谜句:泼水水枯竭;谜底"发"。解读:"泼"去掉左边的"水",是"发"。"水枯竭"了,即没有了,也是"发"。

整句谜底是:招财进宝,大寒大发!

【云庭谜钟(6)寒潮】
　　　　　　　　昨日四九刚过半,寒潮汹涌来势猛;
　　　　　　　　毕竟已是残冬时,冰融过后是新春。
一、本期谜语
射中仅仅差十分,志士牺牲民悲愤。
名谓米糠实无米,号称傣寨不见人。
这话说完关公驻,终解马缰走麦城。
欲劫乏力心不济,蝙蝠非虫需示衬。
视而不见录音在,勿孤勿单并蒂存。
一钩描得有点土,对艰难都先写成。
春雨绵绵妻独宿,一夫归来太阳升。
二、提示
以上每句猜一字,共14字,组成两个上下各7字的连贯语句。这是本谜钟创刊以来难度最高的一期。如能猜出全谜,当然最好;如果不能全部射准,则以猜对字数最多的为优胜。

【云庭谜钟(6)揭晓】
一、互动简报
自创刊以来,原以为这是难度最高的一期谜钟。怕应者寥寥,甚至没有全猜中的人,故在提示中特加一条:倘无全准者,则以猜对字数最多的人为优胜。

孰知推出后,各群英才辈出,如我国参与世乒赛一样,几乎大获全胜!真是喜出望外,下把获奖者名单公布于下:

男单冠军:CC看听(打浦75届)。

女单冠军:陈慧君(打浦66届);亚军(也全对,但分两次猜中):liuming(一家门)。

女双冠军:戎音、陈蔚(上教退休群)。

混双冠军:胖子立民、宋竞(上中老3班)。

男团冠军：杨宝生、徐德龙、彭新民（打浦69届）。

全场最快猜中者：立民、宋竞（本期推出后，收到答案时间：上句，仅7分钟；下句，又只用8分钟）。

评判准确优胜者：陈凤宝（打浦66届）、敏敏（上教）、李军（上中老3班）。

二、谜底解读

1. 谜句：射中仅仅差十分；谜底，"身"。解读：以"射"为谜基，去掉（"差"）右边一个"寸（即'十分'）"字，就是"身"。

2. 谜句：志士牺牲民悲愤；谜底，"心"。解读：以"志"为谜基，删去（"牺牲"）上面的"士"字，就是"心"。

3. 谜句：名为米糠实无米；谜底，"康"。解读：以"糠"为谜基，去掉（"无"）左边的"米"字，就是"康"。

4. 谜句：号称傣寨不见人；谜底，"泰"。解读：以"傣"为谜基，去掉（"不见"）左边的"亻（单人旁）"，即"泰"。

5. 谜句：这话说完关关驻；谜底，"送"。解读：以"这"为谜基，去掉（"完"）右上的"言"（言在文言中：做名词，即现代的"话"；做动词，即现代的"说"），留下了走字底（辶）。而后，把关羽的"关"，驻进去，即"送"。

6. 谜句：终解马缰走麦城；谜底，"冬"。解读：以"终"为谜基，"解"去左边的"纟"指缰绳，即"系"。因为"纟"的本义是丝线，可引申为各种线，而缰绳是由线绞结成的。

7. 谜句：欲劫乏力心不济；谜底，"去"。解读：以"劫"为谜基，去掉右边的"力"字，即为"去"。"乏力"，即缺乏力量。

8. 谜句：蝙蝠非虫需示衬；谜底，"福"。解读：以"蝠"为谜基，去掉（"非"）左边的"虫"旁，即"畐"。然后，用"示（做偏旁为礻）"衬到左边去，就成为"福"字。

9. 谜句：视而不见录音在；谜底，"禄"。解读："视"右边的"见"不见了，即"礻"，然后，用"录音"的"录"补位，就是"禄"字。

10. 谜句：勿单勿孤并蒂存；谜底，"双"。解读：此谜的猜测思路，与以上各谜的拆解组合字法不同，用的是词义领会法。如该谜句中的"勿单""勿孤"，都意味着"双"；而"并蒂存"，更直接点明是"双"。因此，谜底便是"双"。

11. 谜句：一钩描得有点土；谜底，"至"。解读：此谜较难，是我临时起意制作的。猜法是按"至"的笔顺：从上到下，先写第一笔"一"；次写第二笔"钩（L）"；再写第三笔"点"，成为"厶"；最后在下面加个"土"，就成了"至"字。

12. 谜句：对艰难都先写成；谜底，"又"。解读："对、艰、难"三个字：按笔顺来写，从左到右，"先写成"的，都是"又"。

13. 谜句：春雨绵绵妻独宿；谜底，"一"。解读：这是个传统字谜，过去在本谜钟中，已借用过一次。猜法是：以"春"为谜基；从含义上测，"妻独宿"，意指"夫"不在，而"雨绵绵"的隐意是，没太阳（日）。这样，把"春"字上部的"夫"，与下部的"日"去掉，便是"一"字了。

14. 谜句：一夫归来太阳升；谜底，"春"。解读：这是我受上谜启发，而制成的新谜。猜法，只要逆上谜的顺序来猜就行。即：先以"一"为谜基，次把"夫归来"中的"夫"，与"一"结合，放在上部，再把"太阳"，即"日"，放在下面。这样，就组成了"春"字。

全谜的谜底是：身心康泰送冬去，福禄双至又一春。

【云庭谜钟（7）立春】

东风轻拂暖人心，艳阳消尽云庭冰；
一年之计在于春，一生之计在于勤。

一、本期谜语
金虎玉兔会，双双来凑巧；
座位已客满，三人即日到。
书生动嘴吟：朝暾初最妙；
船篙竹已坏，当柴火上烧。

二、提示
以上每句猜一字，共八字，组成上下各四字的连贯语句。

【云庭谜钟（7）揭晓】

一、互动简报
本期谜语，猜全准者不及以往，但仍有可观，概况如次。
全部猜对的，先后有两位：
1. 胖子立民（上中老 3 班）
2. 慧君（打浦 66 届）
猜中 5 个字的，也两位：
1. 刘明（一家门）
2. CC 看听（打浦 75 届）

猜中 3 字的：

敏敏（上中退教群）

猜中 1 字的：

秋水（打浦 71 届）。

积极参与点评互动的有：

陈凤宝（打浦 66 届）；宋竞、葛培君（上中老 3 班）。另有在朋友圈或各群里加赞者，因人数较多，不再一一举名。谢谢！

二、谜底解读

1. 谜句：金虎玉兔会；谜底，"明"。解读：金虎与玉兔，分别是太阳和月亮的别称，左右"会"合在一起，便是"明"。

2. 谜句：双双来凑巧；谜底，"天"。解读："双双"，一般指夫妻或情侣"二人"。二与人"凑"合在一起，组成"天"字。

3. 谜句：座位已客满；谜底，"立"。解读：座位客满，那只能站"立"了。

4. 谜句：三人即日到；谜底，"春"。解读：只要按笔顺写下来：先写"三"，次写"人"，再写"日"，谜底就出来了。

5. 谜句：书生动嘴吟；谜底，"吉"。解读：书生，即读书人或知识分子，古称"士"。动嘴，即开"口"，"士"下加"口"，即"吉"。

6. 谜句：朝暾初最妙；谜底，"星"。解读："朝暾"，早晨的太阳（日），"初"，刚升起时，即产"生"时。"日"下加个"生"，就是"星"。

7. 谜句：船篙竹已坏；谜底，"高"。解读：撑船的"篙"，是竹制成的；"竹"已坏，即把它去掉，便是"高"。

8. 谜句：当柴火上烧；谜底，"照"。解读："火"的变形偏旁，是四点底（灬）。在它"上"面烧，会发出火光，即"亮光"。"昭"的一个含义便是亮光，四点底（灬）上面加"昭"，即"照"。

全部谜底为：明天立春，吉星高照。

【云庭谜钟（8）春节】

今夜斗回北，明朝岁起东；

爆竹送旧岁，围炉撞谜钟。

一、本期谜语

手边没有金属钉，生肖属于寅年生。

父兄人去换助手，绳索已被虫咬定。

免费给你不用还，伪装撕去真丢人。
云上中间竖根竿，穷则思变为图甚？
君三国二谁第一？张弓瞄住嘴下虫。
宝玉藏在方盒里，欲捧失手没接稳。
齐天大圣原本啥？从彼到此远到近。

二、提示

以上每句猜一字，共14个字；组成一副与时节有关的春联。

【云庭谜钟（8）揭晓】

一、本期简报

全对的有：

1. 胖子立民（上中老3班）
2. 陈慧君（打浦66届）
3. 徐德龙、杨宝生（打浦69届）

猜中13字的，CC看听（打浦75届）；11字的，缪戒音（上中退教群）；8字的，施磊（同上）。特此祝贺！

另有老牛1234、陈志忠、李军，以及国平与刘都等微友，积极参与点评或加赞。谨表感谢！

二、谜底解读

1. 谜句：手边没有金属钉；谜底，"打"。解读："手边"，隐提手旁（扌）。"没有金属的钉"，即"丁"。扌＋"丁"合为"打"。

2. 谜句：生肖属于寅年生；谜底，"虎"。解读：按12个地支，与12个生肖相配（详参本谜钟第3期解读），凡"寅"年生的人，都肖"虎"。

3. 谜句：父兄人去换助手；谜底，"拍"。解读："父"的"兄"，即"伯"，其中的"人去"掉，即"白"，换个助"扌"，加上去就是"拍"。

4. 谜句：绳索已被虫咬定；谜底，"蝇"。解读：绳索的"绳"，是绞丝旁（纟），它被"虫"咬掉了，即留下"黾"，而这个"虫"又定下来没走，即"虫"＋"黾"，就是"蝇"。

5. 谜句：免费给你不用还；谜底，"送"。解读：谜句的意思，就是"送"。

6. 谜句：伪装撕去真丢人；谜底，"羊"。解读：伪装，即"佯装"，"佯"旁的"人（亻）"丢了，便是"羊"。

7. 谜句：云上中间竖根竿；谜底，"去"。解读："云"的上部，是"二"，中间竖根竿，象形一竖（丨）似"土"。该"土"与原字的下部"厶"组合起来，即"去"。

  8. 谜句：穷则思变为图甚；谜底，"富"。解读：针对性回答此问，就是图"富"。

  9. 谜句：君三国二谁第一；谜底，"民"。解读：孟子有名言："民为贵，社稷（国家）次之，君为轻。"该谜俗其意而设问，故为"民"。

  10. 谜句：张弓盯住嘴下虫；谜底，"强"。解读："嘴（口）下虫"，合起来即"虽"字，它被"弓"盯住了，合成"强"。

  11. 谜句：宝玉藏在方盒里；谜底，"国"。解读："方盒"，象形"口"，里面藏块"玉"，便合为"国"字。

  12. 谜句：欲捧失手没接稳；谜底，"奉"。解读："捧"字，失去了"手（扌）"，即"奉"。

  13. 谜句：齐天大圣原本啥；谜底，"猴"。解读：读过《西游记》的人都知道，"齐天大圣"本来是"猴"。

  14. 谜句：从彼到此远到近；谜底，"来"。解读：谜句的意思，就是"来"在一般词典中的解释。

  整个谜底是：打虎拍蝇送羊去，富民强国奉猴来。

【云庭谜钟（9）财神节】

      喜迎财神节，谁不想发财？
      只要来路正，恭喜大发财！

一、本期谜语
凭才获得珍宝贝，祖将离去至上海。
关下有人走进入，过去一寸云到来。
氧化反应羊吓跑，挑拨失手反自害。
钱才双全最理想，状告上头下真难。
谨慎不语加把力，合力摘除贪官冕。
二、提示
以上每句猜一字，共10字，组成两个上下各5字的相关语句。

【云庭谜钟（9）揭晓】

一、互动简报
今天是财神节，大家争抢本期财神的热情很高，且硕果累累。现将捷报公布如下。

全部猜对的：（以收到全准答案的先后时间为序）

1. 胖子立民（上中老3班）；2. 陈慧君（打浦66届）；3. 陈蔚（上中退教群）；4. 刘明（一家门）；5. 张伟（打浦75届）；6. 翁朝仪（同前，但从个别聊天中发来）。

特此祝贺！

另有上中老3班李军，第一个就在朋友圈点评中发来了准确的下联，可惜没有继续猜下去。

此外，洪永刚、宋竞、陈志忠、孙虹翔、左德雄、敏敏等微友，积极投入了点评，还有不少微友做了加赞等互动。谢谢！

二、谜底解读

1. 谜句：凭才获得珍宝贝；谜底，"财"。解读：凭"才"得"贝"，合起来即"财"。

2. 谜句：祖将离去至上海；谜底，"神"。解读："祖"的右偏旁"且"，文言中可解为"将、将要"。谜句中的"将离去"，即把"且"挪离，余下左偏旁"礻"。另："至上海"是倒装，即"上海至"，而上海又可简称"申"，故把它补到"礻"的右边去，就组成"神"字。

3. 谜句：关下有人走进入；谜底，"送"。解读："关"的下面，有个走之底（辶）进入，就成了"送"字。

4. 谜句：过去一寸云到来；谜底，"运"。解读："过"，去掉一个"寸"字，为"辶"，由"云"到来补，即"运"字。

5. 谜句：氧化反应羊吓跑；谜底，"气"。解读："氧"下面的"羊"跑了，即"气"字。

6. 谜句：挑拨失手反自害；谜底，"发"。解读："拨"字失去了手（扌），即"发"。

7. 谜句：钱才双全最理想；谜底，"财"。解读：古代曾用"贝"作"钱"用，它与"才双全"便是"财"字。

8. 谜句：状告上头下真难；谜底，"靠"。解读："告"，在谜底字的"上头（部）"，而其下部"真难"，"非"也。上下组合成"靠"字。

9. 谜句：谨慎不语加把力；谜底，"勤"。解读："谨慎"得不说话（语），即把"谨"的形旁"讠"去掉，留下声旁"堇"，再在其右边，"加"个形旁"力"，就组成了"勤"字。

10. 谜句：合力摘除贪官冕；谜底，"勉"。解读："冕"，古代官员的礼帽。

因它是戴在头上的,把它"摘除",象形把"冕"上头的"曰"去掉,成了"免",而后,再把谜句开头的"力",组"合"上去,就是"勉"了。

全部谜底是:财神送运气,发财靠勤勉!

【云庭谜钟（10）情人节】
　　　　　　　　刚过财神节,又迎情人会;
　　　　　　　　发财靠勤智,结伴有缘配。
一、本期谜语
本来就有此心意,相伴相依不离分。
卡上余额已用完,贿款不要为人正。
青草尚需用心护,禽仔夭亡更泪崩。
冬近赶忙备丝棉,心诚毋须用语证。
目送豢养猪离去,层云游离大禹临。
二、提示
以上每句猜一字,连起来组成一个完整的句子。

【云庭谜钟（10）揭晓】
一、互动简报
本期谜钟推出当天,就在各群里,先后被7位微友猜中全谜,并获得另8位微友认同。今晨,又从圈中,收到一份全对的答案,为这期谜钟画下了圆满的句号。这也是本专栏创刊以来首次实现了满堂红。真是可喜可贺!下把他们的名单,按耗时多少为序,公告如下:

1. 朱立民（12分钟——上中老3班）

2. 张伟（57分钟——打浦75届）

3. 李承云（59分钟——打浦66届）

4. 徐德龙（1小时零4分钟——打浦69届）

5. 陈蔚（1小时10分钟——上中退教群）

6. 彭新民（1小时11分钟——打浦69届）

7. 张步成（5小时22分钟——上中退教群）

8. 刘明（今晨收到——一家门）

其中,尤其是张步成老师,已届80高龄,还兴致勃勃地参与互动,并获此佳绩,更值得赞扬,致敬!

积极参与点评的有：张治华、陈志忠、宋竞、孙虹翔、李军、陈琼、戴敏敏、缪戎音等微友。还有多位加赞的亲友，不再一一另列，谢谢！其中，尤其是打浦69届的张治华，猜对全谜，逐句做了基本正确的解读。实属不易，可喜堪赞！

二、谜底解读

1. 谜句：本来就有此心意；谜底，"愿"。解读：本，即"原"，"原"有此"心"，就是"愿"。

2. 谜句：相伴相依不离分；谜底，"天"。解读：相依相伴，是"二人"的行为，他们"不离分"，即结合成"天"字。

3. 谜句：卡上余额已用完；谜底，"下"。解读："卡"字，"上"半部的"余额（象形"卜"）"，"已用完"，即没有了，就是"下"字。

4. 谜句：贿款不要为人正；谜底，"有"。解读："贿"，是"贝"和"有"组成的合体字。其中的"贝"，即款，"不要"，即把它删去，便是"有"。

5. 谜句：青草尚需用心护；谜底，"情"。解读："青""用心（忄）护"，合为"情"。

6. 谜句：禽仔夭亡更泪崩；谜底，"人"。解读："仔"，为"禽子"，"夭亡"，即早死。"禽仔"中"禽子"死了，即："禽仔－禽－子＝人（亻）"。

7. 谜句：冬近赶忙备丝棉；谜底，"终"。解读：以"冬"为谜基，"丝棉"的"丝"隐含"纟"意，二者靠"近"，合成"终"字。

8. 谜句：心诚毋须用语证；谜底，"成"。解读：以"诚"为谜基，其形旁"讠"即语言。"毋须用语证"明，就是把"讠"去掉，即"成"。

9. 谜句：目送豢养猪离去；谜底"眷"。解读："豢"下的"豕"，即猪，用"目"代入，送"豕"离去，就是"眷"字。

10. 谜句：层云游离大禹临；谜底，"属"。解读："层"下的"云"离开，即"尸"，大禹的"禹"降临，即"尸"与"禹"结合，成为"属"字。

完整的谜底是：愿天下有情人终成眷属！

【云庭谜钟（11）雨水】

好雨虽说知时节，所谓当春乃发生；
其实亦需防春寒，尤其体弱老年人。

一、本期谜语

雷霆霹雳上，江河海洋边。
此旁有积水，泉下重月连。

方才帽被吹，牛侧不要站。

日月交草头，羊骑界下面。

星星日落出，勤力失多言。

耳左芳草尽，人到更安全。

冬去夏未临，塞下土冰换。

二、提示

以上每句猜一字，谜底连起来，是个上下各7字的并列复句。

【云庭谜钟（11）揭晓】

一、互动简报

这期谜钟，虽然有一定难度，但猜者依然踊跃，成绩也不菲。特按猜中的时序，把名单公布如下：

1. 翁朝仪、俞福元（打浦75届）

2. 缪戎音、戴敏敏（上中退教群）

3. 李承云（打浦66届）

4. 朱立民、李军、陈志忠（上中老3班）

5. 赵张存（金陵同学汇）

6. 丁一林（上中老朋友）

7. 彭新民（打浦69届）

8. 涛声依旧（朋友圈）

9. 张伟（打浦独行侠）

谢谢，并致以祝贺！

二、谜底解读

1. 谜句：雷霆霹雳上；谜底，"雨"。解读：前4个字的"上"部，都是"雨"。

2. 谜句：江河海洋边；谜底，"水"。解读：前4个字的左"边"，都是"氵"，即"水"。

3. 谜句：此旁有积水；谜底，"滋"。解读："此"，即文言中的"兹"，"旁"边的积"水"，即"氵"。氵+兹＝"滋"。

4. 谜句：泉下重月连；谜底，"润"。解读："泉下"，即"水"＝"氵"，"重"月，即"闰"月。氵+闰＝"润"。

5. 谜句：方才帽被吹；谜底，"万"。解读："方"上的一点（丶），意象为"帽"子。"方"吹去上面的"一点"＝"万"。

6. 谜句：牛侧不要站；谜底，"物"。解读："牛"＝牜，"不"＝勿。牛的"侧"旁＋勿＝"物"。

7. 谜句：日月交草头；谜底，"萌"。解读："日月交"＝明，"草头"＝艹。艹＋明＝"萌"。

8. 谜句：羊骑界下面；谜底，"养"。解读："界下面"＝介。羊＋介＝"养"。

9. 谜句：星星日落出；谜底，"生"。解读：星星，在太阳（日）落山以后"出"现，即"星"—"日"＝"生"。

10. 谜句：勤力失多言；谜底，"谨"。解读："勤"，"失"去"力"＝"堇"，又"多"了个"言（讠）"＝"谨"。

11. 谜句：耳左芳草尽；谜底，"防"。解读："耳左"＝左"阝"；"芳草尽"＝"芳"上面的"草（艹）"没有了＝方。左"阝"旁＋方＝"防"。

12. 谜句：人到更安全；谜底，"倒"。解读："人"＝"亻"＋"到"＝"倒"。

13. 谜句：冬去夏未临；谜底，"春"。解读：按季节的顺序推测，即为"春"。

14. 谜句：塞下土冰换；谜底，"寒"。解读："塞"下面的"土"，被"冰（即冫）"换"掉了＝"寒"。

整个谜底为：雨水滋润万物萌，养生谨防倒春寒！

【云庭谜钟（12）元宵节】

正月十五闹元宵，春节又一新高潮；
家家户户食汤圆，圆圆满满生活好。

一、本期谜语
烟因净尽人丁旺，艳阳当头春光好。
预报明昼阴有雨，忽闻国内人换宝。
喜得男婴双胞胎，家猪自古为生肖。
羊羔如今正长大，秋来即愁情绪糟。
氨气挥发会怎样？人居什么最重要？
稻禾成熟供人口，举足迈步走又跑。
一口横山长竖钩，美誉不必做广告。

二、提示
1. 以上每句猜一字，连起来，是一副与本节日有关的对联。
2. 因本期难度较高，故能全谜猜中固好；否则，以猜中字多者为胜。

【云庭谜钟（12）揭晓】

一、互动简报

谜钟创刊以来，这是货真价实的最难一期，也是各群反应最为热烈、商兑最为活跃、耗时最多最长、全准却相对较少，因而，也是谜底揭晓最晚的一期。

这期全猜对的虽只有两个群，但过程却相当精彩激烈，可圈可点。如：上中老3班，以神射手胖子立民挂帅兼先锋，且最后收官。其间，宋竞、志忠、培君、吴健等陆续介入，陈琼则简洁妙评，李军还做了创意性发挥。先后共进行了80多回鏖战，才攻克全垒。真可歌可泣、可喜可贺！

与此可比肩的是打浦69届。他们慷慨披挂的有杨宝生、彭新民、徐德龙、张治华、胡运转五君，先后也激战了60多个回合，才获全胜。其中立功最大的是，彭、徐；临门绝杀的，是运战；起峰回路转作用的，是治华；而穿针引线的灵魂人物，则是宝生。他时而引经据典，时而激励同伴，尤其是下面一段话，说得何等好啊："我们虽是69届同龄人，但不甘居落后，勇于探索追求向上的品质，是我们这一代人的共性！"此话掷地有声，可敬可佩！

另有两个群，分别也交战了二三十个回合，虽各以一字之差，惜败于上两个群，但过程也较热烈、战果依然辉煌。他们是：上教群的戎音、方弘、老张、陈蔚及敏敏；打浦66届的慧君、承云及凤宝。其中立功最大的是，老、中年才女戎音与慧君。更值得赞扬和祝贺的是：方弘首次参战，就连中四元；老张年届八旬，又射中一鹄！

此外，一家门的刘明，以一己之力，猜对了11个字，也应该祝贺！

二、谜底解读

1. 谜句：烟因净尽人丁旺；谜底，"灯"。解读：谜句的含义是：因为烟霾消散干净，所以人丁兴旺。从猜谜角度思考，则为："烟"右边的"因"没了，剩下"火"字旁，再把人丁的"丁"加上去，就成了"灯"字。

2. 谜句：艳阳当头春光好；谜底，"映"。解读：艳阳，是"日"，当头，即照到了天"中央"。"日"与"央"，合成"映"字。

3. 谜句：预报明昼阴有雨；谜底，"月"。解读：以"明"为谜基，白"昼阴有雨"，即无太阳（日），余下的，便是"月"。

4. 谜句：忽闻国内人换宝；谜底，"圆"。解读：把"国"字内部的"玉（指"宝"）"，换成了"人（"员"）"，谜底即"圆"。

5. 谜句：喜得男婴双胞胎；谜底，"兄"。解读：男的双胞胎，即二个儿子。上"二"下"儿"，合成"兄"。

6. 谜句：家猪自古为生肖；谜底，"宵"。解读："家"下部的"豕"，即"猪"，变为生肖的"肖"，就是"宵"。

7. 谜句：羊羔如今正长大；谜底，"美"。解读："羊"下加一个"大"字，即"美"。

8. 谜句：秋来即愁情绪糟；谜底，"心"。解读：从字形看，"心"上来一个"秋"字，即"愁"；从词意而言，"愁"是一种很糟的情绪。反其意而解之：如果"愁"上面的"秋"不来，那么"心"情就不"糟"了，故谜底是"愁"－"秋"＝"心"。

9. 谜句：氨气挥发会怎样；谜底，"安"。解读："氨"字上部的"气"，挥发掉了，留下的便是"安"字。

10. 谜句：人居什么最重要；谜底，"家"。解读：所谓"金窝银窝，不如自家草窝"，"家"，是人最重要，合适、安全的居住地方。

11. 谜句：稻禾成熟供人口；谜底，"和"。解读：该句谜意是稻禾成熟后，脱粒成谷、轧米，以供人吃。从猜谜角度思考，则取其字形，即"禾"与"口"，组合成"和"字。

12. 谜句：举足迈步走又跑；谜底，"万"。解读：以"迈"为谜基，跑掉"走"字底（辶），即"万"。

13. 谜句：一口横山长竖钩；谜底，"事"。解读：按谜句的指令，依笔顺写下来："一"横，扁形的"口"，形似横写的山（彐），长竖钩，就是"事"了。

14. 谜句：美誉不必做广告；谜底，"兴"。解读：以"誉"为猜测的谜基，去掉（"不必"）下面的"言"字，即"兴"，因为广告一般都是用语言做的。

整个谜底是：灯映月圆元宵美，心安家和万事兴！

【云庭谜钟（13）落灯】

十三上灯十八落，春节至此全结束；
花开总有花谢时，还待明岁再欢度。

一、本期谜语
让话说完别躁急，小心灭种变了形。
团内人才刚调员，却被贪仔丢了人。
草上河畔各管各，假火忙着打补丁。
缅怀期满摘黑纱，伉俪缺一仍连魂。
历经三百六五天，边防卖力加十分。

皇帝正室叫什么？天上没有地平横。

嘴巴干了倒个头，梨树被砍不留根。

二、提示

以上每句猜一字，共 14 个字，组成上下各 7 字的连贯语句。

【云庭谜钟（13）揭晓】

一、互动简报

与上期相似，这期猜中全谜的，基本都是各群团队努力的成果，各团队中，虽然有主打与助攻、字猜多与猜少的区别，但不能以主助，尤其是猜对字数的多少论英雄，因为各谜语的难度有高低，诸微友看到谜语的时间也有先后。总之，都是集体智慧的结晶！下面是全部猜中的名单：

1. 张治华、杨宝生、彭新民（打浦 69 届）

2. 朱立民、吴健、陈志忠（上中老 3 班）

3. 陈慧君、陈凤宝（打浦 66 届）

4. 缪戎音、方弘、陈蔚、戴敏敏（上中退教群）

此外，单独作战的有：打浦 75 届张伟，猜中 11 字；"一家门"的刘明，猜中 10 字。特此，一并祝贺！

二、谜底解读

1. 谜句：让话说完别躁急；谜底，"上"。解读：以"让"为猜测的谜基，其左边的"讠"，即"话"，"说完"，即把它去掉。剩下的就是"上"。

2. 谜句：小心灭种变了形；谜底，"灯"。解读：这是本谜钟创刊以来，最难的一个谜句，猜测过程是："小"，由左右"两点"＋中"心"的一笔"竖钩"组成；"小心"，指"小"的中心一笔，即"竖钩"。"灭种"的"种"，这儿不作名词"种族"解，而作为动词"种植"用。把"灭"移植到"竖钩"上去，即组合为一个变形的"灯"字。（如：把"灭"下的"火"移到左边去，作部首；余下上面的"一"＋"小"的中心"竖钩"＝丁；火＋丁＝灯。）

3. 谜句：团内人才刚调员；谜底，"圆"。解读：把"团"内的"才"调为"员"，即"圆"。

4. 谜句：却被贪仔丢了人；谜底，"子"。解读："仔"左边的"亻"丢掉，就是"子"。

5. 谜句：草上河畔各管各；谜底，"落"。解读：草的上面即"艹"，河的一畔即"氵"，加上各管各的"各"，就组成了"落"。

6. 谜句：偎火忙着打补丁；谜底，"灯"。解读："火"边，依偎着一个

"丁",即"灯"字。或"火"字旁,"补"一个"丁"字,也是"灯"。

7. 谜句:缅怀期满摘黑纱;谜底,"面"。解读:把"缅"左边的"纟"(指代"纱")摘掉,即"面"字。

8. 谜句:伉俪缺一仍连魂;谜底,"大"。解读:伉俪:即夫妻,应为二人,现"缺一"人,留下的只有"一人"了。但他们的魂还"连"在一起——"一人"连成一体,即"大"字。

9. 谜句:历经三百六五天;谜底,"年"。解读:三百六十五天,为一"年"。

10. 谜句:边防卖力加十分;谜底,"过"。解读:把"边"上的"力""卖"出去,即"辶";再在它上面"加"个"寸(十分)",便是"过"。

11. 谜句:皇帝正室叫什么;谜底,"后"。解读:回答谜句即"皇后",简称"后"。

12. 谜句:天上没有地平横;谜底,"大"。解读:"天"上面的一横"没有"了,即"大"。

13. 谜句:嘴巴干了倒个头;谜底,"吉"。解读:嘴巴干,即"口干",上"口"下"干"合起来,再倒个头,就是"吉"字。

14. 谜句:梨树被砍不留根;谜底,"利"。解读:"梨"下部的"木",本义即"树",现全被砍了,留下来的,便是"利"字。

整个谜底是:上灯圆子落灯面,大年过后大吉利!

三、相关习俗

"上灯圆子落灯面",是流传于我国北方很多地区的一句民谚,也是历史悠久,至今还在各省区,尤其是扬州、南通等地流行的传统民俗活动内容之一。

该活动与上元节有密切关系。按习俗规定,农历正月十三"上灯",即家家户户开始张灯结彩;正月十五,趋向高潮,即元宵节;正月十八"落灯",即收下灯来,意味着次日,春节"过大年"的活动全部结束。

与此相关的民俗活动不少,就饮食而言,"上灯"那天要吃圆子,含义是家庭团团圆圆、生活圆圆满满。"落灯"这天要食面条,含义是:老年人健康长寿,所有人一切顺畅,出门的人经常回家看看……

【云庭谜钟(14)惊蛰】

时至惊蛰春雷动,土下百虫闻之醒;
农家耕种从此起,微雨绵绵群芳新。

一、本期谜语

明月落山三人到,暴雨下在大田上。
下午一点至三点,粮饷被嘴吃精光。
一心向往去首都,亲手捉虫玩一趟。
刑期一至就离开,放心入门别发慌。
眉上干字翻跟头,废除外障屋亮堂。
刚得宝贝喜滋滋,射失十分心惶惶。
本人一向跟得紧,儿女并行不媚上。

二、提示

以上每句猜一字,组成两个上下各 7 字的连贯语句。

【云庭谜钟(14)揭晓】

一、互动简报

这期活动,凡参与者,都大获全胜,且主帅大多换了新人。最突出的是上中老 3 班吴健,仅用 15 分钟,就从澳大利亚发来全对的谜底,赢得了该班、也是本谜钟历届霸主——胖子立民"一鸣惊人"的赞叹。与此可比肩的是,上中退教群方弘老师,她先以 7 分钟时间,猜对了下句及上句开头二字;后又用 7 分钟猜出余字,可惜错了一个。最后,由久未出阵的谜坛老将施磊释疑、纠正,并获方的认可,圆满收官。

最感人的是打浦 69 群:正在外应酬的杨宝生同学,一见谜钟便击中二字,并申明这是"抛砖引玉";回家后,见张治华已猜出大半,便立即与他继续商兑。而张虽猜到近 10 点后睡去,但次日零点多醒来又猜几字;再眠,醒后又猜,直至全部猜对才止。其间,在午夜后徐德龙也参与进来,成绩不凡。

此外,一家门的刘明、打浦 66 届李承云、75 届张伟,也先后独立猜准全谜。特一并祝贺!

二、谜底解读

1. 谜句:明月落山三人到;谜底,"春"。解读:以"明"为猜解谜基;"月落山",即月没有了,余下"日";"三人到",即将"三"与"人"组合起来,放"到""日"上面去,就是"春"字。

2. 谜句:暴雨下在大田上;谜底,"雷"。解读:"雨"下面,加个"田",即"雷"字。

3. 谜句:下午一点至三点;谜底,"未"。解读:在我国古代(现仍通用)的干支纪时法中,下午一至三点,就是"未"时。

4. 谜句：粮饷被嘴吃精光；谜底，"响"。解读：以"饷"为谜基；粮与"饷"左形旁的"饣"，即粮食；"吃精光"，即没有了，删去后成"向"字；被什么"吃"掉的？嘴巴，即"口"，在"向"左边加个形旁"口"，就成了"响"字。

5. 谜句：一心向往去首都；谜底，"惊"。解读："心"，在此做形旁，为"忄"；我国首都是北京，简称"京"；"忄"与"京"，合为"惊"。

6. 谜句：亲手捉虫玩一趟；谜底，"蛰"。解读：现在的"捉"字，与文言中的"执"同义；"捉虫"，即"执虫"；执虫，从上到下直写，即"蛰"。

7. 谜句：刑期一至就离开；谜底，"到"。解读：以"刑"为谜基；"至"，一来，"开"就从"刑"中离去，余下"刂"；"至"＋"刂"＝"到"。

8. 谜句：放心入门别发慌；谜底，"闷"。解读：把"心"放入"门"里去，即"闷"字。

9. 谜句：眉上干字翻跟头；谜底，"声"。解读："眉上"，指取"眉"的上半部（即把下面的"目"删掉）；"干字翻跟头"，即把"干"字倒写，成"士"；"眉"－"目"＋"士"＝"声"。

10. 谜句：废除外障屋亮堂；底，"发"。解读：以"废"为谜基；把"废"外的障碍物（指"广"）除去，即"发"字。

11. 谜句：刚得宝贝喜滋滋；谜底，"财"。解读："刚"即"才"，"得"即得到，"才"＋"贝"＝"财"。

12. 谜句：射失十分心惶惶；谜底，"身"。解读：以"射"为谜基；"十分"，即一"寸"；"射"失去了"寸"旁，就是"身"字。

13. 谜句：本人一向跟得紧；谜底，"体"。解读："人"作为偏旁，即"亻"；"亻"与"本"结合得紧密，就是"体"。

14. 谜句：儿女并行不媚上；谜底，"好"。解读："儿"，即"子"；"女"与"子"，并行在一起，即"好"。

整个谜底是：春雷未响惊蛰到，闷声发财身体好！

【云庭谜钟（15）妇女节】

三八国际妇女节，始于一九一一年，
人口较比男性多，力量可撑半爿天。

一、本期谜语
嘴巴下面一撮毛，眼睛上面二镰刀。

田间禾苗出了土，衣服当中包一包。
都说他比侏儒矮，裹头围脖女喜好。
蝈蝈鸣虫被巾遮，女并横山试比高。
汝因攀比汗流尽，园中小钱换大票。
手掌重权握得紧，结伴而行人遛跑。
还不用力做交易，老夫掉了乌纱帽。

二、提示

以上每句猜一字，组成一个上下各7字的因果复句。

【云庭谜钟（15）揭晓】

一、互动简报

这是一期献给今天妇女节的谜钟。从投猜人数来看，女同胞果然撑了半边天；就战果而言，更是巾帼不让须眉！战绩如下。

本期首获全胜的是，上中退教群。由两位女士：陈蔚立下头功，方弘完成绝杀；戎音、敏敏、施磊、祥棣等老师，或商兑，或助战，或夸赞，真是喜气洋洋，特此祝贺！

稍后，她们的高足，上中老3班便还以颜色。由两位男士：立民统领全军，志忠最后定局；宋竞、吴健、鸿翔、李军等，或接棒，或质疑，或调侃，可谓活跃非凡，亦此志贺。

可与比肩的是，打浦69群。他们是三剑客同心协力：徐德龙旗开得胜，张冶华穿针引线，杨宝生攻坚克难，拿下了全局。更可喜可贺！因为与前二群相比，他们虽社会阅历广、实践经验足、上进意志韧，但就受文化教育背景而言，他们是"文革"的最大牺牲者，而猜字谜恰正是以书面知识为主的智力游戏，所以他们能取得如此佳绩，更不易。大赞！

此外，一家门群的刘明与打浦66届的陈慧君，分别猜中了13字；而首次参与竞猜的打浦75届俞福元，也一举射准了一半谜。特一并祝贺！

二、谜底解读

1. 谜句：嘴巴下面一撮毛；谜底，"须"。解读：此谜要从形象角度去领会，即谜句描述的对象是胡须，简称"须"。

2. 谜句：眼睛上面二镰刀；谜底，"眉"。解读：该谜揣测思路同上，即眉毛，简称"眉"。

3. 谜句：田间禾苗出了土；谜底，"由"。解读：以"田"为猜测的谜基，中"间"一竖，喻为禾苗，出了土，喻这一竖出了头，即"由"。

4. 谜句：衣服当中包一包；谜底，"衷"。解读：把"衣"上下拉开，再把"中"包在当中，即"衷"。

5. 谜句：都说他比侏儒矮；谜底，"谢"。解读："说"，即"言"，作为偏旁就是"讠"；侏儒，是患矮小症，也可形容世上矮小的人；比他们更矮的人多矮呢？"身"高"1寸"，即"寸身"；讠+射=谢。

6. 谜句：裹头围脖女喜好；谜底，"巾"。解读：此谜，要从谜句示意的功用角度去思考：答案是围巾或头巾，简称"巾"。

7. 谜句：蝈蝈鸣虫被巾遮；谜底，"帼"。解读："蝈"字旁的"虫"，被"巾"遮掉了，即"帼"。

8. 谜句：女并横山试比高；谜底，"妇"。解读：山横过来，形状似"彐"；与"女"并列在一起，就是"妇"。

9. 谜句：汝因攀比汗流尽；谜底，"女"。解读："汝"左边的"汗"水流尽，即"女"。

10. 谜句：园中小钱换大票；谜底，"因"。解读："园"中的"元"，是小钱，把它换成"大"字，就是"因"了。

11. 谜句：手掌重权握得紧；谜底，"撑"。解读："手（扌）"与"掌"并紧，就是"撑"。

12. 谜句：结伴而行人遛跑；谜底，"半"。解读："伴"左边的"人（亻）"跑了，即"半"。

13. 谜句：还不用力做交易；谜底，"边"。解读："还"右上的"不"，用"力"去交换，就是"边"字。

14. 谜句：老夫掉了乌纱帽；谜底，"天"。解读："夫"上出头的"短竖"，意象为"帽"子；这"短竖"掉了，就是"天"字。

整个答案是：须眉由衷谢巾帼，妇女因撑半边天。

【按】这是一个倒装因果关系的复句。意思是：因为妇女撑起了半边天，所以男同胞应当由衷地感谢女同胞。

【云庭谜钟（16）植树节】
　　　　　　　风物长宜放眼量，前人栽树后人凉；
　　　　　　　绿化环境净空气，子孙代代有福享。

一、本期谜语

啃完李子直接回，话虽不错有些呆，
奔走相告在一起，愚公巧遇傻小孩。
祝兄换回半幅图，翻译缺词汗出来。
左中右前少何方？弋人相守分不开。

【注】弋人：射猎的人。

二、提示

以上每句猜一字，共8字，组成一个上下各4字的连贯语句。

【云庭谜钟（16）揭晓】

一、互动简报

这期谜钟推出后，竞猜者又大获全胜。特此祝贺！现按收到全对答案的先后，排序如下：

1. 葛培君（上中老3班，仅用9分钟，详情见下"互动花絮"）。

2. 陈慧君（打浦66届，用了22分钟）

3. 陈蔚、敏敏、方弘（上中退教群，时间略，下同。）

4. 彭新民、杨宝生、张治华、徐德龙（打浦69届）

5. 刘明（一家门）

6. 张伟（打浦75届）

二、谜底解读

1. 谜句：啃完李子直接回；谜底，"植"。解读：啃完李子＝"李"－"子"＝"木"，"木"＋回来的"直"＝"植"。

2. 谜句：话虽不错有些呆；谜底，"树"。解读：话不错＝"对"，有些呆＝"木"，"木"＋"对"＝"树"。

3. 谜句：奔走相告在一起；谜底，"造"。解读："走"做偏旁＝"辶"，"告"与"辶"在一起＝"造"。

4. 谜句：愚公巧遇傻小孩；谜底，"林"。解读："愚"与"傻"，都相当于"木"，二"木"相遇＝"林"。

5. 谜句：祝兄换回半幅图；谜底，"福"。解读：半个"幅"＝"畐"；用"祝"右边的"兄"，去与它换＝"福"。

6. 谜句：翻译缺词汗出来；谜底，"泽"。解读："译"左边的"讠"，即"言"；"言"与"词"近义，缺了它即把它删去。汗的主要成份是"水"，作为偏旁即"氵"；它出来，即把它加上去。"译"－"讠"＋"氵"＝"泽"。

7. 谜句：左中右前少何方；谜底，"后"。解读：作为方位词，"左中右前"都有了，"少"了的一"方"，自然是"后"。

8. 谜句：弋人相守分不开；谜底，"代"。解读："弋" + "人（亻）" = "代"。

整个谜底是：植树造林，福泽后代！

三、互动花絮

1. 话说本谜钟推出仅 9 分钟，侨居在澳大利亚的原上中老 3 班培君，就发来了全对的答案；立即受到立民、志忠、宋竞、鸿翔、李军等的夸赞。谁知她却回复说："我猜不出来，给老公做的"，并"代替老公谢谢大家"。于是远在美国的陈琼也发来感言道："呵呵，猜谜变成夫妻俩的活动，真好！"

2. 无独有偶，回想上期猜测有关妇女节的谜钟，该班也有则类似故事。就听当事者陈志忠用上海话说吧："乃（于是就）好讲故事了，就是猜谜语额这天，老师出好谜语伐（不）是伐（不）想猜，最近脑子像糨糊样一眼（点）概念还么（没有）。幸亏胖子立民头炮开了好，有眼（点）概念了，先蒙对两个字，不久立民又自介（己）补齐了下半句。最后一个字，我就像电视节目里一样，求助嘉宾，也就是我太太（妻子）。她一直讲语文她比我好，特别是我囡鱼（女儿）小辰光时候作文市里厢（面）拿过二等奖，就是她辅导的。我就叫伊（她）讲，真额（的）好，就看你猜得出朱老师额（的）谜语，否则就是浪得虚名。啥宁（人）晓得太太略一思索，就讲是'谢'！当场佩服得来！为求保险，等朱老师今朝鞋子落下来（谜底揭晓出来），再发出来；虽然有马后炮嫌疑，真正是巾帼强过须眉！"

哈哈！真是：

妻给夫猜夫求妻，谜钟进了家庭圈。
健脑益智练指外，祥和气氛皆大欢。

【云庭谜钟（17）春分】

春季对半分，田家忙务农。
湖畔新柳垂，云庭晚桃红。

一、本期谜语
一家三口一整天，垒去泥土筑战壕。
昨日忽然下起雨，不冷不热倒正好。

门卫一走去交易，走在路上不回道。
比赛输钱流眼泪，每天耳边又来闹。
好上加好不容易，边界下面羊尾掉，
一牛牵来被绑住，欲捣浆糊没水调。
内心自在好安眠，一睡一天六百秒。

二、提示

以上每句猜一字，共14字，组成两个上下各7个字的连贯语句。

【云庭谜钟（17）揭晓】

一、本期简报

因本期谜钟是为"春分"所特制，现该节气的半天已过去，若再不揭晓，将成为明日黄花，故就此落幕。兹将全猜中者名单公布于下：

1. 徐德龙、彭新民、杨宝生、张治华（打浦69届）
2. 朱立民、葛培君的先生（上中老3班）

特此祝贺；并向正在揣摩，但尚未全猜中者致歉！

二、谜底解读

1. 谜句：一家三口一整天；谜底，"春"。解读："三口" = "三人"；"一天" = "一日"，"三人" + "日" = "春"。

2. 谜句：垒去泥土筑战壕；谜底，"分"。解读："垒去泥土" = "垒" - "土" = "分"。

3. 谜句：昨日忽然下起雨；谜底，"乍"。解读："下起雨" = "无日"；"昨" - "日" = "乍"。

4. 谜句：不冷不热倒正好；谜底，"暖"。解读："不冷不热" = "暖"。

5. 谜句：门卫一走去交易；谜底，"却"。解读：门卫的"卫"下面"一（横）""走掉" = "卫" - "一" = "卩"，"去" + "卩" = "却"。（按：即用"去"，去交换"卫"下走掉的"一"）。

6. 谜句：走在路上不回道；谜底，"还"。解读："走" = "辶"，"辶" + "不" = "还"，（按：不回道，即"不"，回到"辶"的道路上来）。

7. 谜句：比赛输钱流眼泪；谜底，"寒"。解读：贝 = 钱；输钱 = 把赛下的"贝"去掉；"冫"，两点水象形"流眼泪"；把这两点，加到已被删除的"贝"的位置上去，就是"寒"了。

8. 谜句：每天耳边又来闹；谜底，"取"。解读："曰"，形似"日"，这在字谜上是允许通用的；"日"，在文言中，做状语时可解释为"每天"；"耳"边

"又""来"＝"取"；"曰"＋"取"＝"最"。

9. 谜句：好上加好不容易；谜底，"难"。解读："好"＝"佳"；"好上加好"＝"佳而又佳"＝"又"＋"佳"＝"难"；另外，从词义角度领会：不容易＝难。

10. 谜句：边界下面羊尾掉；谜底，"养"。解读："界"的下面，是"介"；"羊尾"掉了，即把"羊"中间一竖，拖出来的部分去掉；把前二者，上下组合起来，就是"养"。

11. 谜句：一牛牵来被绑住；谜底，"生"。解读："一"＋"牛"＝"生"。（按：绑住，即把"一"与"牛"绑在一起。）

12. 谜句：欲捣浆糊没水调；谜底，"将"。解读：①"浆"没有"水"＝"浆"－"水"＝"将"。

13. 谜句：内心自在好安眠；谜底，"息"。解读："内心自在"＝"心"＋"自"＝"息"。

14. 谜句：一睡一天六百秒；谜底，"时"。解读：天＝日；六百秒＝10 分＝1 寸；"日"＋"寸"＝"时"。

整个谜底是：春分乍暖却还寒，最难养生将息时！

【云庭谜钟（18）清明】

清明时节气象新，扫墓踏青二路分；
更有悲喜交集者，既行尽孝又健身。

一、本期谜语
湖滨碧绿草色新，日月同辉天气晴。
手边笤帚只剩头，没有泥土真干净。
蔡家府上锄完草，洗衣洗得水用尽。
大伙一去散了伙，气象预报今日阴。
太阳出来众报到，脚踩水下一天整。
谈情无心何为爱？关键可用钱换人。
眼上一撇倒挂眉，射错一箭失十分。

二、提示
以上每句猜一字，共 14 字，组成两个上下各 7 字的连贯语句。

【云庭谜钟（18）揭晓】

一、互动简报

本谜钟揭幕后，除打浦69届首获全胜外，其他各群，皆因一字胶着而止步不前。遂于昨日，发"号外"统一提示，终于又有三群拨开迷雾，圆满收官。因清明小长假今已开始，不再等待，特将战果公布于下，并致祝贺！

1. 彭新民、张治华、徐德龙（打浦66届）。

2. 似水流年、宋竞、胖子立民（上中老3班）。

3. 陈慧君、陈凤宝、老牛1234（打浦66届）。

4. 方弘、戎音、敏敏、陈蔚（上中退教群）。

此外，一家门的刘明、打浦75届的CC看听，各猜中13字；打浦75届的阿俞，也猜对10字。志贺。

二、谜底解读

1. 谜句：湖滨碧绿草色新；谜底，"清"。解读："湖滨" = "湖的边上"；去掉一"边"，即①"湖" – "胡" = "氵"。

②"碧……新" = "青"。

③"氵" + "青" = "清"。

2. 谜句：日月同辉天气晴；谜底，"明"。解读："日" + "月" = "明"。

3. 谜句：手边笤帚只剩头；谜底，"扫"。解读："手" = "扌"。扫帚的"帚"只剩"头"部 = "彐"。"扌" + "彐" = "扫"。

4. 谜句：没有泥土真干净；谜底，"墓"。解读：没 = 莫。"有泥土"，即有"土"。莫 + 土 = 墓。

5. 谜句：蔡家府上锄完草；谜底，"祭"。解读："草" = "艹"。"蔡" – "艹" = "祭"。

6. 谜句：洗衣洗得水用尽；谜底，"先"。解读："洗"，用"尽"了"水" = "洗" – "水（氵）" = "先"。

7. 谜句：大伙一去散了伙；谜底，"人"。解读："大" = "一" + "人"。一去 = 把一减掉。"大" – "一" = "人"。

8. 谜句：气象预报今日阴；谜底，"暮"。解读：今日阴 = 没有太阳 = 莫日。"莫" + "日" = "暮"。

9. 谜句：太阳出来众报到；谜底，"春"。解读：太阳 = 日。众 = 三人。"三" + "人" + "日" = "春"。

10. 谜句：脚踩水下一天整；谜底，"踏"。解读：脚 = 足。一天 = 一日。

"足" + "水" + "日" = "踏"。

11. 谜句：谈情无心何为爱；谜底，"青"。解读：心 = 忄。无心 = 把心（忄）减掉。"情" – "忄" = "青"。

12. 谜句：关键可用钱换人；谜底，"健"。解读：钱 = 金（钅）。"键" – "钅" + "人（亻）" = "健"。

13. 谜句：眼上一撇倒挂眉；谜底，"自"。解读：眼 = 目。"目"的上面 + 一"撇" = "自"。

14. 谜句：射错一箭失十分；谜底，"身"。解读：失 = 减掉。十分 = 寸。射 – 寸 = 身。

整个谜底是：清明扫墓祭先人，暮春踏青健自身。

【云庭谜钟（19）谷雨】

谷雨生百谷，日高万物盛；
稻棉赶插播，老弱补脾肾。

一、本期谜语
飞雪飘越横山去，日落星夜更净明。
一撇练了一整天，八人齐口赞同声。
夫妻十目心一条，氧气蒸发界下临。
大一读完业如何？三张嘴巴集体评。

二、提示
以上每句猜一字，组成一对上下各4字的联语。

【云庭谜钟（19）揭晓】

一、互动简报
经一天竞猜，各群都取得了圆满成果！下按猜准先后，公布名单如下：

1. 朱立民、陈志忠（上中老3班）
2. 彭新民（打浦69届）
3. 陈慧君、李承云、陈凤宝（打浦66届）
4. 刘明（一家门）
5. 方弘、戴敏敏、陈蔚（上中退教群）
6. 张伟（打浦75届）

二、谜底解读

1. 谜句：飞雪飘越横山去；谜底，"雨"。解读："雪"字去掉下部横写的山（"雪"字底）＝"雪"－"彐"＝"雨"。

2. 谜句：日落星夜更净明；谜底，"生"。解读："星"字上部的"日"落掉＝"星"－"日"＝"生"。

3. 谜句：一撇练了一整天；谜底，"百"。解读：按笔顺：先写"一"，次写"撇（丿）"再写"日（一整天）"＝"百"。

4. 谜句：八人齐口赞同声；谜底，"谷"。解读：按谜面上各字的顺序记下来，即"八"＋"人"＋"口"＝"谷"。

5. 谜句：夫妻十目心一条；谜底，"德"。解读："夫妻"＝"二人"＝"彳"；"彳"＋"十"＋横写的"目"＋"一"＋"心"＝"德"。

6. 谜句：氧气蒸发界下临；谜底，"养"。解读："氧"－"（蒸发）气"＝"羊"；界的下面＝介；"羊"＋（"临"）"介"＝"养"。

7. 谜句：大一读完业如何；谜底，"人"。解读："大"字上的"一"没有（即"完"）了，"大"－"一"＝"人"。

8. 谜句：三张嘴巴集体评；谜底，"品"。解读：嘴巴＝口；三个"口"，集成"品"。

整个谜底是：雨生百谷，德养人品。

【云庭谜钟（20）劳动节】

万物劳动造，全凭体与脑；
二者相结合，效果更加好。

一、本期谜语
大庭广众结姻亲，视而不见哥儿临。
队伍缺人又失耳，上头斩首下尾尽。
力顶秃宝长芳草，与静结合养生灵。
上香三炷求一子，草木中间桥横亘。

二、提示
以上每句猜一字，组成一个上下各4字的连贯语句。

【云庭谜钟（20）揭晓】
一、互动简报
这期谜钟推出后，不到一天时间，便全线告捷，取得圆满成果。兹按照收到答案先后，把名单公布于下：

1. 葛培君（其先生代）、宋竞（上中老3班）
2. 张治华、徐德龙（打浦69届）
3. 李承云（打浦66届）
4. 缪戌音（上中退教群）
5. 刘明（一家门）
6. 张伟（打浦"独行侠"）
7. 艾建勇（打浦75届）
8. 翁朝仪（打浦朋友圈）

特向以上各位志贺！

二、谜底解读

1. 谜句：大庭广众结姻亲；谜底，"庆"。解读："广"+"大"＝庆。

2. 谜句：视而不见哥儿临；谜底，"祝"。解读："视"－"见"＝"礻"，"礻"+"兄（哥）"＝"祝"。

3. 谜句：队伍缺人又失耳；谜底，"五"。解读："队"－"人"－"阝"＝0；"伍"－"亻"＝"五"。

4. 谜句：上头斩首下尾尽；谜底，"一"。解读"上"的上头部分，"下"的尾巴部分去掉，都是"一"。

5. 谜句：力顶秃宝长芳草；谜底，"劳"。解读："力"+"冖（秃宝盖）"+"艹"＝"劳"。

6. 谜句：与静结合养生灵；谜底，"动"。解读：该谜，要用意会法猜，即什么与"静"结合，养生最灵？答案当然是"动"。

7. 谜句：上香三炷求一子；谜底，"光"。解读：上面有"三炷香"，要用象形法猜，像"小"；"子"即儿；"小"+"一"+"儿"＝"光"。

8. 谜句：草木中间桥横亘；谜底，"荣"。解读："艹"+"冖（像座横跨的桥）"+"木"＝"荣"。

整个谜底是：庆祝五一，劳动光荣！

【云庭谜钟（21）立夏】

　　　　　　　立夏名谓夏季始，江南气温实暮春。
　　　　　　　家家多煮茶叶蛋，传统习俗是称人。

一、本期谜语

座位无人坐，周商前一代。

关公下边走，日上三人在。

丢掉一撇看，十一八倒写。

灵台美其名，与送相对也。

三星禄寿啥？米上加一笔。

二、提示

以上每句猜一字，共10字，组成一副上下各5字的联语。

【云庭谜钟（21）揭晓】

一、互动简报

本期谜钟推出后，不到一天，又收获了一个满堂红。特此祝贺！现按时间先后，把名单公布于下：

1. 陈志忠、朱立民（上中老3班）

2. 李承云、陈慧君、陈凤宝（打浦66届）

3. 张治华、彭新民、徐德龙（打浦69届）

4. 缪戎音、戴敏敏（上中退教群）

5. 刘明（一家门）

6. 张伟（打浦75届"独行侠"）

二、谜底解读

1. 谜句：座位无人坐；谜底，"立"。解读："位无人"＝"位"－"亻"＝"立"。

2. 谜句：周商前一代；谜底，"夏"。解读：秦统一中国前，有"夏商周"三代；故"周商前"，是"夏"代。

3. 谜句：关公下边走；谜底，"送"。解读："关"下＋"辶（作为部首的'走'）"＝"送"。

4. 谜句：日上三人在；谜底"春"。解读："日"的上面＋"三"＋"人"＝"春"。

5. 谜句：丢掉一撇看；谜底，"去"。解读："丢"－上面"一撇"＝"去"。

6. 谜句：十一八倒写；谜底，"平"。解读："十"＋"一"＋倒写的

"八" = "平"。

7. 谜句：灵台美其名；谜底，"心"。解读；"灵台"，古代"心"的别称，是"心"。

8. 谜句：与送相对也；谜底，"迎"。解读："送"，最佳的反义词，是"迎"。

9. 谜句：三星禄寿啥；谜底，"福"。解读：与"禄寿"并称的"三星"之一，是"福"。

10. 谜句：米上加一笔；谜底，"来"。解读："米" + "一" = "来"。

整个谜底是：立夏送春去，平心迎福来。

【云庭谜钟（22）母亲节】

十月怀胎将我生，哺乳日夜清尿粪；
滴水之泽涌泉谢，终身难忘养育恩。

一、本期谜语

熟视无睹哥来临，泄水流去更干净。
借记卡下无余额，妈妈文言怎么称？
站在树上看得远，羊躲土下缺一横。
古道祸兮啥所依？神去上海得一斤。
白水相遇上下铺，吓掉嘴巴不像人。
洗头洗得水用光，现下还有一片心。
家猪卖掉女儿来，闪烁光灭因火尽。

二、提示

以上每句猜一字，组成一对上下各7字的联语。

【云庭谜钟（22）揭晓】

一、互动简报

截于当下，不到一天，各微群大都寄来了正确谜底。兹按收答时间先后，将名单公布于下，并致祝贺！

1. 戴敏敏（上中退教群）
2. 吴健、朱立民（上中老3班）
3. 张治华、彭新民（打浦69届）
4. 俞福元、翁朝仪（打浦75届）
5. 李承云、陈慧君、陈凤宝（打浦66届）

此外,"一家门"的刘明,也取得了只差一字的佳绩!

二、谜底解读

1. 谜句:熟视无睹哥来临;谜底,"祝"。解读:睹=见,"视无睹"="视"–"见"="礻";"哥"="兄"。"视"–"见"+"兄"="祝"。

2. 谜句:泄水流去更干净;谜底,"世"。解读:"泄水流去"="泄"–"水"="世"。

3. 谜句:借记卡下无余额;谜底,"上"。解读:卡–卜(指"卡下的余额")=上。

4. 谜句:妈妈文言怎么称;谜底,"母"。解读:"妈妈",是现在的口语词;书面语,为双音词"母亲";而文言中,一般用单音词表示,即"母"。

5. 谜句:站在树上看得远;谜底,"亲"。解读:站=立;树=木。"立"在"木"的上面,即"亲"。

6. 谜句:羊躲土下缺一横;谜底,"幸"。解读:"土"的下面+"羊"–一横=幸。

7. 谜句:古道祸兮啥所倚;谜底,"福"。解读:取自老子的名言。原文是:"祸兮,福之所倚;福兮,祸之所伏。"大意是:祸与福彼此依存,可以相互转化;故谜底是"福"。

8. 谜句:神去上海得一斤;谜底,"祈"。解读:上海=申;"神"–"申"+"斤"="祈"。

9. 谜句:白水相遇上下铺;谜底,"泉"。解读:上面的"白"+下面的"水"="泉"。

10. 谜句:吓掉嘴巴不像人;谜底,"下"。解读:嘴巴=口;"吓"–"口"="下"。

11. 谜句:洗头洗得水用光;谜底,"先"。解读:"洗"–"水"('用尽')="先"。

12. 谜句:现下还有一片心;谜底,"慈"。解读:现下=现在=兹;"兹"的下面+"心"="慈"。

13. 谜句:家猪卖掉女儿来;谜底,"安"。解读:猪=豕;"家"–"豕"+"女"="安"。

14. 谜句:闪烁光灭因火尽;谜底,"乐"。解读:"烁"–"火"="乐"。

整个谜底是:祝世上母亲幸福,祈泉下先慈安乐。

【云庭谜钟（23）小满】

　　　　　　　　小满田垄麦穗饱，云庭院内石榴娇；
　　　　　　　　始有雷雨突然降，湖畔蛙声朝夕嚣。

一、本期谜语

毒枭多半结团伙，土上云下一横刀。

灰尘泥巴已扬尽，座无虚席呱呱叫。

草头腰横界断腿，一撇一捺中间交。

边旁无力守寸土，効忠无心怎能报？

正正好好十二月，日月相逢光万道！

二、提示

以上每句猜一字，组成一副上下各5字的对联。

【云庭谜钟（23）揭晓】

一、互动简报

这期猜中全谜的，依次有：

1. 朱立民、宋竞（上中老3班）

2. 徐德龙、张治华、杨宝生（打浦69届）

3. 刘明（一家门）

4. 张伟（75届独行侠）

此外，猜中9字的有上中退教群戴敏敏、陈蔚、缪戎音；猜中7字的有打浦66届陈慧君。特此祝贺！

二、谜底解读

1. 谜句：毒枭多半结团伙；谜底，"麦"。解读：毒枭 = 毒的头（上部）= 主；多半 = 多的一半 = 夕；"主" + "夕" = "麦"。

2. 谜句：土上云下一横刀；谜底，"到"。解读：土上，这儿意为"土"的上面（还有些笔画，而非取"土"的上部"十"）；云下，此指"云"的下部"一" + "厶"；横刀 = 刂；"土" + "一" + "厶" + "刂" = "到"。

3. 谜句：灰尘泥巴已扬尽；谜底，"小"。解读：泥巴 = 土；"尘" − "土" = "小"。

4. 谜句：座无虚席呱呱叫；谜底，"满"。解读："座无虚席" = "满"。

5. 谜句：草头腰横界断腿；谜底"黄"。解读：草头 = 艹；腰横 = 该字的上半部和下半部中间，有一横（一）；界断腿 = 把"界"字下的一竖、一长撇，去掉；"艹"+"一"+界去掉下面"两条腿"="黄"。

6. 谜句：一撇一捺中间交；谜底，"人"。解读："丿"+"乀"="人"。

7. 谜句：边旁无力守寸土；谜底，"过"。解读："边"的旁边没有"力"="边"－"力"="辶"；然后再+"寸"="过"。

8. 谜句：效忠无心怎能报；谜底，"中"。解读："忠无心"="忠"－"心"="中"。

9. 谜句：正正好好十二月；谜底，"年"。解读：十二个月＝年。

10. 谜句：日月相逢光万道；谜底，"明"。解读："日明相逢"="日"+"月"="明"。

整个谜底是：麦到小满黄，人过中年明。

【注】上句：出自民谚："麦到小满日夜黄"。意思是：麦子到了小满节气，渐渐由青色变为黄色，快要成熟了。下句：来自《论语》："四十而不惑"。大意是：人到了40岁（中年），才不为外物所迷惑（明智）。

【云庭谜钟（24）儿童节】

儿童原本是花朵，溺爱拔苗皆不好；
品德习惯须扶正，顺其自然因势导。

一、本期谜语

站在弄堂上，志士今缺少，
水断头弯颈，马主并肩跑。
点横撇捺全，大人刚走掉；
诀别话变心，心喜开口笑。

二、提示

以上每句猜一字；谜底连起来，是一个前后各4字的祝贺短句。

【云庭谜钟（24）揭晓】

一、互动简报

这期谜钟推出以来，仅半天多时间，除"上中退教群"外，均已传来了捷报。现按收到答案的时间为序，把名单公布如下：

1. 艾建勇（打浦75届）
2. 张治华、彭新民（打浦69届）

3. 朱立民（上中老 3 班）

4. 刘明（一家门）

5. 陈慧君（打浦 66 届）

6. 翁朝仪（朋友圈 75 届）

7. 张伟（"独行侠"）

特此祝贺，谢谢！

二、谜底解读

1. 谜句：站在弄堂上；谜底，"童"。解读："站" = "立"；"弄堂" = "里"；"上" = "立"在"里"的上面。"立" + "里" = "童"。

2. 谜句：志士今缺少；谜底，"心"。解读："志"字上的"士"缺少 = "志" – "士" = "心"。

3. 谜句：水断头弯颈；谜底，"永"。解读："水"的中间一笔竖钩，象形人的脊梁柱。"断头"后，形似"j"：上面一点，象形"头"；下面余下的脊柱顶端，意象为"颈"，把它朝左折"弯"。原来的"水字"便成了"永"。

4. 谜句：马主并肩跑；谜底，"驻"。解读："马主并肩" = 马 + 主 = 驻。

5. 谜句：点横撇捺全；谜底，"六"。解读：按谜面提供的笔画顺序写，就是"六"。

6. 谜句：大人刚走掉；谜底，"一"。解读："大"字中的"人"走掉了 = "大" – "人" = "一"。

7. 谜句：诀别话变心；谜底，"快"。解读：把"诀"的"讠"字旁"变"换成"忄"旁，便是"快"。

8. 谜句：心喜开口笑；谜底，"乐"。解读：此谜用意会法猜，就是"乐"。

全部谜底为：童心永驻，六一快乐！

【云庭谜钟（25）芒种】

有芒作物忙收种，既收麦子又种稻；

淫雨绵绵将入梅，人防潮湿田防涝。

一、本期谜语

茫茫雾水蒸发光，稻禾垄中正相傍。

耳边奇文约廿篇，半根竹下二日躺。

绿叶老来变啥色？海水退尽树种上。

过去一寸换十两，视而不见去又往。

黄梅时节刚毕业,请别说话泪汪汪。

明火执仗气嚣张,寿头上海也叫戆。

奴隶逃到广场下,家猪换来人丁旺。

二、提示

以上每句猜一字,谜底连起来,是一个上下各7字的连贯句子。

【云庭谜钟(25)揭晓】

一、互动简报

这期谜语,虽有几个字难度很高,但还是收获不小。现把优胜者名单,按收到答案的先后为序,公布如次:

1. 胖子立民、宋竞、鸿翔(上中老3班)

2. 陈慧君、陈凤宝(打浦66届)

3. 彭新民、徐德龙、张治华(打浦69届)

4. 戴敏敏、缪戎音(上中退教群)

此外,打浦75届艾建勇,猜中13字;一家门刘明,猜准11字。

特此祝贺!

二、谜底解读

1. 谜句:茫茫雾水蒸发光;谜底,"芒"。解读:"茫"字中的"水(氵)"蒸发光了="茫"-"水(氵)"="芒"。

2. 谜句:稻禾垄中正相傍;谜底,"种"。解读:"稻禾"中的"禾",与田"垄中"的"中","相傍"在一起,"禾"+"中"="种"。

3. 谜句:耳边奇文约廿篇;谜底,"降"。解读:耳边=阝;奇文=夂;约廿=把"廿"横过来="牛"。三者相加,组合成"降"。

4. 谜句:半根竹下二日躺;谜底,"临"。解读:半根竹=个(个);二=刂("临"的左边)日躺="日"横"躺"的样子="凹"。三者相加,组合成"临"。

5. 谜句:绿叶老来变啥色;谜底,"黄"。解读:一般树叶的生长规律:由绿变"黄"。

6. 谜句:海水退尽树种上;谜底,"梅"。解读:"海"字中的"水退尽"="海"-"水"="每";"每"+"木(树)"="梅"。

7. 谜句:过去一寸换十两;谜底,"近"。解读:十两=斤。把"过"中的"寸"去掉,换成"斤"="近"。

8. 谜句:视而不见去又往;谜底,"祛"。解读:"视"字中"见"没有了,即"不见"="视"–"见"="礻";"礻"+"去"="祛"。

9. 谜句：黄梅时节刚毕业；谜底，"湿"。解读：谜底"湿"的左偏旁"氵"，表示雨；"湿"右边上面的"日"，表示晴：东边太阳西边雨=黄梅时节。再加"毕业"的"业"，即"氵"+"日"+"业"="湿"。

10. 谜句：请别说话泪汪汪；谜底，"清"。解读：以"请"为谜基；"别说话"，即把"请"左边的"讠"去掉；"泪汪汪"，即眼泪"水（氵）"；"请"–"讠"+"氵"="清"。

11. 谜句：明火执仗气嚣张；谜底，"热"。解读："火"="灬"+"执"="热"。

12. 谜句：寿头上海也叫戆；谜底，"保"。解读：上海方言：寿头=戆大="呆人"。"呆"+"人"="保"。

13. 谜句：奴隶逃到广场下；谜底，"康"。解读："奴隶"的"隶"，逃到"广场"的"广"下面="广"+"隶"="康"。

14. 谜句：家猪换来人丁旺；谜底，"宁"。解读：把"家"下面的"豕"（猪），换作"丁"="宁"。

完整谜底是：芒种降临黄梅近，祛湿清热保康宁。

【云庭谜钟（26）端午节】

五月端午粽飘香，辟邪酒中加雄黄；
为慰忠魂吊屈原，龙舟竞发汨罗江。

一、本期谜语
关公走上华容道，农民闻讯相拥抱。
天下老大从此去，两只嘴巴线穿牢。
站在山下还有你，牛头顿失牧童嚎。
米家猪蹓二小补，熟视无睹阿哥到。
群众眼看羊丢失，呼的一声口炸掉。
文字篡改儿换女，连夜赶去把警报。
十八个人齐张嘴，千里相逢乐陶陶。

二、提示
每句猜一字，组成一个上下各7字的承接复句。

【云庭谜钟（26）揭幕】

一、互动简报

这期谜钟推出后，至今为止，已取得较圆满的成果。现将全猜准的优胜者名单，按时序公布如下：

1. 彭新民、杨宝生、张治华（打浦69届）
2. 李承云（打浦66届）
3. 朱立民、陈志忠（上中老3班）
4. 缪戎音（上中退教群）
5. 张伟（75届独行侠）

特此祝贺！

二、谜底解读

1. 谜句：关公走上华容道；谜底，"送"。解读：为何不用"包公""周公"，而偏用"关公"？透露该"关"的重要故取其姓"关"字；"走"作为偏旁，即"辶"；"关"在"辶"的"上"面，即"关公走上" = "送"。

2. 谜句：农民闻讯相拥抱；谜底，"侬"。解读："农民拥抱" = "农" + "民（人 = 亻）" = "侬"。

3. 谜句：天下老大从此去；谜底，"一"。解读："天"下面的"大""去"掉 = "天" – "大" = "一"。

4. 谜句：两只嘴巴线穿牢；谜底，"串"。解读：嘴巴 = 口；上下两"口"，中间穿一条线 = "串"。

5. 谜句：站在山下还有你；谜底，"端"。解读：站 = 立；你 = 而，因为文言中的"而"，可做第二人称代词"你"。立 + 山 + 而 = "端"。

6. 谜句：牛头顿失牧童嚎；谜底，"午"。解读：把"牛"中间一竖，出的"头"去掉，即"午"。

7. 谜句：米家猪蹓二小补；谜底，"粽"。解读："米" + "宀"（"家猪蹓"就是"家" – "豕"）+ "示"（"二" + "小"）= "粽"。

8. 谜句：熟视无睹阿哥到；谜底，"祝"。解读：睹 = 见；阿哥 = 兄。"视无睹" = "视" – "见" = "礻"。"礻" + "兄" = "祝"。

9. 谜句：群众眼看羊丢失；谜底，"君"。解读："群"边的"羊"丢失 = "群" – "羊" = "君"。

10. 谜句：呼的一声口炸掉；谜底，"平"。解读："呼"边的"口"炸掉 = "呼" – "口（炸掉）" = "平"。

11. 谜句：文字篡改儿换女；谜底，"安"。解读：子＝儿。把"字"下面的"子"，篡改成"女"＝"安"。

12. 谜句：连夜赶去把警报；谜底，"多"。解读：夜＝夕。连夜＝夕夕＝多。

13. 谜句：十八个人齐张嘴；谜底，"保"。解读："十"＋"八"＝"木"；"人"＝"亻"；"嘴"＝"口"。"亻"＋"口"＋"木"＝"保"。

14. 谜句：千里相逢乐陶陶；谜底，"重"。解读："千里相逢"＝"千"＋"里"＝"重"。

整个谜底是：送侬一串端午粽，祝君平安多保重！

【云庭谜钟（27）入梅】

　　　　　　　今天已入黄梅季，雨多温高气压低；
　　　　　　　多品花茶消烦躁，少喝冷饮祛湿气。

一、本期谜语
命令少一点，二人不分离；
娇凤横空飞，两人掉眼泪。
昨日又换人，融虫变耳边，
朝旭八一无，女儿嘴不闭，
夫人此一去，长达九十天，
玉手无伤害，太阳十分齐，
清前元代后，籴米米不见，
后悔村前会，西泠有缺点，
火上手持丸，原是欧女来，
蛀虫被水冲，心上章去尾。

二、提示
以上每句猜一字，组成一首每句5个字、共4句的打油诗。

【云庭谜钟（27）揭晓】

一、互动简报
　　这期谜钟，虽答案较长，且有几个难谜，但仍取得了较丰硕成果。现将全对及优胜者名单，按时序公布如下：

1. 宋竞、朱立民、李军、陈志忠（上中老3班）

2. 彭新民、杨宝生、徐德龙（打浦69届）

3. 百姓之一（金陵同学汇）

4. 缪戎音、戴敏敏、陈蔚（上中退教群）

另有一家门的刘明，打浦66届的李承云、陈慧君、陈凤宝，均猜对了19字。特此祝贺！

二、谜底解读

1. 谜句：命令少一点；谜底，"今"。解读："令"少"一点" = "今"。

2. 谜句：二人不分离；谜底，"天"。解读："二" + "人" = "天"。

3. 谜句：娇凤横空飞；谜底，"风"。解读："凤" – "一"（这个"一"，指"凤"内"又"上面的一"横"） = "风"。

4. 谜句：两人掉眼泪；谜底，"雨"。解读：把"两"中的两个"人"减掉；再在空出处，补上象征"眼泪"的四滴"水"。即"雨"。

5. 谜句：昨日又换人；谜底，"作"。解读："昨"左边的"日"，换为"人（亻）" = "作"。

6. 谜句：融虫变耳边；谜底，"隔"。解读："融"左边的"虫"，变为"耳（阝）" = "隔"。

7. 谜句：朝旭八一无；谜底，"日"。解读：以"旭"字为谜基；"八一"，指"八"加"一" = "九"；"八一无"实质是"九"没了；"旭" – "九" = "日"。

8. 谜句：女儿嘴不闭；谜底，"如"。解读：嘴不闭 = 张"口"；"女" + "口" = "如"。

9. 谜句：夫人此一去；谜底，"二"。解读：把"夫"字的"人"去掉 = "二"。

10. 谜句：长达九十天；谜底，"季"。解读：九十天 = 三个月 = 一个"季"。

11. 谜句：玉手无伤害；谜底，"按"。解读：无伤害 = 安；"手（扌）" + "安" = "按"。

12. 谜句：太阳十分齐；谜底，"时"。解读：太阳 = 日；十分 = 寸；齐 = 前二者并齐相加。"日" + "寸" = "时"。

13. 谜句：清前元代后；谜底，"明"。解读：按我国古朝代排序："明"，在"元"后"清"前。

14. 谜句：籴米米不见；谜底，"入"。解读："籴"字下的"米"不见 = "籴" – "米" = "入"。

15. 谜句：后悔村前会；谜底，"梅"。解读："悔"的后半部 = 每，"村"

的前半部＝木；这二者相"会"＝"木"+"每"＝"梅"。

16. 谜句：西泠有缺点；谜底，"冷"。解读："泠"，左边的"冫"中"缺"了一"点"＝"冷"。

17. 谜句：火上手持丸；谜底，"热"。解读："火"＝"灬"，"手"＝"扌"。"灬"的"上"面+"扌"+"丸"＝"热"。

18. 谜句：原是欧女来；谜底，"要"。解读："欧"洲女＝"西"洋女；"西"+"女"＝"要"。

19. 谜句：蛀虫被水冲；谜底，"注"。解读："蛀"字旁边的"虫"，被"水"冲走代替了；即"蛀"－"虫"+"水（氵）"＝"注"。

20. 谜句：心上章去尾；谜底，"意"。解读：章去尾＝"章"－"十"＝"音"；"心"的上面+"音"＝"意"。

完整谜底是：今天风雨作，隔日如二季；
　　　　　　按时明入梅，冷热要注意！

【云庭谜钟（28）父亲节】
　　　　　　　　　母爱深深似大海，父恩崇崇如高山；
　　　　　　　　　此爱绵绵享不尽，此恩拳拳报不完。

一、本期谜语
阿姆把女刚送走，受悉消息又换友。
芦苇头部被人割，一夫当关紧紧守。
阿爹连夜玩失踪，老来心态少而优。
祖宗安息高山下，点横冂间两个口。①
心上撒盐啥滋味？因为同心结鸾俦。②
【注】①冂：音 jiōng，远界，城外、郊外、野外。
②鸾俦：意结婚。

二、提示
以上每句猜一字，形成内容为10个字，格式如："××××，××××。××！"的连贯语句。

【云庭谜钟（28）揭晓】
一、互动简报
今天是父亲节。首先，向身为人父的读者问好，并一起共享做父亲的尊严及欢乐。其次，请允许我代表做儿女的读者，向已驾鹤仙逝的先严们祈福，感恩他们对我们的悉心培育，愿他们在天国含笑安享极乐；也向所有健在的爸爸祝福，祝他们健康长寿、吉祥如意、节日快乐！

这期全猜对及优胜的名单，按时序公布如下：

1. 赵张存（金陵同学汇）
2. 李军、宋竞、朱立民、徐群、陈志忠（上中老3班）
3. 杨宝生、彭新民、徐德龙、张治华（打浦69届）
4. 陈蔚、戴敏敏、缪戎音（上中退教群）

此外，猜中9个字的，有打浦66届的陈慧君、李承云；朋友圈张伟。猜中7个字的，有一家门的刘明。

特此祝贺！

二、谜底解读

1. 谜句：阿姆把女刚送走；谜底，"母"。解读："姆把女送走" = "姆" – "女" = "母"。

2. 谜句：受悉消息又换友；谜底，"爱"。解读：把"受"字下的"又"，换成"友"，即："受" – "又" + "友" = "爱"。

3. 谜句：芦苇头部被人割；谜底，"伟"。解读："苇"的头部 = "艹"；"被割了" = "苇" – "艹" = "韦"；"被人割"，即"韦" + "人（亻）" = "伟"。

4. 谜句：一夫当关紧紧守；谜底，"大"。解读：一夫 = 一人；"一" + "人" = "大"。

5. 谜句：阿爹连夜玩失踪；谜底，"父"。解读：夜 = 夕；连夜 = 夕夕。"爹连夜失踪" = "爹" – "夕夕" = "父"。

6. 谜句：老来心态少而优；谜底，"情"。解读：心 = 忄；文言中的"少"年 = 现代的"青"年，故谜句中的"少" = "青"。"忄" + "青" = "情"。

7. 谜句：祖宗安息高山下；谜底，"崇"。解读："宗"在"山"下 = "山" + "宗" = "崇"。

8. 点横门间两个口；谜底，"高"。解读：按笔顺写："一点一横" + "口" + "冂" + "口" = "高"。

9. 谜句：心上撒盐啥滋味；谜底，"感"。解读：盐的滋味 = 咸；"心上"加"咸" = "咸" + "心" = "感"。

10. 谜句：因为同心结鸾俦；谜底，"恩"。解读："因"同"心"结合起来，= "因" + "心" = "恩"。

整个谜底是：母爱伟大，父情崇高。感恩！

【云庭谜钟（29）夏至】

夏至白昼日最长，黄梅未止暴雨降；
消暑饮食宜清淡，平时多吃葱蒜姜。

一、本期谜语

狂飙刮走大厦墙，土地上头云秃荒。
征途溜掉两个人，为人要正不说谎。
公共田亩在中间，暗香浮动月昏黄。
张冠李戴有点歪，坊间泥滑耳朵旁。
每逢下雨更注意。人去走到僻地方，
人狗永远是朋友。店誉建在自身上，
谁家猪猡被牛换？口述自传亦灵光。

二、提示

以上每句猜一字，组成一个上下各7字的连贯语句。

【云庭谜钟（29）揭晓】

一、互动简报

今日夏至。昨大雨滂沱，却不减微友撞钟雅兴。至此为止，获全捷者，按时序名单如下：

1. 刘明（一家门）

2. 杨宝生、张治华、彭新民（打浦69届）

3. 朱立民、宋竞（上中老3班）

4. 李承云、陈慧君（打浦66届）

此外，75届独行侠张伟，猜中13字；上中退教群缪戎音，猜中9个字。特此一起祝贺。

二、谜底解读

1. 谜句：狂飙刮走大厦墙；谜底，"夏"。解读：大"厦"的外"墙"被刮走了＝"厦"－"厂"（意味"厦"外的"墙"）＝"夏"。

2. 谜句：土地上头云秃荒；谜底，"至"。解读："云秃荒"＝把"云"头顶上的一横去掉＝"云"－"一"，再加上"土"＝"至"。

3. 谜句：征途溜掉两个人；谜底，"正"。解读："征"－"彳（两个人）"

=“正”。

4. 谜句：为人要正不说谎；谜底，"值"。解读："亻（人）" + "直（正、不说谎）" = "值"。

5. 谜句：公共田亩在中间；谜底，"黄"。解读：按字形，把"共"的上部（似"廿"）与下部（似"八"）拉开；再把"田"置于中间，即为"黄"字。

6. 谜句：暗香浮动月昏黄；谜底，"梅"。解读：该句出自北宋诗人林逋的《山园小梅》。为本谜钟押韵需要，将原诗句的尾词"黄昏"，改成"昏黄"。因此句中的"暗香"与其上句中的"疏影"在历代咏梅诗中堪为一绝，故已成为"梅"的别称。

7. 谜句：张冠李戴有点歪；谜底，"季"。解读：把"李"字上的"一撇"拟形为"张冠"；"戴"在"李"的头上，自然有些"歪"了。故底为"季"。

8. 谜句：坊间泥滑耳朵旁；谜底，"防"。解读："坊"字的"泥滑"掉了 = "坊" - "土" = "方"；"耳朵旁"，即在"方"的旁边 + "阝" = "防"。

9. 谜句：每逢下雨更注意；谜底，"霉"。解读："每"逢"雨" = "霉"。

10. 谜句：人去走到僻地方；谜底，"避"。解读："僻"去"人" = "辟"；"辟" + "走（辶）"到 = "避"。

11. 谜句：人狗永远是朋友；谜底，"伏"。解读："亻（人）" + "犬（狗）" = "伏"。

12. 谜句：店誉建在自身上；谜底，"应"。解读：该句中的"自身"，即前面的"店誉"。该句结尾的"上"字：要理解为"店"和"誉"二字的上部；二者合起来，即"应"字。

13. 谜句：谁家猪猡被牛换；谜底，"牢"。解读："家" - "豕"（"猪"）+ "牛" = "牢"。

14. 谜句：口述自传亦灵光；谜底，"记"。解读："口述自传" = 说自己的经历。说 = 言（讠）；自己 = 己；"讠" + "己" = "记"。

整个谜底是：夏至正值黄梅季，防霉避伏应牢记！

【云庭谜钟（30）建党节】

做人须有脑，无脑瞎乱忙；
治国要核心，核心共产党。

一、本期谜语
江河湖海它先行，熊熊烈火燃烧尽。

栽下树木被车辗，船上几口无踪影。
踪迹走去终不见，何人一点勿留痕？
西山脚下二人复，用手一起来欢迎。
学子刚去哥回来，令嫒忽又跑了人。
闭目半眠梦中想：盒内宝玉稀世珍，
屋里居然养小猪，举首醒来下无形。

二、提示

以上每句猜一字，谜底连起来，是个前后各7字的连贯复句。

【云庭谜钟（30）揭晓】

一、互动简报

本期谜钟，猜情热烈，且斩获可观！兹按时序，把全猜中的名单公布如下：

1. 朱立民（上中老3班）

2. 张伟（打浦独行侠）

3. 刘明（一家门）

4. 杨宝生、彭新民、张治华（打浦69届）

5. 米庆身（上中原学长）

6. 缪戎音（上中退教群）

7. 赵张存（金陵同学汇）

8. 丁一林（上中老朋友）

9. 陈慧君（打浦66届）

特此祝贺，并致谢！

二、谜底解读

1. 谜句：江河湖海它先行；谜底，"水"。解读：句中的"它"，指代前4个字。这4个字都"先行"写左边的"氵"，即"水"。

2. 谜句：熊熊烈火燃烧尽。谜底，"能"。解读："熊"底下的"灬"，即"火"；"火""烧尽"了，余下的，即谜底"能"。

3. 谜句：栽下树木被车碾。谜底，"载"。解读：谜句意为："栽"左下角的"木"字，被"车"碾平代替了，即"载"。

4. 谜句：船上几口无踪影；谜底，"舟"。解读："船"字，右边上的"几"与"口"，都"无踪影"了，即"舟"。

5. 谜句：踪迹走去终不见；谜底，"亦"。解读："踪迹"的"迹"，去掉"走（'辶'）"，并"终不见"了，就是谜底"亦"。

6. 谜句：何人一点勿留痕。谜底，"可"。解读："何"旁的"人（'亻'）"，一点勿留痕迹，即谜底"可"。

7. 谜句：西山脚下二人复；谜底，"覆"。解读："西"的下面 + "彳（'二人'）" + "复" = "覆"。

8. 谜句：用手一起来欢迎；谜底，"拥"。解读："用手一起" = "扌（'手'）" + "用" = "拥"。

9. 谜句：学子刚去哥回来；谜底，"党"。解读："学"下的"子"去掉 + "兄（'哥'）" = "党"。

10. 谜句：令嫒忽又跑了人；谜底，"爱"。解读："令嫒"，原意为"你的女儿"，是"女"性。句中"跑了"的"人"，即该"女"。"嫒"字，跑了该"女"字，即谜底"爱"。

11. 谜句：闭目半眠梦中想；谜底，"民"。解读：半个"眠"字，或"目"，或"民"。因为"目"关"闭"了，故谜底为"民"。

12. 谜句：盒内宝玉稀世珍；谜底，"国"。解读："囗"，为盒子口的象形。"囗"内 + "玉" = "国"。

13. 谜句：屋里居然养小猪；谜底，"家"。解读："宀（本义为'房屋'）" + "豕（'猪'）" = "家"。

14. 谜句：举首醒来下无形；谜底："兴"。解读："举"的上"首"部分 = "兴"。"举"的"下"面部分，"无形"了，也是"兴"。故谜底是"兴"。

整个谜底是：水能载舟亦可覆，拥党爱民国家兴。

【云庭谜钟（31）小暑】

小暑面临入伏期，人体阳气最旺时；
绿豆煮汤芽做菜，黄鳝如参适服之。

一、本期谜语
与大相对年还少，太阳下的人站好；
万民团结一条心，为人正直不弯腰。
山上有山多险峻，暗香疏影风景妙。
宝岛竟容蔡当权？日傍西山独木桥。
雨下有人母支撑，羊尾却被二人叼。
志士捐躯灵犹在，一走就停百姓嚎。
横断山上三炷香，尼果寺侧夕阳照。

二、提示

以上每句猜一字，共 14 字；组成一个上下各 7 字的连贯语句。

【云庭谜钟（31）揭晓】

一、互动简报

夏至昨尽，今天小暑。按传统历法，这也是我国江南地区开始陆续出梅的日子。值此节气更新时候，先将本期战果，按时序公布如下：

1. 朱立民（上中老 3 班）
2. 缪戎音（上中退教群）
3. 杨宝生、张治华、彭新民（打浦 69 届）
4. 张伟（75 届独行侠）

此外，金陵同学汇中的赵张存、一家门里的刘明，各猜对 12 字。特在此一起祝贺！

二、谜底解读

1. 谜句：与大相对年还少；谜底，"小"。解读：用词义解释法猜："与大相对"，即"小；年还少"，也是"小"。

2. 谜句：太阳下的人站好；谜底，"暑"。解读：太阳 = 日；"的人" = 文言中的"者"之一解。"日" + "者" = "暑"。

3. 谜句：万民团结一条心；谜底，"恰"。解读：团结一条心 = 合心；心 = 忄，"忄" + "合" = "恰"。

4. 谜句：为人正直不弯腰；谜底，"值"。解读：人 = 亻；正直 = 不弯腰 = 直；"亻" + "直" = "值"。

5. 谜句：山上有山多险峻；谜底，"出"。解读："山" + "山" = "出"。

6. 谜句：暗香疏影风景妙；谜底，"梅"。解读：北宋林逋的《山园小梅》中有两句诗："疏影横斜水清浅，暗香浮动月黄昏"；被诗界誉为咏梅的千古绝唱，后人便把"疏影"与"暗香"作为"梅"的美称。

7. 谜句：宝岛竟容蔡当权；谜底，"始"。解读：宝岛 = 台湾；蔡，指蔡英文，是"女"性。"女" + "台" = "始"。

8. 谜句：日傍西山独木桥；谜底，"晒"。解读："日" + "西" = "晒"。

9. 谜句：雨下有人母支撑；谜底，"霉"。解读："雨" + "人" + "母" = "霉"。

10. 谜句：羊尾却被二人叼；谜底，"养"。解读："羊"下面拖出来的短竖（象形尾巴），被"叼"掉了，即"䒑" + "人" + "二"（指"人"下的一长撇和一竖）＝"养"。

11. 谜句：志士捐躯灵犹在；谜底，"心"。解读："志士捐躯"＝"志"－"士"＝"心"。灵，也可解为"心"。

12. 谜句：一走就停百姓嚎；谜底，"正"。解读：该谜要用倒解法，即谜底"正"字上的"一"走掉了＝"止"；止＝停。如果"正"上面的"一"不走掉，就不会"停"；便不是"止"，而是原来的"正"了。

13. 谜句：横断山上三炷香；谜底，"当"。解读：横断山＝彐；上面"三炷香"，象形"小"；"小"＋"彐"＝"当"。

14. 谜句：尼果寺侧夕阳照；谜底，"时"。解读：夕阳＝日；日＋寺＝"时"。（按：尼果寺：是横断山脉上一座虽小、却非常著名的寺庙。为了尽可能在谜面上与上一谜句挂钩，便用了它；其实，仅从猜谜角度而言，只是用了那个"寺"。否则，用其他寺庙名也是可以的。）

完整谜底是：小暑恰值出梅始，晒霉养心正当时。

【云庭谜钟（32）入伏】

入伏进入最热天，所谓伏即避暑意；
喜怒不调伤内腑，平心静气护脏器。

一、本期谜语
周商之前是何朝？此致无文不礼貌。
春阳蒙雨人全溜，康水流逝人来到。
米家才女多文采，买下所有只缺帽。
人狗相伴真亲热，省眼勿看休息好。
乞讨全凭一张嘴，三道命令少一道。
食品共欠知几何？连夜计算不知晓。
夫妻古时互称啥？孤儿夭折无讣告。

二、提示
以上每句猜一字，谜底连起来，是一个上下各7字的因果复句。

【云庭谜钟（32）揭晓】

一、互动简报
本期谜钟，虽个别字有些难度，但仍取得可喜成果。现把全猜对者名单，按时序公布如下：

1. 朱立民、宋竞（上中老3班）

2. 彭新民（打浦69届）

3. 缪戎音、方弘（上中退教群）

4. 刘明（一家门）

另有：打浦66届的陈慧君与75届"独行侠"张伟，各猜对了13个字。特此一起祝贺！

二、谜底解读

1. 谜句：周商之前是何朝；谜底，"夏"。解读：按我国古代史序列：周朝之前是商朝，商朝之前是"夏"朝。

2. 谜句：此致无文不礼貌；谜底，"至"。解读：这个（此）"致"的旁边"无文"，即"致"－"文"＝"至"。

3. 谜句：春阳蒙雨人全溜；谜底，"三"。解读："蒙雨"＝无"日"，即把"春"下面的"日"删去；"人全溜"，即再把"人"删去。"春"－"日"－"人"＝"三"。

4. 谜句：康水流逝人来到；谜底，"庚"。解读："康"下的"水""流"去，换一个来到的人，即"康"－"水"＋"人"＝"庚"。

5. 谜句：米家才女多文采；谜底，"数"。解读："米"＋"女"＋"文"＝"数"。

6. 谜句：买下所有只缺帽；谜底，"头"。（解）"买"的"下"面，"所有"部分＝"头"。"买"，"没有帽"＝"买"，去掉上面的"横钩"也＝"头"。

7. 谜句：人狗相伴真亲热；谜底，"伏"。解读：狗＝犬；人＝亻。"亻"＋"犬"＝"伏"。

8. 谜句：省眼勿看休息好；谜底，"少"。解读：眼＝目，在文言中做动词用，即"看"。以"省"为谜基，"眼勿看，即把"省"下面的"目"去掉＝"省"－"目"＝"少"。

9. 谜句：乞讨全凭一张嘴；谜底，"吃"。解读：嘴＝口；"乞"＋"口"＝"吃"。

10. 谜句：三道命令少一道；谜底，"冷"。解读：此谜的关键字，是"命令"的"令"。难点在"三道少一道"，这就要用意象法猜，即"三道"意味"氵"，"少一道"即"冫"。"冫"＋"令"＝"冷"。

11. 谜句：食品共欠知几何；谜底，"饮"。解读："共"＝加在一起。"食"＋"欠"＝"饮"。

12. 谜句：连夜计算不知晓；谜底，"多"。解读：夜＝夕；"连夜"＝夕夕;"夕"+"夕"="多"。

13. 谜句：夫妻古时互称啥；谜底，"食"。解读：古时夫妻可互称为"良人"（后多用于妻子称丈夫）。"良"+"人"="食"。

14. 谜句：孤儿夭折无讣告；谜底，"瓜"。解读："夭折"，即未成年而死；子＝儿。"孤儿夭折"，即把"孤"字左旁的"子"去掉＝"孤"－"子"（儿）＝"瓜"。（又：孤儿，原来只有孤独的一个人；他夭折后，当然就无人发讣告了。）

整个谜底是：夏至三庚数头伏，少吃冷饮多食瓜。

【云庭谜钟（33）大暑】
大暑正值中伏时，烧烤天气昼夜同；
儿时依然斗蟋蟀，何惧蚊蝇此刻凶？

一、本期谜语

丈夫一走少客来，太阳晒得都耳没；
除夕次日互拜啥？忠心消失无人睬。
古说下面可来取，手拿丸子火上踩。
二人交往要知心，蓝黄相调成何彩？
立字无头中开口，扫荡草寇竟成灾。
左右开弓间夹米，暮夜上下紧相连。
张嘴乞讨脸皮厚，火烧店铺外墙围。

二、提示

以上每句猜一字，连起来，组成一个上下各7字的因果复句。

【云庭谜钟（33）揭晓】

一、互动简报

今日大暑，高温炙人；但微友们谜热不减，战绩也颇佳。现将全对者，按时序公布如下：

1. 朱立民、宋竞（上中老3班）

2. 刘明（一家门）

3. 彭新民（打浦69届）

4. 缪戎音、陈蔚（上中退教群）

5. 陈慧君、李承云（打浦66届）

另有：独行侠张伟，猜中 12 字；新手 aiai，猜中 7 字。特此一起祝贺。

二、谜底解读

1. 谜句：丈夫一走少客来；谜底，"大"。解读："夫"字，"走"掉了"一"画＝"大"。

2. 谜句：太阳晒得都耳没；谜底，"暑"。解读：太阳＝日，"耳"＝"阝"；"都"－"耳"（阝）＝"者"。"日"＋"者"＝"暑"。

3. 谜句：除夕次日互拜啥；谜底，"年"。解读：除夕次日＝农历正月初一，这天大家都互相拜"年"。

4. 谜句：忠心消失无人睬；谜底，"中"。解读："忠"字下的"心"消失，即："忠"－"心"＝"中"。

5. 谜句：古说下面可来取；谜底，"最"。解读：古代的"说"，一般都用"曰"。"曰"的"下面"＋"取"＝"最"。

6. 谜句：手拿丸子火上踩；谜底，"热"。解读："手（扌）"＋"丸"＝"执"，"火（灬）"上＋"执"＝"热"。

7. 谜句：二人交往要知心；谜底，"天"。解读："二人交"在一起，"二"＋"人"＝"天"。

8. 谜句：蓝黄相调成何彩；谜底，"绿"。解读：颜料中的红、黄、蓝，是三种原色；相互调和，可产生各种基色及其他复合色。按以上原理"蓝黄相调"，可变成"绿"色。

9. 谜句：立字无头中开口；谜底，"豆"。解读："立字无头"＝去掉"立"上面的"一点"。把"口"嵌入上余下的笔形＝"豆"。

10. 谜句：扫荡草寇竟成灾；谜底，"汤"。解读："扫"掉"荡"上面的"草"＝"荡"－"草头（艹）"＝"汤"。

11. 谜句：左右开弓间夹米；谜底，"粥"。解读：左右两个"弓"字，中间夹个"米"字＝"粥"。

12. 谜句：暮夜上下紧相连；谜底，"多"。解读：暮＝夕；夜＝夕。上下两个"夕"连起来＝"多"。

13. 谜句：张嘴乞讨脸皮厚；谜底，"吃"。解读："嘴（口）"＋"乞"＝"吃"。

14. 谜句：火烧店铺外墙围；谜底，"点"。解读：店铺的外墙围＝广；火烧掉"店"铺的"外墙围"＝"店"－"广"＝"占"。"火（灬）"＋"占"＝"点"。

全谜底连起来：大暑年中最热天，绿豆汤粥多吃点。

【云庭谜钟（34）立秋】

一到立秋喜人心，暑退如闻降福音；
纵然犹有秋老虎，毕竟早晚渐凉阴。

一、本期谜语

章家女儿早出嫁，火边柴禾危险吗？
日上地平高盈尺，蛰伏昆虫火烧啦。
液体受热水蒸腾，疯病痊愈乐开花。
冰水消融到首都，春去三人刚出发。
劈刀丢了走来寻，肿瘤一月被疗化。
老汉下残有两天，免费一日赠大家。
放下文案竖耳听，三九气温最最啥？

二、提示

以上每句猜一字，组成一个上下各7字的因果复句。

【云庭谜钟（34）揭晓】

一、互动简报

友圈聊群全告捷，本期圆满传喜报！现将这期全部猜中的名单，按收到的时间为序，公布如下：

1. 李承云、陈慧君（打浦66届）

2. 李军（上中老3班）

3. 彭新民（打浦69届）

4. 陈蔚（上中退教群）

5. 刘明（一家门）

6. 赵张存（金陵同学汇）

7. 艾健勇（打浦75届）

8. 张伟（独行侠）

此外，打浦66届的陈凤宝，在李、陈猜测的基础上，对各谜的推敲思路，一一做了认真而详细的分析与解读。特在此一并感谢和祝贺！

二、谜底解读

1. 谜句：章家女儿早出嫁；谜底，"立"。解读："章"字下的"早"，出嫁了="章"－"早"="立"。

2. 谜句：火边柴禾危险吗；谜底，"秋"。解读："火"边有"柴禾"＝"火"＋"禾"＝"秋"。

3. 谜句：日上地平高盈尺；谜底，"昼"。解读："日"上"地平"线（用"一条横线"表示）＝"旦"。"旦"字的"高"头，还有个"尺"字，即：尺＋旦＝"昼"。

4. 谜句：蛰伏昆虫火烧啦；谜底，"热"。解读："蛰"下的"虫"，被"火"烧灭了＝"蛰"－"虫"＝"执"；此时"火"依然存在，即"执"＋"火（灬）"＝"热"。

5. 谜句：液体受热水蒸腾；谜底，"夜"。解读："液"边的"水"，受热蒸发掉了，即："液"－"水（氵）"＝"夜"。

6. 谜句：疯病痊愈乐开花；谜底，"风"。解读："病"＝"疒"；"痊愈"＝"疒"好了、没有了。"疯"外的"疒"没有了，即"疯"－"疒"＝"风"。

7. 谜句：冰水消融到首都；谜底，"凉"。解读："冰"的"水"融化了＝"冰"－"水（氵）"＝"冫"。"到首都"是首都到的倒装。因首都也叫"京"，故"冫"＋"京"＝"凉"。

8. 谜句：春去三人刚出发；谜底，"日"。解读："春"字，去掉上面的"三人"＝"春"－"三"－"人"＝"日"。

9. 谜句：劈刀丢了走来寻；谜底，"避"。解读："劈"的"刀"丢了＝"劈"－"刀"＝"辟"。"走"来＝"辟"＋"辶"（走）＝"避"。

10. 谜句：肿瘤一月被疗化；谜底，"中"。解读："肿"字边上的一个"月"字，被"化"掉了。即："肿"－"月"＝"中"。

11. 谜句：老汉下残有两天；谜底，"暑"。解读："老下残"，即"老"字的下半部分残缺了＝"老"－"匕"＝"耂"；"两天"＝两个"日"。"耂"的上下各＋一个"日"＝"暑"。

12. 谜句：免费一日赠大家；谜底，"晚"。解读："日"＋"免"＝"晚"。

13. 谜句：放下文案竖耳听；谜底，"防"。解读："放下文案"，即把"放"字右旁的"文"放下＝"放"－"文"（攵）＝"方"，再＋"竖耳"（阝）＝"防"。

14. 谜句：三九气温最最啥；谜底，"冷""寒"，皆对。解读：只要据谜面回答，即行。

整个谜底连起来：立秋昼热夜风凉，日避中暑晚防冷（或"寒"）！

【云庭谜钟（35）七夕】

　　　　　七月七日乞巧节，牛郎织女鹊桥会；
　　　　　恋情着花汗浇灌，婚姻结果心栽培。

一、本期谜语

广场里面有一人，足足待了一周整。

多少一半已失望，从前信鸟却来临。

参天乔木并排站，高头开花逢吉辰。

说想竟然没心思，人云亦云后不云。

原本有心要坚持，二人结交须诚恳。

卡上已经无余钱，人老心态尚年轻。

一撇一捺勿马虎，比及头白仍认真。

两耳不闻窗外事，一心只为女儿婚。

二、提示

以上每句猜一字，谜底连起来，是一个上下各8字的并列复句。

【云庭谜钟（35）揭晓】

一、互动简报

这期全猜对的微友，按收到时序先后，名单如下：

1. 陈慧君、陈凤宝、李承云（打浦66届）

2. 朱立民、宋竞（上中老3班）

3. 彭新民（打浦69届）

4. 刘明（一家门）

5. 张伟（打浦75届独行侠）

此外，猜中14字的有：上中退教群的陈蔚、金陵同学汇的赵张存、打浦75届的艾健勇。特在此一并祝贺！

二、谜底解读

1. 谜句：广场里面有一人；谜底，"庆"。解读："广" + "一" + "人" = "庆"。

2. 谜句：足足待了一周整；谜底，"七"。解读：一周 = 七天；因谜底只猜一字，故"天"可删掉，即"七"。

3. 谜句：多少一半已失望；谜底，"夕"。解读："多"，"少"掉"一半" = "夕"。

4. 谜句：从前信鸟却来临；谜底，"鹊"。解读：从"前"＝"昔"；"昔"＋"鸟"＝"鹊"。

5. 谜句：参天乔木并排站；谜底，"桥"。解读："乔"与"木"并排站："乔"＋"木"＝"桥"。

6. 谜句：高头开花逢吉辰；谜底，"喜"。解读："高"的上头部分＝"亠"＋"口"；其最上头的"一点"，开了花，即象形成"丷"；"吉"＋"丷"＋"一"＋"口"＝"喜"。

7. 谜句：说想竟然没心思；谜底，"相"。解读："想"字，"没心"，即："想"－"心"＝"相"。

8. 谜句：人云亦云后不云；谜底，"会"。解读："人"＋"云"＝"会"。"亦云"－"不云"＝0；因此谜底即"会"。

9. 谜句：原本有心要坚持；谜底，"愿"。解读："原"，"有心"＝"原"＋"心"＝"愿"。

10. 谜句：二人结交须诚恳；谜底，"天"。解读："二"与"人"结交＝"二"＋"人"＝"天"。

11. 谜句：卡上已经无余钱；谜底，"下"。解读："卡"字的"上"半部分，"已经无"了＝"卡"－"卜"＝"下"。

12. 谜句：人老心态尚年轻；谜底，"情"。解读：心＝忄；年轻＝青；"忄"＋"青"＝"情"。

13. 谜句：一撇一捺勿马虎；谜底，"人"。解读："撇"＋"捺"＝"人"。

14. 谜句：比及头白仍认真；谜底，"皆"。解读："比"＋"白"＝"皆"。

15. 谜句：两耳不闻窗外事；谜底，"联"。解读："两耳不闻窗外事"＝把"耳"朵"关"闭。"耳"＋"关"＝"联"。

16. 谜句：一心只为女儿婚；谜底，"姻"。解读："为"，在文言中的意思之一＝现代文的"因"或"因为"。"女"＋"因"＝"姻"（按：如果15句的"联"猜出，这个"姻"也很容易推测出来的）。

全谜连起来如下：庆七夕鹊桥喜相会，愿天下情人皆联姻。

【云庭谜钟（36）处暑】

处暑暑气到此止，江南正式出梅时。

养生须防秋老虎，民俗食物吃鸭子。

一、本期谜语

时值夏冬间，生肖属寅年。

口咸被女吃，本身一上天。

十寸多二滴，外捺太过分；

残老两天中，節日头离身。

未字多双眼，半竹二日拼。

字好却没屋，太阳正当空，

水器日下放，切磋石磨穷。

单身不觉孤，命令有两点；

执行加把火，欧女结伴玩；

暴雨倾山钭，志薄儒生完。

二、提示要求

以上每句猜一字，谜底连起来，是一首每句 5 字、共 4 句的应时养生小诗。

【云庭谜钟（36）揭晓】

一、互动简报

今日处暑，再过两天就要出伏。在告别烧烤、桑拿，即将迎来秋高气爽的时候，特把本期全猜中的名单按时序公布如下：

1. 赵张存（金陵同学汇）

2. 彭新民（打浦 69 届）

3. 戴敏敏、陈蔚（上中退教群）

4. 李承云、陈慧君（打浦 66 届）

5. 朱立民、宋竞（上中老 3 班）

6. 刘明（一家门）

7. 张伟（打浦独行侠）

此外，打浦 75 届俞福元也猜对了 16 个字。谨在此一起致贺！

二、谜底解读

1. 谜句：时值夏冬间；谜底，"秋"。解读：夏"与"冬"之间，是"秋"。

2. 谜句：生肖属寅年；谜底，"虎"。解读：按我国传统的干支纪年法："子、丑、寅……"等 12 个地支，分别配"鼠、牛、虎……"等十二生肖。寅年的生肖属相，是"虎"。

3. 谜句：口咸被女吃；谜底，"威"。解读："咸"字下面的"口"，被

"女"换掉了，即："咸" – "口" + "女" = "威"。

4. 谜句：本身一上天；谜底，"未"。解读：把"本"的最后一短横，移到余下的"木"顶上去 = "未"。

5. 谜句：十寸多二滴；谜底，"尽"。解读：十寸 = 尺；"尺"下 + "两点"（"二滴"）= "尽"。

6. 谜句：外捺太过分；谜底，"处"。解读：把"外"左边"夕"的一捺，延长（"过分"）到右边"卜"的下面去 = "处"。

7. 谜句：残老两天中；谜底，"暑"。解读："残老"即残缺不全的"老"字 = 耂；两天 = 两个"日"。"耂"夹在两个"日"之中，即："日" + "耂" + "日" = "暑"。

8. 谜句：節日头离身；谜底，"即"。解读："節"上头的"竹"离去了 = "節" – "竹" = "即"。

9. 谜句：未字多双眼；谜底，"来"。解读：一双眼：意象为，左右对衬的两个点，形似"丷"；这"双眼"（丷），加在"未"字中，即："未" + "丷" = "来"。

10. 谜句：半竹二日拼；谜底，"临"。解读：半竹 = 个；二 = ‖；把"日"横过来。再把以上三者"拼"起来 = "临"。

11. 谜句：字好却没屋；谜底，"子"。解读："字" – "宀"（本义为房屋）= "子"。

12. 谜句：太阳正当空；谜底，"午"。解读："太阳正当空"的时候，是正"午"。

13. 谜句：水器日下放；谜底，"温"。解读："水"（氵）+ "器"（"皿"）+ 在"日"的"下"面 = "温"。

14. 谜句：切磋石磨穷；谜底，"差"。解读："磋"字左边的"石"，"磨"光（"穷"）了，即："磋" – "石" = "差"。

15. 谜句：单身不觉孤；谜底，"大"。解读：单身 = 一人，"一" + "人" = "大"。

16. 谜句：命令有两点；谜底，"冷"。解读："冫（两点）" + "令" = "冷"。

17. 谜句：执行加把火；谜底，"热"。解读："执" + "灬（"火"）" = "热"。

18. 谜句：欧女结伴玩；谜底，"要"。解读：欧女 = 西女，"西" + "女" = "要"。

19. 谜句：暴雨倾山斜；谜底，"当"。解读：暴雨，意象为"三点"，形似"小"；倾斜的"山"＝彐，"小"＋"彐"＝"当"。

20. 谜句：志薄儒生完；谜底，"心"。解读：以"志"字为谜基；"儒生"＝士，"完"＝无、没有了；"志"－"士"（"儒生"）＝"心"。

整个谜底是：秋虎威未尽，处暑即来临；
　　　　　　子午温差大，冷热要当心！

【云庭谜钟（37）白露】

　　　　　　雨自昨日稀，露从今始白；
　　　　　　白露金风夜，一夜凉一夜。

一、本期谜语

百花齐放缺一花，路上遇雨风景佳。
弯腰鞠躬背不弓，歪打正着正没啦。
雨下路滑需慢行，眼睛向下不要斜。
目中有民民跟从，方便别人人避咱。
租客小郑听不见，东家屋边水哗哗。
十一月份来集合，三旬到期各回家。
中秋火退胃口开，却伴明月笑哈哈。
灯芯草刚已燃尽，天下居然不容大。
是日风雨有屋遮，欧女叠成罗汉娃。
闭嘴声休不上课，用手紧紧将门把。

二、提示

以上每句猜一字，谜底连起来，是一首与节气养生有关的、每句5个字的打油诗。

【云庭谜钟（37）揭晓】

一、互动简报

本期难度较高，但全对的仍不少，名单按时序如下：

1. 赵张存（金陵同学汇）
2. 陈慧君（打浦66届）
3. 陈志忠、朱立民、宋竞（上中老3班）
4. 陈蔚、米庆身（上中退教群）

5. 彭新民（打浦69届）

另有：独行侠张伟，猜中18字；一家门刘明，猜中17字。特此，一并祝贺！

二、谜底解读

1. 谜句：百花齐放缺一花；谜底，"白"。解读：谜句中的"缺"，即"去掉"的意思。"百" – "一" = "白"，"花" – "花" = ○。因此，谜底是"白"。

2. 谜句：路上遇雨风景佳；谜底，"露"。解读："路"上面 + "雨" = "露"。

3. 谜句：弯腰鞠躬背不弓；谜底，"身"。解读：谜句中的"不弓"，即没有"弓"，因此"躬" – "弓" = "身"。

4. 谜句：歪打正着正没啦；谜底，"不"。解读："歪"字下的"正"没啦，即"歪" – "正" = "不"。

5. 谜句：雨下路滑需慢行；谜底，"露"。解读："雨"字的"下"面，有个"路"字，即"雨" + "路" = "露"。

6. 谜句：眼睛向下不要斜；谜底，"睡"。解读："眼睛（目）" + "向下（垂）" = "睡"。

7. 谜句：目中有民民跟从；谜底，"眠"。解读："民跟从""目"，即"目" + "民" = "眠"。

8. 谜句：方便别人人避咱；谜底，"更"。解读："便"字旁的"人"，"避开"，即："便" – "人"（亻）= "更"。

9. 谜句：租客小郑听不见；谜底，"关"。解读："郑" – "阝"（因无耳朵，故"听不见"）= "关"。

10. 谜句：东家屋边水哗哗；谜底，"注"。解读："主"（东家）+ "氵"（水）= "注"。

11. 谜句：十一月份来集合；谜底，"肚"。解读："十一月"三个字"集合"起来 = "十" + "一" + "月" = "肚"。

12. 谜句：三旬到期各回家；谜底，"脐"。解读：因一个月可分为上、中、下三个"旬"，故三旬到期 = 一个"月"；各 = 齐（全部）；"月" + "齐" = "脐"。

13. 谜句：中秋火退胃口开；谜底，"和"。解读："秋"字旁的"火退"了 = "禾"；"禾" + "口" = "和"。

14. 谜句：却伴明月笑哈哈；谜底，"脚"。解读："却"，陪"伴"在

"月"旁，即"却"+"月"="脚"。

15. 谜句：灯芯草刚已燃尽；谜底，"心"。解读："芯"字上的"草"燃烧"尽"了，即"芯"－"艹（草）"="心"。

16. 谜句：天下居然不容大；谜底，"一"。解读："天"字，由上部"一"和下部"大"组成；现"天"这个字，"不容"下部的"大"存在；即"天"－"大"="一"。

17. 谜句：是日风雨有屋遮；谜底，"定"。解读：是－日（因这天"风雨"，故无"日"）+"宀"（本义，即房屋）="定"。

18. 谜句：欧女叠成罗汉娃；谜底，"要"。解读：欧女＝西女；"西"与"女"叠起来＝"要"。

19. 谜句：闭嘴声休不上课；谜底，"保"。解读：闭嘴声休＝口休息；"口"+"休"="保"。

20. 谜句：用手紧紧将门把；谜底，"护"。解读："扌（手）"+"户（门）"="护"。

全谜答案：白露身不露，睡眠更关注；
　　　　　肚脐和脚心，一定要保护！

【云庭谜钟（38）中秋节】

花好月圆中秋节，人寿年丰八月半；
家家户户啖月饼，团团圆圆殊美满。

一、本期谜语
榉木锯完扛下山，一人左肩凉半边。
欢迎人来走出去，中秋之夜月满圆。
庆祝大家往外跑，边塞泥土冰结满。
屋里拥吻不害臊，伟人外出四周关。
日升树上缺一横，供应无人来买单。
野外广场仅一人，种田禾苗少了点；
火热天去补购秧，却去去后买草返。

二、提示
以上每句猜一字。谜底连起来：是一副与时令节日有关的、上下各7个字的对联。

【云庭谜钟（38）揭晓】

一、互动简报

金风习习，秋雨潇潇。近日，广寒宫虽被雾遮云障，但微友们猜射本谜的兴致依然如故，且有可喜斩获。特将全猜中的名单按时序公布如下：

1. 彭新民（打浦69群）

2. 赵张存（金陵同学汇）

3. 缪戎音、戴敏敏（上中退教群）

4. 李军、陈志忠、朱立民、宋竞（上中老3班）

5. 刘明（一家门）

6. 李承云（打浦66届）

二、谜底解读

1. 谜句：榉木锯完扛下山。谜底，"举"。解读："榉"字旁的"木"锯"完"了，即："榉" – "木" = "举"。

2. 谜句：一人左肩凉半边。谜底，"头"。解读："一" + "人" + "丶丶"（只取"凉"的左半边）= "头"。

3. 谜句：欢迎人来走出去。谜底，"仰"。解读："迎" – "辶"（"走"出去）+ "亻"（"人"来）= "仰"。

4. 谜句：中秋之夜月满圆。谜底，"望"。解读：旧习说：农历每月初一，无月之日，叫"朔"；十五，满月之日，称"望"。因此，"月满圆"之日 = "望"。

5. 谜句：庆祝大家往外跑。谜底，"广"。解读："庆"字下面的"大"往外跑了，即："庆" – "大" = "广"。

6. 谜句：边塞泥土冰结满。谜底，"寒"。解读：塞 – 土 + 冫（古代同"冰"，读音也同；现只做部首。）= "寒"。

7. 谜句：屋里拥吻不害臊。谜底，"宫"。解读：宀，本义为房屋。现已只作部首；拥吻，即"口对着口"。"宀" + "口" + "口" = "宫"。

8. 谜句：伟人外出四周关。谜底，"围"。解读："伟人外出"，即把"伟"字左旁的"亻"去掉 = "韦"；"四周关"，即把四周封闭起来 = "囗"。"伟" – "亻" + "囗" = "围"。

9. 谜句：日升树上缺一横。谜底，"桌"。解读："日" + "木"（"树"）+ "卜"（"上"字缺下面一横）= "桌"。

10. 谜句：供应无人来买单。谜底，"共"。解读："供"字旁的"人"无了，即："供" - "亻（人）" = "共"。

11. 谜句：野外广场仅一人。谜底，"庆"。解读："广" + "一" + "人" = "庆"。

12. 谜句：种田禾苗少了点。谜底，"中"。解读："种"字旁的"禾"少了，即："种" - "禾" = "中"。

13. 谜句：火热天去补购秧。谜底，"秋"。解读："火" + "禾"（指谜句中的"秧"）= "秋"。

14. 谜句：却去去后买草返。谜底，"节"。解读："却去去"，即把"却"字左边的"去"去掉 = "却" - "去" = "卩"；然后，再 + "艹"（指谜句中的"草"）= "节"

整个谜底应为：举头仰望广寒宫，围桌共庆中秋节。

【云庭谜钟（39）秋分】

碧空万里秋高爽，昼夜均雨寒暑平；
把酒持螯赏菊时，丹桂飘香伴品茗。

一、本期谜语
稻在火边烤，上下八把刀。
一天高一尺，液体蒸发掉。
大人刚走开，羊在树旁靠。
张弓弓坏了，大夫吹掉帽。
撑篙竹撑断，氧尽羊忙逃。
一人错四题，儿女并肩跑。
百家缺一家，躲在树边瞧。

二、提示
以上每句猜一字，全部谜底连起来，是一个前后各 7 字的承接复句。

【云庭谜钟（39）揭晓】
一、互动简报

凌晨布局发谜钟，午夜收官大满贯！昨天 0 点 5 分左右，逐一向朋友圈及各聊群发布了本谜钟，清早 5 点 24 分，便收到了第一份准确谜底。嗣后，答卷纷至沓来，捷报频传，于当晚 11 点 58 分，收获最后一份全对谜底结束，创造了本专栏开办以来，以最短时间获得最佳成果的纪录。下按时序，把全对的名单公布如下：

1. 朱立民（上中老3班）
2. 李承云（打浦66届）
3. 彭新民（打浦69届）
4. 刘明（一家门）
5. 赵张存（金陵同学汇）
6. 米庆身（上中退教群）
7. 丁一林（上中老朋友）
8. 俞福元（桃李天下）

二、谜底解读

1. 谜句：稻在火边烤；谜底，"秋"。解读："禾（稻）"+"火"="秋"。

2. 谜句：上下八把刀；谜底，"分"。解读："八"+"刀"="分"。

3. 谜句：一天高一尺；谜底，"昼"。解读："一"+"日（天）"+"尺"="昼"。

4. 谜句：液体蒸发掉；谜底，"夜"。解读："液"－"氵（液体）"="夜"。

5. 谜句：大人刚走开；谜底，"一"。解读："大"－"人"="一"。

6. 谜句：羊在树旁靠；谜底，"样"。解读："羊"+"木（树）"="样"。

7. 谜句：张弓弓坏了；谜底，"长"。解读："张"－"弓"="长"。

8. 谜句：大夫吹掉帽；谜底，"天"。解读："夫"－"夫"出头的一小竖（意象为"帽"）="天"。

9. 谜句：撑篙竹撑断；谜底，"高"。解读："篙"－"竹"="高"。

10. 谜句：氧绝羊忙逃；谜底，"气"。解读："氧"－"羊"="气"。

11. 谜句：一人错四题；谜底，"爽"。解读："一"+"人"+"4个x"（x，是答错题的符号）="爽"。

12. 谜句：儿女并肩跑；谜底，"好"。解读："子（儿）"+"女"="好"。

13. 谜句：百家缺一家；谜底，"白"。解读："百家"－"一家"="白"。

14. 谜句：眼睛树边瞧；谜底，"相"。解读："目（眼睛）"+"木（树）"="相"（按："瞧"，也可解为"目"。因为在文言中，"目"做名词，即眼睛；做动词，就是看，与"瞧"同义）。

完整谜底是：秋分昼夜一样长，天高气爽好白相。

【云庭谜钟（40）国庆节】

国泰民安风雨顺，中华崛起民族梦；
普天同庆缺只角，何日金瓯大一统？

一、本期谜语

视而不见仁兄到，浓汤全被人喝光。
碧玉藏在宝盒里，一人独在广场逛。
筷子底下无孝子，飞沙走石瓦砾旁！

二、提示

以上每句猜一字；连起来，是一句节日问候语。

【云庭谜钟（40）揭晓】

一、互动简报

这期谜钟，于上午8：15左右，在朋友圈及各聊群推出后，5分钟内，就分别收到3位高手的正确答案。以后则络绎不绝，捷报频传，共计有下列各位，都单独猜准全部谜底。现按时序（前三名，含收到时间，余则从略），把名单公布如下：

1. 杨宝生（8：18收，打浦69届）

2. 朱立民（8：19收，上中老3班）

3. 朱国平（8：20收，一家门）

4. 李承云（打浦66届）

5. 翁朝仪（打浦75届）

6. 艾建勇（朋友圈）

7. 米庆身（上中退教群）

8. 赵张存（金陵同学汇）

9. 丁一林（上中老朋友）

10. 刘明（朋友圈）

11. 陈蔚（上中退教群）

12. 陈凤宝（打浦66届）

13. 张伟（独行侠）

二、谜底解读

1. 谜句：视而不见仁兄到。谜底，"祝"。解读："视而不见"，即"视"－

"见" = "礻";再 + 到来的"兄" = "祝"。

2. 谜句：浓汤全被人喝光。谜底，"侬"。解读："浓汤"被"喝光"，即"浓" – "氵（汤）" = "氵"；再加上喝的 + "亻（人）" = "侬"。

3. 谜句：碧玉藏在宝盒里。谜底，"国"。解读："玉" + "囗"（意象为"盒"） = "国"。

4. 谜句：一人独在广场逛。谜底，"庆"。解读："一" + "人" + "广" = "庆"。

5. 谜句：筷子底下无孝子。谜底，"快"。解读："筷子" – "子"（谜句中的"无孝子"） = "筷"；"筷" – "竹" = "快"（谜句中的"筷"底下部分）。

6. 谜句：飞沙走石瓦砾旁。谜底，"乐"。解读："砾旁""走石" = "砾" – "石" = "乐"。

整个谜底是：祝侬国庆快乐！

【云庭继钟（41）寒露】

露水日渐寒，天高气更爽；
南听北风劲，北望万里霜。

一、本期谜语
大寨树木已冰封，山路又被暴雨蒙。
二人联手想办法，顺手牵羊氧吧中。
方便没人无阻拦，用力一口咬得动。
首都城旁刚结冰，忧愁无心想不通。
情谊不必言语表，一片冰心向着东。
某人整整待一天，白首偕啥直到终？
左右开弓发四镞，当晚占卜有好运。

二、提示
以上每句猜一字，谜底连起来，是一个前后各7个字的承接复句。

【云庭继钟（41）揭晓】

一、互动简报
或许是国庆长假，不少微友在各地旅游及聚会娱乐其他，也可能本期谜语中，个别字谜有较高难度；与上期大获全胜相比，这次参与及全对者，人数显著减少。但是，仍有部分微友猜中全谜或取得不俗成绩，公布如下。

全对的，按时序有下列几位：

1. 彭新民（打浦69届）

2. 缪戎音、米庆身、戴敏敏（上中退教群）

3. 朱立民、宋竞（上中老3班）

此外，金陵同学汇赵张存，猜中13个字；打浦66届陈慧君，猜中12个字；上中老朋友丁一林，猜中9个字。

二、谜底解读

1. 谜句：大寨树木已冰封；谜底，"寒"。解读："寨" － "木" ＋ "冫"（古"冰"字，即今"冰"左边的两点水）＝ "寒"。

2. 谜句：山路又被暴雨蒙；谜底，"露"。解读："路"被上面的"雨"蒙住了，即："路" ＋ "雨" ＝ "露"。

3. 谜句：二人联手想办法；谜底，"天"。解读："二"与"人"联结起来，即："二" ＋ "人" ＝ "天"。

4. 谜句：顺手牵羊氧吧中；谜底，"气"。解读："氧"字下面的"羊"被牵走了，即："氧" － "羊" ＝ "气"。

5. 谜句：方便没人无阻拦；谜底，"更"。解读："便没人"，即："便" － "亻（人）" ＝ "更"。

6. 谜句：用力一口咬得动；谜底，"加"。解读："力" ＋ "口" ＝ "加"。

7. 谜句：首都城旁刚结冰；谜底，"凉"。解读："京"（我国首都北京的简称）＋ "冫"（"冰"）＝ "凉"。

8. 谜句：忧愁无心想不通；谜底，"秋"。解读："愁无心"，即："愁" － "心" ＝ "秋"。

9. 谜句：情谊不必言语表；谜底，"宜"。解读："谊不必言"，即："谊" － "讠（言）" ＝ "宜"。

10. 谜句：一片冰心向着东；谜底，"冻"。解读："冫"（"冰"）＋ "东" ＝ "冻"。

11. 谜句：某人整整待一天；谜底，"但"。解读："亻（人）" ＋ 一 ＋ "日（天）" ＝ "但"。

12. 谜句：白首偕啥直到终；谜底，"老"。解读："白首偕老"是成语，故谜中的"啥"，应为"老"。

13. 谜句：左右开弓发四镞；谜底，"弱"。解读："左右开弓" ＝ 左边右边，两个并行的"弓"字。"镞"，即箭头。"四镞"，意象为四个"点"。在两个平行的"弓"的下弯处,各加两"点"="弱"。

14. 谜句:当晚占卜有好运;谜底,"外"。解读:"晚占"上"卜"="夕"(即"晚")+"卜"="外"。

完整谜底为:寒露天气更加凉,秋宜冻但老弱外。

【云庭谜钟(42)重阳节】

九九重阳节,黄花遍地开;
登高上云庭,敬老须自爱。

一、本期谜语

旭日刚落山,仇人没有好。
千里喜相会,耳边有日照。
竖刀云下土,土旁神降到。
人在云端上,山下祖宗庙。
草句有文采,义同长寿考。
界下羊断尾,性无心勿高。
上告下不对,眼上眉歪掉。
欲记无话说,光上全拉倒。
好在儿刚离,洋女迷不到。
冰厚已盈尺,老后有子靠。

二、提示

以上每句猜一字,谜底前后连起来,是一首每句五字,共四句的应时即兴小诗。

【云庭谜钟(42)揭晓】

一、互动简报

岁岁重阳,今又重阳,云庭商谜真闹猛!这期谜语,虽然谜底较长,个别字谜还有一定难度,但是投射者踊跃,且收获很大。现把全猜中者的名单,按时序公布如下:

1. 朱立民(上中老 3 班)

2. 彭新民(打浦 69 届)

3. 张步成、米庆身(上中退教群)

4. 陈慧君、李承云(打浦 66 届)

5. 王英波（桃李天下）

6. 赵张存（金陵同学汇）

7. 刘明（一家门）

8. 丁一林（上中老朋友）

二、谜底解读

1. 谜句：旭日刚落山；谜底，"九"。解读："旭"字右边的"日落山"，见不到了，即："旭"－"日"＝"九"。

2. 谜句；仇人没有好；谜底，"九"解读："仇"左边的"人没有了"，即："仇"－"亻"＝"九"。

3. 谜句：千里喜相会；谜底，"重"。解读："千"与"里"，"会"合成一起，即："千"＋"里"＝"重"。

4. 谜句：耳边有日照；谜底，"阳"。解读："耳边有日"，即："阝（耳）"＋"日"＝"阳"。

5. 谜句：竖刀云下土；谜底，"到"。解读："云"的"下"部分（把"云"上部的一横去掉）＋"土"＋"刂（竖刀）"＝"到"。

6. 谜句：土旁神降到；谜底，"社"。解读："土"＋"礻"（"示"，原为"神"的本字，现作为部首时，已演化为"礻"）＝"社"。

7. 谜句：人在云端上；谜底，"会"。解读："人"字，在"云"字的上端，即"会"。

8. 谜句：山下祖宗庙；谜底，"崇"。解读："宗"在"山"下面，即"崇"。

9. 谜句：草句有文采；谜底，"敬"。解读："艹（草）"＋"句"＋"夂（文）"＝"敬"。

10. 谜句：义同长寿考；谜底，"老"。解读：与"考"含义相同的字＝"老"。

11. 谜句：界下羊断尾；谜底，"养"。解读："界"的下面部分，即"介"＋断了尾巴的"羊"＝"养"。

12. 谜句：性无心勿高；谜底，"生"。解读："性无心"，即："性"－"忄（心）"＝"生"。

13. 谜句：上告下不对；谜底，"靠"。解读：上面的"告"＋下面的"非"（不对）＝"靠"。

14. 谜句：眼上眉歪掉；谜底，"自"。解读：目（眼）的上面＋一小撇（意象为歪掉的"眉"毛）＝"自"。

15. 谜句：欲记无话说；谜底，"己"。解读："记" – "讠"（"话"或"说"，在文言中都为"言"，做偏旁即"讠"）= "己"。

16. 谜句：光上全拉倒；谜底，"儿"。解读："光的"上面，全部去掉（拉倒）= "儿"。

17. 谜句：好在儿刚离；谜底，"女"。解读："好"字旁边的"子"，"离开了，即："好" – "子（儿）" = "女"。

18. 谜句：洋女迷不到；谜底，"要"。解读：洋女 = 西洋女。"西" + "女" = "要"。

19. 谜句：冰厚已盈尺；谜底，"尽"。解读："冫"（"冰"的本字，现一般做部首）+ 尺 = "尽"。

20. 谜句：老后有子靠；谜底，"孝"。解读："老"字的最后部分"匕"，被"子"字"靠"换了 = "孝"。

全谜连起来：九九重阳到，社会崇敬老。
　　　　　　养生靠自己，儿女要尽孝。

【云庭谜钟（43）霜降】
　　　　　　　　寒露将尽霜降近，转跟秋去冬即临；
　　　　　　　　老弱病孕宜进补，男女中青多健身！

一、本期谜语
雨下有眼树边看，耳闻紫绛绳断裂。
狄家犬遛柴禾堵，船桨木坏无用哩。
冰冻盈尺非日寒，此地积水请避开。
和衣占卜必须诚，精恴力竭心死了。
名媛私奔太阳出，依依不舍二人别。

二、提示要求
以上每句猜一个字，连起来，是一个上下各 5 个字的因果复句。

【云庭谜钟（43）揭晓】
一、互动简报
今将寒露止，明即霜降临，天公不作美，风雨扫人兴。然而，竞猜本期谜钟的微友，依然踊跃，且取得了不俗成绩。兹把优胜名单公布如下。
全对的，按序有：

1. 陈慧君（打浦66届）

2. 李军、陈志忠（上中老3班）

3. 彭新民（打浦69届）

4. 张伟（独行侠）

另外，下列微友，都只偏差1字：

5. 赵张存（金陵同学汇）

6. 陈蔚（上中退教群）

7．刘明（一家门）

8. 王英波（桃李天下）

9. 丁一林（上中老明友）

二、谜底解读

1. 谜句：雨下有眼树边看；谜底，"霜"。解读："眼"在"树边"="目"+"木"="相"；"相"在"雨"的下面="霜"。

2. 谜句：耳闻紫绛绳断裂；谜底，"降"。解读：耳=阝；绛绳断="绛"－"纟（绳）"="夅"。"阝"+"夅"="降"。

3. 谜句：狄家犬遛柴禾堵；谜底，"秋"。解读："狄"字的"犬（犭）"，"遛"了；即："狄"－"犭"="火"。再用"禾"去"堵"，即："火"+"禾"="秋"。

4. 谜句：船桨木坏无用哩；谜底，"将"。解读："桨"下的"木"坏了，即："桨"－"木"="将"。

5. 谜句：冰冻盈尺非日寒；谜底，"尽"。解读："冰"的古字，是"冫"，"冰冻盈尺"="冫"+"尺"="尽"。

6. 谜句：此地积水请避开；谜底，"滋"。解读："此"，即"兹"。兹，"积水"="兹"+"氵"="滋"。

7. 谜句：和衣占卜必须诚；谜底，"补"。解读："衣"，即"衤"+"卜"="补"。

8. 谜句：精怠力竭心死了；谜底，"备"。解读："惫"下的"心死了"即"惫"－"忄"="备"。

9. 谜句：名媛私奔太阳出；谜底，"暖"。解读："媛"，为"女"性，该"女私奔"了，即："媛"－"女"="爰"。"太阳出"，此时又"出"现了"日"；即，"爰"+"日"="暖"。

10. 谜句：依依不舍二人别。谜底，"衣"。解读："依依"，边上的"二"个"人（亻）"，都"别（离）"去了，即："依"－"亻"="衣"；"依"－

"亻"＝"衣"。

连起来的谜底是：霜降秋将尽，滋补备暖衣！

【云庭谜钟（44）立冬】

荷塘冷落满眼枯，西风大作北风呼；
出门步行练筋骨，入户宅居好读书。

一、本期谜语
章某闻风早已溜，心疼非病情谊厚。
刀放衣旁欲裁剪，赌赛输钱双泪流。
柴堆火侧很危险，一边走来一边收。
右下缺口变成泥，手脚并用惹人逗。
坚失领土以绳拦，寸土亦须手捍守。
傲人不及虫得意，衣裳当掉钱赎走。
梅兰竹中缺哪君？宋失江山谁当头？
二、以上每句猜一字，全部连起来，是个前后各7字的因果复句。

【谜钟（44）揭晓】
一、互动简报
今天立冬，愁云掩映着连日的艳阳，明将降温，本期猜情也较惨淡。不过还是取得了些成果，优胜名单如此。全对的，按序有：

1. 彭新民（打浦69届）

2. 赵张存（金陵同学汇）

3. 李承云（打浦66届）

此外，猜中12字的，有上中老3班的朱立民、李军；猜中11字的，有一家门刘明和上中退教群的戴敏敏；猜中10个字的，有老朋友丁一林。特此一并志贺！

二、谜底解读
1. 谜句：章某闻风早已溜；谜底，"立"。解读："章"字下的"早"已溜走，即："章"－"早"＝"立"。

2. 谜句：心疼非病情谊厚；谜底，"冬"。解读："疼"，"非（解为'不要'）病"，即："疼"－"疒"（"病"）＝"冬"。

3. 谜句：刀放衣旁欲裁剪；谜底，"初"。解读："衣"，做偏旁为"衤"；

"衤"的"旁"边,"放"个"刀",即"初"。

4. 谜句:赌赛输钱双泪流;谜底,"寒"。解读:"赛"下的"贝",即"钱";"输钱",即把它删去。"双泪流",象形为"两个点"。"赛"－"贝"＋两个"点"＝"寒"。

5. 谜句:柴堆火侧很危险;谜底,"秋"。解读:"柴",即"禾";堆在"火"的侧面,即:"禾"＋"火"＝"秋"。

6. 谜句:一边走来一边收;谜底,"趣"。解读:一边,是"走";另一边,是"收"即"取"。"走"＋"取"＝"趣"。

7. 谜句:右下缺口变成泥;谜底,"在"。解读:"右"下面的"缺口",指"口"缺了左边"一竖";把这个"字形","变"换成"土"("泥")＝"在"。

8. 谜句:手脚并用惹人逗;谜底,"抓"。解读:"手",即"扌";"脚",即"爪"。"并用",即:"扌"＋"爪"＝"抓"。

9. 谜句:坚失领土以绳拦;谜底,"紧"。解读:"坚"失去"土",＋"糸"("绳")＝"紧"。

10. 谜句:寸土亦须手捍守;谜底,"持"。解读:"扌"("手")＋"寸"＋"土"＝"持"。

11. 谜句:傲人不及虫得意;谜底,"螯"。解读:"傲"字旁的"人"不及＝"傲"－"亻"＝"敖";"敖"＋"虫"＝"螯"。

12. 谜句:衣裳当掉钱赎走;谜底,"赏"。解读:"裳"－"衣"＋"贝"("钱")＝"赏"。(谜句中的"当",即典当。)

13. 谜句:梅兰竹中缺哪君;谜底,"菊"。解读:梅兰竹菊。俗称花中四君子;现三"君",谜面上都有,缺的即"菊"。

14. 谜句:宋失江山谁当头!谜底,"玩"。解读:历史上,我国的"宋"朝,被"元"所灭;当头的,应是"元王";"元"＋"王"＝"玩"。

整个谜底是:立冬初寒秋趣在,抓紧持螯赏菊玩。

【云庭谜钟(45)小雪】

　　　　节到小雪始下雪,与雨夹杂无休歇;
　　　　此时最宜植水仙,春节赏花雅又洁。

一、本期谜语
命令少点好,二人搭肩膀。

孙子刚失踪，雨落横山冈。

制筷竹已尽，闪烁失火光。

有女刚张嘴，音即留心上。

二、提示

每句猜一字，连成一个祝愿语句。

【云庭谜钟（45）揭晓】

一、互动简报

这是猴年小雪那天，为向学生和亲友问好，突发奇想而制作的几句混搭诗谜。孰知在微信朋友圈及各聊群中发出后，先后收到30多位微友的加赞及答案。其中，yiyi、葵葵、荣庆、清晨畅想、敏敏、施磊、新毅、刘明、魏星、俗人等十位，各自都猜准了谜底。

有鉴于此，自己便产生了把它做成系列的设想，并将该专栏命名为《云庭谜钟》，在众多微友的大力支持与互动下，陆续维持了一年。因此，这是值得纪念的一期。谢谢大家！

二、谜底解读

1. 谜句：命令少点好；谜底，"今"。解读："命令"的"令"，少一"点"＝"今"。

2. 谜句：二人搭肩膀；谜底，"天"。解读："二人"，"搭"在一起＝"天"。

3. 谜句：孙子刚失踪；谜底，"小"。解读：孙左边的"子"失踪了＝"小"。

4. 谜句：雨落横山冈；谜底，"雪"。解读："雨"，落在"横山（彐）"冈上＝"雪"。

5. 谜句：制筷竹已尽；谜底，"筷"。解读："筷"，上面的"竹"已尽＝"快"。

6. 谜句：闪烁火无光；谜底，"乐"。解读："烁"，左边失去"火"光了＝"乐"。

7. 谜句：有女刚张嘴；谜底，"如"。解读："女"＋张"嘴（口）"＝"如"。

8. 谜句：音即留心上；谜底，"意"。解读："音"，留在"心"的上面＝"意"。

谜底连起来：今天小雪，快乐如意！

【云庭谜钟（46）大雪】

小雪今日止，大雪明即到。
谨以本谜钟，问候大家好！

一、本期谜语
东边玉兔西金乌，有情人终成眷属；
一人竟能叠罗汉，横断山上雨师舞。
熟视无睹仁兄归，伊人刚离笑口驻；
拍案没有惊堂木，广罗役隶暴秦无！

二、提示
这是一组应时而作的问候谜。每句猜一字，共8字，构成一句向各位读者问候的祝福语。

【云庭谜钟（46）揭晓】

一、互动简报

尽管时值大寒，但本期刊出后，读者们反应活跃。率先，由打浦66届群的慧君挑战一气猜中六句；接着，由老牛补射两句，首开合作取胜纪录。不久，上教群的施磊与亲友刘明分别猜射全谜，但都错了一字！接着，前者由戎音纠正，合作成功；而后者，虽错（也许是笔误）的是最简单一字，但无人纠错，可惜与全对失之交臂。

几乎与上同时，上中83群的陈志忠，单骑独闯八关，且刀刀准确无误，获得了同群中吴坚与宋竞的附议，可喜可贺！直到昨晚10点半之后，前两期都全对。打浦75群的yiyi，因白昼外出无空，回家后灯下独猜，分两次，也终于射对了全谜，为本期谜钟，画下了圆满的句号。

二、谜底解读

1. 谜句：东边玉兔西金乌；谜底，"明"。解读："东"即右边，"玉兔"即月亮，"西"即左边，"金乌"即太阳。日与月，合成"明"。

2. 谜句：有情人终成眷属；谜底，"天"。解读："有情人"，应为男女双方"二人"。"成眷属"，即结为夫妇。"二"与"人"结合，即"天"。

3. 谜句：一人竟能叠罗汉；谜底，"大"。解读："一"与"人"叠在一起，即"大"。

4. 谜句：横断山上雨师舞；谜底，"雪"。解读："横断山"的形象，如"彐"。

与传说中雷公、风婆并列的"雨师",主雨;"彐"上加"雨",便成为"雪"。

5. 谜句:熟视无睹仁兄归;谜底,"祝"。解读:句中的"睹",即"见","视"没了"见",便成"礻","礻"旁"归"来了"兄",即"祝"。

6. 谜句:伊人刚离笑口驻;谜底,"君"。解读:"伊"左边的"人"离开了,即"尹",后语中的"口"进驻过来,便成为"君"。

7. 谜句:拍案没有惊堂木;谜底,"安"。解读:古代官员审堂,或旧时艺人说书,为了使现场肃穆或安静,常用一块特制硬木(俗称惊堂木),力拍桌子(案)。句意是:想"拍案",却没"木","案下"没有"木",谜底即"安"。

8. 谜句:广罗役隶暴秦无;谜底,"康"。解读:典出《史记·陈涉世家》,文中有一句:"广素爱人,士卒多为用。"大意是:吴广一向爱护身边的人,这些人也大多愿被他使唤。其中的人和士卒,都是与吴广一起,被秦发配到边境去戍守的"役隶"。由于吴广是陈胜起义中推翻暴秦统治的副手,这与他平时善于笼络、罗织周围人的作用是分不开的。因此,只要把谜句中的"广"与后面的"隶"罗织起来,便是谜底"康"。其实,即使不知这个典故,只要把上面七字依次猜出,结合这最后的诠释,谜底也是昭然若揭的。

全部谜底是:明天大雪,祝君安康!

【云庭谜钟(47)冬至】
时到冬至数九起,渐添寒衣保身体;
双亲之恩不能忘,生当厚养故勤祭。

一、本期谜语
时值秋春间,到仅见半边。
一人不孤单,女儿张嘴言;
三百六五日,全都一心田;
因诚下灵台,合十背朝天。
孙子齐声叫,永远冲在前!
二、提示
以上10句,各猜一字;共10字,构成一个前后各5个字的连贯复句。

【云庭谜钟(47)揭晓】
一、互动简报
今日冬至,与该节有关的习俗很多,最有意义的莫过于扫墓祭祀,以感恩祖先，不忘所自。因此，在前天，携家族近 30 人，冒雨前往先严慈墓地祭拜后，心有余思，遂制本谜钟一则留念，并供微友互动、祈福，谢谢！

本谜于昨发布后，几近第一时间，打浦 66 届陈凤宝，率先猜中前 5 字，接着，老牛逐句揣摩并做诠释，续射 5 句，得到慧君附议，可惜错了二字。稍后，上教群敏敏先声夺人，猜中两句；施磊接过连射八句，获得戎音赞同，更惜也误一字！猜 10 句而对 6 字的，有亲友刘明，至于只猜对前 5 句的更多，不再一一列举。

这次又全对而独占鳌头的，是上中 83 届陈志忠；他的精准猜射，获得了同窗葛佩君、宋竞、张纪文、陈琼与朱立民等的赞赏及呼应。可喜可贺；并感谢以上各位的互动及其他读者的关注！

二、谜底解读

1. 谜句：时值秋春间；谜底，"冬"。解读：秋与春之间的季节，是"冬"。

2. 谜句：到仅见半边；谜底，"至"。解读："到"，只看见半边；因右半边"刂"不成字，故只有左半边"至"了。

3. 谜句：一人不孤单；谜底，"大"。解读："一"与"人"，分开来是孤单的，但组合在一起，即"大"，便不孤单了。

4. 谜句：女儿张嘴言；谜底，"如"。解读："女"字旁，张了只嘴（"口"），便是"如"字。

5. 谜句：三百六五日；谜底，"年"。解读：365 日，为一"年"。

6. 谜句：全都一心田；谜底，"感"。解读："全"与"都"，是现代汉语中的统括副词，相当于文言副词"咸"，如"咸丰皇帝""咸亨酒店""老少咸宜""咸与维新"中的"咸"，都是此义。"心田"，是一个词，意即"心、内心、良心"，不必拆开。综上所述："咸"下面加一个"心"，即"感"字。

7. 谜句，因诚下灵台；谜底，"恩"。解读："灵台"，古时"心"的别称，即"心"也。联系前文，"因"的"下"面，加个"心"，即"恩"。

8. 谜句，合十背朝天；谜底，"拜"。解读：这句要用形象会意法猜，"合十"，是双手各五指相对合起来，是"拜"的手姿；"背朝天"，是鞠躬弯腰，行稽首礼时"拜"的形象。故谜底是"拜"。

9. 谜句：孙子齐声叫；谜底，"祖"。解读：孙子们叫的对象，称谓是"祖"父或"祖"母；男女都是"祖"。

10. 谜句：永远冲在前；谜底，"先"。解读：在"前"，即在"先"。

完整谜底是：冬至大如年，感恩拜祖先！